Troya

Stephen Fry

Troya

Traducción de Rubén Martín Giráldez

EDITORIAL ANAGRAMA
BARCELONA

Título de la edición original:
Troy
Michael Joseph
Londres, 2020

Ilustración: «Buste de cheval», © Jürgen Lingl, Leonhard's Gallery

Primera edición: *octubre 2023*

Diseño de la colección: lookatcia.com

© EDITORIAL ANAGRAMA, S. A., 2023
 Pau Claris, 172
 08037 Barcelona

ISBN: 978-84-339-0629-8
Depósito legal: B. 11504-2023

Printed in Spain

Liberdúplex, S. L. U., ctra. BV 2249, km 7,4 - Polígono Torrentfondo
08791 Sant Llorenç d'Hortons

NOTA INTRODUCTORIA

El nacimiento y ascenso de dioses y humanos es el tema de mi libro *Mythos*, y su continuación, *Héroes*, abarca las grandes hazañas, expediciones y aventuras de héroes mortales como Perseo, Heracles, Jasón o Teseo. No necesitáis conocer esos libros para disfrutar de este; añado referencias en notas al pie cuando lo considero útil señalando dónde pueden encontrarse detalles más completos de los incidentes y personajes en los anteriores tomos, pero no se da por hecho ningún conocimiento previo del mundo mitológico griego ni es requisito indispensable para embarcarse en *Troya*. Como os recuerdo de vez en cuando, sobre todo al principio del libro, ni por un segundo creáis que debéis recordar todos esos nombres, lugares y relaciones interfamiliares. Para proporcionar algo de contexto, describo la fundación de muchas y diversas dinastías y reinos; pero os aseguro que, en lo que a la acción principal se refiere, los distintos hilos salen de la maraña para formar un tapiz. Al final del libro, un Apéndice dividido en dos partes aborda la cuestión de cuánto de lo que sigue es historia y cuánto es mito.

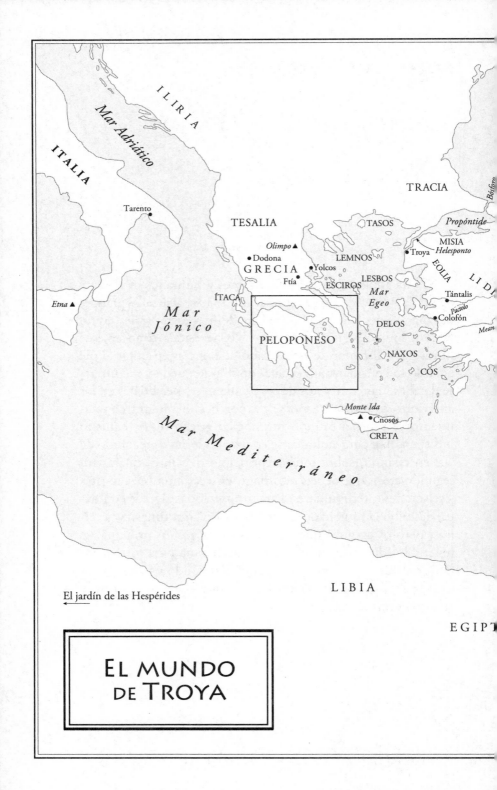

ITALIA

Mar Adriático

ILIRIA

Tarento

TRACIA

Bósforo

TESALIA

TASOS

Propóntide

MISIA
Helesponto

Olimpo ▲

LEMNOS

Troya

● Dodona

● Yolcos

EOLIA

LIDI

GRECIA

Ftía

LESBOS

ESCIROS

Mar
Egeo

Tántalis

ÍTACA

Pactolo
● Colofón

Mean

Etna ▲

Mar
Jónico

DELOS

PELOPONESO

NAXOS

COS

Monte Ida
▲ ● Cnosos

CRETA

Mar Mediterráneo

El jardín de las Hespérides
←

LIBIA

EGIPT

EL MUNDO
DE TROYA

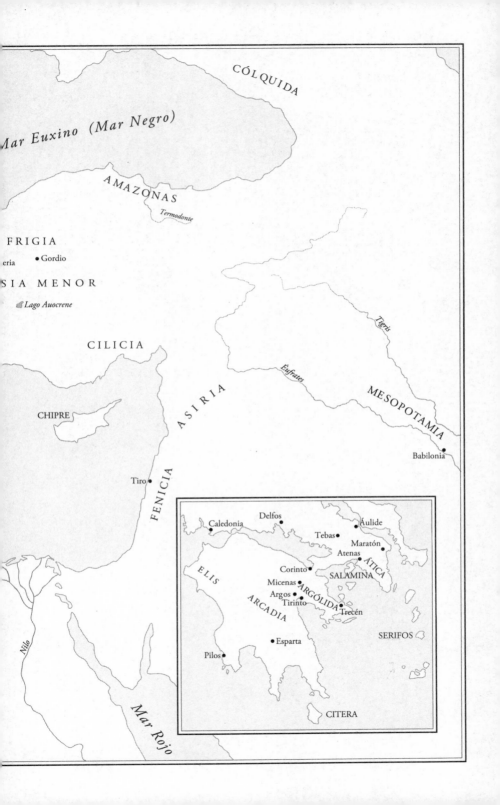

LOS OLÍMPICOS

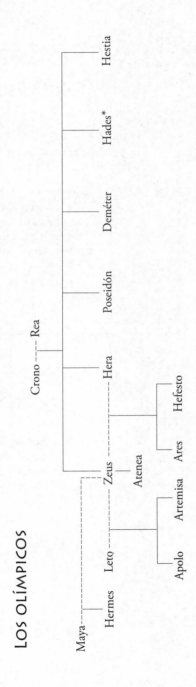

Genitales de Urano

Afrodita

Técnicamente, Hades no es un olímpico, dado que pasa todo el tiempo en el inframundo.

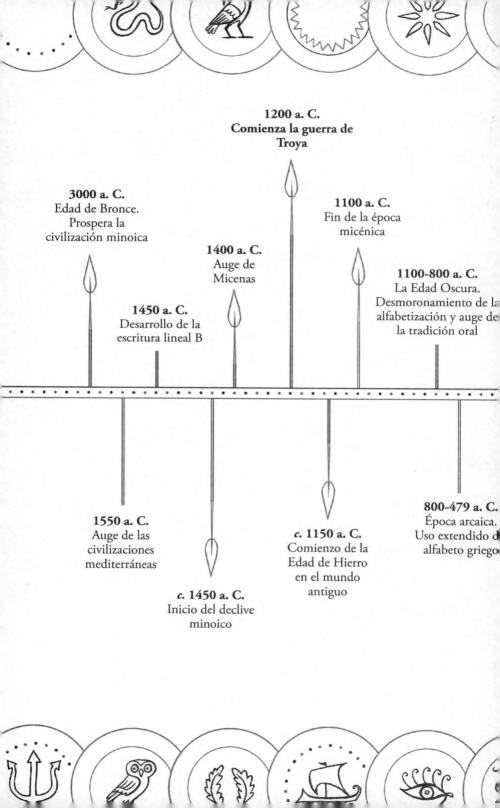

1200 a. C.
Comienza la guerra de Troya

3000 a. C.
Edad de Bronce.
Prospera la
civilización minoica

1100 a. C.
Fin de la época
micénica

1400 a. C.
Auge de
Micenas

1450 a. C.
Desarrollo de la
escritura lineal B

1100-800 a. C.
La Edad Oscura.
Desmoronamiento de la
alfabetización y auge de
la tradición oral

1550 a. C.
Auge de las
civilizaciones
mediterráneas

800-479 a. C.
Época arcaica.
Uso extendido d
alfabeto griego

c. **1150 a. C.**
Comienzo de la
Edad de Hierro
en el mundo
antiguo

c. **1450 a. C.**
Inicio del declive
minoico

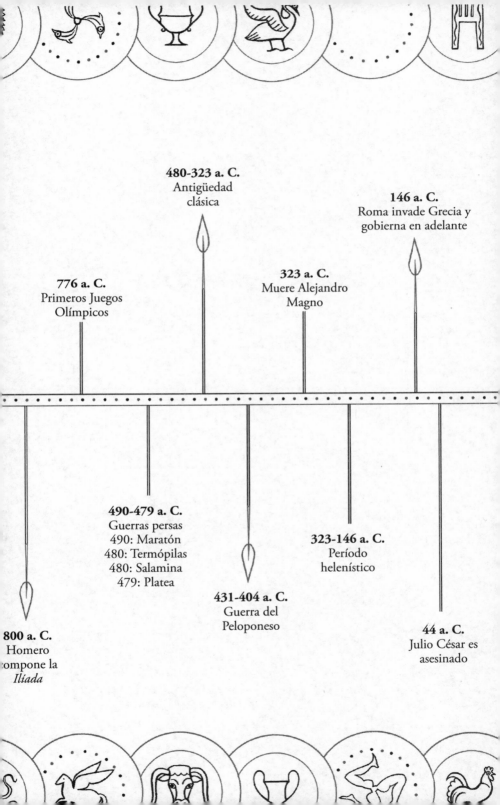

480-323 a. C.
Antigüedad
clásica

146 a. C.
Roma invade Grecia y
gobierna en adelante

776 a. C.
Primeros Juegos
Olímpicos

323 a. C.
Muere Alejandro
Magno

490-479 a. C.
Guerras persas
490: Maratón
480: Termópilas
480: Salamina
479: Platea

323-146 a. C.
Período
helenístico

431-404 a. C.
Guerra del
Peloponeso

800 a. C.
Homero
compone la
Ilíada

44 a. C.
Julio César es
asesinado

CAYÓ DEL CIELO

Troya. El reino más maravilloso del mundo. La joya del Egeo. La rutilante Ilión, la ciudad que se elevó y cayó no una, sino dos veces. Guardiana de las entradas y salidas del bárbaro Oriente. Reino de oro y de caballos. Cuna extrema de profetas, príncipes, héroes, guerreros y poetas. Bajo la protección de ARES, ARTEMISA, APOLO y AFRODITA, se mantuvo durante años como modelo de cuanto se puede lograr en las artes de la guerra y de la paz, del comercio y los tratados, del amor y el arte, en la destreza de gobernar, en la devoción y la armonía civil. Cuando cayó se abrió un agujero en el mundo humano que tal vez nunca llegue a colmarse si no es por medio de la memoria. Los poetas han de cantar su historia una y otra vez, transmitiéndola de generación en generación, si no queremos perder una parte de nosotros mismos con la pérdida de Troya.

Para comprender el final de Troya, tenemos que entender su comienzo. El contexto de nuestra historia tiene muchos giros y vueltas. Entran y salen multitud de nombres de sitios, personalidades y familias. No es necesario recordar cada nombre, ni todas las relaciones de sangre y matrimonio, ni todos los reinos y provincias. La historia emerge, y os prometo que los nombres importantes se os quedarán.

Todas las cosas, Troya incluida, comienzan y acaban con ZEUS, el rey de los dioses, gobernador del Olimpo, señor del trueno, recolector de nubes y portador de tormentas.

Hace mucho, mucho tiempo, casi antes del amanecer de la historia de los mortales, Zeus se casó con Electra, una de las bellas hijas del titán Atlas y de la ninfa del mar Pléyone. Electra le dio a Zeus un hijo, DÁRDANO, que viajó por toda Grecia y las islas del Egeo buscando un lugar donde construir y establecer su propia dinastía. Acabó posándose en la costa jónica. Si nunca habéis visitado Jonia, debéis saber que hablamos del territorio al este del mar Egeo conocido antiguamente como Asia Menor, y que ahora llamamos Anatolia. Allí se encontraban los grandes reinos de Frigia y Lidia, pero ya habían sido ocupados y gobernados, así que Dárdano se estableció en el norte y ocupó la península situada bajo el Helesponto, en cuyos estrechos cayó Hele desde el lomo del carnero de oro. Años después, JASÓN recorrería en barco esas aguas en busca del vellocino del mismo animal. Leandro, loco de amor, las cruzaría a nado por las noches para ver a Hero, su amada.[1]

La ciudad que fundó Dárdano se llamó –haciendo gala de poca imaginación y aún menos modestia– Dárdano, mientras que el reino entero llevó el nombre de Dardania.[2] A la muerte

1. Las historias de Hele, el vellocino de oro y Jasón pueden encontrarse en *Héroes* (p. 200), y la tragedia de Hero y Leandro en *Mythos* (p. 361). Más adelante en la historia, incluso, aquellos mismos estrechos, hoy llamados Dardanelos por Dárdano, originarían terribles luchas en la península que los griegos llamaron *Kalli Polis* (Ciudad Bella), que con el tiempo sería Galípoli.

2. En algunas versiones, Dárdano se anexó, absorbió o incluso invadió un reino ya existente que había sido fundado por el rey Teucro, hijo del dios río ESCAMANDRO y la oréada o ninfa de montaña Idea. No hay que confundir a este Teucro con el arquero del mismo nombre a quien conoceremos más tarde. En la poesía y las crónicas posteriores, a los troyanos se los denomina a veces teucros.

del rey fundador gobernó ILO, el mayor de sus tres hijos, pero murió sin descendencia y dejó el trono a su hermano mediano, ERICTONIO.[1]

El reinado de Erictonio fue pacífico y próspero. Al socaire del monte Ida, sus territorios se alimentaban de las aguas de los benignos dioses ríos Simois y Escamandro, que bendijeron la tierra de Dardania con una gran fertilidad. Erictonio llegó a ser el hombre más rico del mundo conocido, famoso por sus tres mil yeguas y sus innumerables potros. Bóreas, el viento del norte, adoptó la forma de un semental salvaje y engendró una excelente raza de caballos con la recua de Erictonio. Aquellos potros eran tan ágiles y ligeros que podían galopar a través de los maizales sin doblar una sola espiga. O eso dicen.

Caballos y riqueza: cuando hablamos de Troya siempre acabamos hablando de caballos maravillosos y de riquezas sin fin.

FUNDACIÓN

Tras la muerte de Erictonio, su hijo TROS le sucedió en el trono. Tros tenía una hija, Cleopatra, y tres hijos, ILO (que llevaba el nombre de su tío abuelo), Asáraco y GANIMEDES. La historia del príncipe Ganimedes es bien conocida. Era un hombre tan hermoso que hasta el propio Zeus se vio dominado por una pasión por él irresistible. El dios adoptó la forma de un águila, descendió en vuelo rasante y se llevó al chico al Olimpo, donde le sirvió de amado compinche, compañero y escanciador. Para compensar a Tros por la pérdida de su hijo, Zeus le mandó a HERMES con un regalo: dos caballos divinos tan veloces y ligeros que eran capaces de galopar sobre el agua. Tros quedó sobradamente consolado con aquellos animales

---

1. El benjamín de Dárdano, Ideo, le dio su nombre al monte Ida, el pico más alto de los que encontramos en el sur de Dardania.

mágicos y por la noticia de que ahora Ganimedes era –y, por definición, sería para siempre– inmortal.[1]

Fue Ilo, el hermano de Ganimedes, quien fundó la nueva ciudad que se llamaría Troya en honor de Tros. Ganó un combate de lucha libre en los Juegos Frigios cuyo premio consistía en cincuenta jóvenes, cincuenta doncellas y, lo más importante, una vaca. Una vaca muy especial que un oráculo indicó a Ilo que debía emplear para fundar una ciudad.

–Allá donde se siente la vaca, habrás de construir.

Si Ilo hubiese oído la historia de CADMO –¿y quién no lo había hecho?– habría sabido que Cadmo y Harmonía, actuando de acuerdo con las instrucciones de un oráculo, habían seguido a una vaca y habían esperado a que el animal se sentase como indicación de dónde debían construir lo que acabaría siendo Tebas, la primera de las grandes ciudades estado de Grecia. Puede parecernos que la práctica de otorgar a las vacas la capacidad de elegir dónde debe construirse una ciudad es arbitraria y extravagante, pero si reflexionamos un poco tal vez descubramos que no es tan raro, a fin de cuentas. Donde convendría que hubiese una ciudad también tienen que existir abundantes recursos de carne, leche, cuero y queso para sus ciudadanos. Por no hablar de bestias de tiro fuertes: bueyes para arar los campos y tirar de carros. Si a una vaca la convencen lo suficiente las comodidades de una región como para tumbarse a descansar, vale la pena prestarle atención. En cualquier caso, Ilo se conformó con seguir a su novilla desde Frigia rumbo al norte por la Tróade,[2] dejando atrás las cuestas del monte Ida y hasta llegar a

---

1. Lo cierto es que el escanciador vive dos vidas inmortales en el cielo nocturno: como constelación de Acuario, el porteador de agua, y como luna de su amado, Júpiter (todos los planetas llevan los nombres romanos de los dioses).

2. También en honor de Tros, empezaron a referirse a la península entera como la Tróade.

18

la gran llanura de Dardania; y fue ahí, no muy lejos de donde había erigido la primera ciudad su tío abuelo, Dárdano, donde se tumbó por fin la novilla.

Ilo miró a su alrededor. Era un emplazamiento excelente para una nueva ciudad. Al sur se elevaba un macizo del monte Ida y a cierta distancia al norte se extendían los estrechos del Helesponto. Al este se vislumbraba el azul del Egeo y a través de la verde y fértil llanura se entretejían los ríos Simois y Escamandro.

Ilo se arrodilló y rogó a los dioses una señal de que no se equivocaba. En inmediata respuesta cayó un objeto de madera del cielo que aterrizó a sus pies en medio de una gran nube de humo. Era como un niño de diez años de alto[1] y tallado a imagen y semejanza de PALAS ATENEA, con una lanza alzada en una mano y una rueca y un huso en la otra; representaba las artes de la guerra y las artes de la paz, que eran dominio propio de la diosa de ojos verdes.

El acto de mirar un objeto tan sagrado dejó a Ilo ciego al instante. Al estilo de los olímpicos, no se dejó llevar por el pánico. Cayó de rodillas y dirigió sus plegarias de agradecimiento a los cielos. Tras una semana de resuelta devoción fue recompensado con la restitución de la vista. Lleno de celo y de energía renovada empezó a poner los cimientos de su nueva ciudad. Planificó sus calles de manera que estuvieran dispuestas como los radios de una rueda desde un templo central que dedicaría a Atenea. En el más recóndito sanctasanctórum del templo colocó la talla de madera de Palas Atenea caída del cielo: el *xoanon*, la Suerte de Troya, el símbolo y confirmación del estatus divino de la ciudad. Mientras aquel tótem sagrado reposara allí sin moverse, Troya prosperaría y perduraría. Así lo

---

1. Tres codos griegos antiguos, algo menos de metro y medio. A una imagen en madera como esta, tallada con la forma de una deidad (generalmente una diosa), se la llamaba *xoanon*.

creía Ilo y así lo creyó también la gente que acudió en masa a ayudarlo a construir y habitar aquella nueva ciudad. A la talla la llamaron PALADIO y en honor del padre de Ilo, Tros, le pusieron a la ciudad el nombre de Troya y ellos fueron conocidos como troyanos.[1]

Ya tenemos la línea fundadora, desde Dárdano hasta Ilo I y Erictonio, cuyo hijo Tros engendró a Ilo II, razón por la cual también se conoce a Troya como Ilio o Ilión.[2]

MALDICIONES

Hubo otro linaje real en Jonia que deberíamos tener en cuenta: no puedo dejar de subrayar su importancia. Tal vez ya os suene la historia del rey TÁNTALO, que gobernaba en Lidia, un reino al sur de Troya. Tántalo sirvió a los dioses a su hijo PÉLOPE estofado.[3] Estos lo recompusieron, lo resucitaron y creció hasta convertirse en un príncipe atractivo y popular, amante de POSEIDÓN, que le regaló un carro tirado por caballos alados. El carro llevó a una maldición que llevó a... que llevó a casi todo...

Ilo se sintió tan escandalizado como el que más ante la depravación de Tántalo, lo suficiente como para expulsarlo

1. La vocal líquida «i» en griego y latín antiguos se vuelve a menudo una «j» en inglés: «Jason» por «Iason», «Jesus» por «Iesus», «Julius», «Juno», «juvenile», etcétera. Los franceses tienen *Troyen* y *Troyenne*; en alemán es *Trojaner*, pero se pronuncia «troy-ahner». Es el mismo sonido «y» en italiano y en español. El portugués lo escribe y dice un poco como los ingleses, de modo que *Trojan* suena como su *explosion*. Los griegos modernos dicen *Tro-as*, y suena como «croas».

2. De ahí el nombre del poema épico de Homero, la *Ilíada*.

3. Zeus castigó a Tántalo con un tormento eterno en el inframundo: el agua y la fruta se mantenían siempre lejos de su alcance, de lo que resultó el verbo «tantalizar». Véase *Mythos*, p. 270.

por fuerza de la región. Lo suyo sería imaginar que Pélope no pondría pegas a la expulsión de su padre –a fin de cuentas, Tántalo lo había masacrado, desmembrado y presentado a los olímpicos en forma de fricasé–, pero nada más lejos. En cuanto Pélope llegó a la edad adulta, levantó en armas un ejército y atacó Ilo, pero fue derrotado fácilmente en batalla. Pélope dejó Jonia y terminó asentándose al oeste en el interior de lo que hasta hoy llamamos el Peloponeso. En esta zona extraordinaria surgieron reinos y ciudades tan legendarios como Esparta, Micenas, Corinto, Epidauro, Trecén, Argos y Pisa. Esta Pisa no es el hogar italiano de la torre inclinada, claro, sino una ciudad estado griega gobernada en el momento de la llegada de Pélope por el rey ENÓMAO, hijo del dios de la guerra Ares.

Enómao tuvo una hija, HIPODAMÍA, cuya belleza y linaje atraían a muchos pretendientes. El rey temía una profecía que vaticinaba su muerte a manos de un yerno. Por entonces no había conventos donde encerrar a las hijas, así que probó otra forma de asegurar su soltería perpetua: anunció que solo podría quedarse con Hipodamía aquel que lo venciese en una carrera de cuadrigas. Había una trampa: aunque la recompensa por la victoria fuese la mano de Hipodamía, el precio por *perder* la carrera era la vida del pretendiente. Enómao pensaba que no existía en el mundo ningún auriga mejor que él; en consecuencia, estaba convencido de que su hija jamás se casaría ni le daría el yerno que la profecía le había hecho temer. A pesar del drástico coste de perder la carrera y de la simpar reputación de Enómao como auriga, dieciocho hombres valerosos aceptaron el desafío. La belleza de Hipodamía era tremenda y la perspectiva de hacerla suya, y con ella la rica ciudad estado de Pisa, era tentadora. Dieciocho habían competido contra Enómao y dieciocho habían sido derrotados; sus cabezas, en diversos estados de descomposición, adornaban los postes que rodeaban el hipódromo.

Cuando Pélope, expulsado de su reino natal de Lidia, llegó a Pisa quedó fascinado al instante por la hermosura de Hipodamía. Aunque confiaba en sus habilidades como jinete, consideró sensato pedir a Poseidón, su antiguo amante, algo de ayuda extra. El dios del mar y de los caballos le mandó gustosamente de entre las olas una cuadriga y dos corceles alados de gran potencia y velocidad. Para asegurarse por partida doble, Pélope sobornó al auriga de Enómao, MIRTILO, hijo de Hermes, para que lo ayudase a ganar. Motivado por la promesa de la mitad del reino y una noche yaciendo con Hipodamía (de la que también estaba enamorado), Mirtilo se coló en los establos la noche antes de la carrera y sustituyó los pernos de bronce que fijaban el eje de la cuadriga de Enómao por otros tallados en cera de abeja.

Al día siguiente, cuando empezó la carrera, el joven Pélope enseguida se puso a la cabeza, pero el talento del rey Enómao era tal que pronto le dio alcance. Ya estaba casi a su altura, con la jabalina en alto para propinarle un golpe mortal, cuando los pernos de cera cedieron, las ruedas salieron volando de la cuadriga y el rey acabó muriendo sangrientamente bajo los cascos de sus propios caballos.

Mirtilo fue a reclamar lo que consideraba su justa recompensa –una noche con Hipodamía–, pero ella fue corriendo a quejarse a Pélope, que empujó al joven desde un barranco. Mientras Mirtilo se ahogaba en el mar, maldijo a Pélope y a todos sus descendientes.

Mirtilo es un héroe griego poco conocido. No obstante, la parte del Egeo donde cayó sigue llamándose mar de Mirtos. Durante años y años, la gente de la región llevó a cabo sacrificios a Mirtilo en el templo de su padre Hermes, donde su cadáver yacía embalsamado. Tanta devoción por un hombre débil y lujurioso que había aceptado un soborno y causado la muerte de su propio rey.

Pero la maldición sobre Pélope... Esta maldición es relevante. Porque Pélope e Hipodamía tuvieron hijos. Y esos hijos tuvieron hijos. Y la maldición de Mirtilo pesaba sobre todos ellos. Como veremos.

Si esta historia, la historia de Troya, encierra un significado o una moraleja es tan sencilla como que los actos tienen consecuencias. Lo que hizo Tántalo, agravado por lo que hizo Pélope... los actos de estos dos hicieron que cayese una fatalidad sobre la que había de ser la casa real más importante de Grecia.

Mientras tanto, la casa real de Troya estaba a punto de ganarse su propia maldición...

El rey Ilo había muerto y el trono de Troya lo ocupaba ahora su hijo LAOMEDONTE. Allí donde Ilo había sido devoto, diligente, industrioso, honorable y previsor, Laomedonte era avaricioso, ambicioso, ineficaz, indolente y ladino. Su avaricia y su ambición incluían un deseo por ampliar aún más la ciudad de Troya, por darle unas gigantescas murallas y adarves protectores, torres y torreones dorados, por dotarla de un esplendor como el mundo no había visto hasta entonces. En lugar de planearlo y ejecutarlo en persona, Laomedonte hizo algo que nos puede parecer extraño pero que aún era posible en la época en que los dioses y los hombres caminaban juntos sobre la faz de la tierra: contrató a dos de los dioses olímpicos, Apolo y Poseidón, para que hiciesen el trabajo por él. Los inmortales no le hicieron ascos a un contratillo laboral y se embarcaron ambos en el proyecto de construcción con energía y destreza, amontonaron enormes rocas de granito y las transformaron en lisos bloques para crear unas murallas relucientes y gloriosas. En muy poco tiempo el trabajo quedó listo y una Troya recién fortificada se alzó orgullosa en la llanura de Ilión, una ciudad fortaleza grandiosa y formidable como no se había visto jamás. Pero cuando Apolo y Poseidón se presentaron ante Laomedonte para cobrar, este hizo lo que muchos propietarios llevan haciendo desde entonces. Un mohín, chasqueó la lengua y sacudió la cabeza.

—No, no, no —dijo—. Los adarves son inclinados y los pedí rectos. Y los portones del sur no son los que encargué. ¡Y esos contrafuertes! Todo mal. Pobre de mí, no, para nada puedo pagaros por un trabajo tan chapucero como este.

Dicen que a los tontos les dura poco el dinero, pero también se dice que el dinero del mezquino anda dos veces el camino.

La venganza de los dioses estafados fue rápida y despiadada. Apolo disparó a la ciudad flechas de peste por encima de las murallas; en cuestión de días, el sonido de los alaridos y gemidos se alzaba por toda Troya, dado que un miembro de cada familia como mínimo había contraído la enfermedad mortal. Al mismo tiempo, Poseidón mandó un gigantesco monstruo marino al Helesponto. Toda la navegación de este a oeste quedó bloqueada por la feroz presencia y pronto Troya quedó privada del comercio y los aranceles de los que dependía su prosperidad.

Para que luego digan del Paladio y de la Suerte de Troya.

Los aterrorizados ciudadanos acudieron en masa al palacio de Laomedonte para pedir asistencia. El rey se volvió hacia sus sacerdotes y profetas, que estuvieron de acuerdo.

—Es demasiado tarde para pagar a los dioses con el oro que les debéis, majestad. Ahora ya solo hay una manera de aplacarlos. Debéis sacrificar a vuestra hija HESÍONE a la criatura marina.

Laomedonte tenía un montón de hijos.[1] Aunque Hesíone era su favorita, a Laomedonte le importaba más su propia

---

1. Uno de los cuales, TITONO, se casó con EOS, diosa del amanecer, y a quien Zeus le concedió la inmortalidad. La inmortalidad, pero no la eterna juventud. De modo que se marchitó hasta que Eos lo convirtió en un saltamontes. Véase *Mythos*, p. 320.

sangre y su propia carne que la carne de su carne (por así decirlo), y sabía que si ignoraba la instrucción de los profetas la población troyana, aterrada y furiosa, haría pedazos y sacrificaría a Hesíone de todos modos.

–Que así sea –dijo con un profundo suspiro y un gesto irritado de la mano.

Cogieron a Hesíone y la encadenaron a una roca en el Helesponto a la espera de su destino en las fauces del monstruo acuático.[1]

Toda Troya contuvo la respiración.

1. Idéntica suerte corrió la princesa etíope Andrómeda, rescatada por el tatarabuelo (y hermanastro) de HERACLES, PERSEO: véase *Héroes*, p. 49.

SALVACIÓN Y DESTRUCCIÓN

MIRAD, YA VIENE EL HÉROE CONQUISTADOR

Justo al mismo tiempo, en el mismo instante en que Hesíone, encadenada a su roca, empezaba a dirigir súplicas al Olimpo para que la librasen del dragón marino de Poseidón, Heracles y su pandilla de seguidores llegaron a las puertas de Troya de vuelta de su Noveno Trabajo, la obtención del ceñidor de Hipólita, reina de las amazonas.[1]

Heracles, junto con sus amigos TELAMÓN y OÍCLES, fue conducido ante la presencia del rey. Por más honrado que se sintiese con la visita del gran héroe, Laomedonte tenía la cabeza más puesta en las mermadas despensas de su atribulada ciudad arrasada por la peste que en el privilegio de actuar como anfitrión de Heracles y sus seguidores, independientemente de lo famoso y admirado que fuese. Con él viajaba un pequeño ejército, y Laomedonte era consciente de que todos esperarían que los alimentasen. Heracles por sí solo ya tenía el apetito de cien hombres.

–Eres más que bienvenido, Heracles. ¿Tienes pensado honrarnos con tu compañía mucho tiempo?

1. Véase *Héroes*, p. 102.

27

Heracles echó un vistazo a la corte taciturna con cierta sorpresa.

—¿A qué vienen esas caras tan largas? Me habían contado que Troya es el reino más rico y alegre del mundo.

Laomedonte se revolvió en su trono.

—Tú mejor que nadie sabrás que no somos más que juguetes en manos de los dioses. ¿Qué es el hombre sino la desafortunada víctima de sus mezquinos caprichos y de sus celos vengativos? Apolo nos mandó una epidemia y Poseidón un monstruo que obstruye nuestra vía de comunicación por mar.

Heracles escuchó la versión autocompasiva y generosamente manipulada de los acontecimientos que habían llevado al sacrificio de Hesíone.

—A mí no me parece un problema tan complicado —dijo—. Solo necesitáis a alguien que saque a ese dragón del paso marino y salve a vuestra hija... ¿cómo habéis dicho que se llama?

—Hesíone.

—Sí, esa. La peste se extinguirá sola pronto, me atrevería a decir, como siempre...

Laomedonte vaciló.

—Eso está muy bien, pero ¿y mi hija qué?

Laomedonte, como todo el mundo griego, había oído hablar de los trabajos emprendidos por Heracles: la limpieza de los establos del rey Augías, la doma del toro de Creta, la captura del jabalí gigante del monte Erimanto, la muerte del león de Nemea y la aniquilación de la hidra de Lerna... Si aquella mole de hombre con un pellejo de león echado por encima y un roble a modo de garrote de verdad había llevado a cabo hazañas tan imposibles y derrotado a criaturas tan terribles, entonces tal vez era capaz de liberar el Helesponto y rescatar a Hesíone. Pero siempre estaba la cuestión del pago.

—No somos un reino rico... —mintió Laomedonte.

—No os preocupéis por eso —contestó Heracles—. Lo único que os pido a cambio son vuestros caballos.

28

—¿Mis caballos?

—Los caballos que mi padre le envió a vuestro abuelo Tros.

—Ah, esos caballos —repuso Laomedonte con un gesto displicente de la mano como diciendo «¿Solo eso?»—. Querido amigo, libra al canal del dragón y devuélveme a mi hija y te los puedes quedar... sí, y también sus bridas de plata.

Menos de una hora después, Heracles, con el cuchillo entre los dientes, se había sumergido en las aguas del Helesponto y atravesaba el oleaje creciente de Poseidón. Hesíone, encadenada a su roca, con el agua por la cintura, contemplaba asombrada a un hombre enorme y musculoso nadando con todas sus fuerzas hacia la parte más angosta del canal, donde acechaba el dragón.

Laomedonte, Telamón y Oícles, junto con el resto de la compañía de griegos leales a Heracles, observaban desde la orilla. Telamón le susurró a Oícles:

—¡Mírala! ¿Has visto alguna vez un porte más hermoso?

Aunque Hesíone ofrecía una estampa encantadora, Oícles solo tenía ojos para el espectáculo de su líder enzarzándose con un dragón marino al estilo simple, directo y agresivo por el que era celebrado. Heracles se dirigió hacia la criatura, pero lejos de mostrar miedo, el dragón abrió la boca de par en par y se lanzó a su vez a por el héroe.

Oícles pensó que le tenía bien tomada la medida a su amigo y comandante, pero lo que Heracles hizo a continuación no se lo esperaba en absoluto. Sin dejar de dar brazadas fue directo a la boca abierta del monstruo. Un silencio de pasmo atajó los vítores de la costa cuando perdieron de vista a Heracles. La criatura cerró con un chasquido sus mandíbulas colosales y tragó, se irguió con un rugido triunfal y se zambulló de nuevo en las profundidades. Hesíone estaba salvada —al menos de momento—, pero Heracles... Heracles estaba perdido. Heracles, el mayor, el más fuerte, el más valeroso y noble de los héroes, se había dejado engullir de un bocado sin rechistar.

Oícles y los demás deberían habérselo olido, claro. En cuanto Heracles estuvo dentro del apestoso interior animal se puso a dar machetazos concienzudamente. Después de lo que se antojó una eternidad, empezaron a subir flotando a la superficie escamas y pedazos de carne.[1] Telamón fue el primero en verlo y señaló con un grito el mar cuando empezaba a bullir de sangre y jirones de carne. Cuando Heracles emergió por fin boqueando en busca de aire y chorreando agua salada, los griegos y troyanos reunidos soltaron un estentóreo hurra. ¿Cómo podían haber dudado del más formidable de los héroes?

Un ratito después, la temblorosa Hesíone aceptaba con gusto el abrigo de Telamón y un brazo donde agarrarse mientras acompañaba, junto a los soldados eufóricos, a Heracles de vuelta ante la presencia de Laomedonte.[2]

Hay gente que es incapaz de aprender de sus errores. Cuando Heracles pidió los caballos que según lo acordado debían ser su pago, Laomedonte chasqueó la lengua contrariado igual que había hecho con Apolo y Poseidón.

–Uy, no, no, no –dijo sacudiendo la cabeza de lado a lado–. No, no, no, no, no. El acuerdo era que *despejarías* el Helesponto, no que lo dejarías emporcado de mocos, sangre y huesos. A mis hombres les va a llevar semanas limpiar el desastre del litoral. «Despejaré el Helesponto»: esas fueron tus palabras exactas y esos los términos del acuerdo. ¿O lo vas a negar?

Laomedonte levantó la barbilla y lanzó una mirada penetrante por la sala hacia los cortesanos reunidos y los miembros de la élite de la guardia real.

1. Algunos historiadores afirman que Heracles estuvo tres días dentro del estómago del monstruo, cosa poco probable. Es el mismo número de días que, se dice, pasó Jonás dentro del enorme pez, de modo que tal vez se trate de una duración canónica en este tipo de historias.
2. Algunas versiones de este relato cuentan que los jugos gástricos corrosivos del dragón dejaron a Heracles sin pelo en la cabeza o que se lo volvieron blanco para siempre.

–Sus palabras exactas...

–Dijo «despejar»...

–Su majestad está en lo cierto, como siempre...

–¿Ves? Así que no puedo pagarte. Te agradezco que me hayas devuelto a Hesíone, claro, pero estoy seguro de que el dragón no le habría hecho daño. La podríamos haber recogido de la roca nosotros mismos en su debido momento y desde luego sin necesidad de liar ese estropicio.

Heracles agarró su garrote con un bramido de indignación. Los soldados de la guardia de Laomedonte desenvainaron sus espadas de inmediato y formaron un círculo defensivo alrededor de su rey.

Telamón susurró con vehemencia al oído de Heracles:

–Déjalo, amigo mío. Estamos en desventaja numérica, mil a uno. Además, tienes que estar de vuelta en Tirinto a tiempo para empezar tu décimo y último trabajo. Solo con que te retrases un día habrás echado todo a perder. Nueve años de esfuerzo desperdiciados. Venga, no vale la pena.

Heracles bajó su garrote y escupió al semicírculo de soldados tras el cual se escondía Laomedonte.

–Nos volveremos a ver, su majestad –gruñó.

Y ejecutando una profunda reverencia, dio media vuelta y se marchó.

–La reverencia no iba en serio –les explicó a Telamón y a Oícles de camino al barco.

–¿No iba en serio?

–Era una reverencia sarcástica.

–Ah –dijo Telamón–. Ya decía yo.

–Caray, lo zafios que son estos griegos –dijo Laomedonte observando desde las altas murallas de su ciudad el barco de Heracles desplegando sus velas y alejándose–. No tienen modales, ni estilo, ni saber estar...

Hesíone contempló el barco con cierto remordimiento. Le había gustado Heracles y estaba bastante convencida de que, por mucho que su padre lo negase, el héroe le había salvado realmente la vida. Su amigo Telamón también era educadísimo y encantador. Nada desagradable a la vista. Bajó la mirada hasta su regazo y suspiró.

EL REGRESO DE HERACLES

El rey EURISTEO de Micenas y el rey Laomedonte de Troya estaban cortados por el mismo patrón de mezquindad. Si Laomedonte se había desdicho de su trato con Heracles, ahora Euristeo hizo lo propio. A su regreso de Troya, Heracles emprendió su décimo (y último, creía él) trabajo –el transporte del gigantesco ganado de vacas rojas del monstruo Gerión– y, al acabar, Euristeo le dijo que dos de los primeros trabajos completados no iban a contar, y que ahora los diez habrían de ser doce.[1] Así es como transcurrieron tres años enteros hasta que Heracles se vio libre de ataduras y pudo atender de nuevo al asunto de la traición del rey Laomedonte, un agravio que, con el tiempo, no había hecho más que crecer y supurar.

Reunió un ejército de voluntarios y echó al mar una flotilla de dieciocho pentecónteros y cincuenta embarcaciones de remo para cruzar el Egeo. En el puerto de Ilión, dejó a Oícles a cargo de los barcos y las tropas de reserva y se fue con Telamón y la mayor parte del ejército a enfrentarse a Laomedonte. Las patrullas de reconocimiento habían alertado al taimado rey troyano de la llegada de los griegos, así que este se las arregló para ganarle la partida a Heracles, dejó la ciudad de Troya, dio un rodeo y fue a atacar a Oícles y los barcos. Para cuando Heracles descubrió lo que estaba sucediendo, Oícles y los reservistas habían muerto y las fuerzas de Laomedonte estaban

---

1. Los trabajos descontados fueron el segundo –la hidra de Lerna– y el quinto –los establos de Augías–. Para más detalles, véase *Héroes*, p. 78.

de nuevo a salvo tras las murallas de Troya preparándose para un largo asedio.

Finalmente, Telamón reventó una de las puertas y los griegos entraron en tromba. Se abrieron paso hasta el palacio pegando tajos despiadadamente. Heracles, un poco más atrás, llegó a la grieta en el muro y oyó a sus hombres vitorear a Telamón:

—¡Es el mejor guerrero se mire como se mire!

—¡Arriba Telamón, nuestro general!

Aquello era más de lo que Heracles era capaz de soportar. Descendió uno de sus nubarrones rojos. Rugiendo de furia, avanzó como una apisonadora en busca de su ayudante para matarlo.

Telamón, a la cabeza de las tropas, estaba a punto de entrar en el palacio de Laomedonte cuando oyó la conmoción a su espalda. Como conocía bien a su amigo y los aterradores efectos de sus ataques de celos, se puso de inmediato a recoger piedras. Estaba apilándolas unas encima de las otras cuando un jadeante Heracles llegó hasta él con el garrote en alto.

—¡Chsss! —dijo Telamón—. Ahora no. Estoy ocupado construyendo un altar.

—¿Un altar? ¿Para quién?

—Para ti, claro. Un altar a Heracles. Para conmemorar el rescate de Hesíone, el asedio de Troya, tu prevalencia sobre hombres y monstruos y tu dominio de la mecánica de la guerra.

—Ah —Heracles bajó el garrote—. Vaya, qué amable. Muy bueno. Sí..., muy considerado por tu parte. Muy elegante.

—Qué menos.

Y subieron de bracete los escalones del palacio real de Troya.

La matanza que siguió fue espeluznante. Asesinaron a Laomedonte, a su esposa y a todos sus hijos: es decir, a todos menos al más pequeño, que se llamaba PODARCES. Su salvación fue algo inesperado.

Heracles, con el garrote y la espada chorreando sangre de media familia real de Troya, acabó en la alcoba de Hesíone. La princesa estaba arrodillada en el suelo. Habló con mucha calma:

—Quítame la vida para que pueda reunirme con mi padre y mis hermanos.

Heracles estaba a punto de obedecer a sus deseos cuando Telamón entró en el dormitorio.

—¡No! ¡A Hesíone no!

Heracles se giró sorprendido.

—¿Por qué no?

—Le salvaste la vida en su momento. ¿Por qué quitársela ahora? Además, es hermosa.

Heracles comprendió.

—Llévatela. Quédatela y haz con ella lo que te plazca.

—Si ella quiere —dijo Telamón— me la llevaré a casa, a Salamina, para hacerla mi esposa.

—Pero si ya tienes una esposa —dijo Heracles.

Justo en ese momento oyó algo bajo la cama.

—¡Vamos, sal de ahí! —gritó dando espadazos a ciegas.

Emergió un chaval lleno de polvo. Se irguió con tanta dignidad como le permitía su corta estatura.

—Si he de morir, será por propia voluntad y como orgulloso príncipe de Troya —dijo, y acto seguido estornudó y echó a perder el efecto conseguido.

—Pero ¿cuántos hijos tiene ese hombre? —comentó Heracles alzando la espada una vez más.

Hesíone chilló y agarró a Telamón de un brazo.

—¡Podarces no! Es tan jovencito... Por favor, mi señor Heracles, se lo suplico.

Heracles no estaba muy convencido.

—Será joven, pero es el hijo de su padre. Un chaval inofensivo puede convertirse en un enemigo poderoso.

—Permitid que compre su libertad —le apremió Hesíone—.

Tengo un velo de oro que, dicen, fue en su día propiedad de la mismísima Afrodita. Os lo ofrezco a cambio de la vida y la libertad de mi hermano.

A Heracles aquello ni frío ni calor.

–Te lo podría quitar. Toda Troya es mía en virtud del derecho de conquista.

–Con el debido respeto, señor, no lo encontraríais. Está guardado en un escondrijo secreto.

Telamón le dio un codazo a Heracles.

–Vale la pena echarle un ojo al menos, ¿no te parece?

Heracles gruñó una aprobación y Hesíone se dirigió hacia un armarito profusamente decorado junto a la cama. Sus dedos accionaron un cierre en la parte trasera y un cajón se abrió en un lateral. Sacó de allí una tela de oro y se la tendió a Heracles.

–Su valor es incalculable.

Este examinó el velo. Era una maravilla ver el tejido escurriéndose entre sus dedos como agua. Posó una mano enorme en el hombro del muchacho.

–Bueno, joven Podarces, tienes suerte de que tu hermana te quiera –dijo, y se guardó el velo en el cinturón–. Y tu hermana tiene suerte de que Telamón, por lo visto, la quiera a ella.

El héroe y su ejército dejaron Troya en ruinas. Los barcos de la flota troyana los tomaron y cargaron con todos los tesoros que los griegos fueron capaces de embutir en sus bodegas. Hesíone, subida a bordo por Telamón, echó una última mirada a su ciudad natal. El humo se elevaba de todas partes, las murallas estaban reventadas por mil sitios. Troya, un día perfecta y fuerte, había quedado reducida a piedras rotas y pavesas.

Dentro de la ciudad, los troyanos se abrían paso entre los cadáveres y los escombros. Les llamó la atención la visión de un muchacho, prácticamente un niño, plantado delante del templo del Paladio, que habían respetado. ¿No era el joven príncipe Podarces?

—Ciudadanos de Troya —gritó el muchacho—. ¡No desesperéis!

—¿Cómo es que sigue vivo?

—He oído que se escondió debajo de la cama de su hermana.

—La princesa Hesíone compró su libertad.

—¿La compró?

—A cambio de un velo de oro.

—¡La compró!

—Sí —gritó Podarces—. La compró. Podéis decir que fue mi hermana o podéis decir que fueron los dioses. Todo sucede por un motivo. Yo, Podarces, de la sangre de Tros e Ilo, esto os digo: Troya resurgirá. La reconstruiremos para que sea más perfecta, más rica, más fuerte y excelsa de lo que fue nunca. Más grande que cualquier otra ciudad del mundo en toda la historia mortal.

A pesar de su juventud y de los churretes de polvo y barro, los troyanos quedaron impresionados por la potencia y la convicción que resonaban en su voz.

—No me avergüenza que mi hermana comprase mi libertad —prosiguió—. Tal vez el tiempo demuestre que valió la pena el dispendio. Profetizo que, al comprarla, Hesíone rescató a toda Troya. Troya irá alcanzando su excelencia mientras yo alcanzo mi madurez.

Es ridículo que alguien tan joven demuestre semejante confianza en sí mismo, pero el caso es que nadie podía negar que el chaval tenía empaque. Los troyanos se arrodillaron junto con Podarces y elevaron plegarias a los dioses.

De manera que, desde aquel día, Podarces gobernó a su pueblo y supervisó la reconstrucción de la ciudad destruida. No le importaba que todo el mundo se refiriese a él como «aquel al que compraron», que en el idioma troyano se decía PRÍAMO y que, con el tiempo, terminaría siendo su nombre.

Dejamos a Telamón navegando hacia Salamina con su nueva esposa Hesíone. Telamón y su familia desempeñan un papel lo suficientemente importante en la historia de Troya como para justificar que volvamos atrás en el tiempo y examinemos sus orígenes. Insisto: no necesitáis recordar todos los detalles, pero vale la pena ir siguiendo estas historias –estas «historias de origen», como ahora solemos llamarlas– y ya se nos irá quedando algo en la memoria conforme avancemos. Además, son muy suculentas.

Telamón y su hermano PELEO crecieron en la isla de Egina, una próspera potencia naval y comercial situada en el golfo Sarónico, la bahía que discurre entre la Argólida hacia el oeste y Ática, Atenas y el interior de Grecia al este.[1] Su padre, ÉACO, el rey fundador de la isla, era hijo de Zeus y Egina, una ninfa acuática que le dio a la isla su nombre. Los chicos se criaron en el palacio real tan leales el uno al otro como puedan serlo felizmente dos hermanos, y tan arrogantemente convencidos de sus privilegios como puedan estarlo los principescos nietos de Zeus, no tan felizmente. Su madre, ENDEIDE, hija del centauro QUIRÓN y de la ninfa Cariclo, los mimó, así que parecía aguardarles un futuro de confort y poderío garantizados. Como de costumbre, las moiras tenían otras ideas.

El rey Éaco abandonó a Endeide y se esposó con la ninfa marina PSÁMATE, que le dio un hijo, FOCO. Como suelen hacer los padres entrados en años, el rey Éaco consintió mucho a su benjamín –consuelo de su vejez, como lo llamaba–. Foco se convirtió en un chico atlético y popular, el ojito dere-

---

1. Véase el mapa de las pp. 8-9. La Argólida es el nombre que se da a las ciudades estado (a veces vagamente confederadas) de Corinto, Micenas, Tirinto, Epidauro, Trecén y Argos.

cho del palacio. Endeide no soportaba el papel de segunda esposa y la consumían unos celos rabiosos de Psámate y de su hijo, unos celos que compartían sus hermanastros Telamón y Peleo, ahora en la veintena.

—Míralo, pavoneándose por aquí como si todo esto fuera suyo... —siseó Endeide mientras observaba detrás de una columna, con sus hijos, a Foco alejándose por un pasillo y canturreando como si tocase la trompeta.

—Si padre se sale con la suya, lo será... —dijo Telamón.

—Niñato asqueroso... —masculló Peleo—. Alguien debería darle una lección.

—Podemos hacer algo aún mejor —dijo Endeide. Bajó la voz y habló en un susurro—: Éaco está organizando un pentatlón en honor de Artemisa. Creo que deberíamos convencer al pequeño Foco para que participe. Ahora, escucha...

Foco no había estado más eufórico en su vida. ¡Un pentatlón! Y sus hermanos mayores lo animaban a que participase. Siempre había creído que no les caía muy bien. A lo mejor era por ser demasiado pequeño para acompañarlos en sus cacerías. Aquello debía de ser una señal de que ahora lo consideraban suficientemente mayor.

—Tendrás que practicar —le advirtió Peleo.

—Ah, sí —dijo Telamón—. No queremos que hagas el ridículo delante del rey y de la corte.

—No os decepcionaré —dijo Foco entusiasmado—. Practicaré día y noche, lo prometo.

Parapetados tras una arboleda, Telamón y Peleo observaban a su hermanito lanzando su disco en un campo fuera de las murallas de palacio. Era desconcertantemente bueno.

—¿Cómo puede lanzar tan lejos alguien de esa estatura? —preguntó Telamón.

Peleo levantó su disco y lo sopesó entre las manos.

—Yo puedo lanzarlo más lejos —dijo.

Apuntó, se giró, retorció el cuerpo y soltó. El disco salió

disparado por el aire y golpeó a Foco en la nuca. El chico cayó al suelo sin emitir ni un sonido.

Los hermanos corrieron hasta allí. Foco estaba muertísimo.

–Un accidente –susurró Telamón aterrorizado–. Estábamos los tres practicando y él se puso en medio de tu lanzamiento.

–No sé –contestó Peleo pálido–. ¿Nos creerán? Toda la corte está al tanto de nuestra inquina.

Contemplaron el cuerpo en el suelo, intercambiaron miradas, asintieron y se agarraron firmemente por los antebrazos para sellar un pacto tácito. Veinte minutos después estaban cubriendo de hojas secas y ramitas la tierra removida donde yacía enterrado el cadáver de su joven hermanastro.

Cuando corrió la voz por el palacio y el territorio de que el príncipe Foco no aparecía, nadie se desvivió tanto por encontrarlo como Endeide y sus hijos. Mientras esta le acariciaba una mano a su odiada rival Psámate y le regalaba el oído con palabras de esperanza, Telamón y Peleo se sumaron ruidosamente al alboroto y al llanto.

El rey Éaco había trepado al tejado del palacio y desde aquella atalaya gritó con voz cada vez más frenética el nombre de su bienamado hijito hacia los campos y los bosques a la redonda. Lo interrumpió una tímida tosecilla. Un viejo esclavo astroso y cubierto de polvo se le acercó.

–¿Qué haces aquí?

El anciano hizo una profunda reverencia.

–Perdóneme, señor rey, yo sé dónde está el joven príncipe.

–¿Dónde?

–Majestad: cada día subo a estos tejados. Me encargo de cubrirlos a base de paja y alquitrán para que no haya goteras. Hacia el mediodía me dio por echar un ojo abajo y lo vi. Lo vi todo.

El techador llevó al rey al lugar donde estaba enterrado

Foco. Peleo y Telamón fueron convocados, confesaron su crimen y resultaron desterrados de su reino natal.

TELAMÓN EN EL EXILIO

Telamón se dirigió hacia una isla cercana, Salamina, gobernada por el rey CICREO, cuya madre, la ninfa del mar Salamina, dio nombre a la isla.[1] A Cicreo le cayó en gracia Telamón y le propuso –prerrogativa exclusiva de reyes, sacerdotes e inmortales– limpiarlo de su abominable crimen fratricida.[2] Hecho esto, lo nombró heredero suyo y le entregó a su hija Glauce en matrimonio. A su debido tiempo, Glauce le dio a su marido un bebé de tamaño, peso y lozanía formidables al que pusieron ÁYAX, un nombre que un día sería conocido en todos los rincones del mundo (generalmente acompañado de la fórmula «el Grande»).[3]

1. Salamina era hermana de Egina, con lo que Cicreo era... Se me dan tan mal las relaciones de parentesco y filiación... El hijo de la abuela de Telamón sería su..., su primo o algo así, como mínimo.
2. Véase la historia de BELEROFONTE en *Héroes* (p. 153) para un ejemplo similar de crimen de sangre y su expiación por medio de intercesión real.
3. Otras versiones atestiguan que Peribea, la hija de Cicreo habría engendrado a Áyax con Telamón. También hay una fuente que afirma que Glauce, y no Endeide, sería la madre de Telamón y que le habría dado a su vez a Áyax por hijo. Pero no hace falta que nos preocupemos de todas estas variaciones y detalles apabullantes. Baste decir que Telamón engendró a Áyax el Grande. El nombre *Áyax* o *Aias*, como lo dejaron los griegos, deriva de una palabra que significaba «lamento» o «queja» (un cruce entre exclamaciones de dolor y desesperación), aunque el poeta Píndaro asegura que deriva de *aetos*, «águila». Para acabar de complicar la cosa, como descubriremos, hubo dos guerreros llamados Áyax/Aias que combatieron en el bando griego durante la guerra de Troya: pero de eso hablaremos más tarde.

Ya hemos seguido las aventuras posteriores de Telamón y hemos visto cómo ayudó a Heracles a vengarse de Laomedonte. Después del saqueo de Troya y de la matanza de todo el linaje masculino troyano (excepto Príamo), Telamón volvió a Salamina con su premio, Hesíone, con quien tuvo otro hijo, TEUCRO, que habría de labrarse un nombre como el mejor de los arqueros griegos.[1]

Ahora ya hemos acabado más o menos con Telamón. Figura como una especie de lugarteniente de grandes héroes como Jasón, Meleagro y Heracles, pero su importancia para nosotros a la hora de contar el relato de Troya es la de engendrar a aquellos dos hijos: Áyax y Teucro. Lo mismo puede decirse de su hermano Peleo; pero el hijo de Peleo fue tan importante para nuestra historia, y las circunstancias de su nacimiento tan extraordinarias, que el personaje merece más atención.

PELEO EN EL EXILIO

Cuando los hermanos fueron expulsados de Egina por matar al joven príncipe Foco, Peleo se adentró más en tierra firme que Telamón. Cruzó las tierras del interior griego y viajó hacia el norte hasta el pequeño reino de Ftía en Eolia. No fue una elección azarosa: se trataba de tierras de sus antepasados. Tenemos que remontarnos en el tiempo para encontrar la conexión entre Egina en el sur y Ftía en el norte.

Recordaréis que el padre de Peleo, Éaco, era hijo de Zeus y de la ninfa marina Egina. HERA, rabiando de celos como

---

1. Queda demostrado una vez más el campo de minas onomástico que debemos recorrer mientras avanzamos de puntillas alrededor de las historias del mito griego, dado que los troyanos también tuvieron un Teucro, uno de los reyes fundadores de la Tróade, predecesor de Dárdano.

siempre por los escarceos de su marido, había esperado hasta que Éaco alcanzase la madurez para enviar una plaga a la isla que arrasó con toda la población humana salvo Éaco.

Solo e infeliz, Éaco deambuló por su isla suplicando ayuda a su padre Zeus. Se durmió bajo un árbol y lo despertó una hilera de hormigas que marchaban sobre su cara. Miró a su alrededor y vio que una colonia entera bullía sobre su cuerpo.

—¡Padre Zeus! —exclamó—. Ojalá me hiciesen compañía tantos mortales en esta isla como hormigas habitan este árbol.

Pilló a Zeus de buen humor. En respuesta a las plegarias de su hijo, el rey de los dioses transformó a las hormigas en personas a las que Éaco llamó mirmidones, por *myrmex*, hormiga en griego. Con el tiempo, la mayoría de mirmidones abandonaron Egina y se afincaron en Ftía. Y por ese motivo Peleo escogió Ftía como lugar para el exilio y la expiación: para estar con los mirmidones.[1]

EURITIÓN, el rey de Ftía, dio la bienvenida a Peleo y —igual que Cicreo de Salamina había hecho con Telamón— lo limpió de su crimen, lo nombró su heredero y le entregó a su hija en matrimonio.

Boda con ANTÍGONA,[2] hija del rey; nacimiento de una chica, Polidora; alto estatus en Ftía como heredero evidente del trono de los mirmidones; purificación de su crimen... las cosas pintaban bien para Peleo, pero Telamón y él estaban hechos de un material enérgico e inquieto, y la domesticidad serena de la vida conyugal no les pegaba nada. A lo largo de los siguientes años se distinguieron por tripular el *Argo* duran-

---

1. Aquí decimos adiós a Éaco. No obstante, vale la pena apuntar que, después de su muerte, Zeus lo compensó (si es que se puede hablar de compensación) colocándolo como uno de los tres jueces del inframundo, junto a sus hermanastros cretenses Minos y Radamanto. Véase *Mythos* (p. 153) y *Héroes* (p. 189).

2. No confundir con la Antígona tebana, hija de Edipo: véase *Héroes* (p. 340).

te la búsqueda del vellocino de oro y luego, como muchos de los argonautas veteranos, acudieron a Caledonia para cazar al monstruoso jabalí que Artemisa había enviado para que devastase la campiña.[1] En lo más álgido de aquella persecución, la lanza de Peleo se escapó e hirió de muerte a su suegro Euritión. Sin importar que fuese un accidente o no, constituía otro crimen de sangre, otro magnicidio, de modo que Peleo se vio una vez más necesitado de expiación real.

El rey que se ofreció a limpiarlo en esta ocasión fue ACASTO, hijo de Pelias, antiguo enemigo de Jasón; así que ahora Peleo puso rumbo a Yolco, el reino eólico de Acasto.[2] Tened paciencia, lectores.

Llegados a este momento, Peleo había dejado atrás las desagradables características que lo habían llevado a desempeñar un papel monstruoso en el asesinato de su joven hermanastro Foco, y ahora tenía reputación de hombre modesto, amigable y encantador. Tan modesto, tan encantador, tan amigable –y también tan atractivo– que la esposa de Acasto, ASTIDAMÍA, no tardó en verse embargada por el deseo. Una noche entró en su alcoba e hizo todo lo que pudo para seducirlo, pero sin éxito. Su sentido del decoro como huésped y su amistad con Acasto

1. Véase *Héroes*, pp. 84 y 283.
2. Ya os habréis dado cuenta de lo confuso que puede ser encontrarse con tantas palabras y nombres similares en estas historias. No hay que confundir a Peleo con Pelias ni con el monte que pronto sería su hogar, Pelión. De hecho, aunque el monte se llamaba Pelión en la historia, muy anterior, de los gigantes que intentaron amontonarla encima del monte Osa (véase *Mythos*, p. 266), es posible que tomase su nombre de Peleo, que significa «fangoso». Tal vez Pelias, que provenía de esta zona, significase algo parecido. Tal vez los griegos consideraban Eolia una región del mundo especialmente fangosa... Al ser una región montañosa, desde luego cuenta con más lluvias que la mayor parte de Grecia. Otro significado potencial y menos agradable de la palabra es «el color oscuro de la sangre extravasada»...

lo paralizaron mientras ella se restregaba contra su cuerpo. Espoleada por el rechazo, el amor de Astidamía se tornó en odio.

A los que conocéis la historia de Belerofonte y Estenebea, o la de Hipólito (hijo de TESEO) y Fedra,[1] o incluso la de José y la esposa de Putifar en el Génesis, os resultará familiar el mitema o tropo recurrente de la «mujer rechazada» y su desenlace inevitable.

Con el acaloramiento de la mortificación, Astidamía le mandó un mensaje a la mujer de Peleo, Antígona, que estaba en Ftía criando a su hija Polidora.

«Antígona, te escribo para avisarte de que tu marido Peleo, al que tan fiel creías, está ahora prometido con mi hermanastra Estérope. Me imagino lo doloroso que debe de ser para ti esta noticia. Peleo no ha ocultado el desagrado que le produces. Tu figura desde que diste a luz, le cuenta a la corte, se ha vuelto oronda y blanda como un higo demasiado maduro y no soporta ni verte. Por lo menos te enteras por mí y no por alguien que te desee mal. Tu amiga Astidamía.»

Tras oír este mensaje, Antígona se ahorcó.

Ni siquiera esta espantosa consecuencia bastó a la vengativa Astidamía, que ahora abordó a su marido encorvada y entre sollozos.

—Ay, marido mío... —comenzó.

—Pero ¿qué te pasa? —preguntó Acasto.

—No, no te lo puedo decir. No, no puedo...

—Te ordeno que me cuentes lo que te perturba.

Y dejó caer la horrible historia. Que el lujurioso Peleo se había presentado en su alcoba y se había abalanzado sobre ella. Que ella se había resistido a la violación y que había escrito para avisar a Antígona de su humillación y que esta, presa de la congoja, se había quitado la vida. Que Astidamía había querido ocultarle todo aquello a Acasto, que parecía tan

1. Véase *Héroes*, pp. 164 y 418.

encariñado con Peleo..., pero que ahora se lo había sacado...
¡Ay, canastos!, esperaba no haber hecho mal en contárselo...

Aunque Acasto consoló a su esposa, su mente tomó unos derroteros implacables. Con todo, era consciente de que tenía que andarse con cuidado. Matar a su huésped constituiría una infracción de las leyes sagradas. No solo eso, Peleo era nieto de Zeus. Sería una temeridad tocarle siquiera un pelo. Aun así, Acasto estaba resuelto a asegurarse de la muerte de aquel villano lascivo y depravado que se había atrevido a ponerle las manos encima a su mujer.

Al día siguiente, junto con sus cortesanos, llevó a su joven huésped de caza. A última hora de la tarde, Peleo, exhausto, encontró una zona herbosa al borde de un bosque oscuro y se hundió allí en un profundo sueño. Acasto, haciendo señas a sus hombres para que guardasen silencio, se acercó con sigilo y le quitó la espada, un arma poderosa forjada por HEFESTO y que el propio Zeus le había regalado a su hijo. Acasto la escondió en una montaña de estiércol cercana, y sonriendo con deleite se fue con los suyos de puntillas mientras Peleo continuaba durmiendo a pierna suelta. Acasto sabía que por la noche aquella región era mortalmente peligrosa merced a los centauros, mitad caballos y mitad humanos, que merodeaban por allí y que sin duda encontrarían a Peleo y lo matarían.

Cómo no, menos de dos horas después, una manada de centauros salvajes husmeó el aire en las inmediaciones del bosque y detectó un aroma a humano.

Ahora bien: todo el mundo tiene dos abuelos.[1] Por parte de padre, Peleo tenía a Zeus, y por parte de madre, tenía al sabio, erudito y noble Quirón, el centauro inmortal, mentor de ASCLEPIO y Jasón.[2] Resultó que aquella tarde Quirón se

---

1. ... siempre que no seas fruto de una unión incestuosa, claro está.
2. Asclepio fue el gran curandero elevado a divinidad como dios de la medicina. Véase *Mythos*, p. 257.

encontraba entre la tropa de centauros que emergió del bosque y se dirigió a medio galope hacia el durmiente Peleo. Se adelantó a los demás, despertó a Peleo y recuperó su espada. Después de despistar al resto de centauros, se abrazaron. Peleo era el nieto favorito de Quirón con diferencia.

–He estado velando por ti –dijo el centauro–. Has sido víctima de una horrenda jugarreta.

Peleo se enteró por Quirón de lo que había hecho Astidamía y lloró apesadumbrado por la pérdida de Antígona, furioso por la injusticia de la que había sido objeto. Regresó a Ftía, erigió una tumba para su esposa muerta y volvió a Yolco con un ejército de sus mejores soldados ftíos (la élite de los mirmidones). Mataron a Acasto, despedazaron a la retorcida Astidamía e instalaron a Tesalo –hijo de Jasón, el viejo amigo de Peleo– en el trono. A partir de entonces y hasta nuestros días, la Eolia fue conocida como Tesalia.

En lugar de volver a Ftía y vivir la vida de un príncipe heredero, Peleo aceptó la oferta de Quirón de pasar un tiempo con él en su cueva en la montaña para aprender a la vera[1] de aquel reputado centauro. Quirón tenía muchísimo conocimiento y sabiduría por impartirle, de modo que transcurrió un año o así a un ritmo pausado. Pero Quirón empezó a detectar en Peleo una nueva inquietud que podía resumirse como pesadumbre.

–Hay algo que te perturba –le dijo una noche–. Cuéntame qué es. No estás atendiendo a tus estudios con la misma alegría y celo que antes. Contemplas el mar con la mirada perdida. ¿Sigues llorando a Antígona?

Peleo se volvió a mirarlo.

–Tengo que confesar que ya no. Se trata de otro amor.

–Pero si llevas un año sin ver apenas a nadie.

–La vi hace un tiempo. Cuando navegaba con Jasón. Pero no la he olvidado.

1. *A los flancos* quizá sería más preciso.

46

—Cuéntame.

—Bah, es una tontada. Una noche estaba asomado en la popa del *Argo*. ¿Has visto alguna vez esa luz verde que brilla en el mar a veces?

—Soy lego en el arte de la navegación —dijo Quirón.

—Sí, claro. —Peleo sonrió al imaginarse los cascos de Quirón repicando y derrapando por la cubierta resbaladiza—. Bueno, pues créeme: de noche, a veces se ve un fulgor cautivador en el agua.

—Ninfas marinas, sin duda.

—Sin duda. Creo que aquella noche en concreto debíamos de navegar justo encima del palacio de Poseidón. Los resplandores eran especialmente brillantes. Me asomé aún más y una criatura emergió del agua. No he vuelto a ver nada más hermoso.

—Ah.

—Se me quedó mirando y yo igual. Se me antojó una eternidad. Y luego un delfín salió a la superficie. Se rompió el hechizo y ella volvió a hundirse en las profundidades. Estaba como en un sueño...

Peleo se interrumpió al revivir el momento.

Quirón esperó. Estaba seguro de que había más que contar.

—Tal vez ya sepas —dijo por fin Peleo— que el mascarón de proa del *Argo* se talló de un tronco sacado del robledal sagrado de Dodona y que tenía el don de la profecía.

Quirón asintió para indicar que le sonaba aquel dato bien conocido.

—Le hice una consulta. «¿Quién era esa criatura?», le pregunté. El mascarón me contestó: «¿Quién va a ser sino TETIS, tu futura esposa?». No pude sacarle nada más. Tetis. He preguntado por ahí. Sacerdotes y sabios han coincidido en que hay una ninfa marina que lleva ese nombre. Pero ¿dónde está, Quirón? Cada noche, al dormirme, su imagen se me aparece entre las olas como la primera vez.

—¿Tetis, dices?

—Ah, ¿has oído hablar de ella?

—¿Que si he oído hablar de ella? Somos familia. Primos, se podría decir, supongo. Ambos tenemos a Tetis, la titánide, por abuela.[1]

—¿Es...?

—Tetis es tan hermosa y deseable como la recuerdas. Todos y cada uno de los dioses se han enamorado en algún momento de sus encantos sin parangón...

—Lo sabía —gruñó Peleo.

—Déjame terminar —dijo Quirón—. Todos y cada uno de los dioses han caído bajo el hechizo de su belleza, Zeus en particular. Pero hace muchos años, un defensor de la humanidad, el titán PROMETEO, reveló una profecía sobre Tetis que ha disuadido a dioses y semidioses de atreverse a abordarla.

—¿Hay una maldición?

—Para los dioses es toda una maldición, desde luego, pero tal vez no lo sea para ti, un mortal. Prometeo predijo que cualquier hijo que naciera de Tetis crecería hasta superar en todo a su padre. Como sin duda imaginarás, ningún olímpico desea engendrar a un hijo que pueda eclipsarlo o deponerlo. A Urano, el primer señor de los cielos, lo derrocó su hijo Crono, que a su vez fue derrocado por su hijo Zeus,[2] que no tiene ninguna intención, de eso puedes estar seguro, de que el ciclo se repita. Pese a la belleza de Tetis y a su propia naturaleza libidinosa, el rey del firmamento la ha dejado en paz durante todos estos años. Tampoco ningún otro olímpico se ha atrevido a formar pareja con ella.

1. Tetis fue una de los doce titanes originales, hija de los seres divinos primigenios URANO y GEA; junto con Ponto, Talasa y Océano, era deidad original de los mares y los océanos (véase *Mythos*, p. 26). Los geólogos bautizaron el antiguo mar mesozoico, que en su día cubrió la mayor parte de lo que hoy es Europa y Asia occidental, con su nombre.

2. Véase *Mythos*, pp. 36 y 51.

Peleo aplaudió alborozado.

—¿Solo eso? ¿Miedo a que su hijo sea más grande que ellos? ¿Por qué va a preocuparme algo así? Yo estaría orgulloso de engendrar a un chico que me superase en fama y gloria, ¿por qué no?

Quirón sonrió.

—Peleo: no todos los dioses, ni todos los hombres siquiera, son como tú.

Peleo despachó el cumplido con un gesto de la mano, si es que era un cumplido.

—Todo eso está muy bien —dijo cambiando un poco de humor al calibrar la fría realidad—, pero los mares son vastos y amplísimos. ¿Cómo voy a encontrarla?

—Ah, en cuanto a eso... ¿No te contó tu amigo Heracles la historia de su encuentro con el padre de Tetis?

—¿Océano?

—No, Tetis es una nereida.[1] Esto sucedió cuando a Heracles lo mandaron a coger manzanas de oro en el jardín de las Hespérides, el undécimo de sus trabajos. No tenía ni idea de dónde encontrarlas. Las ninfas del río Erídano le dijeron que debería buscar a Nereo, hijo de Ponto y Gea, pero al igual que Proteo —al igual que muchas deidades acuáticas, de hecho—, Nereo es capaz de cambiar de forma a voluntad. Heracles tuvo que agarrar al viejo dios marino mientras este se transformaba en toda clase de criaturas. Finalmente se quedó sin energías. Se rindió y le contó a Heracles todo lo que necesitaba saber. La hija de Nereo, Tetis, es igual. Solo

---

1. En griego, las terminaciones -ida o -ide indican «descendiente de» y la línea paterna. De manera que las descendientes del rey marino Nereo son nereidas; las de Océano, oceánides; las de Heracles, heráclides; etcétera. La madre de Tetis fue una oceánide cuyo nombre, si bien era un nombre más que bueno para una chica griega, hoy haría sonreír al lector moderno: Doris, la pez cirujano de Buscando a Nemo.

cederá ante alguien que la agarre y no la suelte por más alteraciones que sufra su forma.

—Yo no tengo la fuerza de Heracles —dijo Peleo.

—Pero tienes su pasión, ¡tienes un propósito! —repuso Quirón dando un pisotón impaciente con su pezuña en el suelo—. Lo que sentiste cuando bajaste la mirada mientras amanecía en el *Argo* y viste emerger a Tetis... ese sentimiento ¿es lo suficientemente fuerte como para agarrarla?

—¿Lo suficientemente fuerte? —repitió Peleo, y luego, con convicción creciente—: ¡Vaya si es suficientemente fuerte!

—Entonces baja a la orilla y llámala.

LA BODA Y LA MANZANA

Peleo se plantó a orillas del Egeo y llamó a gritos a Tetis hasta desgañitarse. Las sombras iban fluyendo lentamente desde precipicios y montañas hasta la playa como una marea negra conforme HELIOS y su carro solar se hundían por poniente a su espalda. Pronto, SELENE se deslizó por el cielo destellando con una luz azul y plateada desde su carro lunar sobre la arena húmeda a los pies de Peleo. Este seguía observando las aguas negras y gritaba ronco el nombre de Tetis. Finalmente...

¿Estaba soñando? ¿Acaso no era aquello una tenue forma a lo lejos entre las olas? Parecía aumentar de tamaño.

—¿Tetis?

Estaba lo suficientemente cerca de tierra firme como para hacer pie. Solo unas cintas de algas cubrían su reluciente desnudez mientras se le acercaba dando zancadas en la arena.

—¿Qué mortal tiene el descaro de invocarme? ¡Oh! —Se acercó tan rápido a él que Peleo se encogió del susto—. Esa cara la conozco. Una noche te atreviste a clavarme la mirada. ¿Qué era lo que había en aquella mirada? Me desconcertó.

—Era... era amor.

50

–Ah, amor. ¿Y ya está? Me pareció ver otra cosa, algo a lo que no sé poner nombre. Aún lo veo.

–¿Destino?

Tetis echó la cabeza atrás para soltar una carcajada. Su garganta húmeda, adornada con un fino puñado de algas como un collar, era la cosa más bella que había visto Peleo jamás. Era su oportunidad. Se abalanzó sobre Tetis y la agarró por la cintura. Al instante notó que necesitaba separar los brazos y algo le resbalaba en las manos. Tetis había desaparecido y ahora un delfín se retorcía entre sus brazos. Lo abrazó con tal fuerza que notó zumbar la sangre en sus oídos y estuvo a punto de caerse cuando el delfín se convirtió de pronto en un pulpo. Luego fue una anguila, un pigargo, una medusa, una foca... más formas de las que le daba tiempo a contar. Para no desesperar con la espantosa extravagancia de lo que estaba presenciando y haciendo, Peleo cerró los ojos, apuntaló bien las piernas y afianzó aún más su abrazo; fue notando los tactos diversos: puntiagudo, resbaladizo, suave y blando hasta que le llegó un jadeo y un sollozo. Extenuada por el tremendo derroche de energía que suponía cambiar de forma tantas veces y a tal velocidad, Tetis se había rendido. Cuando Peleo abrió los ojos, la vio entre sus brazos, ruborizada y exhausta.

–Tenía yo razón –dijo Peleo con ternura–. Estaba escrito. No te he vencido. No estás en mis manos, estás en las manos de MOROS.[1] Los dos lo estamos.

La tendió allí, en la arena húmeda, y la hizo suya con todo el cariño del que era capaz.

En el Olimpo suspiraron de alivio. La peligrosa profecía de Prometeo ahora se aplicaría a Peleo, al que –por muy habilidoso y noble que fuera como guerrero, por muy príncipe que fuese y demás– difícilmente podían contar entre la

1. La personificación griega del destino: véase *Mythos*, p. 33.

primera categoría de héroes mortales ni poner a la misma altura que Teseo, Jasón, Perseo o Heracles. Que engendrase un hijo que lo superase, si le apetecía. Además, era majo, igual que Tetis.

Cuando la pareja dejó caer, indecisa, que los iba a casar Quirón en su cueva del monte Pelión, todos y cada uno de los olímpicos –de hecho, todos los dioses, semidioses y deidades menores– les concedieron el inestimable cumplido de aceptar la invitación a la última gran reunión de inmortales que el mundo conocería.

¿Todos los dioses, semidioses y deidades menores?

Todos menos uno...

En la cueva de Quirón solo cabían el centauro, los doce dioses olímpicos y la feliz pareja. Tal vez «feliz» es mucho decir, pero llegados a ese punto, Tetis había aceptado su destino. Conocía de sobra la profecía de Prometeo, pero una llama maternal que jamás había sospechado albergar en su interior se encendió de pronto y ahora ardía a una temperatura bestial. Se sintió exultante ante la perspectiva de llevar en su vientre un hijo destinado a la grandeza.

Los divinos invitados de honor tomaron asiento en dos hileras semicirculares al fondo de la cueva, Zeus en el centro, flanqueado a un lado por su esposa Hera, reina de los cielos y diosa del matrimonio, y al otro por su hija favorita, Atenea. El resto de olímpicos se empujaron para sentarse alrededor y detrás como niños mimados. DEMÉTER, diosa de la fertilidad, menos vanidosa, se sentó en silencio en la fila de detrás junto a su hija Perséfone, reina del inframundo, que acudía allí en representación de HADES, que nunca se aventuraba a la superficie. Los gemelos Apolo y Artemisa les quitaron las sillas de delante a Poseidón y Ares, y Afrodita se deslizó resuelta junto a Hera, que saludó con un gesto rígido de cabeza a Hermes, que había entrado riéndose con DIONISO y el cojo Hefesto. Cuando los olímpicos por fin se hubieron colocado con toda la dignidad que fueron capaces de reunir, Quirón indicó a los semidioses de mayor categoría y a los titanes posiciones en pie por el resto de la cueva, dejando una especie de pasadizo central por el que los novios debían entrar. Fuera, ninfas de los mares, las montañas, los bosques, las praderas, los ríos y los árboles se sentaban en la hierba a la entrada de la caverna y cuchicheaban entre ellas y casi no cabían en sí de la emoción. Desde la ceremonia de la instalación de los doce en el monte Olimpo no había acontecido una reunión de inmortales en un mismo lugar.[1] Estaban todos allí.

Todos menos uno...

El dios de patas caprinas PAN brincaba por allí con su pandilla de sátiros, faunos, dríades y hamadríades, tocando una melodía con su flauta tan estridente que tuvieron que mandar a Hermes fuera de la cueva a ordenarle a su desmadrado hijo que, en nombre de Zeus, parase de una vez.

–Mucho mejor –dijo Hermes alborotándole a Pan el pelaje áspero que se le rizaba entre los cuernos–. Ahora podremos disfrutar del privilegio de oír a Apolo trasteando con mi lira.[2]

Las oceánides y las nereidas estaban más cerca de la boca de la cueva. Una de las suyas se iba a casar con un héroe mortal, algo corriente; muchas ninfas marinas se habían casado con titanes y hasta con dioses, pero nunca una alianza así había sido honrada por la presencia de todas las deidades.

Todas menos una...

Los dioses habían traído espléndidos regalos a la pareja. Especial mención merecen un par de magníficos caballos, Balio y Janto, obsequio del dios de los mares Poseidón.[3] Balio,

1. Véase *Mythos*, p. 111.
2. La lira había sido invención del precoz Hermes el día de su nacimiento: véase *Mythos*, p. 117.
3. Generalmente se considera que Poseidón «inventó» el caballo.

tordo gris, y Janto, su gemelo alazán, pastaban delante de la cueva cuando un repentino estruendo los sobresaltó y se pusieron a relinchar alarmados.

HESTIA, diosa del fuego y del hogar, tocaba el gong para anunciar el comienzo de la ceremonia. Se instaló un silencio susurrante. Los dioses se compusieron; los de la fila de delante, que se habían girado para charlar con los de detrás, se dieron ahora la vuelta y adoptaron expresiones de solemne atención. Hera se alisó la túnica. Zeus se sentó erguido con la cabeza y el mentón en alto para que su barba apuntase hacia la entrada de la cueva. Como si estuviera ensayado, todos se volvieron en la misma dirección.

Las ninfas contenían la respiración. Todo el mundo contenía la respiración. Qué gloriosos los dioses, qué majestuosos, qué poderosos, qué perfectos.

Tetis y Peleo entraron despacio del brazo. Los novios, como siempre hacen los novios, deslumbraron a todos los invitados –hasta a los dioses del Olimpo– con aquel fugaz instante de protagonismo.

Prometeo, al fondo de la cueva, casi no era capaz ni de mirar. Su mente profética no podía ver con detalle lo que deparaba el futuro, pero tenía la seguridad de que aquella reunión sería la última. La propia magnificencia y espectacularidad de la ceremonia solo podían presagiar algún tipo de colapso. Cuando las flores y las frutas están en su punto de sazón es el instante que precede a su caída, a su deterioro, putrefacción y muerte. Prometeo intuía que se acercaba una tormenta. No podía decir cómo ni por qué, pero sabía que aquella boda, de alguna manera, formaba parte de ello, y que el hijo de Peleo y Tetis también. La tormenta inminente olía a metálico, como huele el aire siempre antes del trueno. Olía a cobre y estaño. La sangre mortal también huele a cobre y estaño. Cobre y estaño. Bronce. El metal de la guerra. En su cabeza, Prometeo oyó el ruido de bronce entrechocando con bronce y vio una lluvia de sangre que lo bañaba todo. Sin embargo, fuera de la cueva el cielo era azul y todas las caras salvo la suya resplandecían de júbilo.

Todos menos los doce olímpicos se pusieron ahora en pie cuando Peleo y Tetis llegaron a la boca de la cueva, uno sonriendo orgulloso, la otra con la cabeza castamente inclinada.

Pienso demasiado, se dijo Prometeo. Solo es una jaqueca. Mira qué felices están todos los inmortales.

¿Todos?

Prometeo no podía quitarse de la cabeza que faltaba alguien...

Hestia ungió a los novios con aceites mientras Himeneo, el hijo de Apolo, cantaba alabanzas a los dioses y a la dicha del matrimonio. En cuanto Hera se sentó tras bendecir aquella unión, se oyó una conmoción fuera de la cueva. La multitud de ninfas y dríades del exterior se apartó tambaleante entre aspavientos confusos cuando la única deidad que no había sido invitada se abrió paso a zancadas. La silueta se recortó en la entrada, pero Prometeo la reconoció enseguida: ERIS, diosa del conflicto, la disputa, la discordia y el caos. Comprendió que invitarla a una boda habría sido coquetear con la posibilidad del disgusto. Pero no invitarla, ¿acaso no suponía coquetear con el desastre?

La congregación dejó paso a Eris, que caminó con orgullo frente al semicírculo de olímpicos sentados. Se metió una mano en su toga. Algo redondo y brillante rodó por el suelo y se paró a los pies de Zeus. Eris dio media vuelta y se fue por donde había venido, entre la multitud de invitados paralizados y estupefactos. No había pronunciado palabra. La entrada y la salida de Eris fueron tan veloces y repentinas que algunos debieron pensar si no se lo habrían imaginado. Pero el objeto a los pies de Zeus era bastante real. ¿Qué podría ser?

Zeus se agachó para recogerlo. Era una manzana. Una manzana de oro.[1]

1. Una de las manzanas de oro de las hespérides. Estas frutas mágicas

55

Zeus le dio vueltas en la mano con cuidado.

Hera miró por encima de su hombro.

–Tiene una inscripción –dijo con aspereza–. ¿Qué dice?

Zeus frunció el ceño y echó un vistazo más de cerca a la superficie dorada de la manzana.

–Dice «A la más bella».[1]

–¿«A la más bella»? Qué gran elogio por parte de Eris –dijo Hera tendiendo la mano.

Zeus estaba a punto de pasarle la manzana obedientemente a su mujer cuando una voz grave murmuró a su otro lado.

–Hera, todo el mundo convendrá en que la manzana debe ser para mí.

Los ojos verdes de Atenea se clavaron en los castaños de Hera.

Una onda plateada de risa fluyó de una y otra mientras Afrodita alargaba la mano hacia Zeus.

–Basta de bromas. Solo hay una a quien puedan aplicarse las palabras «A la más bella». Dame la manzana, Zeus, porque no puede ser para nadie más.

Zeus agachó la cabeza y soltó un profundo suspiro. ¿Cómo iba a escoger entre su amada y poderosa mujer Hera, su adorada hija favorita Atenea y su tía, la mismísima diosa del amor, Afrodita? Agarró con fuerza la manzana y pensó «Tierra trágame».

–Ánimo, padre. –Hermes apareció a su espalda seguido de un Ares reticente–. Lo que necesitas es alguien en quien todos confiemos para tomar la decisión y entregar la manzana en tu nombre, ¿no? Bueno, pues resulta que nosotros conoci-

---

desempeñaron un papel relevante en el undécimo trabajo de Heracles y a la hora de conseguir Hipómenes a Atalanta: véase *Héroes*, pp. 115 y 308. Dado que originalmente fueron un regalo de bodas de Gea, diosa primigenia de la tierra, a sus nietos Zeus y Hera, la aparición de una de ellas en esta gran boda de la era olímpica supone una lúgubre simetría circular.

1. *Te kalliste*: «A la más bella». *Kalos* en griego significa «hermosa», como en «calistenia», «caligrafía», etcétera.

mos a esa persona no hace mucho, ¿verdad, Ares? Un joven de juicio honrado, imparcial y sin tacha.

Zeus se los quedó mirando.

—¿Quién?

EL SUEÑO DE LA REINA

Para descubrir quién, tenemos que cruzar el mar Egeo y llegar de nuevo a la llanura de Ilión. Dejamos Troya, como recordaréis, hecha una montaña de escombros en llamas. El linaje masculino de Ilo, Tros y Laomedonte había sido aniquilado por las vengativas fuerzas de Heracles y Telamón. Solo el más joven, Podarces, había escapado a la matanza. Al dejar con vida a Podarces —Príamo, como ahora lo conocía el mundo—, Heracles había dado alas a un príncipe extraordinario que se convirtió en un gobernador excepcional.

Tras la imponente coraza de las grandes murallas y portones erigidos por Apolo y Poseidón, Príamo se había puesto a reconstruir Troya alrededor del templo del Paladio, que Heracles y Telamón no tocaron por respeto a Atenea. Príamo se reveló como un líder natural con pasión por el detalle y una profunda comprensión de los mecanismos del comercio y el intercambio —lo que hoy llamaríamos economía y finanzas—. El emplazamiento de la ciudad en la boca del Helesponto —los estrechos a través de los que todo el tráfico marino en ambas direcciones se veía obligado a recorrer por una cuestión geográfica— procuró a Troya tremendas oportunidades para el enriquecimiento, oportunidades que el rey Príamo aprovechó con perspicacia y una astuta inteligencia. Comenzaron a llegar los peajes y los aranceles y el reino aumentó en grandeza y prosperidad. Incluso sin contar con la riqueza generada por el comercio con reinos extranjeros, Troya habría prosperado bastante debido a la fertilidad de la tierra que rodea el monte

Ida. Las vacas, las cabras y las ovejas de sus laderas los proveían de leche, queso y carne, y los campos de las tierras bajas alimentados por los ríos Cebrén, Escamandro y Simois llenaban los graneros, silos y depósitos año tras año con grano, olivas y frutos suficientes para garantizar que ningún troyano pasase hambre.

Las torres del nuevo palacio de Príamo sobresalían por encima de las murallas y resplandecían al sol diciéndole a todo el mundo que Troya, la joya del Egeo, era la ciudad más extraordinaria del mundo, gobernada por un rey poderoso, y próspera merced a la protección de los dioses.

La reina de Príamo se llamaba HÉCUBA.[1] En la primera época de su matrimonio le dio a Príamo un hijo y heredero, el príncipe HÉCTOR. Menos de un año después volvía a estar embarazada. Una mañana, ya a punto de salir de cuentas, se despertó sudando y tremendamente angustiada por un sueño muy vívido y extraño. Se lo contó a Príamo, que llamó de inmediato al profeta y adivino más reputado de Troya, ÉSACO, hijo de su primer matrimonio.[2]

–Ha sido de lo más extraño y angustioso –dijo Hécuba–. He soñado que daba a luz no a un niño sino a una antorcha.

–¿Una antorcha? –repitió Ésaco.

–Una antorcha que ardía con una gran llama. Como un

1. Los orígenes de Hécuba no están claros. Por lo visto, un jueguecito que le encantaba al emperador romano Tiberio para confundir a los eruditos era desafiarlos a que diesen el nombre de la madre de Hécuba. «¡Ja! ¡No podéis!», graznaba según el historiador Suetonio en *Los doce césares*. En muchos sentidos, que esta historia prolifere se es un reconocimiento de la aparente «compleción» del mito griego. La expectativa de saber hasta el último vínculo genealógico de una dinastía *real* e histórica es pedir demasiado... esperarlo de una familia *mitológica* ya roza el absurdo, pero ahí está la gracia de la mitología griega y su esplendoroso sentido del auténtico detalle...

2. Con Arisbe, hija del adivino Mérope, rey de Percote, una ciudad al noreste de Troya.

hierro de marcar, ¿sabes? Y he soñado que corría con esta antorcha por calles y callejones de Troya y que todo a mi alrededor se incendiaba. ¿Significa que este parto va a ser más doloroso que el anterior? O... –propuso esperanzada– igual significa que mi hijo está destinado a iluminar el mundo con una llama de fama y gloria.

–No, majestad –dijo Ésaco grave–, no significa ni una cosa ni la otra. Significa algo muy distinto. Significa...

Al adivino se le quebró la voz y retorció el borde de su túnica con dedos nerviosos.

–Que no te dé miedo hablar –le instó Príamo–. Tu don tiene una razón de ser. Digas lo que digas, no seremos tan estúpidos como para echarte las culpas de nada. ¿Qué dice este sueño de nuestro hijo y de su destino?

Ésaco respiró hondo y habló sin ambages, como si tratase de expulsar aquellas palabras de su boca y de su mente para siempre:

–El sueño nos dice... que vuestro bebé supondrá nuestra muerte, que será la causa de la completa destrucción de nuestra ciudad y de toda nuestra civilización. Nos dice que si el niño que la reina lleva en su vientre llega a la edad adulta (porque no hay duda de que será un varón) Troya arderá hasta los cimientos para no volver a resurgir. Ilión no será más que un recuerdo, una página quemada en el libro de la historia. Esto es lo que nos dice el sueño de la reina.

Príamo y Hécuba se quedaron mirando fijamente a Ésaco.

–Déjanos, hijo mío –dijo Príamo tras un largo silencio–. Como comprenderás, esto queda entre nosotros.

Ésaco salió de la habitación entre reverencias. Se apresuró hacia las puertas de la ciudad sin intercambiar palabra absolutamente con nadie. Corrió y corrió, se adentró en el campo para ir a ver a su amada Hesperia, hija del dios río Cebrén.

Ésaco no volvió nunca a Troya. Poco después del sueño de Hécuba, Hesperia murió por culpa de la picadura de una serpiente venenosa. Ésaco quedó tan desolado que se tiró al mar desde un precipicio. Sin embargo, Tetis, la antigua diosa del mar, se apiadó de él y lo transformó en un ave marina antes de que se despanzurrase contra el agua. Un ave que, de pura pena, se zambullía una y otra vez en las profundidades repitiendo su suicidio sin parar.

EL CHICO QUE SOBREVIVIÓ

Príamo y Hécuba pusieron a Troya por encima de todo lo demás. Por encima del amor, la salud, la felicidad y la familia. No habían hecho de aquella ciudad lo que era para arriesgarse a su destrucción. La profecía de Ésaco, en caso de ser cierta, parecía cruel, arbitraria e injustificada, pero las moiras no eran famosas precisamente por su piedad ni su sentido de la justicia ni su sentido común. El futuro de Troya era lo primero. El niño debía morir.

Hécuba se puso de parto aquel mismo día. Cuando el niño hubo nacido (Ésaco tenía razón, era un varón), se retorcía, barboteaba y sonreía de tal manera que nadie tuvo suficiente sangre fría para asfixiarlo.

Príamo contempló la cara sonriente de su hijo.

—Tenemos que hacer venir a AGELAO —dijo.

—Sí. No puede ser nadie más —contestó Hécuba.

Agelao, el pastor en jefe de los rebaños de la familia real en el monte Ida, contaba con la ventaja de no participar jamás en la política de la ciudad ni en las intrigas de palacio. Era leal y una persona de confianza, y sabía guardar un secreto.

Se inclinó ante el rey y la reina, incapaz de ocultar su asombro ante la visión del bebé que Hécuba sostenía en brazos.

—No me había enterado de la feliz noticia de que hubiese venido al mundo un nuevo príncipe o princesa —dijo—. No han sonado campanas, ningún heraldo ha proclamado el nacimiento.

—Nadie lo sabe –dijo Hécuba–. Y nadie debe saberlo jamás.

—Este bebé tiene que morir –dijo Príamo.

Agelao se los quedó mirando.

—¿Disculpe, mi señor?

—Por el bien de Troya, debe morir –dijo Hécuba–. Llévatelo al monte Ida. Mátalo rápido y compasivamente. Manda su cuerpo al inframundo con las debidas plegarias y sacrificios.

—Y una vez lo hayas hecho tráenos una prueba de su muerte –dijo Príamo–. Solo cuando sepamos que se ha llevado a cabo podremos empezar nuestro luto.

Agelao miró a sus reyes, los dos lloraban. Abrió la boca para hablar, pero no le salieron las palabras.

—No te pediríamos que hicieses una cosa tan horrible –dijo Príamo poniéndole una mano en el hombro al pastor–, sabes que no te lo pediríamos si no dependiese de ello la supervivencia de todos nosotros.

Agelao le cogió a Hécuba el niño, lo colocó en un zurrón de cuero que llevaba a la espalda y se puso en camino hacia su casita en el monte Ida.

Al mirar la dulce carita del bebé se dio cuenta de que tampoco era capaz de matar a una criatura tan rematadamente hermosa. Así que subió el monte Ida siguiendo las arboledas y abandonó al bebé desnudo, gañendo y solo en una grieta rocosa de la fría montaña.

«Los animales salvajes vendrán enseguida y harán lo que yo no he sido capaz de hacer», se dijo mientras descendía trabajosamente. «Nadie podrá decir que Agelao asesinó al hijo de un rey.»

En cuanto desapareció, una osa que acechaba desde un rincón alertada por ruidos y olores desconocidos husmeó el aire y se relamió.

Por suerte... ¿Suerte? No: hado, providencia, destino... fatalidad, tal vez, pero suerte no, desde luego. Quiso la provi-

61

dencia, entonces, que la osa acabara de perder aquella mañana a su recién nacido a manos de una manada de lobos. Se agachó, le dio un lametón al bebé desgañitándose con su enorme lengua, lo cogió y se lo llevó al pecho.

Unos días más tarde, Agelao volvió a subir para ver el cadáver, coger alguna prueba de que el niño había muerto y llevársela a los reyes.

Cuando se encontró con el bebé pataleando y balbuceando, sano y feliz no daba crédito a lo que veían sus ojos.

–¡Vivo! ¡Rosado y rechoncho como un cerdito! –Levantó al bebé del suelo y se lo metió en el zurrón–. Los dioses te quieren vivo, muchacho, ¿y quién soy yo para llevarles la contraria a los dioses?

Cuando se echó el zurrón al hombro y se giró para iniciar el descenso por la colina, un oso enorme salió de detrás de una roca y le impidió el paso. Agelao se quedó paralizado por el terror mientras el gruñido se iba transformando en rugido, pero el bebé alzó la cabecita del zurrón con una risilla gorgoteante y el oso plantó las patas delanteras en el suelo, soltó un largo y lastimero aullido y se apartó lentamente.

De vuelta en su casa, Agelao colocó al niño en la mesa y lo miró a los ojos.

–¿Tienes hambre, pequeñín mío?

Cogió leche de cabra de un pichel y vertió un poco en un saquito de tela que le puso en los labios al bebé. Lo observó chupando y tragando hasta quedar saciado.

Agelao no tuvo ninguna duda, lo criaría como si fuese su hijo. Pero primero tenía que cumplir la promesa dada a Príamo y Hécuba. Los reyes habían insistido en que les llevase pruebas de que su niño había muerto.

Resultó que la mejor perra pastora de Agelao acababa de dar a luz a cinco cachorros aquella misma mañana, uno de los cuales forcejeaba sin fuerzas, demasiado enfermo como para pelear por la tetilla y que estaba claro que iba a morir antes de que terminase el día. Agelao agarró al animalillo, lo ahogó con rapidez en un balde y le cortó la lengua.

Le echó un último vistazo a aquella nueva responsabilidad suya antes de ponerse rumbo a Troya.

—Tú quédate aquí, muchachito del zurrón —le susurró—. No tardaré.

Príamo y Hécuba miraron la lengua cortada y se les llenaron los ojos de lágrimas.

—Llévatela y entiérrala con el resto del cuerpo —dijo Hécuba—. ¿Hiciste todos los sacrificios pertinentes?

—Todo se hizo siguiendo las normas que convienen.

—Habrá que informar de que un príncipe real murió durante el parto —dijo Príamo—. Cada año en esta fecha se celebrarán juegos fúnebres en su honor a perpetuidad.

EL PASTOR ESPLENDOROSO

Agelao le contó a sus hijos y compañeros pastores que al bebé que estaba criando lo habían abandonado en los escalones del pequeño templo dedicado a Hermes en la falda de las montañas. No costó que se creyesen la historia; cosas así eran bastante comunes. Como no se le ocurría ningún nombre para su hijo adoptivo, Agelao siguió llamándolo «zurroncito». Zurrón en griego es *pera*, así que el nombre del chico se fue deformando con el tiempo mientras este crecía hasta transformarse en PARIS.

En las laderas del monte Ida, Paris se convirtió en un jovenzuelo hermoso y tremendamente inteligente. Ningún pastor protegía con más ardor su ganado, ni su padre ni sus compañeros. Ningún ternero o cordero ni ningún niño caían a manos de los lobos o los osos mientras él vigilaba, ningún cazador ni ningún bandido se atrevía a colarse en sus pastos. Entre la gente de la zona se ganó otro nombre, ALEJANDRO, o «defensor».

Al poco, Paris conoció y se enamoró de la oréade o ninfa de montaña ÉNONE, hija del dios río Cebrén.[1] Se casaron y parecían destinados a vivir un idilio paradisiaco.

Las pasiones de Paris eran pocas y simples: la hermosa Énone y el bienestar de los rebaños que vigilaba para su padre (eso pensaba) Agelao. Estaba especialmente orgulloso del toro de su ganado, un animal blanco y enorme con cuernos perfectamente simétricos y una crin rizada y tupida maravillosa.

—Eres el mejor toro del mundo —le dijo al propio toro palmeándole cariñosamente el flanco—. Si algún día veo otro mejor, juro que le haré una reverencia y le pondré una corona de oro. Ni los dioses tienen un toro tan bonito como tú.

El caso es que andaba por allí el dios Ares, que simpatizaba mucho con Troya y su gente, y sorprendió aquella fanfarronada y se la contó a Hermes.

—Ese estúpido mortal se cree que su toro es más hermoso que cualquiera de los nuestros.

—¡Uy! Se avecina una chanza.

—¿Una chanza? —repitió Ares.

—Un vacile, una guasa, una broma. Tú lo único que tienes que hacer es convertirte en toro y del resto me ocupo yo.

Hermes expuso el plan de su broma y una sonrisa se dibujó en la cara del dios de la guerra.

—Así aprenderá ese mocoso —dijo mientras empezaba a transformarse.

Ares no aguantaba a los pastores ni a los agricultores. Holgazaneaban por los campos cuando podrían estar peleando y matando.

En aquel momento, en la frondosa falda del monte Ida, Paris holgaba por un campo, efectivamente. Lo despertó una sombra que se cernía sobre su cara. Levantó la vista y vio a un joven pastor mirándolo con ojos centelleantes.

1. Así pues, Énone era hermana de la amada de Ésaco, Hesperia.

–¿Puedo ayudarte en algo?

–Paris, ¿verdad? –dijo el pastor.

–Sí. ¿Y tú quién eres?

–Ah, soy un humilde mayoral. He oído que tienes un toro buenísimo que crees inigualable.

–Que *sé* inigualable –repuso Paris.

–¿Puede ser que haya oído, incluso, que pondrías una corona de oro al animal que lo superase?

–Pues resulta que sí que lo he dicho –admitió Paris perplejo–. Aunque no sabía que hubiera nadie escuchando.

–Ah, si no lo decías en serio...

El mayoral se dio la vuelta para marcharse.

–Sí que lo decía en serio –contestó Paris.

–Estate ahí y traigo mi toro –dijo el mayoral–. Creo que vas a arrepentirte de tu fanfarronada.

Hermes (porque no era otro, claro) bajó la ladera y subió de nuevo con el toro hasta Paris, dándose el gusto de palmearle la grupa y azotarle las ancas con una vara, que es algo que ningún olímpico se atrevía a hacerle normalmente al beligerante y suspicaz dios de la guerra.

En el instante en que Paris vio al toro Ares, admitió que aquel animal era más corpulento, más blanco, más extraordinario y más hermoso, en general, que su preciado animal.

–No me lo puedo creer –dijo maravillado ante aquel pelaje espeso y aquellos cuernos brillantes–. Pensaba que el mío no tenía rival, pero aquí el amigo... –Se agachó en el suelo y empezó a recoger todas las celidonias, acónitos y margaritas que pudo encontrar entre la hierba–. Mi corona de oro no es más que una corona de flores amarillas –le dijo a Hermes trenzando una guirnalda alrededor de la cornamenta–. Pero dame tiempo para hacer fortuna, que yo te encontraré y te recompensaré con oro auténtico.

–No hace falta –dijo Hermes poniéndole una mano en el hombro a Paris sonriente–. Tu sinceridad es suficiente recompensa. Es algo raro y hermoso. Incluso más raro y hermoso que mi toro.

JUICIO

Pasó el tiempo y, aparte de comentarle de pasada a Énone la extraordinaria belleza del extraño toro como ejemplo de que hay en el mundo más maravillas que las susceptibles de andar por las laderas de una montaña, Paris no volvió a pensar en el incidente. Por lo tanto, se quedó sorprendidísimo cuando una tarde, poco después, lo despertó de un agradable sueño una sombra que de nuevo caía sobre él y cuando la sombra, luego de incorporarse y mirar protegiéndose del sol, se reveló como la del joven mayoral.

—Vaya —dijo Paris—. Espero que no hayas venido ya a por tu corona de oro.

—No, no —dijo Hermes—. He venido por otro asunto. Te traigo un mensaje de mi padre, Zeus, que te hace llamar para que le prestes un gran servicio.

Paris se arrodilló maravillado. Ahora comprendió, ¿cómo no había caído en la cuenta la primera vez, en que la cara del joven relucía como la de ningún mortal? ¿Y cómo no había visto las serpientes vivas que se retorcían en el báculo del pastor, ni las alas que batían en sus sandalias? Aquel solo podía ser Hermes, el mensajero de los dioses.

—¿Qué puedo hacer yo, un pobre pastor campesino, por el rey del firmamento?

—Para empezar, puedes ponerte en pie, Paris, y venir conmigo.

Paris se puso en pie como buenamente pudo y siguió a Hermes a través de una arboleda no muy tupida. El dios le señaló un claro moteado de puntos de luz, donde Paris distinguió tres resplandecientes figuras femeninas. Al instante vio

66

que eran inmortales. Esplendorosas inmortales. Diosas. Diosas olímpicas. Se quedó embelesado, tratando de hablar, pero solo acertó a caer de rodillas.

—Lo hace mucho —explicó Hermes—. Arriba, Paris. Nos hemos fijado en tu sinceridad y tu juicio cristalino. Ahora nos hace falta. Coge esta manzana. ¿Ves las palabras grabadas en ella?

—No entiendo estas marcas —dijo Paris ruborizándose—. No he aprendido a leer.

—No te preocupes. Dice: «A la más bella». Tienes que escoger cuál de estas tres merece quedarse con la manzana.

—Pero yo... solo soy...

—Mi padre así lo desea.

Hermes seguía sonriente, pero algo en el tono de su voz dejó claro que no admitiría una negativa. Paris cogió la manzana entre sus manos temblorosas. Miró las tres siluetas femeninas. Nunca en su vida había visto nada más hermoso. Su Énone era guapa, hija de un inmortal. Él había creído que su belleza no tenía rival. Aunque lo mismo había pensado de su toro.

La primera diosa avanzó un paso al frente. Supo por la seda rosa, las plumas de pavo real que adornaban su tocado, los pómulos perfectos, la grandeza y la orgullosa majestuosidad de su porte que aquella solo podía ser Hera, la reina del firmamento en persona.

—Dame la manzana —dijo Hera acercándose y mirando a Paris de hito en hito— y serán tuyos el poder y la soberanía sobre todos los pueblos. Los reinos y las provincias a todo lo largo y ancho del mundo se pondrán a tus órdenes. Influencia imperial, riquezas y dominio como no ha detentado ningún mortal. Tu nombre resonará a lo largo de toda la historia: el emperador Paris, respetado, honrado y amado por todos, obedecido por todos.

Paris ya iba a ponerle la manzana en la palma extendida, tan claro estaba que el premio era suyo. Su belleza lo llenó de pasmo y reverencia, y la recompensa que le ofrecía le proporcionaría todo aquello con lo que había soñado y más. Siempre había sentido en lo más hondo que estaba destinado a la grandeza, al poder y a la fama. Hera se lo daría. La manzana tenía que ser suya, pero se dio cuenta de que tenía que ser justo y permitir que las otras dos diosas hablasen, por lo menos, por más absurdas que fueran al lado de la reina del firmamento, sin duda.

Paris miró hacia la segunda diosa, que ahora se le acercó con una sonrisa grave en los labios. En la superficie del escudo que portaba (por medio de un artificio que no comprendía) distinguió la expresión furiosa y aterrorizada de Medusa. Solo con la égida ya supo que la diosa que tenía delante era Palas Atenea, y sus palabras confirmaron su convencimiento:

—Regálame la manzana, Paris, y yo te daré algo más que poderes y principados. Te ofrezco sabiduría. Con la sabiduría viene todo lo demás: riquezas y poder, si quieres; paz y felicidad, si quieres. Penetrarás en el corazón de los hombres y las mujeres, en los rincones más oscuros del cosmos y hasta en los comportamientos de los inmortales. La sabiduría te garantizará un nombre que jamás desaparecerá de la tierra. Cuando todas las ciudadelas y los palacios de los poderosos hayan quedado reducidos a polvo, tu conocimiento y tu dominio de las artes de la guerra, la paz y el pensamiento mismo elevarán el nombre de Paris más allá de las estrellas. El poder de la mente parte la lanza más poderosa.

«Bueno, menos mal que no le di directamente la manzana a Hera, porque aquí tenemos a la ganadora entre las ganadoras. Tiene razón. Por supuesto que la tiene. La sabiduría primero, y el poder y las riquezas vendrían a continuación, sin duda —pensó Paris—. Además, ¿de qué sirve el poder sin intuición ni inteligencia? La manzana debía quedársela Atenea.»

Frenó el movimiento cuando recordó que había que escuchar a otra aspirante al premio.

La tercera aparición dio un paso al frente con la cabeza ladeada y recatadamente gacha.

—Yo no puedo ofrecerte sabiduría ni poder —dijo con voz suave.

Alzó la cara y Paris quedó deslumbrado por aquella visión. Jamás había visto unos ojos tan transcendentalmente radiantes.

—Me llamo Afrodita —dijo la visión levantando tímidamente la mirada entre unas largas pestañas—. Me temo que no soy sabia ni astuta. No puedo aportarte oro ni gloria. Mi único reino es el amor. Amor. Parece tan poca cosa al lado de los imperios en tierra y mar, o de los imperios en la mente, ¿verdad? Aun así, creo que estarás de acuerdo conmigo en que puede valer la pena plantearse algo tan insignificante y bobo como el amor (¿para qué lo necesitamos, a fin de cuentas?). Eso es lo que te ofrezco...

Levantaba la concha de una vieira que le entregó. Al vacilar Paris, ella lo instó con un gesto de la cabeza:

—Cógela y ábrela, Paris.

Este obedeció y dentro de la concha, moviéndose y viva, brillaba la imagen refulgente del rostro más deslumbrante, cautivador, fascinante y hechizante que había visto en su vida. Era la cara de una joven. Mientras él miraba dentro de la concha, ella alzó la barbilla y pareció mirarlo directamente a los ojos. Sonrió y Paris estuvo a punto de perder el equilibrio. Subieron a sus mejillas unas llamas; le latieron el corazón, la garganta, la cabeza y el estómago tan fuerte que pensó que iba a estallar. La visión de Afrodita era asombrosa, pero casi le hacía daño en los ojos y necesitaba apartar la vista. En cambio, el rostro dentro de la concha le daba ganas de zambullirse allí de cabeza.

—¿Quién... quién... quién? —fue todo lo que alcanzó a decir.

—Se llama HELENA —dijo Afrodita—. Si me das la manzana, ella será tuya. Me ocuparé personalmente de que acabéis juntos. Os protegeré a ambos y defenderé siempre vuestra unión. Este es mi juramento y no hay manera de romperlo.

Sin dudarlo un instante, Paris le puso la manzana a Afrodita en las manos.

—¡El premio es tuyo! —dijo con ronquera, y dándose la vuelta hacia las otras dos añadió—: Lo siento, espero que entendáis...

Pero Hera y Atenea, una ceñuda y la otra sacudiendo la cabeza con pesadumbre, se habían alzado en el aire y ahora desaparecían de su vista. Cuando Paris se volvió a darle las gracias a Afrodita vio que también se había esfumado. No sostenía ninguna vieira en las manos. No estaba de pie. Estaba tendido en la hierba y el sol le chamuscaba las mejillas. ¿Habría sido todo un sueño vespertino?

Pero aquella cara...

Helena. Helena. Helena.

¿Quién diantres era Helena?

ENREDOS DE FAMILIA

¿Quién diantres era Helena?

Somos Ícaro y Dédalo surcando los aires rumbo al levante con plumosas alas, o quizá somos Zeus mutado en águila llevando al príncipe Ganimedes al Olimpo entre nuestras garras, o igual somos Belerofonte cabalgando el aire en su caballo alado Pegaso. Mucho más abajo repta el azul Egeo. Atravesamos el litoral no lejos del monte Pelión, hogar de Quirón el centauro. Dejamos atrás los picos del monte Otris, hogar de los primeros dioses. A su sombra vemos el reino de Ftía, donde Peleo gobierna sobre los mirmidones. Su nueva esposa, la ninfa del mar Tetis, está embarazada de un niño varón. Enseguida vol-

70

veremos a ellos. Si nos dirigimos al suroeste sobrevolamos el golfo Sarónico; si miramos abajo podemos distinguir la isla de Salamina, hogar de Telamón, donde viven sus hijos Áyax y Teucro. Frente a nosotros se extiende la gran península del Peloponeso, hogar de algunos de los grandes reinos del mundo griego. Corinto y Aquea al norte; Trecén, tierra natal de Teseo, al sur. Más al oeste están Pilos y Laconia, pero directamente debajo podemos entrever Argos y la vecina Micenas, el reino más poderoso de todos. Deberíamos dedicar un momento a descubrir quién vive ahí.

Recordaréis que Pélope, hijo de Tántalo, tras fracasar en su intento de recuperar el reino paterno de Lidia de manos del rey Ilo de Troya, volvió a Pisa para ganar a Hipodamía, la hija del rey Enomao, en una carrera de cuadrigas.[1] Pélope ganó la carrera, pero su linaje y él mismo sufrieron la maldición del auriga Mirtilo, a quien había engañado.

Pélope, después de matar a Enomao y ganar a Hipodamía, gobernó en Elis y estableció allí, en el reino de Olimpia, un ciclo cuatrianual de competiciones atléticas (que continúa hoy en día como los Juegos Olímpicos). Hipodamía y él tuvieron dos hijos: ATREO y TIESTES.[2] Pélope engendró también otro chico, CRISIPO,[3] con la ninfa Axíoque. El príncipe LAYO de Tebas, que había recibido refugio en Elis ante la violencia intestina que bullía en su ciudad natal, se enamoró del bello Crisipo y lo raptó, atrayendo sobre sí la maldición que terminaría hundiendo el linaje de Layo, a su hijo Edipo y a sus descendientes. Dicha maldición, que incrementaba la que ya

---

1. No en la Pisa italiana, recordad. La Pisa griega cae al noroeste del Peloponeso, capital del reino de Elis.
2. Un tercer hijo, Piteo, gobernaría Trecén. Piteo fue padre de ETRA, la madre de Teseo, que aparece en *Héroes*, pero a la que volveremos a ver pronto relacionada con la historia de Troya.
3. Literalmente: «caballo dorado».

invocara Cadmo, fundador de Tebas, y que afectaba a los hijos de Edipo, podría considerarse una imagen especular de la maldición sobre el linaje de Tántalo.[1]

Tened paciencia. Una nevisca de geografía y genealogías cubre ya estas páginas, pero, como en todo mito griego, hay ciertas hebras de este tapiz, si me permitís el cambio de metáfora, que conviene tejerlas con colores vivos para poder seguir las líneas de la historia con claridad. No es necesario conocer la ubicación de cada ciudad estado del Peloponeso, ni del interior de Grecia y la Tróade, ni a cada primo o tía de las grandes familias que gobernaron allí y que desempeñarían papeles prominentes en el drama futuro, pero vale la pena dedicarles un poco de tiempo y atención a algunos. La casa real de Troya, Príamo, Hécuba y sus hijos, por ejemplo. Telamón, Peleo y su descendencia también son importantes. Y lo mismo la casa de Tántalo, que, desde Pélope hasta sus hijos y los hijos de estos, arrojan una sombra sobre toda la historia de la guerra de Troya y lo que vino después. La maldición de Tántalo se vio reduplicada a cada generación, un torrente de maldiciones cuya fuerza nos empuja hacia el final de todo.

Así que nos paramos para recuperar el aliento y nos encontramos en el Peloponeso. Layo ha raptado a Crisipo. Pélope lo maldice y manda a sus dos hijos ilegítimos, Atreo y Tiestes, a rescatar a su hermanastro Crisipo. Pero lo que hacen estos es matarlo.[2] No está claro si es por celos, como hicieron Peleo y Telamón con su hermano Foco, o por algún otro motivo.

Llegados a este punto ya sabréis que cuando se comete un

1. La maldición de Ares sobre Cadmo se debió a la muerte del dragón ismenio, y la de Dioniso sobre la descendencia por desairar a su madre, Sémele. Para saber más sobre el desarrollo de la maldición en el linaje de Layo, véase *Mythos* (pp. 228 y 251) y *Héroes* (p. 316).
2. Tirándolo por un pozo, según algunas fuentes. En otras versiones se suicida...

crimen de sangre solo un inmortal, un sacerdote o un rey ungido puede purificarlo. Los reyes Euritión y Acasto habían hecho esto por Peleo; el rey Cícreo lo hizo por Telamón. Tiempo atrás, después de que Belerofonte matase accidentalmente a su hermano, fue el rey Preto de Micenas quien realizó la purificación necesaria.[1] Y a Micenas fue donde huyeron Atreo y Tiestes en busca de expiación cuando Pélope los expulsó de Elis por su fratricidio.

Lo que sucedió a continuación a Atreo y a Tiestes es tan complicado y descabellado que no os lo sé contar con detalle sin sentirme culpable. Si trato de pergeñar un párrafo que pretenda explicarlo sacaremos en claro tres nombres para el progreso de nuestro relato.

Los hermanos Atreo y Tiestes se asentaron en Micenas, depusieron al rey (Euristeo, el déspota que le había planteado a Heracles sus doce trabajos), y luego se dedicaron a traicionarse el uno al otro de tantas maneras grotescas como se les ocurrió, disputándose el trono de Micenas, ganándolo, perdiéndolo y volviéndolo a ganar. Tiestes le robó a Atreo su esposa, Aérope. En represalia, Atreo le hizo comerse a Tiestes sus propios hijos en un banquete.[2] Un oráculo le dijo a Tiestes que la única manera de vengarse de su hermano Atreo por su crimen era engendrar un hijo con su propia hija: un hijo que al hacerse mayor mataría a Atreo. Así que Tiestes se acostó con su hija Pelopia, que le parió un hijo en su debido momento: EGISTO. De modo que se sucedieron en rápida y mórbida sucesión adulterio, infanticidio, canibalismo e incesto. Pelopia estaba tan avergonzada del incesto que en cuanto nació Egisto lo abandonó en lo más profundo del bosque. Como es habitual, al bebé lo encontró un pastor y, en un supuestamen-

---

1. Con épicos resultados: véase *Héroes* (p. 163).
2. Igual que había hecho su abuelo Tántalo con el padre de estos, Pélope.

te inevitable giro de los acontecimientos, el pastor le llevó el bebé a su tío, el rey Atreo, quien (ignorante de que el niño era el hijo de su hermano Tiestes que, según la profecía, había de asesinarlo) adoptó a Egisto y lo crió junto con sus dos hijos, AGAMENÓN y MENELAO, y su hija Anaxibia.

Si habéis llegado hasta aquí, me tenéis tremendamente asombrado.

Su «tío» Tiestes no le reveló a Egisto que en realidad era su padre (y abuelo) y que había nacido para ser un instrumento de venganza hasta que llegó a la madurez. Egisto, en lugar de horrorizarse al descubrir que era el fruto de tan espantosa unión, se sintió agradecido con su padre/abuelo Tiestes y mató a Atreo; Agamenón y Menelao huyeron de Micenas y la dejaron bajo el control de Tiestes y Egisto.

¿Adónde fueron Agamenón y Menelao? Fueron al sur del Peloponeso y hacia el próspero reino de Laconia (o Lacedemonia), que hoy conocemos con un nombre que aún conmueve la sangre: Esparta.[1] Los jóvenes príncipes fueron recibidos por TINDÁREO, el rey de Esparta en aquel momento, que estaba casado con LEDA, una princesa del reino de Etolia, al norte del gofo de Corinto.

---

1. Lacedemón, hijo de Zeus, había sido un antiguo rey de Laconia. Rebautizó el reino con el nombre de su esposa (y sobrina) Esparta. Los espartanos del periodo clásico eran conocidos por ser secos y directos a la hora de hablar. Tal vez (al igual que el típico habitante de Yorkshire) no encajaban con la erudición y el absurdo sureño metropolitano de aquella Atenas y otros lugares más blandos. Es conocida la anécdota de que el rey Felipe II de Macedonia (padre de Alejandro Magno) asedió la ciudad y los amenazó así: «Si os derroto arrasaré vuestra ciudad. Mataremos a todos los hombres y niños de la ciudad y nos llevaremos a las mujeres para que sean nuestras esclavas». Los espartanos mandaron una nota con una sola palabra: «Si...». A menudo se considera esto la respuesta lacónica original.

Una tarde, Tindáreo y Leda hicieron el amor junto a un río. Cuando Tindáreo terminó, se marchó (como hacen los hombres) y dejó a su esposa tendida con los ojos cerrados; el sol reluciente calentaba su feliz resplandor poscoital.

A los pocos minutos, le sorprendió notar de nuevo a su marido encima. Era poco habitual que sus energías amatorias se regenerasen tan rápido.

—Hoy estás muy juguetón, Tindáreo —murmuró.

Pero algo le chirriaba. Tindáreo era hirsuto, aunque no mucho más que cualquier otro hombre griego. Peludo no era, desde luego. Pero, no, no era vello lo que notaba por todo el cuerpo, era otra cosa. Eran... ¿cómo iba a ser eso? ¿Eran plumas?

Leda abrió los ojos y se encontró con un enorme cisne blanco echado sobre ella. No solo sobre ella. Abriéndose paso en ella.

¿Quién sino Zeus? Leda era hermosa y la visión de aquella joven desnuda en la orilla del río mientras contemplaba Esparta debió de ser más de lo que podía resistir. Para poder aprovecharse de chicas, chicos, ninfas y duendecillos de todo tipo, el rey de los dioses se había transformado en mil cosas a lo largo de una extensa trayectoria libidinal. Águilas, osos, cabras, lagartos, toros, jabalíes... hasta un chaparrón de oro una vez. Por comparación, un cisne parece algo casi prosaico.

Aquellos a quienes les suene la historia del nacimiento de Heracles estarán al tanto del concepto de «superfecundación heteropaternal».[1] Bastante común entre animales que se re-

---

1. Véase *Héroes*, p. 64. En la misma tarde, Alcmene tuvo sexo con Zeus y con su marido mortal Anfitrión, y como resultado dio a luz a los gemelos Heracles e Ifícles. A Heracles lo había engendrado Zeus y a Ifícles, Anfitrión.

producen por camadas como cerdos, perros y gatos, este fenómeno biológico es raro, aunque no desconocido entre humanos. En 2019 se dio un caso bien documentado.[1] Es una forma de lo que se ha dado en llamar «poliespermia»: la fecundación de un mismo óvulo como resultado de distintos coitos y que produce el nacimiento de gemelos, cada uno de un padre distinto. En el caso de Leda, esta delirante peculiaridad cigótica fue aún más extraordinaria si cabe, porque dio a luz a dos parejas de gemelos. De hecho, esto no es estrictamente cierto. Fue incluso más raro. Cuando se puso de parto, Leda *puso dos huevos*, cada uno de los cuales contenía un par de gemelos.

Lo sé. Pero tened paciencia.

De un huevo salieron una chica y un chico a los que llamaron CLITEMNESTRA y CÁSTOR; del otro, otra chica y otro chico a los que llamaron Helena y PÓLUX. Dice la tradición que Zeus era padre de Pólux y de Helena, y Tindáreo lo era de Clitemnestra y Cástor. Cástor y Pólux se criaron juntos como amantísimos hermanos gemelos, inseparables el uno del otro. Helena y Clitemnestra crecieron hasta convertirse en las fatídicas combinaciones que determinarían las líneas generales de toda esta historia.

Hay una versión más antigua de este mito que mantiene que Zeus engendró a Helena de otra manera. Se dice que persiguió a NÉMESIS, hija de la noche, diosa del castigo divino, castigadora de la *hibris*, escarmentadora de quienes se dejan llevar por el orgullo y la vanidad hasta el punto de insultar el orden de las cosas. El dios la persiguió a través de ríos, praderas y pasos de montaña. Ella se transformó en pez y salió disparada por el mar, pero Zeus siguió detrás hasta que, ahora bajo la forma de un ganso, se convirtió en un cisne y por fin

---

1. https://www.dailysabah.com/asia/2019/03/29/chinese-woman-gives-birth-to-twin-babies-from-different-fathers-in-one-in-a-million-case.

logró montarla. Llegado el momento, Némesis puso un huevo que encontró un pastor y que llevó a su reina, Leda. Leda lo incubó en un cofre de madera y, cuando se abrió, crió a la niña humana que emergió de él como si se tratase de su propia hija.[1]

En cualquier caso, Zeus era el padre de Helena, pero Leda y Tindáreo la criaron como si fuese suya junto a su hermana Clitemnestra y a sus hermanos Cástor y Pólux.

Cástor y Pólux eran claramente guapos. La apariencia de Clitemnestra provocaba la admiración de todos cuantos la veían, pero Helena... Desde un primer momento quedó claro que la belleza de Helena era de las que se ven una sola vez en cada generación. O menos. Una vez cada dos, tres, cuatro o cinco generaciones. Tal vez una vez en el decurso de toda una época o civilización. Nadie que la contemplase podía recordar haber visto otro ser ni una décima parte más encantador. Cada año que pasaba, crecía su belleza de tal manera que nadie que la viese podía ya olvidarla. La fama de Helena de Esparta no tardó en hacerse tan grande como la de cualquier gobernador poderoso, valeroso guerrero, héroe matamonstruos o cualquier mortal vivo o muerto.

Sin embargo, pese a aquella belleza despampanante, Helena se las arregló para evitar convertirse en una consentida o en una egoísta. Además de ser habilidosa en muchas de las artes a las que se animaba a las mujeres en aquellos tiempos, tenía un sentido del humor brillante y vivaracho. Le encanta-

1. Esta es la versión que prefiere Roberto Calasso, que escribe sobre ello con gran dramatismo y poesía en su libro *Las bodas de Cadmo y Harmonía* (Anagrama, Barcelona, 1990). El caso es que hay algo poético en la idea de que Helena fuese hija de Némesis, que como hija de la noche es hermana de Eris. El origen del nombre es incierto (antorcha, luz, fuego o sol son significados posibles), pero la opinión general es que la similitud con *hellenikos* y otras palabras que designan a los «griegos» son pura coincidencia.

ba hacer bromas a sus familiares y amigos, y a esto la ayudaba un extraordinario talento para la imitación. Muchas fueron las ocasiones en que engañó a su padre llamándolo con la voz de Leda. Todos los que coincidieron con Helena le auguraban un futuro esplendente y maravilloso.

Solo tenía doce años cuando Teseo, rey de Atenas, azuzado por su amigote PIRÍTOO, la raptó y se la llevó a Afidnas, una de las doce ciudades de Ática. Teseo la dejó, perpleja y aterrorizada, en manos de su madre, Etra, y de Afidno, gobernador de la ciudad, y se fue al reino de la muerte con Pirítoo para ayudarle con su plan para raptar a Perséfone. El plan fracasó horriblemente, claro, y un furioso Hades los convirtió en sillas de piedra, forma bajo la cual quedaron prisioneros en el inframundo hasta que Heracles pasó por allí durante su duodécimo trabajo y rescató a Teseo.[1] Mientras estuvieron allí atrapados, Helena fue rescatada por los DIOSCUROS, como llamaban a los hermanos Cástor y Pólux,[2] y la devolvieron a su familia en Esparta. Sin embargo, Helena había empezado a confiar en Etra, así que la anciana la acompañó hasta Esparta, ahora no como guardiana sino como esclava. Menudo cambio para Etra, que, aparte de ser madre del gran Teseo, ejecutor del minotauro, y del rey de Atenas, era por derecho propio la hija del rey Piteo de Trecén y amante en su día del dios del mar Poseidón.[3]

1. Véase *Héroes*, p. 129.
2. Que significa «hijos del dios», concretamente «hijos de Zeus»: las palabras *Zeus*, *Deus* y *Dios* son parientes, o «cognados», como diría un lingüista. El apelativo *dioscuri* se aplica generalmente a los gemelos a pesar de que solo Pólux era hijo biológico de Zeus.
3. Y novia potencial del héroe Belerofonte. Véase *Héroes* (pp. 163, 347 y 417) para leer las historias completas de Etra, Piteo, Belerofonte, Teseo y Pirítoo.

Después de que los dioscuros rescatasen a su hermana de Afidnas, la vigilancia sobre Helena se volvió más férrea. Según iba pasando de la infancia a la madurez, se vio obligada a soportar la presencia de centinelas a su puerta día y noche, y la compañía de un séquito de criadas, carabinas, guardaespaldas y dueñas dirigidas por Etra, madre de Teseo, cada vez que quería salir a dar un simple paseo alrededor del palacio.

La belleza puede parecer una de las mayores bendiciones, pero también puede ser una maldición. Hay quien nace con una belleza que parece volver loca a la gente. Por suerte, no abundamos tanto, pero nuestro poder puede resultar desconcertante y hasta eruptivo. Este resultó ser el caso de Helena. Leda, su madre, y Tindáreo, su padre (su padre mortal, por lo menos), se dieron cuenta enseguida de que todos los reyes, príncipes y caudillos militares solteros del Peloponeso y de un buen puñado de puestos fronterizos del interior, de las islas y de lugares remotos del mundo griego hacían cola para pedir su mano. Una multitud de pretendientes entusiastas y poderosos empezó a llenar el palacio de Tindáreo con su bullicioso y más bien poco abstemio séquito. Les habría encantado obtener la mano de una princesa tan idónea y de una gran casa real en cualquier circunstancia, pero la belleza de Helena era ahora tan celebrada y loada por todo el mundo conocido que quienquiera que la tomase por esposa se ganaría un prestigio y una gloria nuevos y sin parangón, por no hablar del privilegio único de poder despertarse cada mañana junto a aquel rostro arrebatador.

Entre los pretendientes más poderosos e insistentes se encontraban los huéspedes permanentes de la familia real espartana de la época, los hijos de Atreo, Agamenón y Menelao, pero para nada estaban solos en el cortejo de la bella Helena. Áyax de Salamina[1] se puso a la cola, al igual que su hermanastro Teucro. Llegaron al palacio DIOMEDES de Argos;[2] al igual que IDOMENEO, rey de Creta; Menesteo, rey de Atenas;[3] el príncipe PATROCLO, heredero al trono de Opunte (un reino en la costa oriental de Grecia); FILOCTETES de Melibea; YOLAO y su hermano Ificles, gobernadores de la Fílace tesala; y otros muchos jefes de clan, ancianos, principillos, nobles menores, terratenientes y aspirantes con ínfulas. Demasiados como para enumerarlos a todos.[4]

Un gobernador respetado y de alta cuna que no acudió a Esparta a rondar a Helena fue ODISEO de Ítaca. Este príncipe tenía fama de ser el joven más astuto, taimado y artero de todo el mundo griego. El padre de Odiseo era el argonauta LAERTES, gobernador de Cefalonia y sus islas anexas en el mar Jónico.[5] ANTICLEA, la madre de Odiseo, era nieta de Hermes gracias al ladrón y embaucador AUTÓLICO.[6] Laertes

---

1. Hijo de Telamón, referido con frecuencia como Áyax Telamonio, o Áyax el Grande.

2. Sin ninguna relación con Diomedes de Tracia, el dueño de las yeguas carnívoras que constituyeron el octavo trabajo de Heracles... (véase *Héroes*, p. 93).

3. Cástor y Pólux lo habían instalado en el lugar de Teseo cuando arrasaron Ática para rescatar a Helena.

4. El total de pretendientes si combinamos los que enumeran fuentes como Apolodoro, Hesíodo e Higinio suma cuarenta y cinco.

5. El nombre «Jónico» es potencialmente equívoco, dado que estas aguas se encuentran en el lado occidental de la costa y no tienen nada que ver con la tierra de Jonia, que es lo que llamábamos Asia Menor, hoy Anatolia... cruzando el Egeo hacia el este, donde estaba situada Troya. El nombre latino de Odiseo es *Ulysses*... cosa rara, porque los romanos no usaban mucho la letra «y». *Ulixes* sería otra posible ortografía latina. La mayoría de fuentes indica que Odiseo fue uno de los pretendientes a la mano de Helena, pero yo sigo empeñado en que no, y tal vez vosotros veáis por qué cuando se desarrolle la historia.

6. Véase *Mythos* (p. 275) para más historias del malvado Autólico.

le había cedido a su hijo Odiseo el gobierno de Ítaca, una de las islas en el archipiélago cefalonio bajo el poder de Laertes.[1] Aunque no era ni por asomo una de las islas Jónicas más fértiles ni prósperas, Odiseo no habría cambiado Ítaca ni por todo el oro y las maravillas del Peloponeso. Ítaca era su hogar y amaba hasta la última piedra mellada y el último arbusto esmirriado.

Amigos y enemigos habrían coincidido en que Odiseo había heredado una buena dosis de la pícara hipocresía y de la traviesa astucia de su abuelo Autólico y de su tatarabuelo Hermes. Los enemigos se mantenían al margen por desconfianza y temor ante su ingenio y sus ardides; los amigos confiaban en sus consejos y estratagemas. Era irritantemente deshonesto e hipócrita si te desagradaba o te mostrabas desconfiado, y deliciosamente astuto y hábil si necesitabas su ayuda.

Con este último talante fue a buscarlo un inquieto Tindáreo.

–¡Odiseo! Mira cómo tengo el palacio. Se me han metido aquí todos los solteros de las islas, las montañas y las llanuras a suplicarme la mano de Helena. Me han ofrecido dotes que te dejarían boquiabierto. Algunos idiotas se piensan que tengo suerte de tener una hija así, pero eso es que no se lo han planteado en serio. Parece que no se den cuenta de que si se la entrego a un pretendiente me voy a ganar la enemistad implacable del resto.

–Eso sin duda alguna –dijo Odiseo–; los que no se lleven a Helena se lo tomarán mal. Muy mal, de hecho.

Algunas fuentes citan a SÍSIFO –un timador cizañero del mismo pelaje (véase *Mythos*, p. 271)– como uno de los antepasados de Odiseo.

1. Cefalonia, o Cefalenia (Kefaloniá para los griegos de la actualidad), es la mayor de las islas Jónicas y lleva el nombre de Céfalo, amante de Eos la Aurora (véase *Mythos*, p. 312) y padre del padre de Odiseo: Laertes.

—¡El Peloponeso entero espumeando sangre!

—A no ser que nos pongamos los dos a pensar una solución.

—Piensa tú, que a mí cuando lo intento me duele la cabeza —replicó Tindáreo.

—Se me ocurre una idea —dijo Odiseo.

—¿Ah, sí?

—Pues sí. Simple y obvia. Funcionará seguro, pero no es gratis.

—Lo que quieras. Si detiene la guerra civil y me deja en paz, entonces lo que sea que pidas vale la pena.

—Quiero la mano de PENÉLOPE.

—¿Penélope? ¿La Penélope de mi hermano Icario?

—La misma. Está prometida al príncipe de Tesalia, pero yo la amo y ella me ama a mí.

—Entonces por eso eres el único que no ha estado rondando los aposentos de Helena mientras se le caía la baba, ¿verdad? Vaya, vaya. Enhorabuena. Resuelve mi problema y podrás navegar hasta Ítaca acompañado de Penélope con la próxima marea. ¿Cuál es tu idea?

—Reúne a todos los pretendientes y diles lo siguiente...

Tindáreo escuchó mientras Odiseo esbozaba su plan en líneas generales. Tuvo que hacer que se lo explicase tres veces seguidas con detalle hasta comprenderlo. Abrazó a su amigo con cordialidad.

—¡Extraordinario! Eres un genio —dijo.

Tindáreo dio órdenes. Sonaron trompetas y tambores. Los esclavos corrieron por el palacio descalzos indicando a los huéspedes que se reunieran todos en el gran salón. Los pretendientes obedecieron llenos de nerviosismo. ¿Se había tomado una decisión? ¿Helena había escogido? ¿Habían escogido por ella sus padres? Tras una fanfarria final y un redoble de tambores, Tindáreo, Leda y una ruborizada Helena aparecieron en la alta balconada. La tremenda aglomeración de reyes, caudillos, jefes de clan, principitos, generales, nobles, terratenientes y aspirantes con ínfulas guardó silencio.

Odiseo se sentó sonriente en un taburete entre las sombras. Se preguntó cómo iban a reaccionar a su plan los pretendientes. Se verían obligados a aceptar. Por supuesto. Al principio con reticencias, pero no les quedaría otra.

Tindáreo carraspeó:

–Amigos míos. A la reina Leda, a la princesa Helena y a mí nos conmueve el ardiente interés que habéis mostrado por establecer un... vínculo íntimo con nuestra casa real. Tantos y tan excelentes representantes, tan nobles y tan idóneos. Hemos decidido que la única manera de resolver este asunto de manera justa...

Se calló. Un crujido de cuero y un tintineo de latón mientras cincuenta hombres estiraban el cuello para oír mejor.

–... es un sorteo.

Se elevó un gruñido unánime. La sonrisa de Ulises se hizo más grande.

Tindáreo levantó una mano.

–Lo sé, lo sé. Teméis que la suerte no esté de vuestra parte. ¿O quizá teméis que los dioses estén contra vosotros? Porque si dejamos el ganador al azar, entonces no lo elijo yo ni la reina ni la mismísima Helena, sino que lo eligen Moros y Tique,[1] de quien siempre derivan la fatalidad y la fortuna, lo bueno y lo malo.

Los pretendientes parecieron comprender la justicia de este argumento, por otra parte sentencioso, y mascullaron su aquiescencia.

Tindáreo alzó la mano para pedir silencio.

–Otra cosa. La papeleta de este sorteo tiene un precio.

Ahora murmullos de descontento. Odiseo se contuvo en su sitio.

1. La personificación griega de la suerte.

–El precio a pagar es un juramento. Los candidatos a la mano de Helena solo podrán participar en el sorteo previo juramento por todos los dioses del Olimpo y por las vidas de sus hijos y nietos que, independientemente del ganador, se conformarán con el resultado sin objeciones. Es más: se comprometen a defender a Helena y a su marido legalmente reconocido de todo aquel que ose interponerse entre ellos.

Se hizo un silencio mientras los pretendientes digerían aquello. Era genial, desde luego. A Tindáreo nunca se le habría ocurrido una treta así. ¿Quién sino Odiseo de Ítaca tenía la astucia necesaria para proponer una idea tan simple y perfecta? El afortunado ganador de la mano de Helena podría sentirse ahora a salvo para siempre. Los desafortunados perdedores, por más resentidos o decepcionados que estuvieran, no podrían hacer nada sin romper un sagrado juramento. Un juramento presenciado por la mayor congregación de poderosos en un mismo lugar.

Consintiendo de mala gana, los pretendientes fueron arrodillándose uno por uno y juraron, ante los dioses y por su honor, proteger y defender a cualquiera que sacase la papeleta ganadora del gran cuenco de cobre que ahora entraba en el salón.[1]

El ganador del sorteo fue el príncipe Menelao, cosa que deleitó a Tindáreo, que le dijo a Odiseo que descifraba la benevolente intervención de los dioses en tan agradable resultado.[2]

–Tiene la edad idónea. Me cae bien. A Leda le cae bien y a Helena siempre le ha gustado. Creo que la hará feliz. Segu-

1. En realidad, no puedo decir qué forma adoptó esta lotería. No serían boletos escritos... tal vez placas con los símbolos grabados de la casa real de cada pretendiente; tal vez sacara a ciegas una piedra negra, por ejemplo.

2. En algunas versiones de la historia no hay sorteo. Los pretendientes recitan el juramento y luego Tindáreo escoge a Menelao (que no está allí, sino que lo representa su hermano Agamenón).

ramente, Apolo o Atenea guiaron su mano cuando sacó la papeleta.

—Esperemos que no —contestó Odiseo—. Cuando los dioses intervienen tanto en nuestros asuntos hay que echarse a temblar.

—Eres un cínico, Odiseo —dijo Tindáreo.

Justo en aquel instante se acercó Agamenón y le dirigió a Odiseo una mirada funesta.

—Una de tus brillantes ideas, supongo.

Odiseo inclinó la cabeza. Agamenón no era más que un príncipe en el exilio, un rey sin país, pero algo en su persona irradiaba respeto. Lo acompañaba a todas partes una atmósfera de fuerza y peso. Una poderosa aura de autoridad.

Agamenón era casi veinte años más joven que Tindáreo y, sin embargo, el rey espartano se aturullaba en su presencia.

—Supongo que estarás contento por tu hermano.

Miraron los tres hacia la otra punta del salón, donde Menelao y Helena, ahora sentados en el trono, aceptaban las felicitaciones y la lealtad de los pretendientes perdedores.

—Son como esos jóvenes enamorados que los artistas pintan en platos y ánforas, ¿verdad? —comentó Odiseo.

—Esto no está bien —dijo Agamenón aviesamente—. Debería casarse conmigo. Yo soy el mayor y, con todo el respeto, el mejor. Hay planes en marcha. En breve habré recuperado Micenas. Si Helena fuese mía se vería al frente del reino más inmenso del mundo.

Menuda ridiculez, pensó Odiseo. No obstante, gruñó con una certeza ronca hasta cierto punto convincente.

—Ya, ya —dijo Agamenón como si percibiese la duda de Odiseo—. Mi profeta CALCANTE me ha asegurado que me esperan grandes victorias. Y Calcante nunca se equivoca. No tengo nada en contra de mi hermano. Menelao es un tipo excelente, pero no es Agamenón.

Tindáreo, incómodo, le echó una muda mirada pidiendo socorro a Odiseo.

—¿No se te ha ocurrido que Helena tiene una hermana? —empezó Odiseo—. Tal vez su belleza no llegue a los extremos de la de Helena, como ninguna otra mortal, pero Clitemnestra puede considerarse entre las mujeres más encantadoras del mundo, sin duda. Si Helena no hubiese nacido, Clitemnestra sería materia de poesía y canciones.

—¿Clitemnestra, eh? —dijo Agamenón frotándose la barba pensativamente. Lanzó una mirada hacia la hermana de Helena. Clitemnestra estaba junto a Leda, su madre, contemplando a la multitud apiñada alrededor de Helena y Menelao. Jamás había expresado ni una pizca de rencor o envidia por la histeria que la belleza de su hermana generaba.

Agamenón se volvió hacia Tindáreo.

—¿Está prometida?

—Lo cierto es que no —contestó Tindáreo ilusionado—. Queríamos antes quitarnos a Helena de enc... es decir, pensábamos encontrarle primero pareja a Helena...

—¡Vamos! —exclamó Odiseo atreviéndose a darle un codazo en las costillas a Agamenón—. ¡Cásate con Clitemnestra! ¿Qué podría salir mal?

El sorteo por la mano de Helena de Esparta supuso un punto de inflexión crucial en la historia del mundo griego. Parecía presagiar el traspaso de poder de una a otra generación y prometer la llegada de una nueva era de estabilidad, paz y prosperidad. Tindáreo abdicó el trono de Esparta en favor de su nuevo yerno Menelao.[1] Agamenón formó un ejército para invadir Micenas y,

1. Las cronologías son, como siempre, exasperantes cuando el mito se compara con la Historia. Ciertas líneas narrativas dificultan mucho el cálculo de las épocas de los protagonistas o cualquier tipo de ordenación coherente de los acontecimientos históricos. Hay quien sugiere que Me-

tal y como había asegurado a Tindáreo y a Odiseo, derrocó a su primo Egisto y a su tío Tiestes para instalarse en el trono con Clitemnestra como reina. Tiestes murió en el exilio en Citerea, esa islita en la punta más al sur del Peloponeso.

Agamenón, como todos los que lo vieron crecer podrían haber adivinado y como profetizó Calcante, demostró ser un guerrero brillantísimo y eficaz. Absorbió, anexó y derrotó reinos y ciudades estado vecinos con velocidad y habilidad pasmosas. Su implacable pericia militar y sus dotes naturales para el liderazgo le valieron el sobrenombre de *Anax andron*, «rey de los hombres». Bajo su mandato, Micenas prosperó hasta convertirse en el más rico y poderoso de todos los reinos griegos, casi al punto de poder llamarlo imperio.

Y, entretanto, ¿qué hay de Peleo y Tetis, cuya boda había sido interrumpida por Eris y su manzana de la discordia de tan extraña manera?

EL SÉPTIMO HIJO

Seis hijos le había dado Tetis a Peleo, pero la famosa profecía de que un hijo suyo crecería hasta superar a su padre no había manera de demostrarla, puesto que todos y cada uno de los vástagos murieron durante la primera infancia. No, eso no es del todo cierto. Decir que murieron lleva a engaño. Sería más preciso decir, por lo menos desde el punto de vista de Peleo, que desaparecieron. No lo entendía, pero era demasiado sensible como para insistirle a Tetis recabando detalles. Después de todo, es más fácil que un niño muera a que viva. Eso era así. Seis seguidos parecían una exageración, pero no le correspondía a él, un simple hombre, investigar más a fondo.

---

nelao no subió al trono de Esparta hasta la muerte y catasterismo de sus hermanastros gemelos Cástor y Pólux.

No obstante, los motivos no es que estuviesen fuera del alcance de su comprensión por ser un simple hombre; estaban fuera del alcance de su comprensión por que era un simple hombre *mortal*.

Tetis, desesperada y ahora embarazada de su séptimo hijo, visitó a su padre, el dios mar Nereo.

—Es terrible. Lo he hecho todo como hay que hacerlo, estoy convencida, pero los bebés siguen ardiendo.

—¿Disculpa? —dijo Nereo.

—Peleo es un hombre excelente y un buen marido —aseguró Tetis—, pero es mortal.

—Mortal es, desde luego, pero ¿qué tiene eso que ver con que se te quemen los niños?

—Yo voy a vivir para siempre. Eso es mucho tiempo. Si he de tener un hijo del mortal Peleo, ese hijo destinado a alcanzar grandeza, no puedo soportar que sea mortal. Se desvanecerá en un abrir y cerrar de ojos. Apenas me habrá dado tiempo a conocerlo y ya se habrá hecho viejo, acto seguido estará decrépito y enseguida muerto. He aceptado que eso va a sucederle a Peleo, pero quiero que mi hijo viva eternamente.

—Pero cualquier hijo que engendres de padre mortal habrá de ser mortal, así funcionan las cosas —respondió Nereo.

—¡Ah, pero no si lo hago inmortal! Las oceánides me contaron que había una manera. Me aseguraron que funcionaría, pero me temo que me engañaron.

Una esfera reluciente se deslizó por la mejilla de Tetis. Se encontraban en la gruta submarina de Nereo, una estructura solo superada en escala y grandiosidad por el palacio del mismísimo Poseidón. Cuando Tetis lloraba en la superficie le brotaban lágrimas de sal como a todas las criaturas terrestres y aéreas, pero cuando lloraba bajo el mar sus lágrimas eran burbujas de aire.

—¿Consultaste con las oceánides? —dijo el padre—. Las oceánides no tienen ni idea. ¿Qué pamplinas te han contado?[1]

—Me dijeron que para hacer inmortal a un niño humano tenía que embadurnarlo en ambrosía y luego sostenerlo encima de una hoguera. Así lo hice exactamente seis veces, pero todas, todas... los bebés se ponían a chillar, ardían y se morían.

—¡Ay, niña tontísima!

—¿La receta estaba mal?

—Mal no, pero sí *incompleta*, que es lo mismo que decir que estaba mal, o peor aún, quizá. Sí, embadurnar a un bebé con ambrosía y luego asarlo sobre las llamas proporciona la inmortalidad, claro, pero primero tienes que hacer al niño *invulnerable*, ¿comprendes?

—¿Invulnerable?

—Pues claro.

—Ah —dijo Tetis captándolo por fin—. ¡Ah! Sí, se me tendría que haber ocurrido. Primero la invulnerabilidad y luego ambrosía y llamas.

—¡Oceánides! —soltó Nereo con desprecio.

—Solo una cosa —dijo Tetis tras una pausa.

—¿Sí?

—¿Cuál es el procedimiento para hacer invulnerable a un niño, exactamente?

Nereo suspiró.

—El Estigia, mujer. Inmersión total en sus aguas.

Como recordaréis (vaya por delante que si no lo recordáis tampoco pasa nada), Peleo había heredado el trono de Ftía, el reino de los mirmidones en la zona más oriental del territorio

---

1. Como se ha comentado antes, las oceánides eran hijas del titán primigenio del mar, Océano. Las hijas de Nereo eran las nereidas. A lo mejor podemos dar por hecho que existía cierta rivalidad entre estas divinidades. La esposa de Nereo, Doris, era una oceánide, claro, de modo que tal rivalidad sería de índole familiar.

griego. Allí es donde Tetis y Peleo vivían, y allá corrió ella después de su conversación con Nereo, justo en el momento de dar a luz a su séptimo hijo, uno más. Peleo estaba contento, cómo no iba a estarlo, pero su cálida satisfacción paternal se vio muy disminuida por el nerviosismo que sintió al ver la emoción, el júbilo y el optimismo con que celebraba Tetis aquel nuevo nacimiento. Tras seis muertes prematuras parecía una locura invertir tanto amor y esperanza.

—Esta vez todo irá bien, estoy segura –dijo apretando al bebé contra su pecho–. Mi hermoso LIGIRÓN. ¿Has visto cómo le brilla el pelo? Parece hilo de oro.

–Iré a sacrificar un toro –dijo Peleo–. A lo mejor en esta ocasión los dioses son misericordiosos.

Aquella noche, mientras Peleo dormía, Tetis sacó al pequeño Ligirón de su cuna y se fue con él hasta la entrada más cercana al inframundo. El Estigia, el río del odio, cuyo caudal atraviesa el Hades, reino de los muertos, era una oceánide, una de las tres mil hijas de los titanes Océano y Tetis. Sus aguas eran frías y negras: de un negro literalmente estigio. Tetis se arrodilló y sumergió desnudo a Ligirón en el río. Para asegurarse de que la veloz corriente no se lo llevase lo sostuvo por uno de los tobillos, entre el índice y el pulgar. Contó hasta diez, lo sacó y lo envolvió en una manta. El susto del agua helada había despertado a Ligirón, pero no lloró.

De vuelta a su habitación en el palacio frío, lo tendió en una mesa y lo miró a los ojos.

–Ahora eres invulnerable, pequeño Ligirón –le dijo–. Nadie puede hacerte daño. Ninguna lanza puede atravesarte, ningún garrote puede romperte los huesos. Ningún veneno ni plaga puede afectarte. Ahora te haré inmortal.

Calentó un puñado de fragante ambrosía entre las palmas de sus manos y frotó a Ligirón.[1] El niño barboteó alegre mien-

1. No hay consenso sobre la composición exacta de la ambrosía. La

tras le untaban el ungüento por toda la piel. Cuando Tetis comprobó que el niño tenía el cuerpo entero embadurnado lo llevó al hogar, donde ardía un buen fuego.

Esta vez sí. Esta vez iba a funcionar. Su niño no moriría jamás.

Tetis se inclinó, le dio un beso a Ligirón en la frente y notó el dulce sabor de la ambrosía en los labios.

—Vamos, cariño —susurró sosteniéndolo sobre las llamas.

—¡No!

Con un grito de furia, Peleo se abalanzó hacia el hogar y apartó al niño del fuego.

—¡Bruja desnaturalizada! Cruel, chiflada, maniaca...

—¡No lo entiendes!

—Ah, vaya si lo entiendo. Ahora entiendo lo que les pasó a nuestros otros seis hijos. Largo. Fuera del palacio. ¡Fuera! Fuera...

Tetis se puso en pie para enfrentarse a su marido con ojos encendidos de furia. La repentina aparición sigilosa de Peleo la había pillado desprevenida, pero era una nereida y no pensaba mostrar ni una pizca de debilidad.

—Un mortal no me va a echar de ningún sitio. Vete tú. Te vas tú.

Ligirón, en brazos de Peleo, se puso a llorar.

Peleo no se movió ni un centímetro del sitio.

—Soy consciente de que también puedes matarme a mí si te da la gana. Pues decídete. Los dioses verán qué clase de criatura eres.

---

idea de que el néctar era la bebida de los dioses y la ambrosía el alimento la sugieren algunas referencias en Homero, pero otros autores de la Antigüedad clásica lo entienden a la inversa: la ambrosía es el líquido y el néctar un sólido. Se conviene, generalmente, en que el olor de ambos elementos es dulce, fragante y probablemente tenga un toque de miel. La palabra «ambrosía» misma parece derivar de otra que significaba «inmortal» o «no muerto».

Tetis dio un pisotón en el suelo.

—¡Devuélvemelo! Te digo que no entiendes lo que estaba haciendo.

—¡Vete!

Tetis gritó frustrada. Mortales. No valía la pena esforzarse. Muy bien. No había conseguido completar el proceso de inmortalización de su hijo. Ligirón moriría, como todos los humanos. Tenía cosas más importantes en las que ocuparse en lugar de bajar al barro de una disputa chabacana. No debería haberse enredado en asuntos propios de la débil carne mortal.

Con un remolino de luz, se esfumó.

SOSTENIENDO AL BEBÉ

Peleo se quedó ahí plantado unos minutos mientras el pequeño Ligirón se removía y gorgoteaba entre sus brazos. Le parecía increíble que ninguna madre, divina o humana, fuese capaz de soportar el peso y el dolor del embarazo y el parto para luego... para luego hacer lo que había hecho Tetis. Encomendar a sus hijos a las llamas. Debía estar trastornada. Desquiciada hasta la médula. Tal vez con los años la advertencia de la profecía se había embarullado. No era que un hijo suyo viviría para superar a su padre, sino que ningún hijo de ella sobreviviría.

Miró a su séptimo hijo a los ojos.

—¿Vivirás y crecerás para superarme, Ligirón? Seguro que sí.

Ahora Peleo se llevó al niño con su abuelo Quirón a la cueva. La misma cueva donde Tetis y él se casaron frente a todos los dioses el día en que Eris dejó caer la manzana de oro.

—Tú fuiste mi mentor —dijo Peleo al centauro— y criaste a Asclepio y a Jasón. ¿Harías ahora lo mismo con mi hijo, ser su preceptor, guía y amigo?

92

Quirón inclinó la cabeza y cogió al bebé en brazos.[1]

—Volveré a por él cuando tenga diez años —le dijo Peleo.

A Quirón no le gustaba el nombre de Ligirón, que significaba «lloriqueo y quejumbre», y dio por hecho que se lo habían puesto al bebé como una especie de mote burlón. Todos los bebés lloran y patalean, a fin de cuentas. Lo más probable es que, si las cosas hubieran seguido su curso normal, Peleo y Tetis habrían encontrado otro nombre más digno para su hijo. Después de pensar un rato, Quirón se decidió por AQUILES.[2]

Y así fue como Aquiles se pasó la primera parte de su vida en la cueva de Quirón aprendiendo música, retórica, poesía, historia y ciencia, y más tarde, cuando se le consideró lo suficientemente mayor, en el palacio de su padre en Ftía, donde perfeccionó su habilidad con la jabalina y el disco, como auriga, el manejo de la espada y la lucha. En estas dos últimas

---

1. El tronco, la cabeza y los brazos de un centauro eran humanos; solo eran caballos de cuatro patas de cintura para abajo. De ahí que pudieran hablar y usar las manos como cualquier persona.

2. Apolodoro pensaba que Aquiles significaba «sin labios» (*a-cheile*), una glosa que sir James Frazer (autor de la obra pionera de 1890 sobre mito y folclore *La rama dorada*) juzgó «absurda». Algunos autores como Robert Graves o Alec Nevala-Lee consideran que «sin labios» es apropiado para un «héroe oracular», aunque no acabo de entender por qué piensan que Aquiles es «oracular». Otras interpretaciones del mismo nombre serían «de pisada certera» y, quizá por extensión, «de pies ligeros», una cualidad asociada a Aquiles por Homero y muchos otros. También «que aflige al pueblo», o tal vez «cuyo pueblo está afligido», un significado con el que Homero juega de un modo que ni confirma ni desmiente que este sea el auténtico origen y «sentido» del nombre. Se trata de un juego de derivaciones que ha ocupado a los filólogos largo tiempo sin que tengamos en la actualidad un claro ganador. Como sucede con todos los nombres y títulos, el uso común erosiona tanto la connotación como la denotación hasta que el nombre se convierte en el nombrado y viceversa. Aquiles funciona de manera autónoma en todos los sentidos.

artes de la guerra demostró unas aptitudes asombrosas. Para cuando cumplió los once años nadie en el reino lo alcanzaba en la pista de atletismo. Se decía que era más rápido que la mismísima Atalanta,[1] que era más veloz que ningún otro mortal. Su velocidad, su vista, su equilibrio y su gracia atlética sin igual le aportaban un glamur y un aura que fascinaba y cautivaba a todo aquel que entraba en contacto con él, incluso a tan tierna edad. Era el Dorado Aquiles, cuyo futuro glorioso y heroico estaba asegurado.

Cuando este dechado de virtudes contaba unos diez años y acababa de volver de la cueva de Quirón a la corte real de Ftía, los reyes Menecio y Polimele del reino vecino de Opunte le mandaron un mensaje a Peleo. Polimele era hermana de Peleo y Menecio había sido compañero argonauta suyo en los tiempos de la búsqueda del vellocino de oro. Le preguntaron a Peleo si podía acoger a su hijo Patroclo, que había matado por accidente a un niño en un ataque de rabia y ahora tenía que crecer exiliado de Opunte para expiar su crimen. El joven Patroclo, aparte de ese pronto violento, era un chico equilibrado, diligente y considerado, así que Peleo se alegró de que Aquiles pudiese tener a su primo por compañero. Y así es como ambos se criaron juntos, como amigos inseparables.

EL ELENCO

Recordemos quién es quién y dónde está.

En TROYA, Hécuba y Príamo han traído a su familia. Entre otros muchos niños,[2] a los hijos DEÍFOBO, HÉLENO y

1. Véase *Héroes*, p. 308.
2. Hasta cincuenta nacidos de Hécuba y de anteriores esposas, si sumamos las diversas fuentes.

94

TROILO, y a las hijas Ilíone, CASANDRA, Laódice y POLÍXENE. El mayor, el príncipe Héctor, se ha casado con la princesa ANDRÓMACA, nacida en Cilicia; mientras que Paris, el «mortinato» (esa es la información que había circulado), a quien nadie en Troya sospechaba vivo, deambula por ahí con sus rebaños y ganados en el monte Ida, incapaz de olvidar el extraño sueño que tuvo aquella tarde soleada: Hermes, una manzana, la concha de una vieira, diosas y aquel rostro... un rostro tan hermoso que Paris sabe que lo seguirá viendo en sueños por toda la eternidad.

Ese rostro pertenece a Helena, ahora reina de ESPARTA, casada con Menelao. La pareja ha sido bendecida con una hija, HERMÍONE, y un hijo, NICÓSTRATO. A Helena la sirve su esclava Etra, madre de Teseo.

Agamenón gobierna en Micenas con su joven esposa Clitemnestra. Le ha dado tres hijas, IFIGENIA, Electra y Crisótemis, y un hijo, Orestes.

En la isla de SALAMINA, Telamón reina con su mujer Hesíone (la princesa troyana que se trajo cuando Heracles y él saquearon la Troya de Laomedonte). Habían tenido un hijo, Teucro –un arquero prodigioso–, que se llevaba más que bien con su enorme hermanastro Áyax, hijo del primer matrimonio de Telamón.

Peleo, hermano de Telamón, gobierna en FTÍA ya separado de su esposa Tetis. Su hijo Aquiles, siempre acompañado por su amigo Patroclo, va convirtiéndose en alguien extraordinario.

Odiseo, tras haber solucionado satisfactoriamente los asuntos de Tindáreo, ha navegado de vuelta a ÍTACA con su mujer Penélope.

Si tenéis todo esto claro, podemos viajar otra vez al este cruzando el mar Egeo para revisitar Troya.

Al cumplirse el decimoctavo aniversario de la muerte del segundo hijo de Príamo y Hécuba, la culpa, la vergüenza y la tristeza que sentían por su asesinato no se habían visto disminuidas ni aplacadas en lo más mínimo.

La costumbre dictaba que se celebrasen unos juegos funerarios en honor de los niños perdidos cada año en el día del supuesto nacimiento o muerte. En Troya, nadie salvo Agelao sabía que los reyes habían mandado a su propio recién nacido a morir a la montaña. La creencia general era que un príncipe había nacido muerto. Estas cosas pasaban. Era raro que todos los hijos de una pareja llegasen hasta la edad adulta.

El propio Paris, que vivía con la ninfa de la montaña Énone en los altos pastos de Ida, estaba al tanto de aquellos juegos funerarios especiales que se celebraban desde que él recordaba, pero no podía sospechar la conexión única que tenían con él, que conmemoraban su muerte. En cuanto a la visita de Hermes y las tres diosas... Bueno, ya se sabe que si te duermes en los prados de Ida MORFEO a veces puede venir a insuflarte el perfume de las amapolas, la lavanda y el tomillo por las narices para que unas extrañas y vívidas apariciones se alcen en tu mente como espejismos.[1] Paris había decidido que Énone no tenía por qué enterarse de aquel sueño suyo en concreto. Unos veranos atrás había alumbrado a su hijo, CÓRITO, y aunque Paris jamás le había dado motivos para dudar de su amor, tenía la sensación de que tal vez no le hacía gracia aquello de tres diosas, una manzana de oro y una mortal guapísima llamada Helena. Así que se había

---

1. Morfeo era el dios de los sueños. Su nombre no solo guarda relación con el *morf* de «morfina» sino también con el de «metamorfosis». Después de todo, los sueños son transformaciones, cambios de forma, significado e historias mentales.

callado la peculiar visión. Pero aquel rostro... ay, cuánto lo obsesionaba.

Una tarde, días antes de que dieran comienzo los juegos funerarios anuales, un oficial y seis soldados llegaron a Ida para tomar posesión del toro de cuya belleza Paris había fanfarroneado meses antes. El fanfarroneo que había provocado la aparición de Hermes y todo aquel desconcertante episodio.

Paris no entendía por qué se quería llevar al animal una compañía de soldados.

—¡Nos pertenece a mi padre Agelao y a mí! —protestó.

—Este toro, como todos los animales del monte Ida, como tú mismo, muchachito —repuso el oficial con desdén altivo—, es propiedad de su majestad el rey Príamo. Ha resultado elegido como primer premio en los juegos.

Paris corrió a contarle a Agelao el destino de su toro favorito, pero no lo encontró. ¿Cómo se había atrevido el rey Príamo a llevárselo? Sí, técnicamente era propiedad de la casa real, pero ¿cómo iba a hacer su trabajo como dios manda un ganadero sin su semental? A Paris lo cabreaba pensar en que un atleta arrogante cualquiera ganase aquella noble bestia, un animal que no podía ser de ninguna utilidad a ningún troyano urbanita. Sin duda, después de que los juegos hubiesen terminado, aquel torazo hermoso sería sacrificado. Despilfarro innecesario de una res valiosa.

Era para enfurecerse. Paris se planteó que era más rápido y más fuerte que ningún otro joven consentido de la ciudad. Se imaginó corriendo, saltando y lanzando contra lo más granado de Troya.

De pronto, una voz susurró dentro de su cabeza:

¿Por qué no?

¿Por qué no se presentaba allí, se inscribía en aquellos juegos, ganaba el toro y se lo traía de vuelta? La competición estaba abierta a todo el mundo, ¿no? Pero años atrás, siendo aún niño, Agelao le había hecho jurar que nunca iría a Troya.

Paris había preguntado inocentemente cómo era la ciudad y si un día podría visitarla. La ferocidad de la respuesta de su padre lo dejó atónito:

—¡Jamás, chico, jamás!

—Pero ¿por qué no?

—Troya para ti significa mala suerte. Se lo... oí decir a una sacerdotisa. En el templo de Hermes donde te encontré de bebé. «Nunca dejes que cruce las puertas de Troya. Solo lo espera un destino funesto», me dijo.

—¿Qué clase de destino funesto?

—Da igual qué clase. Los dioses tienen sus motivos. No nos corresponde averiguarlo. Júrame que nunca irás, Paris. No entres nunca en la ciudad. Júramelo.

Y Paris había jurado.

Pero su voz interior le dijo que los juegos se celebraban *fuera* de Troya. En la llanura de Ilión entre el río Escamandro y las murallas de la ciudad. Podía bajar, competir, ganarse el toro y volver con él sin romper la promesa dada a Agelao.

Paris brincó ladera abajo siguiendo a los soldados y al toro. Vislumbró destellos de bronce y resplandores de mampostería entre los árboles mientras descendía, hasta que por fin se desplegaron ante su vista los torreones, las torres, los estandartes, las almenas, los terraplenes, los muros y los grandes portones de Troya. A pocos pasos de los soldados y el toro, Paris cruzó un puente de madera que atravesaba el Escamandro y contempló el magnífico panorama.

Troya estaba en el apogeo de su esplendor. Las riquezas provenientes del comercio con el este quedaban patentes no solo en la solidez y el lustre colosal de la sillería, sino también en las brillantes corazas de los soldados, los ropajes ricamente teñidos de la ciudadanía y el aspecto saludable y bien alimentado de los niños. Hasta los perros parecían boyantes y satisfechos.

Todo eran preparativos para los juegos. Junto a la pista

de atletismo, de un estadio de longitud,[1] con zonas marcadas para discos, jabalinas y lucha. De las puertas laterales más pequeñas de la ciudad iban saliendo grupos de gente. Los esperaban los comerciantes y los artistas ambulantes. Los músicos tocaban. Los bailarines giraban haciendo repicar platillos en los dedos y dibujando cabriolas en el aire con cintas de colores vivos. Los vendedores de comida habían instalado puestos y gritaban los nombres y precios de sus productos. Los perros corrían de aquí para allá ladrando gratamente emocionados ante aquel estallido de color, aroma, ruido y espectáculo.

Paris abordó a un individuo con pinta de ser alguien importante, plantado en la entrada de la pista, y le preguntó cómo podía apuntarse para participar en los juegos. El oficial le indicó una fila de jóvenes que hacían cola delante de una mesa baja de madera. Paris se puso a la cola y al rato le dieron una ficha y le señalaron el recinto de los atletas, donde se desvistió con los demás y empezó el calentamiento.[2]

El chasquido de un látigo y un grito. La multitud agolpada contra el recinto se apartó cuando un par de cuadrigas pasaron a toda velocidad conducidas por dos jóvenes elegantes, acicalados y atléticos.

–El príncipe Héctor y su hermano Deífobo –susurró el competidor que tenía Paris al lado–. Los mejores atletas de toda la Tróade.

1. Como unos 630 pies... o 192 metros, que diríamos hoy. Nuestra palabra «estadio» viene de la unidad de medida, que también se usaba para denominar a la carrera de velocidad en sí.

2. No se quitó toda la ropa. Hasta mediados del siglo VIII a. C. la desnudez total no fue obligatoria en los eventos deportivos. Una idea introducida por los espartanos, probablemente. En griego, desnudo se dice *gumnos*, y de ahí «gimnasio», un lugar donde estar desnudo. Hoy en día, los gimnasios modernos insisten en un mínimo de ropa y no se pararán a escuchar ningún argumento sobre el origen auténtico de la palabra... yo ya he desistido y suelo ponerme un trapillo cualquiera cuando voy a hacer ejercicio.

Paris miró a los príncipes de arriba abajo. Héctor, heredero al trono, era alto, tenía un atractivo indiscutible y una buena complexión. Asintió y sonrió al bajarse de la cuadriga y tenderle las riendas a un esclavo, le puso una mano en el hombro y pareció darle las gracias. Con un gesto casi tímido de la mano, saludó los vítores de la muchedumbre y fue a unirse a Paris y el resto de atletas. Su hermano Deífobo saltó al suelo desde su carro, pero dejó que las riendas cayesen al suelo y pasó entre la gente apiñada sin hacer contacto visual ni de ningún tipo con nadie. Estaba en forma y era musculoso, pero tenía algo de arrogante y despreciativo que a Paris le disgustó desde un primer momento.

La multitud se giró al oír una fanfarria. Paris vio una hilera de heraldos en lo alto de las murallas de la ciudad. A sus pies se abrió un enorme portón.

—¡La puerta Escea! —susurró el atleta que tenía al lado—. Solo pueden ser el rey y la reina en persona.

Paris se esperaba el paso de un gran carro o un carruaje acompañado de heraldos y escoltas. Por lo menos, una procesión transportando a la pareja real en una litera o un diván como los que usaban los gobernadores orientales. Lo que no esperaba era ver a una pareja de mediana edad aparecer cogidos del brazo. Parecen un marido y una esposa corrientes saliendo de paseo matutino, pensó Paris, más que un gran dirigente y su consorte. Se alzó un clamor, que la pareja saludó con gestos de la cabeza y sonrisas afectuosas.

—¿De verdad es ese el rey Príamo? —preguntó Paris al atleta que tenía al lado.

El atleta, por toda respuesta, cayó de rodillas como el resto de competidores, los príncipes Héctor y Deífobo incluidos. Paris también se arrodilló y observó como Príamo y Hécuba subían al estrado que les habían preparado y que brindaba una vista al campo.

El rey Príamo levantó los brazos para indicar que se levantasen todos.

—Hace dieciocho años —exclamó— nació un príncipe. —Su voz era firme y clara—. El niño no tuvo oportunidad de respirar el aire, pero no lo olvidamos. La reina Hécuba y yo pensamos en él a diario. Hoy toda Troya piensa en él. Hoy honramos su recuerdo ante los dioses. —Se volvió hacia los participantes—. Sed fuertes, justos, orgullosos, sed troyanos.

Los atletas que rodeaban a Paris se golpearon el pecho y gritaron a coro cinco veces: «¡Fuertes! ¡Justos! ¡Orgullosos! ¡Troyanos!», pronunciando la última palabra cada vez con más y más énfasis. Paris cayó en la cuenta de que aquello debía ser costumbre y los imitó con un escalofrío de emoción y de pertenencia mientras se golpeaba la caja torácica y gritaba aquellas palabras.

¡Troyano! ¿Qué más podía desear ser?

Se sacrificaron un carnero y una borrega. Un sacerdote soltó dieciocho palomas al aire, una por cada año transcurrido desde la muerte del pequeño príncipe, le explicaron a Paris.

Paris se lanzó a los juegos con un entusiasmo y una energía sin freno. Estaba en la flor de la juventud, su cuerpo en sazón a base de años de perseguir y juntar becerros, lechones, niños y corderos; pulido por el aire de las montañas y alimentado con los mejores estofados de cordero, la mejor leche de cabra y la mejor miel de tomillo silvestre. Fue saliendo victorioso de cada prueba deportiva, para gran diversión del público, que enseguida se fijó en aquel desconocido pero tremendamente apuesto y lozano competidor. Los únicos que amenazaban con robarle el liderazgo eran los dos príncipes. Durante el transcurso del torneo, le contaron que uno u otro, cuando no ambos, habían sido coronados vencedores en aquellos juegos en cada una de las últimas siete ocasiones.

A Héctor no parecía molestarle que le ganase el joven forastero, pero su hermano Deífobo fue poniéndose cada vez más taciturno y malhumorado según avanzaba la tarde. Los vítores que se elevaban entre los espectadores cada vez que

101

Paris lo derrotaba eran especialmente mortificantes. De modo que la cosa fue de lo más aciaga cuando se sortearon grupos para la lucha, la última prueba de la tarde, y Deífobo se vio emparejado contra aquel insolente contrincante.

–Le voy a enseñar a ese campesino lo que pasa cuando te pavoneas por aquí como Pedro por su casa –le gruñó a Héctor–. No va a saber de dónde le viene el trompazo, este tirillas engreído.

–No te cebes con él –le avisó Héctor–. Demuestra un poco de compasión, ¿eh? El pueblo está de su lado y va a considerarlo vencedor independientemente del resultado.

El estilo de lucha de la prueba se llamaba *pancracio*, o «todas las fuerzas»; se dice que era una fusión entre boxeo y lucha libre sin límites, inventado por Teseo cuando derrotó al rey luchador Cerción de Eleusis.[1] Deífobo estaba convencido de que aquel contrincante inocente no se veía venir el salvaje mamporreo, las mordeduras de nariz y oreja, los dedazos en los ojos y el retorcimiento de escrotos que estaban permitidos.[2] Pero era el propio Deífobo quien no se vio venir la manera de zafarse de él, esquivándolo. Hasta se atrevía a sonreír. Cuanto más rugía y embestía el príncipe, más rápido parecía escaparse Paris brincando. Los espectadores se partían de la risa.

–¡Estate quieto, maldita sea! –gritaba Deífobo–. ¡Párate y pelea!

–Muy bien –dijo Paris escurriéndose hacia delante y deslizando un pie por debajo de Deífobo–. Si eso es lo que quieres...

Deífobo se vio al instante tendido cuán largo era en el suelo mientras un paleto don nadie lo apuntalaba con las rodillas clavadas en sus hombros.

---

1. Véase los trabajos de Teseo en *Héroes* (pp. 361-364).
2. En la época clásica que vendría después, este tipo de comportamientos canallescos estaban prohibidos, pero en los comienzos existían pocas limitaciones.

—Ya cansaba, ¿no os parece? —dijo Paris riéndose mientras lo miraba desde arriba con una mano alzada hacia la multitud a modo de saludo. Las jovencitas se abrían paso y chillaban que sí.

Aquello era demasiado. Deífobo se puso en pie con un grito de amor propio herido y le pidió a su sirviente que le tirase una espada.

—¡Te voy a enseñar una lección que no olvidarás! —rugió agarrando la empuñadura.

Pero Paris también fue más rápido que él ahora. Echó a correr hacia las murallas de la ciudad sin parar de reírse. Sabía que Deífobo no lo iba a alcanzar de ninguna manera. Ya lo había comprobado en tres modalidades de carreras distintas.

—¡A por él! —gritó el príncipe furioso.

—Venga, déjalo ya —dijo Héctor—. El chico te ha ganado con todas las de la ley.

—Me ha susurrado blasfemias al oído —replicó Deífobo—. Ha dicho guarradas sobre nuestra madre.

Aquello era mentira, pero bastó para que Héctor se sulfurase y exclamara:

—¡Parad a ese hombre!

Paris siguió corriendo sin dejar de reírse y sin saber adónde iba, pero lleno del placer que brindan la victoria y el agotamiento, amando la vida entre carcajadas. Oía el clamor de la persecución a sus espaldas, pero no tenía duda de que podía esquivar, zafarse y agacharse para escapar de sus garras sin problema. Sin darse cuenta, corrió hacia la gran puerta abierta y entró en la ciudad. Aminoró para admirar el laberinto de carriles y avenidas que lo rodeaban. Así que aquello era Troya. Patios, tiendas, fuentes, plazas, calles y gente. Cuánta gente. Deslumbrante y desconcertante. Giró y giró sobre sí mismo sintiéndose como Teseo en el laberinto de Creta. Oyó la batahola y los gritos cada vez más altos. Escogió una calle recta y estrecha y corrió a toda velocidad hasta que llegó a unos escalones de piedra que conducían hasta un par de puertas doradas. Se dio cuenta demasiado tarde de que las puertas estaban cerradas, había llegado a un callejón sin salida. El ruido de sus perseguidores aumentaba a su espalda, así que se puso a golpear las puertas y gritar:

—¡Socorro! ¡Si esto es un templo, suplico refugio en nombre de todos los dioses! ¡Ayuda, ayuda!

Las puertas se abrieron y una joven y guapa sacerdotisa emergió de entre las sombras y descendió tendiéndole una mano.

—Ven... —le dijo.

Paris extendió su mano, pero cuando estaba a punto de tocarla, la mujer se retiró con un respingo y lo miró horrorizada con los ojos como platos.

—¡No! —exclamó.

—¡Por favor, se lo suplico! —gritó Paris mirando hacia atrás.

Deífobo y Héctor, con la espada desenvainada, iban al frente de una auténtica tromba de seguidores, espectadores, perros y niños excitables.

—¡No! —repitió la sacerdotisa—. ¡No! ¡No! ¡No!

Volvió a escurrirse entre las sombras y cerró de un portazo.

Paris aporreó los enormes paneles de madera con los puños, pero ya tenía encima a Deífobo enseñando los dientes y rugiendo con furia.

—Agárralo, Héctor. Vamos a ver cómo se ríe esa jeta descarada cuando la cabeza le salte de los hombros.

Héctor, el más alto, agarró a Paris y lo inmovilizó.

—No deberías haber cabreado a Deífobo. Si te disculpas humildemente, me aseguraré de que salgas de esta solo con una oreja menos.

Deífobo había levantado su espada.

Una voz atronó alta y clara:

—¡Alto! ¡No puedes matar a tu propio hermano!

Deífobo y Héctor se dieron la vuelta. Paris también se

giró y vio a su padre Agelao abriéndose paso entre la muchedumbre.

–¡Suéltalo, mi señor Héctor! ¡Suelta a tu hermano!

Una parte de la concurrencia se apartó para dejar paso a Agelao. La otra, para dejar pasar al rey Príamo y a la reina Hécuba. Agelao los vio y se hincó de rodillas.

–¡No fui capaz, sus majestades! No fui capaz de matar al niño. Y me alegro de no haberlo hecho. Miradlo. Deberíais estar orgullosos de él.

Agelao contó toda la historia. La multitud quedó en silencio.

Hécuba fue la primera en abrazar al asombrado Paris. Príamo lo agarró con fuerza y lo llamó «hijo». Héctor le dio un puñetazo afectuoso en un brazo y lo llamó «hermano». Deífobo le dio otro puñetazo (claramente más fuerte) en el otro brazo y también lo llamó «hermano». La multitud vitoreó y vitoreó mientras la comitiva real se ponía en camino hacia el palacio.

Detrás de ellos, las puertas doradas en lo alto de las escaleras del templo se abrieron y se asomó la sacerdotisa chillando y manoteando como poseída por un demonio.

–¡Sacadlo de aquí, echadlo de la ciudad! –chillaba–. Es la muerte. Nos traerá la destrucción a todos.

Si alguien la oyó, no le hizo caso.

El nombre de la sacerdotisa era Casandra, y había escogido el camino religioso en lugar del de una princesa. Era la hija más hermosa y dotada de Príamo y Hécuba, y se había decidido por consagrarse a aquel templo de Apolo en Troya. Tuvo la mala suerte de que el dios se fijase en ella, cautivado por su belleza, y le diese el don de la profecía. Más un soborno que un regalo. Se adelantó para abrazarla.

–¡No! –dijo enseguida Casandra–. No me entrego a nadie, ni dios ni mortal. No lo consiento. ¡No, no!...

–¡Pero si te he brindado el mayor de los dones que puede tener un mortal! –replicó Apolo ofendido.

105

–Puede. Pero yo no te lo he pedido y, desde luego, no te he prometido mi cuerpo a cambio. No. Te rechazo. No.

Apolo no podía quitarle el regalo, era ley inamovible que ningún inmortal podía deshacer lo que otro inmortal había hecho,[1] de manera que, en plena cólera, le escupió a Casandra en la boca como si rematase su «No». El escupitajo era una maldición. Significaba que las profecías de Casandra siempre serían ignoradas. Por más acertada que fuese su predicción del futuro, nadie la creería. Su destino era ser ignorada.

No podemos saber qué le había revelado el breve contacto con la mano de su hermano Paris. Lo que ahora veía en su interior solo podemos adivinarlo. Tal vez era la misma imagen de las llamas que tuvo Hécuba en su sueño dieciocho años atrás. Dejamos a Casandra en los escalones del templo retorciéndose las manos y chillando desesperada.

LOS DIOSES ECHAN UN VISTAZO ABAJO

El impulso que había hecho que Paris bajase la ladera siguiendo al toro... ¿vino de él o de un dios? Una voz en su interior susurró: *¿Por qué no? ¿*Por qué no bajar y entrar en aquellos juegos para recuperar el toro? *¿Por qué no?* ¿Era la voz del propio Paris, su propia ambición y su impulso juvenil, o fue inspiración divina?[2]

Afrodita le había prometido que si le daba la manzana de oro ella le daría a Helena. La aceptación de Paris en el palacio real de Troya era una agradabilísima sorpresa para el joven, un cambio de vida que jamás se habría atrevido a imaginar, pero

---

1. Podían aumentarlo o suplementarlo, pero no deshacerlo.
2. «Inspiración» significa literalmente «tragar con el aire»: para los antiguos, implicaba tragar algo de un dios, una musa o algún otro poder exterior.

parecía un desarrollo de los acontecimientos más encaminado a cumplir la promesa de poder y acopio de principados de Hera que la promesa de amor de Afrodita. Ser príncipe en un palacio era algo espléndido como pocas cosas, pero no lo acercaba más a aquella visión del rostro, aquella prometida «Helena».

¿O sí?

Los dioses tienen sus propios métodos.

Sí, la vida de príncipe era espléndida, desde luego. Esclavos, ropas ricas y preciosas, comida y bebida de calidad que no había probado hasta aquel momento. Los ciudadanos troyanos se hincaban de rodillas a su paso. Al principio era más emocionante y gustoso de lo que podría haberse imaginado, pero por lo visto había que pagar un precio por todo aquel lujo, obediencia y estatus. Por lo visto, se esperaba que los príncipes supiesen de todo.

El arte de la guerra, para empezar. Paris era un atleta nato, como toda Troya había presenciado, pero ahora se esperaba que tradujese su natural forma atlética en habilidades militares más rotundas. A diferencia de sus hermanos Héctor y Deífobo, carecía de la fuerza muscular y la disciplina militar necesarias para ser un guerrero, pero por el momento fue tirando con su destreza para la velocidad, el equilibrio y la coordinación. Además, ¿qué aliciente había para la pericia marcial? ¿Acaso había existido una ciudad más pacífica que Troya?

El arte de la paz también le pareció completamente tedioso a Paris. Protocolo, historia, comercio, impuestos, diplomacia, leyes... Las lecciones sobre estos temas lo obligaban a quedarse encerrado en el palacio y se aburría hasta despistarse.

Una tarde, Paris estaba tendido en los cojines de los aposentos de su padre. La voz de Príamo llevaba rato remachando las complejísimas historias de las dinastías reales del mundo griego. Paris había perfeccionado el arte de poner cara de atento e interesado mientras su mente vagaba quién sabe dónde.

—Tu tía Hesíone, de la que ya te he hablado —decía Príamo–. Mi querida hermana. Le debo la vida. Le pagó a Heracles cuando estaba a punto de degollarme, como te conté. Cómo me gustaría volver a verla. Pero se la llevó Telamón de Salamina cuando yo era niño, como también te comenté. Y ahí vive con él. Tienen un hijo, Teucro. Por lo menos puedo darme el gusto de decir que es un nombre troyano. Bueno, crucemos las aguas hasta el mismísimo Peloponeso. El gran rey de Micenas, Agamenón, controla la Argólida, cómo no. Su esposa es la reina Clitemnestra. Y tienen cuatro hijos...

Paris desvió la mirada cautelosamente hacia la ventana. Oía a unos hombres practicando con la espada. Subía música, chicas cantando. Pensó en su esposa Énone y en su hijo Córito y sintió una puñaladita de culpa. Por honestidad elemental debería haber insistido en que viniesen al palacio con él, pero consideraba que pertenecían a su antigua vida, junto a Agelao. El viejo pastor había insistido en su momento en quedarse en el monte Ida.

–Las ovejas y las vacas te echarán de menos, chaval –le había dicho–. Y yo también, pero tu sitio está con tu familia real.

Énone había sido menos razonable. Derramó muchas lágrimas y montó una escenita de histerismo. Paris pensaba que por lo menos podría haberse puesto en su lugar. Pero hizo lo que le dio la gana. Su mujer y su hijo estaban en el monte Ida y él en el palacio real de Troya. Era como tenía que ser. Mientras tanto, Príamo seguía recitando su interminable letanía de reyes, reinas, príncipes y princesas. ¿Para qué le iba a servir a Paris saberse todos los detalles de aquellas puñeteras familias reales y sus infernales interrelaciones? Era un nudo gordiano tan intrincado como insoluble.[1]

–Y ahora pasemos a Esparta –prosiguió Príamo–, donde gobierna el hermano de Agamenón con su esposa Helena. Su padre, Tindáreo, tiene...

1. Véase *Mythos* (p. 382) para saber la historia del nudo gordiano.

Paris se enderezó de golpe y la sangre afluyó a sus mejillas.

–¿Qué nombre has dicho, padre?

–¿Eh? ¿Tindáreo? Descendiente de Perseo, como Heracles, originalmente...

–No, antes de ese. Has dicho un nombre...

–He dicho muchos nombres –respondió Príamo con una sonrisa abatida–. Y de hecho esperaba que los recordases todos. Te he hablado de Agamenón y Clitemnestra...

–No, después de eso...

–¿Menelao? ¿Helena?

–Sí... –La voz de Paris había adquirido un tono levemente ronco. Carraspeó y trató de sonar como si nada–. ¿Helena has dicho? ¿Quién es exactamente?

Príamo desgranó pacientemente el pedigrí de Helena, omitiendo la historia de Leda y el cisne. El mundo había oído rumores de lo de los dos huevos de los que salieron dos parejas de gemelos, pero el rey no quiso alimentar un simple cotilleo.

Paris dejó que su padre terminase y luego carraspeó de nuevo. Había tenido un golpe de inspiración.[1]

–Se me acaba de ocurrir una cosa, padre –dijo–. Sobre eso que me has contado de que Telamón raptó a tu hermana Hesíone durante la época de Heracles.

–¿Qué pasa?

–No veo bien que mi tía esté viviendo en Salamina. Es una princesa troyana. ¿Qué tal si...? No, es una ocurrencia de locos...

–¿Qué ocurrencia?

–Bueno, siempre andas hablándome de misiones diplomáticas y de responsabilidades de la corona y demás –dijo Paris–. ¿Qué te parece si voy en... cómo se dice... en una «embajada», se dice así? ¿O es una «delegación»? Una de esas. ¿Qué tal si voy en embajada o en delegación a visitar a Tela-

1. Otro. ¿Fue inspiración o fue Afrodita?

109

món para ver si estaría dispuesto a dejar que Hesíone vuelva a casa? Aquí a Troya. O sea, decías que te gustaría verla de nuevo y...

–¡Mi hijo! ¡Hijo mío querido! –Príamo casi al borde de las lágrimas.

–Deja que me lleve unos barcos a Salamina –dijo Paris con más confianza–. Barcos cargados de regalos caros... ya sabes: sedas, especias, vino y joyas. Transmitiré tus cordiales y atentos mensajes a Telamón y tal vez la diplomacia libere a mi tía.

–¡Es una idea maravillosa! –dijo Príamo–. Voy a ver a FERECLO ahora mismo para reunir una flotilla. Eres muy buen chico, Paris, bendito el día que volviste con nosotros.

Pero Paris no era buen chico. No tenía ninguna intención de navegar hasta Salamina para negociar el regreso de un vejestorio que le daba igual. ¿Qué le importaba a él Hesíone, y al revés? Afrodita le había susurrado su auténtico destino. Esparta y la prometida Helena.

No, Paris no era buen chico.

ANQUISES: UN INTERLUDIO

Zeus estaba enfadado. Afrodita había osado reírse de él. Delante de todo el Olimpo. Aquella tintineante vibración triunfal de risa que siempre le ponía los pelos de punta.

Zeus era rey de los dioses, señor del firmamento y gobernador indiscutible del Olimpo. Pero, como les sucede a muchos líderes, lo desconcertaba la sensación de que todo el mundo, desde el mortal más miserable hasta la divinidad más resplandeciente, era más libre que él. Por un lado, se veía coartado por los pactos, las obligaciones y los acuerdos, y por el otro, por la constante amenaza de sedición, desobediencia y rebelión. Los otros once dioses olímpicos podían hacer más o menos lo que les viniera en gana, sobre todo en los reinos que dominaban. Reconocían a Zeus como su rey, pero este era consciente de que jamás le permitirían detentar un poder individual incontestable como el de su padre Crono y su abuelo Urano detentaron como si se tratara de una cuestión de derecho propio. Apolo, Poseidón y los demás ya se habían atrevido a desafiarlo en el pasado, habían llegado al punto de encadenarlo, pero una de las inmortales que más miedo le daban (aún más que su poderosa esposa) era Afrodita.

Afrodita, la diosa del amor, hija del dios cielo primigenio Urano —y por tanto de una generación mayor que la de Zeus y el resto de olímpicos—, se pasaba casi todo el tiempo en sus islas natales de Chipre y Citera,[1] pero la noche anterior había cenado con los demás en el monte Olimpo. Había estado de un humor peleón, combativo y provocador.

—Vosotros los dioses os creéis tan fuertes, tan poderosos, tan invulnerables. Tú, Poseidón, con tu tridente y tus maremotos. Tú, Ares, con tus caballos de guerra, tus lanzas y tus espadas. Tú, Apolo, con tus flechas. Hasta tú, Zeus, con tus truenos y tus nubarrones. Pero yo soy más fuerte que todos vosotros.

Zeus puso mala cara.

—Aquí gobierno yo. Nadie tiene poder sobre mí.

Hera carraspeó significativamente.

Zeus pilló la indirecta.

—A menos... a menos que decida ponerme en... manos más sabias y someterme a juicios más sensatos —se corrigió—. Como en el caso de mi querida esposa, claro está.

Hera inclinó la cabeza satisfecha.

Pero Afrodita no pensaba echarse atrás.

—Admitidlo —dijo—. Tengo poder sobre todos vosotros. Salvo sobre Atenea, Hestia y Artemisa. Esas tres son inmunes.

1. La tía de Zeus, Afrodita, nació de la simiente del dios cielo castrado, Urano; véase *Mythos*, p. 39.

111

–Ah. Por su voto de celibato eterno –dijo Zeus–. Hablas de amor, supongo.

–¡Mirad lo que os obliga a hacer! A todos. Perdéis hasta el último viso de dignidad. Poseídos por vuestro deseo hacia los mortales más vulgares y despreciables os convertís en cerdos, cabras y toros... en lo que haga falta. Lo que sea con tal de perseguir a vuestros objetos de deseo. Divertidísimo.

–Te olvidas de quién soy.

–Sí, eres capaz de disparar truenos, pero mi hijo EROS y yo disparamos algo más fuerte. Un trueno puede desintegrar a un enemigo en átomos, pero el dardo del amor puede hacer caer reinos y dinastías; incluso, quizá algún día, tu propio reino y la mismísima dinastía del Olimpo.

El pitorreo de Afrodita y sus irritantes risillas agudas aún resonaban en los oídos de Zeus al día siguiente. Se iba a enterar. Lo infravaloraba. No era la única que tenía poder para humillar. Vamos a ver, se preguntó, ¿cuál es su debilidad?

La debilidad de Afrodita, debilidad compartida con todos los dioses (Zeus incluido, aunque a él no le importaba reconocerlo), era la vanidad. Nunca se cansaba de elogios, adoraciones y sacrificios. Zeus sabía que, al igual que su amante Ares y Apolo, tenía especial cariño a la ciudad y las gentes de Troya.[1] Resultó que se celebraba un festival en honor de Afrodita en aquel preciso momento del año en uno de sus templos en las laderas más bajas del monte Ida. Seguro que no se lo perdía. Como muchos dioses, solía andar entre los congregantes disfrazada, escuchando a hurtadillas las plegarias que le dedicaban, recreándose en los elogios y castigando ocasionalmente las blasfemias que salían de la boca de sus suplicantes.

---

1. Afrodita era oficialmente esposa de Hefesto, el dios cojo del fuego y la forja, pero era un secreto a voces que el dios de la guerra y ella eran amantes. Venus y Marte...

Zeus miró el monte Ida a la busca de un mortal al azar. Posó el ojo sobre un pastor tumbado durmiendo en un pasto: un tipo inocente llamado ANQUISES.

Zeus mandó a buscar a Hermes. El mensajero de los dioses, patrón de los ladrones, granujas y embaucadores, ladeó la cabeza para escuchar la voluntad de su padre.

—Vete al palacio de Eros. Encuentra la manera de robarle una de sus flechas. Luego pon rumbo al este hacia la Tróade. Una vez allí...

Hermes sonrió mientras Zeus exponía su plan. Con un aleteo de sus aladas sandalias salió volando presto a obedecer.

A los pocos días, en las estribaciones del monte Ida, Afrodita, disfrazada de campesina, resplandecía de satisfacción mientras escuchaba las plegarias de la gente que bajaba por la ladera hacia su templo. Una enorme imagen pintada de ella enguirnaldada con flores se bamboleaba sobre los hombros de la multitud en procesión. Detrás, Hermes le metía prisa a Anquises.

—Ni siquiera te conozco —le decía el pastor—. ¿Y quién es esa chica que aseguras que está enamorada de mí?

—Cuando la veas me darás las gracias —respondió Hermes.

Afrodita se giró enfadada: una silueta entre el gentío se le había acercado demasiado y la habían pinchado con algo puntiagudo en un costado. Su mirada se posó en la persona que tenía más cerca, un hombre de ojos color castaño claro. A punto estaba de reprenderle cuando la invadió una extraña sensación. ¿Qué tenía aquel chico? Un joven a su lado, la cabeza inclinada de tal manera que no pudo distinguir sus rasgos, lo empujó hacia ella. Se quedó plantado como un bobo frente a la diosa ruborizado por el bochorno.

—¿Quién eres? —le preguntó Afrodita.

—Yo... me llamo Anquises.

—Ven conmigo. ¡Ven conmigo ahora mismo! —dijo Afrodita.

Le latía el corazón a toda velocidad y la sangre zumbaba en sus oídos. Lo apartó de la procesión. Hermes observó con una gran sonrisa cómo se iban.

En un bosque apartado, escondido pero no muy lejos de la procesión, Afrodita y Anquises acabaron de hacer el amor.

La miró a los ojos.

—Sabes mi nombre. ¿Puedo saber yo el tuyo?

Ella se lo dijo.

Anquises se la quedó mirando.

—Pero ¿por qué yo? ¿Por qué yo? ¿Por qué un mortal?

—No me entiendo —contestó Afrodita pasando tiernamente los dedos por la cara de Anquises—. Es un misterio. Iba caminando con la multitud y entonces... ¡Ah!

De pronto comprendió.

¡Zeus! Aquello solo podía ser obra de Zeus.

—¿Quién era el joven con el que te he visto?

—Un simple arriero. Apareció en los pastos de arriba y venga a insistirme en que bajase al festival. Dijo que aquí había una chica...

—Ese debía de ser Hermes —dijo Afrodita. Atrajo hacia sí a Anquises y lo abrazó fuerte—. Se cree que esto para mí es una humillación. Prefiero verlo como una bendición. Siento a tu hijo dentro de mí. Un hijo para ti, Anquises. Lo protegeré por siempre. Pero procura no contarle nada de esto a nadie. A nadie.

A pesar de su posición aparentemente baja como vaquero, Anquises tenía sangre real: era primo del rey Príamo.[1] Se

1. Es tentador pero engañoso asimilar a los griegos y los troyanos con los europeos medievales: reyes y señores feudales de banquete en sus castillos mientras los campesinos y los siervos bregaban en los campos. De hecho, los grandes y los nobles contaban sus riquezas, su estatus y su importancia en términos de ganado, así que nunca consideraron que la agricultura o el pastoreo fuesen labores indignas de su atención. Igual que el rey bíblico David fue pastor, a Odiseo se lo podía ver al arado, y el Anqui-

había producido una disputa años atrás que había llevado a Anquises a salir del palacio echando pestes y optar por una vida de pastor en el Ida en lugar de la de príncipe tras las murallas. Tal vez Zeus sabía esta historia, tal vez la había pasado por alto. Incluso los dioses eran impotentes ante el dios del destino, y es que, desde luego, el hijo de Anquises que llevaba Afrodita en su vientre tenía un destino. Para algunos fue, hasta la llegada de Jesús, tal vez, el nacimiento más significativo. Fueron testigos, como en el de Cristo, bueyes y asnos, dado que Afrodita decidió dar a luz en los pastos de Anquises. Lo llamaron ENEAS; igual que Paris, el chico se crió como pastor en las cuestas del monte Ida; y, también como Paris, no supo en ningún momento que era miembro de la familia real troyana.

Que Eneas y Paris, como pastores de la misma edad en la misma montaña, se conocieran y se hiciesen amigos fue de lo más natural. Cuando se conoció la verdadera identidad de Paris y este se mudó al palacio lo mandó llamar para que se fuese con él. Igual que Agelao había revelado la identidad de Paris como príncipe de Troya, Anquises se apresuró a declararse padre de Eneas. El desacuerdo con Príamo que había llevado a Anquises a marcharse de Troya quedó olvidado y Eneas fue recibido en el palacio como compañero de Paris y valorado príncipe de sangre real por derecho propio.[1]

_____

ses de sangre azul estaba más que satisfecho entre sus vacas y ovejas. Homero a menudo usaba el epíteto «pastor del pueblo» para referirse al papel soberano de Agamenón y otros líderes.

1. Algunas versiones de esta historia dicen que Zeus dejó cojo a Anquises, o ciego, o que incluso lo mató, por atreverse a irse de la lengua sobre su aventura con Afrodita. Cuesta entender por qué iba a enfadarse Zeus por que se supiese la trampa tendida a Afrodita, pero muchas fuentes aceptan que Anquises era cojo.

Príamo, tal y como había prometido, encargó a su mejor constructor e ingeniero, Fereclo, la construcción y el aprovisionamiento de un barco apropiado para la gran misión de Paris de traer a Hesíone a casa de su cautiverio en Salamina. Paris designó a su amigo Eneas como su mano derecha en la delegación. Mientras Fereclo ultimaba los trabajos del buque insignia, Eneas supervisó los preparativos de seis embarcaciones más pequeñas que navegarían con ellos a modo de escolta protectora.

La familia real troyana, encabezada por Príamo, Hécuba, Héctor, Deífobo y Casandra, se reunieron en el muelle para ver zarpar a la flotilla.

–Paris no va a Salamina –exclamó Casandra–. ¡Va a Esparta! Hundid los barcos ahora mismo y dejad que se ahogue. ¡Volverá con muerte para nosotros, muerte para todos!

–Que Poseidón y todos los dioses te protejan –dijo Príamo mientras los sacerdotes lanzaban cebada, semillas y flores a las cubiertas–. Volved cuanto antes. Cada día que paséis fuera es doloroso para nosotros.

Una vez se vieron en alta mar, Paris comunicó a Eneas y al resto de la tripulación su auténtico destino.

–¿Esparta? –Su amigo estaba inquieto.

–Ay, Eneas, mira que eres cándido –dijo Paris entre risas–. ¡Suéltate el pelo! Esta será la mayor aventura de tu vida.

En Esparta, el rey Menelao dio la bienvenida a Paris, Eneas y la delegación de Troya. Si su visita representaba una sorpresa, fue demasiado bien educado como para decirlo. La calidad y la suntuosidad de los regalos con que Paris los obsequió demostró que aquella era una visita amistosa, con el objetivo, dio por hecho Menelao conociendo al rey Príamo, de fomentar relaciones cordiales y una próspera conexión comercial entre Esparta y Troya. Helena y él agasajaron a sus huéspedes y los entretuvieron espléndidamente durante nueve días.

Al noveno día, los dioscuros, Cástor y Pólux, hermanos de Helena, recibieron un mensaje de la Arcadia que hizo que partiesen a toda prisa tras disculparse sucintamente. No sé qué rivalidad entre ellos y sus primos.[1] Al día siguiente el mensaje fue para Menelao: lo reclamaban en el funeral de su abuelo materno CATREO en Creta. Sin sospechar nada, también él partió enseguida.

Ahora Paris y su comitiva tenían vía libre para saquear el palacio y raptar a Helena desprotegida. Se llevaron también al bebé de Helena, Nicóstrato, y a su criada esclavizada, Etra, madre de Teseo, pero dejaron a su hija Hermíone.

Se nos plantean tantas preguntas... ¿Helena fue raptada contra su voluntad? ¿Se enamoró de Paris como se enamora la gente corriente? A fin de cuentas, los dos eran jóvenes y guapos, ¿o acaso fue Afrodita, teniendo siempre presente su promesa, quien organizó la cosa? Desde luego, en algunas versiones de la historia la diosa manda a su hijo Eros a Esparta para que dispare a Helena una de sus flechas e inducirla a enamorarse de Paris. ¿Estaría también detrás de la muerte de Catreo, el repentino suceso que había alejado a Menelao tan oportunamente de allí?[2] Se trata de preguntas que llevan formulándose desde siempre y que se formularán hasta el fin de los tiempos. Lo que sí podemos decir con toda seguridad es que Paris se largó nave-

1. Idas y Linceo, hijos del hermano de Tindáreo, Afareo.
2. Posiblemente. Catreo era hijo de Minos y Pasífae (véase *Héroes*, p. 381 para conocer su historia) y padre de Aérope (madre de Menelao y Agamenón); su muerte a manos de su propio hijo había sido vaticinada por una profecía años atrás, de hecho. Esto no quita que Afrodita tuviera algo que ver, pero lo complica, eso sí. El asesinato accidental de Catreo por su hijo Altémenes tuvo lugar en el momento idóneo para los planes de Paris y Afrodita. Tan oportuno fue que muy bien se puede sospechar la intervención de una mano divina.

gando con gran parte de los tesoros del palacio de Menelao, incluido el mayor de todos: la bella Helena.

En el viaje de vuelta a Troya, Paris se detuvo en Chipre, Egipto y Fenicia, donde el rey Sidón los agasajó con gran hospitalidad y ellos, como muestra de gratitud, lo asesinaron. Paris arrasó con el tesoro fenicio y puso rumbo a Troya con sus barcos atestados.

Príamo, Hécuba, Deífobo, Héctor y el resto de la familia real de Troya se quedaron atónitos al ver a Helena, pero les deleitó su dulzura, les deslumbró su belleza y les fascinaron los barcos repletos de riquezas de Esparta y Fenicia. La nueva novia de Paris recibió una acogida sincera en el palacio.

Casandra irrumpió para contarles que la presencia de Helena allí garantizaba la destrucción de Troya y la muerte de todos ellos, pero nadie pareció escucharla.

—¡Sangre, fuego, masacre, destrucción y muerte para todos nosotros! —aullaba.

—Por Helena —dijo Príamo alzando una copa de vino.

—¡Por Helena! —exclamó la corte—. ¡Por Helena de Troya!

LOS GRIEGOS (TODOS MENOS UNO) CUMPLEN SU PROMESA

Menelao y Agamenón habían ido cada uno por su cuenta a Creta para asistir a las exequias de su abuelo Catreo. Volvieron al Peloponeso juntos.

—Vente y quédate conmigo y con Helena —apremió Menelao a su hermano.

—Os deseo lo mejor, pero estoy deseando volver a casa con Clitemnestra y mis hijos.

—Solo unos días. Paris, el príncipe troyano del que te he hablado, y su séquito deben de estar aún allí. Me gustaría que lo conocieses. Nos conviene mucho una buena relación con Troya.

Agamenón había gruñido su aprobación y desembarcó con su hermano en el puerto laconio de Gitión.

Cuando llegaron al palacio de Esparta se encontraron el recinto real sumido en un tumulto tremebundo. Los sirvientes y esclavos habían sido encerrados en las bodegas mientras Paris y sus hombres saqueaban y arrasaban aquello a placer. Pero, por encima de todo, por encima de cualquier otra cosa en el mundo, fueron el secuestro de su hijo Nicóstrato y el rapto de su amada Helena, esposa y reina, lo que hirió a Menelao como un rayo de Zeus.

Agamenón vociferó furioso. Para él, aquello no era una pérdida personal sino algo mucho peor: una falta de respeto, un insulto, un acto de provocación y de traición despreciables llevado a cabo en lo que consideraba su feudo, su Peloponeso.

–Había oído que el rey Príamo era sabio –bramó–. Había oído que era honrado. Los informes mentían. No es ni una cosa ni la otra. Es deshonesto. Al provocar a Agamenón ha demostrado ser un estúpido.

El rey de Micenas era el tipo de persona que no tiene empacho en referirse a sí mismo en tercera persona.

El clangor de una estridente trompa, metafórica y no real, resonó por los reinos, provincias e islas de Grecia. A los reyes, caudillos, jefes de clan, principillos, generales, nobles, terratenientes y aspirantes con ínfulas que se habían reunido en Esparta pretendiendo a Helena y que juraron defender y honrar su matrimonio se les pidió ahora que cumplieran su promesa.

Homero no llama «griego» al ejército aliado que convocó Agamenón, y raramente los llama «helenos». Suele referirse a ellos como «los aqueos», por Acaya, una región septentrional del Peloponeso que formaba parte de las tierras de Agamenón que incluían Corinto, Micenas y Argos,[1] pero que usa

1. También denominada la Argólida, para acabar de confundirnos.

para toda la península, incluyendo ciudades estado al sur del Peloponeso como Esparta y Trecén. Al igual que Homero, emplearé «aqueos», «argivos» («de Argos»), «dánaos»[1] o «helenos» para referirme a la alianza, pero con más frecuencia diré «griegos»...

Y allá que acudieron, no solo desde Acaya y el Peloponeso, sino también desde Atenas, Ática y el sureste del interior y de Tesalia en el noreste, desde las islas Jónicas y desde Creta, Salamina y las islas Egeas que constituían las Espóradas, las Cícladas y el archipiélago del Dodecaneso. Los mensajeros que salieron por centenares del palacio de Agamenón en Micenas apremiaron a cada rey para que llevasen tantos barcos y hombres como pudieran reunir y acudiesen al puerto tebano de Áulide en la costa de Beocia, orientado al este mirando a Eubea, con Troya al otro lado del Egeo.

En Salamina, Áyax el Grande obedeció a la llamada junto con su hermanastro Teucro, el gran arquero. Para acabar de complicar las cosas, un segundo Áyax significativo respondió también a la llamada: Áyax, rey de los locrios de la Grecia central. Tradicionalmente se lo conoce como Áyax el Menor, no por desmerecer su considerable valor y su celo militar, sino para distinguirlo de Áyax Telamonio, el Grande, cuyo tamaño y fuerza eran más formidables que los de ningún otro hombre vivo, solo por debajo del hoy inmortal Heracles. Deberíamos usar la ortografía griega original para el Áyax locrio y referirnos a él como AIAS para evitar confusiones.

Otro de los reyes tremendamente importantes que se unieron a la alianza fueron Diomedes de Argos, un guerrero feroz y dotado, además de atleta por derecho propio, estimado por la diosa Atenea y hombre en quien confiaba Agamenón (confianza que no era fácil ganarse, como veremos) y

---

1. Por Dánao, un libio mítico considerado uno de los reyes fundadores de Argos.

amigo íntimo de Odiseo de Ítaca, de quien había sido idea, cómo no, el sorteo y el juramento. Idomeneo, rey de Creta, nieto del gran Minos, llegó con ochenta barcos: idéntica contribución que los argivos de Diomedes. Solo NÉSTOR de Pilos y Agamenón mismo aportaron más: noventa y cien embarcaciones respectivamente.

Según fueron pasando las semanas e iban llegando más y más aliados a Áulide, la ausencia de Odiseo iba haciéndose más y más llamativa.

—Maldita sea —gruñó Agamenón—. Dábamos por hecho que él sería el primero en llegar.

—Seguro que pronto estará aquí —dijo Diomedes lealmente.

Pero ni rastro de Odiseo. Finalmente llegó la noticia de que el rey de Ítaca había sufrido el peor de los destinos: había perdido la cordura.

—Es cierto, rey de los hombres —dijo el mensajero efectuando una profunda reverencia frente a Agamenón—. Loco de atar, dicen.

—Bueno, pues ya veis, es toda una lección —comentó Agamenón a su hermano y a los cortesanos reunidos—. ¿No he dicho yo siempre que la inteligencia puede ser más una maldición que una bendición? Un cerebro como ese, siempre zumbando y funcionando, urdiendo y soñando, tramando y planeando... al final se estropea. Qué triste. Qué triste.

—Y su esposa Penélope acaba de darle un bebé —dijo Menelao meneando la cabeza apenado.

Su primo PALAMEDES hizo un mohín.

—Con Odiseo uno nunca sabe qué pensar.

—Sí, se las sabe todas, el muy cabrito, eso sin duda —repuso Agamenón.

—¿Cómo sabemos que de verdad ha perdido la chaveta?

—¿Quieres decir que igual está fingiendo?

—Yo no pondría la mano en el fuego —afirmó Palamedes.

—Por comprobarlo no perdemos nada —dijo Agamenón—.

121

No es que nos venga muy bien prescindir de un cerebro como el suyo en nuestras huestes. Vete a Ítaca, Palamedes, y a ver si sacas algo en claro.

SALAR LA TIERRA

A Palamedes siempre le había caído mal Odiseo. Desconfiaba de la destreza y la astucia que otros admiraban en él. En su opinión, aquel hombre era más retorcido que el rabo de un gorrino. E igual de puerco. Si había dos maneras de encarar un problema, una directa y otra deshonesta, Odiseo siempre escogería la deshonesta. Agamenón, Menelao, Diomedes, Áyax y los demás se tragaban el encanto de su apariencia y le alababan sus estratagemas y ardides. Se ve que lo encontraban divertido, como esos padres que presumen de la habilidad de su niño para el baile o la mímica. Palamedes estaba al tanto de que Odiseo descendía de Autólico y Sísifo, dos de los timadores y embusteros más ladinos que ha visto el mundo. Eso implicaba que Hermes también era uno de sus antepasados. Pero es que además Palamedes era nieto de Poseidón por parte de padre y bisnieto del rey Minos de Creta por parte de madre, y en consecuencia, tataranieto del mismísimo Zeus. No le impresionaba el pedigrí de Odiseo más de lo que le impresionaba su picardía.

Sin embargo, cuando Palamedes y su comitiva desembarcaron en Ítaca se encontraron a toda la población de luto y consternada. Su bienamado y joven rey había perdido la cabeza, por lo visto. Penélope y la corte estaban desconsolados, le contaron a Palamedes. Le dieron indicaciones de que se dirigiera a la orilla sur de la isla, donde le aseguraron que podría ver al pobre lunático Odiseo y juzgar por sí mismo.

Cuando Palamedes llegó allí se encontró al rey de Ítaca con un arado. Iba desnudo y rebozado en barro de la cabeza a los pies. Llevaba la barba descuidada y lo que parecían briznas de paja enredadas en el pelo. Cantaba una canción con voz aguda y desafinando. La letra no pertenecía a ningún idioma que hubiese oído antes Palamedes. Pero eso no era lo más extraño. Del arado tiraban un buey y un asno. Sus velocidades y tamaños distintos hacían que el arado virase bruscamente a medida que iba abriendo un canal azaroso y al albur entre la arena y los guijarros. Odiseo llevaba un saco abierto colgado del cuello por un ronzal. De él sacaba puñados de sal que diseminaba por el surco mientras iba arando sin dejar de canturrear su cancioncita chiflada.

—Pobre hombre —comentó el segundo de Palamedes—. Sembrando sal en la arena. Ha perdido el oremus realmente, ¿eh?

Palamedes frunció el ceño reflexionando. Luego gritó el nombre de Odiseo. Una, dos, tres veces cada vez más alto. Odiseo no le prestó atención. Se limitó a seguir cantando y sembrando su sal como ajeno al resto del mundo.

Los padres de Odiseo, Laertes y Anticlea, observaban con un grupito de cortesanos a su lado. Penélope estaba en pie un poco aparte con semblante de trágico sufrimiento. A sus pies había un canasto.

Un perrillo, apenas un cachorro, salió corriendo y recorrió la playa ladrando furiosamente mientras Odiseo hacía girar a sus animales y empezaba a arar un surco en sentido contrario, igual de loco y torcido que el anterior.

Sin una palabra de advertencia, Palamedes corrió hacia Penélope, le arrebató el canasto y, para asombro de sus propios adláteres y horror de Penélope y su séquito, bajó a la arena y lo colocó directamente en el camino por el que habían de pasar el buey y el asno.

Palamedes volvió con sus compañeros jadeando un poco, pero con aspecto satisfecho.

—¿Qué hay ahí? —le preguntó su lugarteniente.

Palamedes señaló y sonrió por toda respuesta.

Del canasto asomaba la cabecita de un bebé. Penélope chilló. El buey y el asno iban directos hacia el niño. El bebé barboteó bastante contento meneando los puñitos en el aire.

De golpe Odiseo dejó de cantar. Enderezó la espalda, gritó órdenes secas a las bestias que tiraban y las hizo girar. La reja del arado no tocó el canasto por un dedo. Odiseo soltó la esteva, dio la vuelta corriendo y recogió al bebé.

—Telémaco, Telémaco —susurró cubriéndolo de besos.

—Pues por lo que se ve no estamos tan locos, después de todo —dijo Palamedes.

—Bah —dijo Odiseo. Se giró a mirar a Palamedes y le dedicó una sonrisa arrepentida—. Bueno, valía la pena intentarlo...

El perrillo que había correteado por la playa ladrando tan fuerte se abalanzó hacia Palamedes gruñendo y dando mordiscos en el aire.

—¡Abajo, ARGOS, abajo! —dijo Odiseo notando la incomodidad de Palamedes con cierta socarronería—. Me temo que no le caes muy bien a mi perro.

Palamedes asintió rígido y se acercó a presentar sus respetos a Penélope.

Odiseo lo vio alejarse.

—Y a nosotros tampoco nos cae muy bien, ¿verdad, Telémaco? —añadió entre dientes dirigiéndose a su bebé—. Y no olvidaremos lo que ha hecho, ¿verdad? Jamás.

Penélope le agarró la mano a Palamedes.

—Prométeme que no dejarás que el rey Agamenón crea que mi marido es un cobarde.

—Bueno, tenéis que admitir...

—¡Pero es que todo esto ha sido debido a mi insistencia! Un oráculo ha profetizado que si Odiseo deja Ítaca para luchar en una guerra no volverá en veinte años.

—¿Veinte años? Eso es absurdo. No me digáis que os lo habéis creído.

—Fue muy claro.

—Los oráculos nunca son claros. Debía de querer decir veinte meses. O tal vez se refería a que veinte de sus hombres no volverían. O que regresará con veinte prisioneros. Algo así. Pero no temáis, le daré el mensaje a mi primo Agamenón. Me marcho de inmediato. Decidle a vuestro marido que haga los preparativos y venga a reunirse con nosotros en Áulide cuanto antes, ¿entendido?

Palamedes dejó Ítaca encantado de haber embaucado al embaucador.

Sin embargo el embaucador era de los que no olvidan ni perdonan. Prometió que llegaría el día en que Palamedes pagaría por sus actos.

De momento había mucho que hacer. Dejando de lado su locura fingida, Odiseo se lanzó con celo a los preparativos para la guerra. Doscientos veintiocho de los mejores guerreros de Ítaca se ofrecieron voluntarios para navegar con él y luchar bajo su estandarte, de modo que en pocas semanas doce veloces pentecónteros recién pintados y completamente aprovisionados formaban fila en el puerto listos para navegar hacia Áulide.

Odiseo dio la señal y su flota zarpó. Echó la mirada atrás desde la popa del barco de mando, para tener una última visión de Ítaca, una última visión de su esposa Penélope y una última visión de su hijo Telémaco en brazos de esta.

Desde su posición en el muelle, Penélope contempló los doce barcos en hilera que se iban volviendo más oscuros y pequeños contra el enorme blanco del cielo. Argos ladró al mar, ofendido por que lo dejasen allí. Los ladridos se convirtieron en un gañido desconsolado cuando su dueño y la flota fueron engullidos lentamente por la bruma del horizonte.

De camino a reunirse con Agamenón, Odiseo se detuvo en Chipre para afianzar una alianza con el rey CÍNIRAS, que le había prometido una flota de cincuenta. Fue toda una decepción cuando se presentó en Áulide su hijo MIGDALIÓN con solo un barco.

—¡Nos prometieron cincuenta! —vociferó un colérico Agamenón.

—Y cincuenta son —dijo Migdalión echando al agua cuarenta y nueve barquitos en miniatura hechos de barro chipriota y tripulados por diminutas figurillas de cerámica que representaban guerreros.

El tipo de ocurrencia que Odiseo y Diomedes eran capaces de ignorar con resignación; pero si Agamenón tenía una debilidad característica era que se tomaba muy en serio a sí mismo. Para su naturaleza suspicaz, las burlas más ínfimas y las faltas de respeto eran chispas que podían hacerlo saltar todo por los aires. Todos conocemos a gente así. Maldijo a Cíniras y prohibió que su nombre se volviese a mencionar nunca más. Luego este lo volvió a engatusar obsequiándolo con una magnífica coraza.[1]

Mientras la flota en Áulide esperaba más y más embarcaciones provenientes de reinos y provincias lejanos, Néstor de Pilos, el consejero más antiguo y sabio de Agamenón, lo con-

---

1. Diversas fuentes cuentan historias distintas sobre Cíniras. En calidad de importante rey mítico de Chipre, aparece descrito por algunos como un pionero en la minería y el fundido del cobre. La isla fue una gran fuente de explotación mineral durante sucesivas civilizaciones mediterráneas. El cobre fue, cómo no, especialmente valorado durante la Edad de Bronce (el bronce es una aleación de cobre y estaño): de hecho, la palabra «cobre» y el símbolo de la tabla de elementos, Cu, derivan de la isla y el metal en latín: *cuprium*. Aunque la isla en sí debería su nombre a la palabra sumeria que designa el bronce, *kubar*. O al ciprés. O al término antiguo para el árbol de jena: *kypros* (el tinte de la jena es cobrizo: yo me teñí el pelo de ese color en un momento de desatino estudiantil en 1979, cuando el mundo era joven y más indulgente). Cíniras, según Ovidio, engendró —por medio de una relación incestuosa con su hija Mirra— al hermoso Adonis, de quien se enamoró Afrodita, historia que vuelve a contar Shakespeare en su extenso poema *Venus y Adonis* (véase *Mythos*, p. 331).

vención de que plantease una solución diplomática al problema del rapto de Helena.

En consecuencia, se enviaron mensajes a través del Egeo a la corte del rey Príamo, entre lisonjeros, insistentes y amenazadores. Tenían que devolver a Helena.

Príamo respondió a la primera oleada de exigencias señalando el precedente. El rapto no era el crimen que Agamenón parecía imaginarse, claramente. ¿Acaso no había raptado el mismísimo Zeus a Europa e Ío?[1] Y en la esfera mortal, ¿acaso Jasón no se había llevado a Medea de su Cólquida natal para llevársela al interior de Grecia?[2] Y seguro que Agamenón no se había olvidado de que el honorabilísimo Heracles le arrebató su hermana Hesíone al propio Príamo en Troya para esposarla por la fuerza con su amigo Telamón. En aquella ocasión, Príamo había enviado delegaciones ofreciendo tesoros a Salamina, suplicando que se la devolviesen, pero lo rechazaron todo con desprecio altivo. Helena estaba contenta en Troya con Paris. Agamenón y su hermano debían aceptarlo. Los mensajes posteriores, más agresivos, fueron ignorados.

–Como quieran –dijo Agamenón–. Es la guerra.

La moral de las fuerzas griegas reunidas sufrió un golpe aún más duro cuando Calcante (el sacerdote de Apolo retenido como vidente real por la corte de Agamenón y respetado especialmente por su habilidad para leer el futuro en el vuelo, el comportamiento y el trino de las aves)[3] vio un día cómo una serpiente invadía el nido de un gorrión y se comía a los ocho polluelos y a su madre.

---

1. Véase *Mythos*, pp. 197 y 218-220.
2. Véase *Héroes*, p. 283.
3. Esta práctica, que los griegos llamaban *oionistike*, en Roma se conocía como «augurio». Otro término para esta modalidad de adivinación es «ornitomancia». No confundir con «aruspicina» y «extispicina»: adivinación a partir de las entrañas de aves.

–¡Fijaos! –dijo Calcante–. Apolo nos manda una señal. La serpiente se ha comido nueve pájaros. Quiere decir que sitiaremos Troya durante nueve años y no venceremos hasta el décimo.

Agamenón tenía en muy buena consideración a Calcante, pero, como la mayoría de poderosos, se las arregló o bien para ignorarlo o bien para sacarle partido a las profecías que no eran de su agrado.

–¿Cómo sabes que no significa la décima semana o el décimo mes? –preguntó.

Calcante sabía lo que le convenía.

–Desde luego, son posibles otras lecturas, mi señor rey.

–Bien. Bueno, no vuelvas a andar por ahí haciendo predicciones deprimentes como esa.

–No, claro que no, señor –contestó Calcante inclinando la cabeza. Pero también tenía su orgullo y no pudo evitar añadir–: Aunque hay una cosa de la que estoy completamente seguro...

–¿Ah, sí?

–No hay posibilidad de victoria contra los troyanos a menos que el mayor guerrero vivo figure en las filas griegas.

–Bueno, ya estoy en las filas griegas. Es más, soy el comandante de las filas griegas.

–Con todo el respeto, señor, hay un guerrero más grande que usted incluso.

–Ah –dijo Agamenón gélidamente–. ¿Y de quién se trata?

–De Aquiles, hijo de Peleo y Tetis.

–Pero no es más que un niño, ¿no?

–No, no, ahora ya es un efebo, creo.[1]

–Pero no ha demostrado nada. Igual es veloz en el estadio y sabe lanzar bien la jabalina, pero...

1. Un efebo era un varón adolescente que había alcanzado la edad, generalmente los diecisiete o dieciocho, en que podía entregarse por completo al aprendizaje de las artes de la guerra.

128

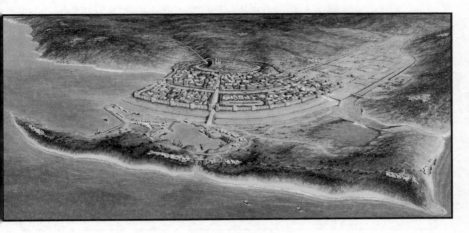

1. La ciudad de Troya.

2. El Paladio.

3. Heracles rescata a Hesíone.

4. Quirón y los centauros.

5. La procesión de Tetis.

6. Bodas de Tetis y Peleo.

7. El juicio de Paris.

8. Helena de Troya.

9. Menelao, rey de la antigua Esparta.

10. Leda y Zeus.

11. Tetis sumergiendo a Aquiles en el Estigia.

12. La educación de Aquiles.

13. Casandra.

14. El rapto de Helena.

15. Odiseo finge su locura.

16. El sacrificio de Ifigenia.

Calcante se puso en pie.

—Majestad, nunca he visto nada tan claro como que el príncipe Aquiles demostrará ser el mayor guerrero de nuestros ejércitos y que sin él no tenemos esperanzas de imponernos.

—De acuerdo, de acuerdo, caray —dijo Agamenón—. Manda a buscar a ese prodigio.

Sin embargo había un problema. Aquiles estaba desaparecido. Nadie conocía su paradero.

Los hombres de Áulide se enteraron pronto de la profecía de Calcante sobre la inclusión indispensable de Aquiles en sus filas, y aunque Agamenón ahora estaba decidido a navegar hacia Troya sin él, eran lo suficientemente supersticiosos, o le tenían a Calcante el suficiente respeto, para insistir hasta prácticamente un motín en toda regla con que encontrasen y se llevasen a Aquiles. Pero ¿dónde estaba? Agamenón hizo llamar a Odiseo y Diomedes.

—Encontrad a Aquiles —les ordenó—. Coged tantos hombres como necesitéis, pero ni de broma os atreváis a volver sin él.

LA HERMOSA PIRRA

Unos años antes, Peleo se había quedado no poco sorprendido cuando recibió la visita de Tetis en su palacio de Ftía. La estampa horrenda sosteniendo al bebé Aquiles sobre las llamas jamás se le borró de la cabeza.

Ella se le acercó mansamente, ahora, tirándose a sus pies, agarrándole las rodillas y removiendo la melena por el suelo en un despliegue de llanto suplicante que habría sido excesivo en un campesino o en un esclavo, pero que en una inmortal era algo sin precedentes.

—Por favor —dijo Perseo abochornado ayudándola a levantarse—. No es necesario.

129

—Hace mucho que te debo una explicación —dijo Tetis—. Estabas demasiado enfadado como para atender a razones, pero ahora tienes que escucharme.

Cuando Perseo comprendió por fin cómo y por qué sus primeros seis hijos habían muerto en el fuego le tocó llorar a él.

—Todo habría ido mejor si hubieses confiado en mí y me lo hubieras contado desde el principio, Tetis.

—¡Lo sé! No pasa un día sin que me arrepienta en silencio, pero ahora, Peleo, lo compartiré todo contigo. Todo el mundo conoce la profecía que hizo Prometeo...

—¿Que si tenías algún hijo este crecería hasta superar a su padre? Por supuesto, y sabes que nunca me ha importado. Y ha resultado ser cierto. Deberías ver a Aquiles en el estadio. Ningún otro chico le gana en...

—¿Te crees que no lo sé? —dijo Tetis—. Vengo aquí a menudo, adoptando muchas formas, para maravillarme de su velocidad y su fuerza, de su habilidad y su gracia. Pero existe otra profecía de la que no estás al tanto, una visión que solo yo he tenido.

—¿Qué visión?

—Se me ha revelado que a Aquiles se le ofrecen dos futuros. Uno es una vida de serena felicidad, una larga vida bendecida con hijos, placer y tranquilidad. Pero una vida vivida en el anonimato. Su nombre morirá con él.

—¿Y el otro futuro?

—La otra vida es un fulgor de gloria como nunca ha visto el mundo. Una vida de heroísmo, valor y logros que harán palidecer los de Heracles, Teseo, Jasón, Atalanta, Belerofonte, Perseo... cualquier héroe que haya vivido hasta el momento. Fama y honor eternos. Una vida cantada por los poetas y bardos para toda la eternidad. Pero una vida corta, Peleo, tan corta... —Las lágrimas anegaron sus ojos de nuevo—. Naturalmente, incluso la otra vida, la vida larga de oscuridad me pa-

130

recerá corta a mí. Noventa inviernos y veranos pasan en un suspiro para una inmortal. Pero el segundo futuro... –Se estremeció–. Menos que un parpadeo. No podemos permitirlo.

–Tendremos que darle oportunidad de escoger por sí mismo, ¿no?

–Tiene catorce años...

–Incluso así, la decisión debería ser suya...

–Y se acerca una guerra.

–¿Guerra? –Peleo la miró fijamente–. Pero si el mundo nunca ha estado más en paz. Nada amenaza la paz desde ningún punto del mapa.

–Y con todo, se acerca una guerra. Lo noto. Lo sé. Una guerra como nunca ha conocido el mundo. Y vendrán a buscar a nuestro hijo. Tienes que dejar que me lo lleve y lo esconda.

–¿Dónde te lo llevarás?

–Es mejor que no lo sepas, que no lo sepa nadie. Solo así estará a salvo.

Aquiles abrazó a su amigo Patroclo.

–Te dejo a cargo de los mirmidones –le dijo.

–No van a obedecer a nadie que no seas tú –replicó Patroclo–. Lo sabes.

Era cierto que, a pesar de la tierna edad de Aquiles, el ejército ftío le era más leal a él que incluso a su padre y rey.

–Chorradas, solo soy una mascota para ellos. Además, estaré de vuelta antes de que te des cuenta.

–Aún no entiendo por qué tienes que marcharte.

–A mi madre no se le puede decir que no –dijo Aquiles con una sonrisa triste–. Está con la mosca detrás de la oreja. Está convencida de que se acerca una guerra y que si participo me matarán.

–¡Entonces hace bien en llevarte con ella!

–¡A mí no me da miedo morir!

–No –dijo Patroclo–, pero sí te da miedo tu madre.

Aquiles sonrió burlón y le dio un puñetazo a su amigo en el brazo.

–No tanto como tú.

Tetis se llevó a Aquiles a la isla de Esciros, cuyo gobernador, LICOMEDES, era un viejo amigo suyo. Su acción más significativa hasta aquel momento de la historia había sido matar al héroe Teseo.[1]

–Creo que sé cómo esconder a tu chico –le dijo Licomedes a Tetis–. Como sabes, tengo once hijas.[2] Aquiles puede vestirse de chica y vivir entre ellas. A nadie se le ocurrirá jamás buscarlo de tal guisa.

Aquiles daba el pego como una cautivadora muchacha más; pero pronto quedó claro que había cruzado el umbral de la masculinidad y engendró un hijo con DEIDAMÍA, la más bella de las hijas del rey. Llamaron a su hijo PIRRO, por el nombre que Aquiles se había puesto en un papel de chica –Pirra, que significa «chica de fuego»–, por ser pelirrojo.[3]

1. Tiró a Teseo desde uno de los acantilados de Esciros. Véase *Héroes*, p. 419.

2. Diversas fuentes atribuyen a Licomedes una cantidad distinta de hijas: entre ocho y cien.

3. Algunas fuentes afirman que Aquiles tuvo otro hijo con Deidamía, llamado Oniro, que es como se dice «sueño» en griego. De ser cierto, parece que los mitógrafos pasaron por alto a Oniro, a diferencia de a su hermano Pirro, cuya vida, como veremos, quedó ampliamente caracterizada bajo su nombre adulto de NEOPTÓLEMO. En cuanto al tema de los nombres, el asunto del de Aquiles durante su estancia en Esciros es de gran interés y justifica la digresión. Hay un pasaje muy citado de *El enterramiento en urnas* (1658), de Thomas Browne: «Aunque se trate de preguntas enigmáticas, qué canción cantaban las sirenas o qué nombre se puso Aquiles cuando se escondió entre mujeres no son cuestiones fuera de toda conjetura». Las preguntas derivaban de las especulaciones del escritor biográfico romano Suetonio, pero Browne las retomó como una manera de comparar (irónicamente) la posibilidad real de obtener los detalles com-

Por tanto, esta era la situación cuando, unos años después, Agamenón mandó a Odiseo y a Diomedes desde Áulide a peinar el mundo griego en busca del hijo perdido de Peleo y Tetis. Lástima, por lo que a Tetis y sus esperanzas de esconder a Aquiles respecta, que Esciros estuviera tan cerca de Áulide, porque la isla fue uno de los primerísimos sitios donde Odiseo decidió buscar.

En cuanto el taimado itacense llegó al palacio del rey Licomedes empezó a sospechar. Era un hombre difícil de engañar, y Licomedes no era buen mentiroso.

---

pletos de un mito no histórico a través de la casi imposibilidad de encajar las piezas de las historias tras los huesos, las urnas funerarias y otros artículos que quedaron de la vida real; de ahí que Edgar Allan Poe usase este pasaje ya célebre como epígrafe de su cuento «Los crímenes de la calle Morgue», considerado por algunos como el primer relato de detectives, y que consiste por entero en encajar piezas. Las cuestiones que propone Browne no están, desde luego, «fuera de toda conjetura». En cuanto al nombre de Aquiles, bueno, la mayor parte de comentadores y autores apuestan por Pirra («pelo de fuego»). Pero según Suetonio en sus *Doce césares*, al emperador Tiberio (al que le encantaba pitorrearse de los eruditos en estas cuestiones, como comentamos cuando hablábamos del linaje de Hécuba) se le ocurrieron un puñado más aparte de Pirra. Cercisera (Kerkysera), por ejemplo, derivado del término que designaba en griego la rueda de una rueca, símbolo de feminidad durante mucho tiempo, aunque *kerkos* significa «cola» o «pene», así que hay quien piensa que se trata de un chiste; un erudito llegó al punto de sugerir que provenía de *kerkouros*, que significa «el que orina por la cola» (teniendo en cuenta el sentido del humor oscuro y retorcido de Tiberio, no es improbable que prefiriese esta opción). Otro sugirió que el nombre era Issa o Aissa, en referencia a la velocidad de Aquiles (*aisso* significa «corro»). El comentario de Robert Graves fue el siguiente: «Mi conjetura es que Aquiles se hizo llamar Dacrioessa ("la llorona"), o mejor, Drosoessa ("la del rocío"); porque *drosos* es un sinónimo poético de "lágrimas"». También se propone Aspetos, que significa «ilimitado» o «vasto», aunque parece que fue más bien un apodo usado más tarde, una vez Aquiles afianzó su reputación.

—¿Aquiles? —dijo el rey vacilante, como si el nombre no le sonase de nada, cosa que a Odiseo le parecía improbable. Ya de niño, su fama se extendía por todo lo largo y ancho del mundo—. Te aseguro que aquí nadie ha oído ese nombre.

—¿En serio? —dijo Odiseo—. Me refiero a Aquiles, hijo de Peleo y Tetis. Tu amiga Tetis —añadió con toda la intención.

—Si quieres echar un vistazo, adelante —le invitó Licomedes con un encogimiento de hombros—. En palacio solo estamos yo y mis doce hijas.

Diomedes y Odiseo entraron en el amplio claustro abierto donde las princesas pasaban el día. Unas se bañaban, otras tocaban instrumentos musicales de cuerda, unas tejían, otras se peinaban. Había una fuente. Unos pájaros gorjeaban dulcemente en sus jaulas de junquillos. Era la viva estampa de la tranquilidad femenina. Diomedes se quedó en el umbral, un poco incómodo, sin saber hacia dónde mirar, pero Odiseo se tomó su tiempo para escrutar el patio con los ojos entrecerrados. Se volvió hacia Diomedes.

—Ve al barco y vuelve con veinte de nuestros hombres más feos y brutos —le dijo—. Carga contra el palacio. Arrásalo. Sin previo aviso, desenvaináis las espadas. Haced como si fueseis a atacar a las chicas. Que se os vea aterradores. Vociferad y aporread vuestros escudos.

—¿Seguro? —preguntó Diomedes.

—Seguro —dijo Odiseo—. Y no os contengáis. Todo saldrá bien. Confía en mí.

Cuando Diomedes se hubo marchado, Odiseo dio un paso al frente y dejó con cuidado su espada en el borde de piedra de la fuente. Luego retrocedió, se cruzó de brazos y esperó.

Diomedes debió de quedarse desconcertado con la petición de Odiseo, pero desempeñó su papel a la perfección. Irrumpió por el patio en tromba con veinte enormes soldados musculosos y peludos con las espadas en alto vociferando gritos de guerra que habrían helado la sangre al más pintado. Las princesas chillaron y retrocedieron alarmadas... todas salvo una, una hermosa chiquilla pelirroja que agarró la espada del borde de la fuente y la blandió soltando un rugido.

Odiseo se adelantó sonriente.

—Hola, Aquiles, hijo de Peleo —dijo.

Aquiles, con la espada en la mano, jadeante, paseó la mirada de Odiseo a Diomedes y luego de nuevo a los veinte hombres. Entonces se echó a reír y bajó la espada.

—Deja que adivine. ¿Odiseo, hijo de Laertes?

Odiseo inclinó la cabeza.

—Mi madre me advirtió que si alguien era capaz de encontrarme serías tú.

—¿Te unirás a nuestro ejército? —le preguntó Odiseo—. ¿Volverás a Ftía, traerás a tus mirmidones y obtendrás la gloria para Grecia? Nuestro honor está en juego, y tu presencia nos garantizaría la victoria, sin duda. Agamenón, Menelao, tu primo Patroclo y una gran flota te esperan en Áulide.

Aquiles sonrió.

—Suena divertido.

IFIGENIA EN ÁULIDE

La llegada de Aquiles y sus mirmidones levantó los ánimos entre las fuerzas expedicionarias. Todos conocían las profecías. Aquiles les garantizaba la victoria. Sería su paladín, su tótem. El subidón que su presencia produjo en la moral griega era muy necesario: decenas de miles llevaban tiempo languideciendo en Áulide mirando las musarañas a la espera de la orden de partir hacia Troya.

Agamenón dio la bienvenida a Aquiles con tanta cordialidad como fue capaz.

—Ahora por fin podemos echarnos a la mar y hacer lo que hay que hacer.

Pero no podían echarse a la mar. Ninguna flota, por poderosa que sea, puede navegar sin viento, y viento no había. Ni un soplo. No bastaba ni para mover un barquito de juguete en las aguas de un estanque. Ni para agitar una brizna de hierba. Las embarcaciones que transportaban comida, armas, personal, esclavos y todas las provisiones necesarias para la guerra necesitaban viento para moverse. Sería una chifladura imposible que los guerreros remasen en los pentecónteros hasta Troya sin los barcos de avituallamiento.

—¡Calcante! —vociferó Agamenón—. Que alguien traiga a mi puñetero adivino.

Calcante se inclinó profundamente ante su rey, pero no se decidía a hablar.

—¿Qué te pasa? Desembucha, hombre. ¿Por qué no hay viento? ¿O es que no lo sabes?

—Lo sé, majestad, pero es que... tal vez mejor se lo cuento luego... ¿en privado?

—¿En privado? —Agamenón miro a su alrededor. Su Estado Mayor en pleno estaba presente: Menelao, Diomedes, Áyax, Odiseo y el rey Néstor de Pilos—. Aquí no hay secretos. Canta.

—Yo... es... es que se me ha revelado que... es decir... la diosa Artemisa... es ella quien...

—¿Artemisa?

—Le ha ordenado a Eolo, guardián divino de los vientos, que calme las brisas, rey de los hombres.

—Pero ¿por qué? ¿Quién la ha ofendido?

—Bueno... por lo visto...

—¿Puedes dejar de boquear como un puñetero besugo y desembuchar de una vez? ¿Quién está tan chiflado como para ofender a la divina Artemisa?

La angustia en el rostro de Calcante era evidente, y lo que eso significaba quedó claro como mínimo para uno de los miembros de aquel grupo.

136

–Creo –dijo Odiseo– que Calcante no se atreve a pronunciar tu nombre, Agamenón.

–¿El mío? ¿Osas insinuar...?

–No creo que nos cuente nada si vas a degüello con él –comentó Odiseo–. O le dejas hablar o lo dejas mudo de terror, pero las dos cosas a la vez no van a poder ser.

Agamenón hizo un gesto irritado con la mano.

–Habla sin miedo, Calcante, ya me conoces. Si soy un cacho de pan.

Calcante respiró hondo.

–¿Recordáis la semana pasada, mi señor, cuando fuisteis a cazar en la arboleda al suroeste?

–¿Qué hay con eso?

–En su momento comenté, rey de los hombres, si os acordáis, que la arboleda era un lugar sagrado para los dioses...

–¿Lo comentaste? No me acuerdo. ¿Y qué?

–Aquel día abatisteis a un venado, también sagrado para la divina Cazadora. Está enfadada, mi señor.

Agamenón soltó un suspiro exagerado, ese suspiro que sueltan todos los líderes cuando quieren dar a entender que están rodeados de ineptos y que cargan sempiternamente con problemas que aplastarían a hombres corrientes.

–Muy bien. Ya veo. Y supongo que tenemos que hacer algún tipo de sacrificio para apaciguarla, ¿no?

–Su majestad está en lo correcto.

–Bueno, ¡pues da las órdenes pertinentes! ¿Es que tengo que hacerlo todo yo? ¿Qué hay que sacrificar, exactamente? ¿Qué sería más apropiado? ¿Otro venado? ¿Un toro, una cabra? ¿Qué?

Calcante retorcía el borde de su túnica, miró en todas direcciones menos hacia su rey.

–Está muy muy enfadada, señor. Pero que muy enfadada.

–¿Diez toros? ¿Veinte? ¿Una puñetera hecatombe?[1]

1. Una hecatombe era un sacrificio de cien reses. Una fuente sugiere

–Es... la cosa va mucho más allá, majestad... La diosa exige nada más y nada menos que el sacrificio de... –la voz del adivino se quebró en un ronco susurro y las lágrimas afluyeron a sus ojos– el sacrificio de vuestra hija.

–¿Mi hija? ¿Mi hija? ¿Estamos de broma?

El rostro angustiado de Calcante lo sacó de dudas. Se sucedió un silencio gélido. Agamenón lo interrumpió con otra pregunta:

–¿Cuál de mis hijas?

Calcante retorció aún más la tela de su túnica.

–Solo el sacrificio de vuestra hija mayor hará que los dioses nos sean propicios de nuevo.

Menelao, Odiseo y los demás se volvieron para mirar a Agamenón. Su esposa Clitemnestra le había dado tres hijas. Electra y Crisotemis eran aún niñas, pero Ifigenia estaba a punto de hacerse mujer. Se decía que era inteligente, piadosa y bondadosa.

–No –dijo Agamenón tras un largo silencio–. Jamás.

–A ver, un momento –intervino Menelao–. Aquí estamos comprometidos todos.

–¡Pues sacrifica a tu hija!

–Ese mocoso troyano traidor ya me robó a mi mujer y a mi hijo Nicóstrato –replicó Menelao–. He sacrificado suficiente. Recuerda tu juramento.

–¿Qué ha hecho de mal Ifigenia?

–Sé que es mucho pedir, Agamenón, pero si Artemisa lo exige...

Agamenón no pensaba dejarse convencer.

---

que Menelao había prometido a Afrodita que le sacrificaría una hecatombe en agradecimiento por obtener a Helena en el sorteo, pero que con todo el entusiasmo posterior se le olvidó. La cólera de la diosa por el desliz es el motivo por el que Afrodita escoge a Helena como recompensa de Paris en el juicio del monte Ida.

–Hay otros dioses. Atenea, por ejemplo. Tiene a Odiseo por favorito y siempre verá con buenos ojos cualquier cosa que haga. Poseidón también está de nuestro lado. Y Hera. Convencerán a Zeus para que intervenga. Artemisa no puede retener a nuestra flota para siempre. Si esperamos lo suficiente todo irá bien.

Sin embargo, pasaron los días sin rastro de brisa. La atmósfera calurosa y estancada de Áulide se convirtió en terreno abonado para la enfermedad. Cuando empezaron a circular rumores entre los griegos, muchos llegaron a la conclusión de que la vengativa Artemisa había llegado al punto de disparar flechas de peste en el campamento. Pasaron semanas sin que el viento se animara ni el contagio remitiese.

Al final, Agamenón cedió a la presión creciente desde todas partes.

–Navegad hasta Micenas –le dijo a Odiseo.

–¿Navegar? Pero si aquí lo que pasa es...

–¡Remad! Remad hasta Micenas. Ya me entiendes, carajo. Nadad si hace falta, pero llegad hasta allí. Decidle a Clitemnestra que os han ordenado traer a Ifigenia para casarla.

–¿Y quién va a ser el afortunado marido?

–Aquiles –contestó Agamenón.

–¿De verdad? –Odiseo arqueó una ceja–. ¿Y qué opina el principito?

–No vale la pena molestarlo con este asunto –dijo Agamenón con un gesto de displicencia–. No se van a casar. Se trata de... de un... ¿Cómo se dice?

–¿Un pretexto? ¿Una excusa? ¿Un engaño? ¿Una mentira?

–No cuestiones mis órdenes. Ve y punto.

–Pero no os parece casi inevitable que... –empezó Odiseo.

–¿Que qué?

–Bueno... ¿no os parece que a lo mejor se nos puede ocurrir un motivo mejor para traer aquí a vuestra hija?

–Chorradas. Mi plan es perfecto. ¿Qué va a ser mejor que unos esponsales con Aquiles? Es el ojito derecho de todos.

–Yo solo digo que... –Odiseo buscaba la mejor manera de expresarse.

–Basta de prevaricación. ¡Vete!

Ya bordeando el cabo de Ática camino del Peloponeso, Odiseo sopesó las peculiaridades e incongruencias de sus compañeros. No ponía en duda que Agamenón fuese el mayor líder militar vivo. Uno no podía por más que admirar la velocidad, la audacia y la determinación con las que había conquistado y combinado las dispares ciudades estado, reinos y provincias de la Argólida y convertido Micenas en la gran potencia que innegablemente era en ese momento. Sin embargo, ¿cómo podía ser un general así tan estúpido en lo relativo a cuestiones de personalidad, emociones y sentimientos? Sin duda, era inevitable que la esposa de Agamenón, Clitemnestra, insistiese en acompañar a Ifigenia a Áulide para la boda. ¿Qué madre faltaría al mayor compromiso nupcial, por no hablar de la unión gloriosa que se avizoraba? ¿Cómo no veía esto Agamenón, que era capaz de anticiparse a los más excelentes comandantes enemigos en el campo de guerra? ¿Cómo reaccionaría Clitemnestra cuando descubriese que las habían arrastrado a Áulide con argucias y con el propósito más incalificable? ¿Y cómo respondería el impetuoso Aquiles a la utilización de su nombre en semejante engaño?

Pero vamos, no es que Odiseo fuese a cuestionarlo; Odiseo lo que hizo fue limitarse a observar con su aire habitual de distanciamiento irónico.

Sus suposiciones se vieron corroboradas al llegar a Micenas. En cuanto salieron de sus labios las palabras «boda» y «Aquiles», el palacio se lanzó a una vorágine de preparativos. Ifigenia estaba abrumada de felicidad y Clitemnestra de orgullo. Odiseo no acertaba a decir nada que pudiera aplacar la inevitable oleada de emoción. Le dolían los músculos faciales de forzar una sonrisa fija. Sí, claro, ¿acaso no era aquel el más maravilloso de los enlaces imaginables? Aquiles era bastante guapo, según se decía por ahí. ¿Acaso no eran la novia y el novio los jóvenes más afortunados del mundo? Un triunfo para Micenas, para Ftía y para toda Tesalia. Qué inteligentísimo Agamenón al concebir una idea tan *propiciatoria* antes de zarpar hacia el rescate de la pobre y querida Helena.

A Clitemnestra le llevó un tiempo supervisar a su gusto la carga en los barcos de lo que consideraba el número apropiado de esclavas, músicos, cocineros y suficiente cubertería, manteles caros y vino para organizar un banquete de bodas digno de una pareja tan especial. Odiseo se había visto obligado a esperar dos semanas enteras para que su flotilla pudiese zarpar y reunirse con Agamenón y la inmóvil flota griega.

Pero en cuanto Clitemnestra puso un pie en el muelle de Áulide fue consciente de que algo andaba mal. El olor en el puerto quieto y caluroso era insoportable. Los semblantes de los que se congregaron para darle la bienvenida eran de temor, de hostilidad o de una inexplicable compasión.

Agamenón estaba sinceramente sorprendido de ver a su esposa.

—No hacía falta que vinieses, cariño —le dijo dándole dos besos.

—¿Que no hacía falta que viniese? Tú estás tonto. Odiseo dijo lo mismo. ¡Menuda chorrada! Como si Ifigenia no fuese a querer a su madre a mano durante su boda. ¿Por qué demontre está tan chafado todo el mundo?

A la media hora lo sabía todo, y un mortificado Agamenón había cambiado de nuevo su opinión sobre el sacrificio.

—No está bien —les dijo a sus generales—. La reina tiene bastante razón. Matar a una criatura tan inocente sería una obscenidad. Los dioses no pueden querer eso.

Menelao abrió la boca para protestar, pero antes de que le diese tiempo, Aquiles irrumpió en la reunión.

—¿Te has atrevido a utilizar mi nombre para arrastrar a esa pobre chica hasta su muerte? —dijo ahogándose de cólera—. ¿Cómo te has atrevido? Mándala ahora mismo de vuelta.

—No voy a permitir que un simple chaval cuestione mis decisiones —respondió Agamenón.

Los dos hombres se acercaron el uno al otro respirando pesadamente, pero antes de que se pusieran en guardia Odiseo se metió en medio.

—Vamos, vamos... no perdamos el autocontrol.

Aquiles escupió en el suelo y se fue sin decir palabra.

Odiseo daba las gracias por no ser el comandante supremo de aquella fuerza expedicionaria. Sabía que el liderazgo no traía más que quebraderos de cabeza y de corazón. En aquel caso estaba claro que Agamenón iba a sufrir, hiciese lo que hiciese. Era natural que todos sus instintos como padre y marido se sublevasen ante la idea de la muerte de su hija. Aunque, llegados a aquel punto, toda la alianza, hasta el esclavo más insignificante, conocía ya los detalles de la caza del ciervo sagrado y lo que Artemisa había pedido en compensación. Todo el mundo, hasta su hermano Menelao, pedía a Agamenón que cediese. Ifigenia tenía que morir o todo el proyecto del rescate de Helena de Troya se iría al traste. ¿Qué era una vida comparada con el honor de tantos reyes y príncipes griegos? ¿Qué era una vida comparada con la creciente oleada de mortalidad por el contagio de la flota en el muelle? ¿Qué era una vida comparada con la perspectiva de las riquezas troyanas que aguardaban a sus victoriosos ejércitos?

Aquella noche, incluso Aquiles había digerido la cólera al verse utilizado sin saberlo como instrumento para traer a Ifigenia a Áulide y había sumado su voz al coro que clamaba por su muerte. Sentía una profunda lástima por la chica, pero sus mirmidones no estaban de humor para seguir perdiendo el tiempo en Áulide ni un día más de lo necesario. Dos de sus comandantes, EUDORO y FÉNIX, habían ido a verlo esa tarde para transmitirle ánimos entre las filas mirmidonas.[1]

–Te quieren, príncipe Aquiles –dijo Fénix–, pero no obedecerán a Agamenón si desafía los deseos de la diosa.

–Es cierto –dijo Eudoro–. Artemisa es implacable. Mi madre Polimele fue en su día devota suya.[2] Artemisa no perdona. Hay que aplacar a la Cazadora. No hay otra opción. Toda nuestra empresa habrá sido en vano a menos que sacrifiquemos a Ifigenia.

Al final fue la propia Ifigenia la que puso solución a aquel callejón sin salida.

–Yo me tenderé sobre la piedra sacrificial y con mucho gusto entregaré mi vida por Grecia –dijo ante una horrorizada e incrédula Clitemnestra–. Este sacrificio es mi monumento duradero; es mi matrimonio, mi maternidad y mi fama, todo en uno. Y estoy conforme, madre...[3]

Y así es como, ante todos, se tendió sobre la piedra del altar.

Calcante levantó un cuchillo de plata bien alto en el aire (con una expresión y una celeridad que, en opinión de Odiseo, quizá delataba un exceso de entusiasmo) y rogó a la diosa que aceptase el sacrificio.

1. Eudoro era hijo de Hermes. El príncipe Fénix gobernaba sobre Dolopia, un reino sujeto a Ftía, y se había encargado de la educación de Aquiles cuando lo sacaron de la cueva de Quirón. Era el hombre más querido por Aquiles después de Patroclo.

2. Esto es verdad. El dios Hermes vio a Polimele bailando para Artemisa y quedó fascinado por su gracia y su belleza. De aquella unión nació Eudoro. A Artemisa no le había hecho gracia perder a una devota. Si Eudoro no se hubiese encontrado bajo la protección de Hermes, sin duda lo habría matado o transformado en algún bicho.

3. Estas son las palabras que le atribuye Eurípides en su tragedia *Ifigenia en Áulide*. Esta obra y la historia del sacrificio de Ifigenia fueron la base de la excelente película de Yorgos Lanthimos *El sacrificio de un ciervo sagrado*, protagonizada por Colin Farrell y Nicole Kidman.

Clitemnestra sollozó. Aquiles apartó la mirada. Agamenón cerró fuerte los ojos.

Calcante dejó caer el cuchillo, pero no apuñaló a Ifigenia, porque Ifigenia había desaparecido. Justo en el instante en que el cuchillo descendía, se esfumó. Un venado ocupó su lugar y la hoja penetró en el pelaje de la criatura y no en la pálida piel de la chica.

La sangre del venado erupcionó en una gran fuente. Sin pestañear siquiera, el profeta se giró hacia la turba todo salpicado de sangre con un grito triunfal.

—Contemplad la piedad de la Cazadora. ¡Perdona a la chica! ¡Nos sonríe!

Una aclamación contenida. ¿De verdad había sido perdonada Ifigenia por la diosa o se trataba de algún ardid ideado por Agamenón y su sacerdote? Pero mientras la multitud lo decidía, Calcante señaló hacia los árboles que cercaban el lugar.

—¡Mirad! ¡Nos envía viento! —exclamó.

Era verdad, el aire que los rodeaba de pronto estaba en movimiento.

—¡Céfiro! —gritó Calcante.

Y no un simple viento, sino viento del oeste... el viento que necesitaban para un rápido trayecto rumbo este hasta Troya.

—¡Céfiro! —gritaban los griegos—. ¡Céfiro! ¡Céfiro! ¡Céfiro!

En medio de la emoción y el frenesí de los preparativos, Agamenón no se dio cuenta de que Clitemnestra y su comitiva se habían marchado.

—Se ha ido sin despedirse —le dijo a Odiseo—. No pasa nada. Esta guerra acabará pronto. Un poco de reflexión y comprenderá que no tuve elección. Además, la diosa se habrá llevado a Ifigenia a casa de nuevo. Cómo no. Espero que tus barcos estén listos, Odiseo. Zarpamos mañana al amanecer. ¡Ay de Troya!

—¡Ay de Troya! —repitió Odiseo. Secamente.

Y así la flota más grande que el mundo hubiera visto desde el principio de los tiempos se echó al mar y cruzó el norte del Egeo rumbo a la Tróade.

En el segundo canto de la *Ilíada*, en una sección conocida como el «Catálogo de embarcaciones», a Homero le lleva 266 versos enumerar la gran armada. En una tirada de hexámetros dactílicos, el verso de doce y diecisiete sílabas que empleaba, nos cuenta de dónde venían los barcos y quién los capitaneaba. Durante siglos, clasicistas e historiadores se han deleitado en el análisis de esta lista, comparándola con otras fuentes y sopesando la probabilidad de que cada pentecóntero tuviese de verdad capacidad para albergar a ciento veinte hombres, como parece indicar Homero.[1] Las cuentas que se destilan de la lista homérica nos sugieren una estimación de las fuerzas que deja el monto de barcos en unos 1.190 y unos 142.320 hombres (más o menos).[2] Los estudiosos aplican datos arqueológicos, documentales e históricos (un montón de elucubraciones) para sus estimaciones.

En ciertos aspectos, nada de esto es muy distinto del «gran juego» en el que participan esos ávidos sherlockianos

---

1. Un pentecóntero era una embarcación para cincuenta remeros. Aunque no todos los barcos del recuento homérico tenían tantos remos. Algunos tienen veinte; tal vez eran barcos más pequeños, o igual treinta de sus bancos estaban vacíos. Por ejemplo: se nos dice en el «Catálogo» que cada barco del contingente beocio contaba con ciento veinte hombres, lo que supondría que tenían setenta guerreros no remeros a bordo. Sabemos por la *Odisea* que en las embarcaciones ítacas cabían cincuenta personas. La aritmética es divertida para según quién, pero está claro que no demuestra nada. A nosotros nos basta con saber que la flota era de las grandes.
2. Fuentes como Apolodoro o Higinio, por ejemplo, indican números más bajos. La mayoría coincide en situar el número total de guerreros entre los 70.000 y los 130.000 hombres.

que hablan de Holmes y Watson como si hubiesen sido personas de carne y hueso cuyos casos relatados por Arthur Conan Doyle han de tratarse como factuales. También es un juego divertido y fructífero. Así que apliquémoslo a la guerra de Troya. En el Apéndice (p. 311) examino cuánto hay de verdad histórica detrás de la historia de la historia. Pero incluso en el caso de que creamos que una gran parte de ello de verdad tuvo lugar, tendremos que enfrentarnos a muchas incongruencias. Ya he lloriqueado antes por la cronología. En las líneas generales de la historia tal y como nos ha llegado hay, como mínimo, un salto de ocho años entre el rapto de Helena y el momento de las naos zarpando. Esto entra en conflicto con las edades de algunos individuos de maneras que no voy a abordar aquí. Teniendo en cuenta la intervención de los dioses y otros sucesos mágicos y sobrenaturales, he optado –como comenté en la Nota introductoria que con toda sensatez os habréis saltado– por contar la historia de la guerra y su resultado sin tratar de poner los puntos sobre cada *iota* secuencial ni el sombrerito a cada *tau* cronológica.

Baste para nuestros propósitos saber que la gran fuerza expedicionaria aquea consistía en una flota de una magnitud sin precedentes que incluía guerreros traídos de multitud de reinos y provincias bajo las órdenes del gran rey Agamenón de Micenas.

Antes de lanzarnos a las playas de Ilión con esas tropas hay una aventura que vivieron los griegos de camino y que deberíamos conocer. Aunque ninguno de los protagonistas principales se dio cuenta en aquel momento, fue un suceso lo suficientemente significativo como para resultar decisivo al final de la campaña. Los orígenes del episodio, como los orígenes de la gran ciudad y la civilización hacia la que se dirigían los griegos, pueden remontarse hasta el más excelente de los hijos mortales de Zeus: Heracles.

La flota aquea se aproximó a la obertura de los estrechos del Helesponto y bogó a lo largo de la isla de Ténedos.

–Última parada antes de Troya –dijo Agamenón–. Dejemos que los hombres se diviertan un poco antes de meternos en las lúgubres harinas de la guerra.

Los griegos pulularon por la isla celebrando competiciones atléticas improvisadas, cazando y persiguiendo a las isleñas.

Aquiles tuvo el gusto de toparse con una chica muy atractiva bañándose en un estanque. Pero antes de que le diese tiempo a importunarla, un hombre salió precipitadamente de entre los árboles y se le plantó delante blandiendo una espada y rugiendo furioso.

–Vaya, vaya –dijo Aquiles–. ¿Qué tenemos aquí?

–Estás invadiendo mi reino, muchacho insolente.

–¿Tu reino?

–Soy TENES, hijo de Apolo y gobernador de esta isla. Tus salvajes persiguen animales por nuestros bosques, destrozan nuestros campos y vides sin haber tenido la decencia de pedir permiso y ahora tú te atreves a abordar a mi hermana. Pagarás por esto.

Tenes dio un pisotón en el suelo y soltó otro rugido. Pero el rugido lo ahogó un susurro vehemente que resonó en la cabeza de Aquiles. La voz de Tetis, su madre:

–¡Aquiles, cuidado! No mates a ningún hijo de Apolo o Apolo no dudará en matarte a ti.

Aquiles no fue capaz de distinguir si de verdad era su voz o unas palabras recordadas de tiempo atrás. Tetis llevaba advirtiéndole de cosas desde que tenía uso de razón: peligros, venganzas, trampas, incitaciones, tabús, prohibiciones y maldiciones. Todas las madres eran protectoras, ya se sabe. Pero que Tetis era más protectora que la mayoría, esto es innegable. Tal vez le había dicho en alguna ocasión que los que mataban a hijos de dioses acababan muriendo a manos de dichos dioses. Era la clase de cosas que decía. Aquiles no tenía miedo. Acalló la voz interior. Se había calentado. La visión de aquel isleño arrogante vociferando y agitando su espada le resultó intolerable.

Una finta a la izquierda, un bailecito a la derecha, un envite, un giro ágil de muñeca y la espada de Tenes ya estaba en el suelo sin que Aquiles hubiera necesitado siquiera sacar la suya. Otro giro de muñeca y el cuello de Tenes se había roto y su vida se había extinguido. Su hermana chilló y salió corriendo.

Mientras tanto, una comitiva real encabezada por los atridas[1] había salido de Ténedos hacia la isla más pequeña de Crisa. Su intención era dedicar un sacrificio a Heracles, que había quemado ofrendas a los dioses en aquel mismo lugar antes del ataque a Laomedonte de Troya. Los guiaba hasta el sitio uno de los más fieles seguidores del héroe, Filoctetes, hijo de Peante de Melibea, que estuvo allí con Heracles tantos años atrás.

Filoctetes también había estado en el momento de la muerte del gran héroe. Había presenciado con desesperación impotente cómo el veneno corrosivo de la camisa que en su día perteneciera al centauro Neso corroía su carne.[2] En su agónico frenesí, Heracles había arrancado árboles de cuajo para su propia pira funeraria. Cuando suplicó a sus amigos que lo quemasen vivo, todos se echaron atrás. Solo Filoctetes tuvo arrestos para obedecer. En agradecimiento, Heracles le entregó su arco y sus flechas legendarios ya moribundo. Con lágrimas en los ojos, Filoctetes prendió la pira y contempló cómo el alma inmensa y torturada del héroe abandonaba su inmenso y torturado cuerpo.[3]

---

1. Apelativo común para los hermanos Agamenón y Menelao: significa «hijos de Atreo». A los griegos nobles y de la realeza les gustaba llamarse así entre ellos.

2. Véase *Héroes*, p. 147.

3. Sófocles, en su tragedia *Filoctetes*, hace que Peantes, el padre de Filoctetes, sea quien enciende la pira.

Hay quien dice que el arco se lo había regalado al joven Heracles el mismísimo Apolo, pero lo importante eran las flechas. Heracles había sumergido las puntas en la sangre venenosa del dragón acuático de múltiples cabezas, la hidra de Lerna. Aquellas flechas letales le habían valido la victoria en muchas contiendas posteriores.[1] Pero ahora, desde su muerte

1. Tantas, de hecho, que uno acaba por preguntarse cuántas flechas había. Debió de pasarse horas o incluso días arrodillado junto a la hidra untando flechas, si tenemos en cuenta el daño que más tarde infligieron. Algunos historiadores aguafiestas y comentaristas cenizos insinúan que los griegos tenían la costumbre de utilizar una mezcla de veneno y excremento de serpiente para que sus flechas y lanzas resultasen o bien rápidamente fatales o bien lenta y agresivamente contagiosas, y que es probable que Heracles reenvenenase sus flechas muchas veces usando este método en lugar de recurrir exclusivamente a sus existencias de flechas contaminadas de hidra. Yo prefiero creer otra cosa. La sangre letal tenía un vínculo directo con el padre de la hidra, el antiguo monstruo ctónico con forma de serpiente TIFÓN, hijo de los primigenios Gea y Tártaro, y así también con Pitón, la serpiente asesinada por el joven dios Apolo (véase *Mythos*, p. 108). Pitón, el lugar donde murió esta criatura, luego sería conocido como Delfos, y la sacerdotisa de su oráculo sería la pitia; el oráculo de Delfos ordenaría a Heracles que emprendiese su trabajo. Tifón luchó en su día contra Zeus por el control del cosmos. El destino más importante de Heracles, hijo de Zeus, fue salvar al Olimpo y a los dioses de la destrucción a manos de los gigantes, hijos de Gea, cosa que logró con las flechas envenenadas en sangre de la hija de Tifón: la hidra (véase *Héroes*, p. 141). De un modo similar, Heracles libró al mundo de parte de la prole de Tifón y derrotó a innumerables adversarios; y luego, mediante la cruel ironía de la camisa de Neso, aquel mismo veneno provocó su muerte atroz. El destino de aquellas flechas, como veremos, iba a ser también decidir el curso de la guerra de Troya. Lo que esta digresión inconexa trata de sugerir es que el veneno de la hidra se entreteje por el tapiz del mito griego de principio a fin como un hilo serpenteante. La laboriosa simetría de su uso ulterior al final de la guerra de Troya y a la hora de dar por finalizada la era olímpica –dioses, héroes y demás– hace pensar en el uroboros: la serpiente que engulle su propia cola. Tifón obtendría venganza, después de todo.

–o, más bien, desde que ascendió a la inmortalidad olímpica–, el arco y las flechas las guardaba el tenaz y entregado Filoctetes, que en su debido momento se contaría entre la gran comitiva de nobles pretendientes a la mano de Helena en Esparta. Y así es como había hecho el juramento, con otros tantos, de defender el matrimonio y había aportado diligentemente siete barcos a los efectivos de la gran invasión de Agamenón.

La contribución de Filoctetes a la causa griega pareció terminar tan pronto como empezó, dado que al conducir a Agamenón y los demás al sitio donde recordaba haber hecho sacrificios con Heracles tantos años atrás tuvo la mala suerte de pisar una víbora que se revolvió al instante y le clavó los colmillos en el pie. En cuestión de segundos, el pie se le infló y apenas podía caminar. Diomedes lo ayudó a atravesar la isla hasta la barca que debería haberlos llevado de vuelta a sus barcos, pero para entonces la herida supuraba y apestaba horriblemente. Odiseo les susurró a Agamenón y Menelao que una infección así era incurable y que se arriesgaban a extender el contagio por todas las embarcaciones. Los atridas decretaron que se dejase allí a Filoctetes. Fueron lo suficientemente considerados –considerados desde su punto de vista, no tanto desde el del interesado– como para coincidir en que Crisa era demasiado pequeña e inhóspita para él.[1] De manera que el renqueante, aullante e indignado Filoctetes fue abandonado en la cercana isla de Lemnos, por entonces desierta.[2] La capitanía de sus siete barcos, con su guarnición de trescientos cin-

---

1. De hecho, parece que Crisa (la «isla dorada») era tan pequeña que en tiempos del Imperio romano había quedado completamente sumergida por una subida del nivel del mar. En los años sesenta del siglo XX, un arqueólogo aficionado dijo haber descubierto sus ruinas submarinas con templo y todo.

2. Una isla desierta según Sófocles, por lo menos. Tal vez, después de que Jasón engendrase a los minias (véase *Héroes*, p. 224), dejaron Lemnos y buscaron otro asentamiento.

cuenta remeros-arqueros, se asignó a Medonte, hermanastro de Aias, Áyax el Menor.

Filoctetes se quedaría en Lemnos durante los siguientes diez años sufriendo los dolores de una herida que se resistía a curarse y sobreviviendo a base de la carne de las aves que podía abatir con su arco y sus flechas venenosas. Guardad su nombre en algún compartimento de vuestra mente, porque volverá.

–Ahora –dijo Agamenón–, enviemos las señales. Las flotas atacarán mañana al amanecer.

La orden circuló de cubierta en cubierta por todos los barcos.

–¡Troya!

–¡Troya!

–¡Troya!

ILIÓN

LLEGADA

Las torres de Troya se pierden en el cielo y resplandecen al sol. Desde las murallas de la ciudad, los centinelas y los vigilantes gritan y tocan sus trompas. Han visto algo capaz de aterrar al corazón más valeroso.

Al oeste, muy lejos, el horizonte que separa el mar del cielo se ha vuelto negro. La tenue franja de bruma que cada día hasta hoy ha separado el mar del cielo es ahora un línea ancha y negra que se alarga a izquierda y derecha hasta donde alcanza la vista. Mientras los troyanos observan, la línea se espesa. Es como si Poseidón estuviese haciendo emerger una nueva isla o un nuevo continente.

Pronto advierten que la línea negra no es un inmenso acantilado que emerge del mar. Es una flota tremendamente colosal de barcos que se aproxima en formación de combate. Cientos y cientos y cientos de barcos.

Los troyanos se han preparado para la guerra. Llevan meses y meses dedicados a los preparativos defensivos. Toda Troya es consciente de que los malditos aqueos vienen, pero la magnitud de la flota, la estampa que forman... Nada podía prepararlos para eso.

Héctor y Paris suben a las murallas al primer toque de trompeta.

–¿Cuántos? –pregunta Paris.

Héctor mira. No hace ni una hora que Eos abrió de par en par las puertas del amanecer para que su hermano Helios saliese con su carro. El titán del sol ya está tan alto en el cielo como para que sus rayos hagan destellar el mar. A través de la bruma, Héctor ve resplandores en la lejanía a medida que la luz rebota en proas, mástiles, cascos y remos que se hunden en el agua.

–Pronto podremos contarlos. Vamos. Es hora de celebrar sacrificios, y luego... a armarnos.

Mientras esperamos a que la flota llegue y mientras los troyanos se preparan para hacer sus ofrendas a los dioses, también es buen momento para plantearnos la cuestión de a qué dioses hacen ofrendas los troyanos. ¿A los mismos dioses que los griegos? ¿Los dioses han escogido bando?

OLIMPO

Los dioses se habían ido entusiasmando cada vez más con el espectáculo de aquella tormenta mortal a punto de estallar. Habían observado con fascinación y creciente nerviosismo mientras los aqueos efectuaban sus preparativos y ponían rumbo hacia la Tróade.

A los olímpicos les encanta que sus juguetitos, sus mascotitas humanas, luchen y se masacren. La guerra mortal les pone. Están tan eufóricos y entregados como nobles isabelinos apostando en una pelea de osos, o como lores durante la Regencia en primera fila de una pelea de gallos, o como banqueros de Wall Street en un combate ilegal de lucha sin reglas. «Visitar los bajos fondos», es como llamaban los retoños de la nobleza del siglo XIX a estas excursiones al barro y la sangre de

154

la plebe. El atractivo deprimente de la suciedad y su embriagadora amenaza de violencia. Y al igual que esos hinchas aristócratas, los dioses tienen sus favoritos. En lugar de apostar con oro, los inmortales se juegan su honor, su estatus y su orgullo en el resultado. También al igual que esos hinchas aristócratas, los dioses —como veremos— no tienen miramientos a la hora de tangar a los corredores y jinetes a los que desaprueban o ayudar injustamente a los que apoyan.

Al frenar los vientos y exigir el sacrificio de la hija de Agamenón, Artemisa, la divinidad de la caza y el arco, había detenido y desalentado a los griegos en Áulide, y esto nos da una pista de hacia dónde se inclina su lealtad. Su gemelo Apolo y ella favorecen a los troyanos, y a lo largo de los años venideros harán todo lo que puedan por potenciar esa causa. Al igual que su madre, la antigua titana LETO. Afrodita lleva de manera natural en el bando troyano desde que Paris le entregó la manzana de la discordia (y quizá desde antes, cuando engendró un hijo con Anquises: Eneas). También Ares, dios de la guerra y amante de Afrodita, se alinea con Troya.[1] Estos cuatro olímpicos demostrarán ser unos aliados tremendamente poderosos para los troyanos.

Los aqueos pueden buscar el apoyo de Hera y de Atenea, que aún siguen con el resquemor del insulto desdeñoso (a su modo de ver) de Paris. Además, Atenea siempre ha sentido especial cariño por Diomedes y Odiseo, y siempre los prote-

---

1. En el relato de Homero, ciertos dioses menores, a menudo asociados por motivos obvios con Ares, también se cuentan en el bando troyano. Se trata de Fobos (miedo y pánico) y Deimos (temor): en realidad son poco más que personificaciones de las emociones humanas que se producen de manera natural durante la batalla. También Eris, la diosa del conflicto y la discordia, cuya manzana de oro condujo al rapto de Helena, se cuenta en ocasiones entre las filas troyanas. El dios río Escamandro se alinea naturalmente con Troya y tendrá un papel relevante a la hora de tratar de repeler al más grande de los guerreros aqueos.

gerá. Hermes también favorece a Odiseo,[1] pero la prioridad del escurridizo dios mensajero siempre va a ser su padre Zeus. Poseidón, gobernador del mar, escoge el bando aqueo, al igual que Hefesto, dios del fuego y de la forja (quizá por el simple motivo de que su esposa infiel Afrodita y su amante Ares prefieren Troya). Por supuesto, Tetis siempre hará lo que esté en su mano para favorecer la causa griega por su hijo Aquiles.

A Hades le importa un comino quién gane mientras el conflicto llene su inframundo de nuevas almas muertas. Espera que la guerra sea larga y sangrienta.

Dioniso no toma parte activa, pero le complace saber que se derramarán libaciones de vino y se harán danzas guerreras y sacrificios en su honor durante los periodos de banquetes y parranda que inevitablemente salpicarán las crisis y los clímax de la batalla.

Deméter y Hestia, diosas de la fertilidad y del hogar, son las dos olímpicas con menos interés o vínculo con contienda de ningún tipo. Ellas están preocupadas por las mujeres y los niños que han quedado en casa, por las familias de luto y por los trabajadores y esclavos que bregan en los campos y las vides, por los que mantienen encendido el fuego del hogar (se ha convertido en una frase hecha).

Y Zeus, gobernador del firmamento y rey de todos los dioses, ¿qué?

Zeus se tiene por un testigo sabio y benigno, un espectador imparcial muy por encima de la refriega. Acepta el papel de árbitro y gran dictaminador. Ha indicado al resto de olímpicos que no interfieran, pero cuando lo hacen desvía la mirada. Por su parte, tampoco puede evitar intervenir. Su propia hija mortal, Helena, es *proschema*, *casus belli*, la chispa que ha prendido la mecha; por ese motivo pensaríamos que tomará

1. Ya se dijo que Odiseo es bisnieto de Hermes por parte de su madre Anticlea, hija del hijo de Hermes: Autólico.

partido por los troyanos, pero también mira por los aqueos. Su amado hijo Heracles fue el responsable de instalar en el trono de Esparta a Tindáreo[1] y del saqueo de Troya cuando Laomedonte. Otro hijo, Éaco, es abuelo de tres de los más importantes guerreros de la alianza griega: Áyax, Teucro y Aquiles. Zeus ha perdido la cuenta de cuántos más de sus descendientes integran las tropas griegas (y las troyanas, de hecho). Pero se cree impresionantemente neutral.

Algunos historiadores y mitógrafos han propuesto la idea de que la guerra de Troya la hubiese iniciado Zeus en un intento deliberado por acabar con el proyecto humano. Para barrer a la humanidad del mapa de una vez por todas. O por lo menos para mermar su población, que cada vez crecía más a todo lo ancho y largo del mundo y se estaba volviendo más difícil de controlar. Ni siquiera los dioses inmortales eran capaces de empatizar, comprometerse, mezclarse ni dirigir los destinos de una cantidad cada vez mayor de seres ambiciosos, inventivos y egocéntricos. A ver: se estaban volviendo tan arrogantes y engreídos como los propios dioses. Y cada vez más negligentes con sus obligaciones en lo tocante a templos, plegarias y ofrendas. Estaban olvidando cuál era su lugar. Sobre todo los que descendían del propio Zeus o de sus compañeros olímpicos. Un mundo repleto de héroes semidioses era inestable y peligroso. Heracles había salvado el Olimpo, pero quizá apareciera otro con la pretensión y la fuerza para derrocarlos.[2] Zeus había depuesto a su padre Crono que, a su vez, usurpó el trono a su padre Urano. Además había evitado a Tetis por culpa de la profecía que aseguraba lo grandioso que sería un hijo de ambos. Aquiles parecía demostrar que era verdad.

Sin embargo Zeus carecía de la concentración, la perspi-

1. Véase *Héroes*, p. 140.
2. Belerofonte, por ejemplo, había intentando subir allí por su cuenta: véase *Héroes*, pp. 155 y 180.

cacia y el ojo para el detalle necesarios para formular o llevar semejante plan a buen puerto. Era más de azuzar a los perros y dejar que destrocen, o como el emperador romano que contempla a los esclavos y gladiadores regodeándose en la sangre y las tripas que empapan la arena. No era ni un marionetista ni un maestro de las tácticas. No tenía paciencia para mover cada hilo. No encontraba placer en supervisar el tablero con los dedos en las sienes mientras cavilaba analíticamente previendo cada jugada y cada contraataque. Menear la cosa y ver qué pasa, ese era su estilo. Prender la mecha y apartarse. Que la humanidad se despedazase sola a gusto.

LAS TROPAS TROYANAS

Sabemos que las tropas expedicionarias aqueas estaban integradas por más de cien mil hombres provenientes de la multitud de reinos, islas y provincias que constituían el mundo griego. Pero ¿y el enemigo, los defensores de Troya? ¿Solo hay un pueblo tras una ciudad amurallada para repeler esta amenaza sin precedentes?

En realidad, la alianza troyana la forman casi tantos elementos dispares como la aquea. Héctor y Príamo habían consolidado una coalición de tropas de los estados vecinos de la Tróade y mucho más allá, desde Macedonia Peonia y Tracia (la Bulgaria de la actualidad) por el norte hasta el África continental por el sur. En el segundo canto de la *Ilíada* aparece un «Catálogo de troyanos» junto con el más exhaustivo «Catálogo de barcos». En el transcurso de la contienda, el príncipe Eneas comanda a los aliados dárdanos;[1] MENÓN de Etiopía,

1. En algunas fuentes, los dárdanos son los habitantes originales de los bosques que rodean la ciudad de Troya, gobernados por la rama benjamina de la familia real troyana encabezada por Anquises y Eneas.

158

SARPEDÓN (hijo de Zeus) de Licia y PENTESILEA, reina de las amazonas, también lucharán del lado de los troyanos. Otros guerreros relevantes de la coalición se irán destapando en el decurso de la contienda.

Homero parece insinuar que todos los aqueos conversan en griego y que los troyanos –si bien comprenden griego y hablan al enemigo en raras ocasiones cuando parlamentan o intercambian mensajes– tienen que sufrir a aliados que «balan como ovejas» en *centenares* de idiomas, lo que implica que Héctor y sus generales se vean obligados a depender de intérpretes en el campo de batalla para comunicar sus mensajes e instrucciones. La filología moderna sugiere que los troyanos, en realidad, hablaban una lengua hitita llamada luvio.[1] Transigiremos con la convención iniciada por Homero y continuaremos con la de Shakespeare y casi todos los dramaturgos, novelistas históricos y cineastas desde entonces. A menos que en algún momento en concreto la historia exija diversas lenguas, todos los participantes se entenderán entre ellos y hablarán el mismo idioma. Por suerte, para nosotros, se trata del idioma en el que estáis leyendo esto...

LA EMBAJADA

El buque insignia griego era un elegante pentecóntero micénico de color negro rematado por una proa recién pintada. A bordo iban los consejeros mayores de Agamenón. Con la costa enemiga a la vista, su mente se precipitó, se imaginó la cabeza de playa y se puso a urdir planes para el primer asalto, pero Néstor de Pilos le insistió en que se calmase. El gran soberano estaba harto de postergar la acción, así que no le hizo gracia que lo interrumpiesen, pero siempre le concedía tiempo

1. A veces «luvita», si os resulta más agradable al oído.

a Néstor, famoso por ser el hombre más sabio del mundo griego. Desde luego, era el más viejo de los consejeros privados de Agamenón, y aunque el rey de los hombres podía ser impaciente, impulsivo y testarudo, tenía suficiente sentido común como para saber que el buen consejo no cuesta nada y a veces puede ahorrar grandes quebraderos de cabeza.

Néstor lo convenció de que antes de lanzarse a una guerra sin cuartel, sería prudente que la flota se quedase a cierta distancia y enviase una sola embarcación con una embajada al rey Príamo para ofrecerle una última oportunidad de que devolviese a Helena.

—Llegados a este punto —dijo Néstor— ya se habrán dado cuenta de que se les viene encima un ejército de un tamaño sin precedentes. Príamo es un hombre de reputada sensatez. Valorará nuestra honrada concesión.

Menelao, Odiseo y Palamedes fueron los escogidos para encabezar dicha delegación.

—Pero exigid algo más que Helena —ordenó Agamenón—. También tenemos que compensar los gastos de equipamiento bélico. Príamo debe entregarnos sus riquezas.

Los centinelas en las atalayas de Troya vieron que un barco se separaba de las filas y se dirigía solo hacia la orilla. La bandera blanca de Irene, diosa de la paz, ondeaba en el mástil. Mandaron a reunirse con la embajada a un troyano llamado ANTENOR, el equivalente de Néstor para Príamo: un consejero sabio y de confianza.[1]

Mientras esperaba noticias, la corte troyana se encontraba dividida. Héctor y Deífobo, alentados por un furioso Paris, convencían a Príamo de que la indignación de Agamenón y Menelao por la huida de Helena de Esparta era fingida, falsa, un simple pretexto para la agresión, en realidad.

1. Y también pariente lejano: por lo menos, según fuentes posteriores a Homero.

–A los atridas les importa un comino Helena –dijo Héctor–. Lo que quieren es el botín de guerra.

–¡Escuchad lo que tiene que decir la embajada! ¡Escuchadlos! –dijo Casandra.

–Héctor tiene razón –intervino Deífobo–. Los helenos llevan años mirando el Egeo con envidia.

–Escuchadlos o Troya caerá.

–Lo que quieren es nuestro oro y nuestras riquezas.

–¡Escuchadlos o Troya arderá!

–No pienso dejar que se lleven a Helena –dijo Paris.

Casandra se echó a llorar.

–¡Si no devolvemos a Helena, moriremos todos! Todos y cada uno de los que estamos en esta sala.

–Además –apostilló Héctor–, nunca ha habido una ciudad mejor defendida ni ningún ejército más preparado. Troya es impenetrable.

–Por lo menos deberíamos recibirlos –dijo Príamo– y escuchar lo que tengan que decir.

Helios se había escurrido por el horizonte de poniente cuando la embarcación de la tregua echó el ancla en la costa troádica. Odiseo, Menelao y Palamedes, con sus ordenanzas, llegaron a la playa en una pequeña gabarra y allí los recibió Antenor, que los saludó con gran respeto y cortesía sincera. Flanqueados por una guardia protectora, la comitiva atravesó la llanura de Ilión, el río Escamandro, cruzó la gran puerta Escea y entró en la ciudad, donde fue conducida hasta el palacio de Príamo. Muchedumbres de troyanos se apiñaban en las calles y contemplaban en silencio su paso.

La guapura de Menelao llamó la atención.

–Pero ni punto de comparación con Paris –murmuraban las mujeres.

–Pero ¿quién es ese hombre que sonríe como si estuviese al tanto de un gran secreto? –se preguntaban otros.

Se cuchicheaba que se trataba de Odiseo de Ítaca, y alguno expresó su aversión con un bufido. La fama de su duplicidad y su carácter artero había llegado a Troya.

Príamo y Hécuba saludaron a la delegación con dignidad solemne. La princesa troyana se comportó con educación y frialdad. Paris y Helena se quedaron al margen. Tras comer, escuchar música y unos poemas de alabanza formal en su honor, llevaron a la comitiva griega a casa de Antenor, donde pasarían la noche antes de volver al palacio por la mañana para dar inicio a las conversaciones formales.

—Sed bienvenidos bajo mi humilde techo —dijo Antenor—. Que durmáis bien y roguemos a los dioses que nuestra labor de mañana prospere.

De vuelta a palacio, Príamo fue a buscar a Helena a sus aposentos.

—¿No está aquí Paris?

—Está haciendo planes —respondió Helena—. Teme que Menelao y Odiseo os convenzan de alguna manera de que me devolváis.

—Eso es lo que he venido a preguntarte. ¿Es verdad que quieres quedarte?

—Paris es mi marido y este es mi hogar.

—¿Ninguna parte de ti preferiría volver a Esparta con Menelao?

—Ni la más mínima.

—No necesito saber más.

De hecho, Paris se había escabullido del palacio y había llegado hasta la casa de ANTÍMACO, un cortesano de buena cuna pero ni por asomo pudiente que debía a Paris más de lo que podía pagarle. Príamo le había confiado la dirección de las negociaciones con los griegos.

Paris puso oro en sus manos.

—No solo queda olvidada tu deuda —le dijo—, sino que este no será el único oro que te dé.

—¿Sí? —preguntó Antímaco.

–Si convences a los negociadores de que hagan oídos sordos a las mentiras y falsas promesas aqueas. Y aún te daré más oro del que hayas visto o soñado si esos perros aqueos que ahora duermen en casa de Antenor no vuelven con vida a su barco.

A Menelao lo mortificaba estar dentro de la ciudad, tan cerca de Helena y sin embargo obligado por las exigencias de la diplomacia a callar y contenerse. Después de un rato tendido en la cama intentando dormir se planteó la idea de escabullirse de la casa de Antenor y llegar hasta el palacio. Como encontrase a aquel desgraciado de Paris durmiendo con su adorada esposa lo degollaría. No, lo mataría a puñetazos. Aporrearlo y aporrearlo y aporrearlo...

Se estaba recreando con aquella deliciosa escena en mente –sus puños machacando y despachurrando aquella cara bonita e insolente hasta reducirla a papilla– cuando un golpeteo vehemente en la puerta lo hizo despabilarse.

Antenor era un cortesano experimentado. Los cortesanos no sobreviven tanto como para volverse experimentados como no cuenten con una eficiente red de espías y soplones. Los espías de Antenor habían seguido a Paris hasta la casa de Antímaco y habían oído el plan contra la delegación griega de cabo a rabo.

–Me avergüenzo de mi propia gente –dijo Antenor acompañando apresuradamente a Menelao y al resto por el pasillo–. No todos somos así de traicioneros, pero la ciudad ya no es sitio seguro para vosotros. Os ruego que vengáis conmigo.

Amparado por la noche, condujo a los griegos de vuelta a su barco.

Cuando llegaron al buque insignia y comunicaron la noticia de las intenciones asesinas de Paris, Agamenón rugió de furia; pero en su fuero interno no le desagradó. Una guerra sin cuartel contra Troya le brindaría una gloria que ningún hombre –ni Jasón, ni Perseo, ni Teseo, ni siquiera el gran Heracles– había obtenido jamás. Oro, riquezas, esclavos y fama eterna. Tal vez los dioses incluso decidían subirlo al Olimpo. No era capaz de confesárselo ni a sí mismo, pero si la misión de paz hubiese salido bien se habría sentido tremendamente desencantado.

El fracaso de la embajada tenía otra ventaja. La noticia de la trama secreta de Paris corrió de barco en barco como la pólvora y llenó de furia el corazón de todos y cada uno de los aqueos. Si los preparativos aparentemente interminables y la sucesión de portentos hostiles a su empresa desde el comienzo los habían drenado de energía y moral, la confirmación de la perfidia troyana era justo lo que necesitaban para inflamar la pasión y reforzar el compromiso de cada miembro de la tropa invasora.

CABEZA DE PLAYA

A la mañana siguiente, de madrugada, Agamenón ordenó que mandasen la señal al escuadrón entero. Los remeros se inclinaron hacia delante y la flota avanzó.

Cada barco tenía la proa o el espolón pintado de colores vivos y generalmente llevaba un mascarón tallado. En la nave capitana de Agamenón, la cabeza de Hera, reina del firmamento, clavaba una mirada de imperioso desdén. Otras embarcaciones llevaban figurones de dioses y divinidades locales de sus reinos o provincias.

Imaginaos la visión de un millar de cascos levantando espuma hasta detenerse en la arena, la sonrisa burlona de los espolones, mirando amenazadores y malcarados; oíd la turbamulta de miles de guerreros golpeando los escudos con la espada y bramando gritos de guerra. Como para que se te cuaje la sangre.

Pero Héctor, resplandeciente con su armadura, espléndido en su cuadriga, condujo a los troyanos fuera de la ciudad y

164

cruzaron los puentes tendidos sobre el Escamandro al encuentro de los griegos invasores mientras los arengaba.

El barco de Agamenón detuvo su ágil avance en la playa y echó el ancla de popa. Aquiles se encaramó al espolón de proa.

—Seguidme —gritó señalando con la espada hacia las dunas—. Podemos entrar en la ciudad antes de que se ponga el sol.

A Agamenón le estaban acabando de poner la armadura en aquel instante. Le irritó que le robasen el gran momento de la arribada al territorio enemigo. A punto estuvo de vociferar una contraorden sucinta cuando el adivino Calcante le gritó a Aquiles que se detuviese.

—He visto que el primer hombre que pise suelo troyano morirá —dijo—. Si ese hombre eres tú, pélida,[1] entonces nuestra causa estará perdida antes de empezar.

—Hay más profecías sobre mí que días tiene un año —repuso Aquiles con desdén—. No me da miedo. Además, esto no es tierra: es arena.

Pero ya fuera a traerle o no la muerte, a Aquiles le arrebataron la ocasión. Antes de que le diese tiempo a saltar, una voz a su espalda exclamó:

—¡Yo seré el primero en luchar!

Un joven saltó del barco.

—¿Quién era ese? —gritó Agamenón.

El joven se giró con una amplia sonrisa y observó a los demás. Estos reconocieron la cara de Yolao, líder del contingente filáceo.[2]

1. «Pélida» significa «hijo de Peleo» (no emplearé mucho esta formulación). Homero y otros poetas de la guerra de Troya lo usan sin parar y con cada héroe. Diomedes es el tídida, Odiseo el laértida, etcétera. Como ya sabemos, Agamenón y Menelao son los atridas.
2. El «Catálogo de barcos» hace constar que aportó cuarenta embarcaciones.

Aquella visión –tan joven, tan entusiasta, aquel derroche de confianza– inspiró al resto. Bajaron todos en tropel de sus barcos y lo siguieron, animando a su vez a las tropas de principio a fin. En cuestión de segundos la cabeza de playa entera estaba llena de guerreros griegos golpeando sus escudos y bramando: «¡Hélade! ¡Hélade! ¡Grecia! ¡Grecia!». Subieron en filas por las dunas y siguieron a Yolao hasta la llanura. La guerra había comenzado.

Yolao se lanzó contra las filas de los troyanos formados en la llanura para frenar el avance griego. Mató a cuatro e hirió a una decena hasta que pareció que los enemigos se derritiesen a su alrededor y se encontró de pronto frente a un solo guerrero muy alto. El casco del guerrero oscurecía sus rasgos, pero los clamores de «¡Héctor!» desde las filas troyanas le dejaron claro quién era su oponente. Luchó con denuedo pero no podía medirse con las habilidades y la fuerza de Héctor, y en medio de un jaleo de espadazos, fintas y bloqueos, enseguida recibió un mandoble. Murió en el acto. La profecía de Calcante se había cumplido. El primer aqueo en pisar tierra troyana había muerto.

Dos de los filáceos del contingente de Yolao llevaron su cuerpo a cuestas hasta las líneas griegas. Héctor se lo permitió. Admiraba la valentía, pero respetaba por encima de todas las cosas la costumbre, profundamente seria entre griegos y troyanos, de entregar a los muertos para que su gente pudiera lavarlos e incinerarlos o enterrarlos. Para ellos, que sus cadáveres quedasen en la superficie pudriéndose era la mayor deshonra que podían sufrir. Semejante sacrilegio avergonzaba a ambas partes. La guerra que iba a arrasar con todo durante tantos años sería testigo de una violencia inefable, actos de barbarie y un derramamiento de sangre monstruoso de la más cruel y despiadada brutalidad; pero, aun así, había que observar ciertas convenciones y rituales, y no podemos pasar por alto su importancia. Como el tiempo nos demostrará.

A partir de aquel momento, a Yolao se le dio el nombre de PROTESILAO: «el primero en poner pie». Durante generaciones y generaciones, mucho después de la guerra, se erigieron y se veneraron en todo el mundo griego santuarios y estatuas en su honor. Su hermano Podarces asumió el mando de los cuarenta barcos que los filáceos habían aportado a la alianza.[1]

Una vez el cuerpo de Protesilao estuvo a resguardo tras las líneas, la batalla se reanudó con todas las consecuencias. Aquiles y Héctor ya andaban metidos en harina, pero fue un troyano llamado CICNO quien emergió de pronto como el guerrero más temible en el campo. Se abalanzó rugiendo, cercenando a izquierda y derecha con su espada.

–Soy Cicno, hijo de Poseidón –gritaba–, y no hay lanza, espada ni flecha capaz de atravesar mi piel.

La masacre que sembraba a su paso empezó a inclinar la balanza, y pareció que la causa griega estaba perdida casi antes de empezar. Realmente, aquel hombre parecía invencible. Las flechas de Teucro rebotaban en su cuerpo; los lanzazos de Áyax también se desviaban. Aquiles, sin ningún miedo, exultante en la batalla, corrió directo hacia él con un agudo alarido, escudo en ristre. La potencia de aquella embestida repentina y el encontronazo del escudo en toda la cara derribaron a Cicno. Aquiles se abalanzó sobre él al instante, le agarró las correas del casco, se las pasó por el cuello y las retorció con fuerza sin parar hasta que lo estranguló. Puede que su pellejo fuese impenetrable, pero necesitaba respirar como cualquier mortal.

Si bien Poseidón favoreció a los aqueos durante la mayor

---

1. Para más confusión, Podarces también era el nombre original de Príamo, como recordaréis. Significa «ayudar con los pies», «correr al rescate» o «pies ligeros». Homero usa variaciones de ello como epítetos para Aquiles, cuya velocidad como corredor no tenía parangón.

parte del tiempo, Cicno era su hijo y ahora no iba a olvidarlo. En cuanto su último aliento salió de su cuerpo lo transformó en un cisne blanco que se elevó por los cielos sobre el campo de batalla y se largó volando rumbo al oeste. Lejos de Troya.[1]

Los troyanos se lo tomaron como una señal, dieron media vuelta y corrieron al santuario de la ciudad.

Agamenón ordenó que no los persiguieran.

—Pronto tendremos tiempo de sobra. Ahora ya sabemos de qué pie cojean. Primero atenderemos a nuestros muertos, celebraremos sacrificios a los dioses y haremos los preparativos apropiados.

LOS FRENTES DE BATALLA SE ENDURECEN

La flota aquea no podía permanecer desplegada a todo lo largo de la cabeza de playa tan esparcida, fuera del campo de visión de las embarcaciones capitanas en ambas direcciones y abiertas al ataque de los escuadrones de incursión troyanos. Pero juntar los barcos suponía volverlos más vulnerables aún. Sobre todo al fuego. Agamenón había dirigido suficientes campañas marítimas como para saber que las líneas flotantes podían ser objetivos fáciles para flechas en llamas o de aceite. El fuego se extendería de cubierta en cubierta a una velocidad pasmosa. Ordenó a cada contingente de la flota que se adentrase en todos los escollos y ensenadas que encontrasen o que se fuesen a alta mar. Que pusieran vigilancia las veinticuatro horas en todos los barcos anclados. Pena de muerte para cualquier centinela de servicio que se quedase dormido.

A continuación, emprendieron la construcción de una

---

1. Cicno significa «cisne». El amante de Faetón se llamaba igual y también lo convirtieron en cisne cuando los dioses se apiadaron de su pena tras la muerte de Faetón.

barrera defensiva. Tras aquella empalizada de estacas afiladas apuntando hacia fuera los griegos podrían instalar un campamento seguro. Temporalmente, claro –Troya sería suya en una semana, dos como mucho–, pero no había motivos para ser chapuceros. Durante la mayor parte del tiempo, el oleaje egeo era tan suave como el oscilar de un lago, pero se sabía que Euro, el viento del este, azotaba y soplaba con fuerza destructiva cuando se irritaba. Solo el buque insignia de Agamenón y las embarcaciones de los líderes más importantes se quedaron cerca de la empalizada. Los barcos de provisiones con sus esclavos, sirvientes, abastecimiento de equipo militar, artesanos, sacerdotes, cocineros, carpinteros, músicos, bailarines y otros servicios esenciales del campamento irían y vendrían entre la tierra firme y la costa según se requiriese.

Néstor y Odiseo idearon un lenguaje de señas rudimentario a base de palmadas, trompetas, banderas y fuegos mediante el cual pudieron establecerse comunicaciones entre barcos, de barcos a costa y de costa a costa. Se levantaron tiendas de campaña para los generales y sus comitivas. La campaña tocaría a su fin demasiado pronto como para que valiese la pena aumentarla mucho más.

Agamenón estaba satisfecho. La moral no era baja.

En la llanura de Ilión se elevaba una ciudad lista para repeler cualquier asalto y soportar cualquier asedio. A lo largo del año anterior, bajo la supervisión de Príamo y Héctor, las murallas ya de por sí enormes de Troya se habían reforzado, y en el interior se habían excavado una red de túneles secretos y de canales navegables. Se podría llegar por río y bajo tierra a puertos marítimos y enclaves comerciales. La ciudad no corría peligro de quedarse sin abastecimiento de víveres. Los vigilantes de las murallas contaban con un campo visual de trescientos sesenta grados desde donde observar la tierra alrededor y avisar de la incursión de cualquier tropa hostil.

Dentro de las murallas de la ciudad, cada casa contaba con tres enormes *pithoi* o ánforas de almacenamiento, cada una como un hombre de alta y con capacidad para contener suficiente grano, aceite y vino como para mantener a una pequeña familia con sus sirvientes y esclavos durante un año. Un espíritu de determinación y compañerismo unía a los troyanos de todos los rangos y clases, unidos en sólida lealtad a su ciudad, a su casa real y a su odio al enemigo.

Príamo estaba satisfecho. La moral no era baja.

PUNTO MUERTO

Contamos con la ventaja de la historia reciente para saber que las fuerzas expedicionarias seguras de sí mismas y unas defensas seguras de sí mismas, cada cual armada con tecnologías, recursos e inteligencia táctica similares, pueden adentrarse rápidamente en un callejón sin salida de difícil solución. Sabemos que guerras que ambos bandos creían poder decidir con rapidez se alargan durante meses y años. Tal vez los griegos y los troyanos fueron los primeros en descubrir este triste hecho.

Agamenón y sus generales se dieron cuenta pronto de que Troya era demasiado grande como para rodearla en un asedio y que los troyanos eran demasiado listos como para obligarlos a salir a una gran batalla decisiva.

Pasaron los meses. El transcurso del primer año se celebró con canciones, sacrificios y juegos. Luego sucedió otro año. Y otro. El periodo de punto muerto, desde que Protesilao plantara el pie en suelo troyano hasta el enzarzamiento directo de los ejércitos duró la friolera de nueve años. Se temía que dar el primer paso suponía crear una debilidad: un brete que los ajedrecistas llaman *zugzwang*.

Durante este tiempo y de manera natural, la fortificación aquea se volvió más y más afianzada, sólida y sustancial. El campamento sumó más tiendas para tropas y refugios impermeabilizados, más líneas de abastecimiento y más rasgos de lo que solo podríamos denominar vida de pueblo. Los mercados improvisados, las tabernitas y los santuarios pronto empezaron a ser indistinguibles de los que tenían los griegos en su tierra natal. Los caminos tendidos entre los barcos y el acantonamiento ahora se convertían aquí y allá en apartaderos o se abrían en zonas para la reunión, hasta que empezaron a parecer carreteras, calles y plazas urbanas. Con el tiempo se les dio nombre. Avenida de Corinto. Calle de Tesalia. Camino tebano. Se instaló una atmósfera de permanencia.

La estructura que alimentaba aquel inmenso campamento era de una complejidad que jamás se habría alcanzado adrede. Solo la lenta evolución de la necesidad podía construir una entidad tan intrincada. El campamento griego, con su centro neurálgico, sus venas, sus arterias y sus compuertas de evacuación adquirió las cualidades de un organismo vivo; y, como cualquier organismo vivo, necesitaba de un sustento continuado.

Tal vez la ciudad de Troya era inexpugnable, pero no había nada que impidiera a Aquiles, Diomedes, Odiseo, Áyax, Menelao y los demás organizar escuadrones de guerra para asaltar, arrasar y saquear la campiña que los rodeaba. Vino, grano, ganado, esclavas... todo les venía bien, todo ayudaba a alimentar el gran acantonamiento. Durante nueve años, la guerra de Troya fue más rapiña que riña.

Estos pillajes eran la especialidad de los mirmidones. Homero narra que, bajo el mando implacable y despiadado de Aquiles, saquearon más de veinte ciudades y pueblos costeros en el transcurso de aquel tiempo. Uno de estos saqueos habría de tener consecuencias fatales de largo alcance. Llegaremos pronto a ello, pero antes debemos echar un vistazo a unos cuantos episodios significativos que tuvieron lugar durante este periodo de punto muerto.

Recordaréis a Palamedes, primo de Agamenón, el hombre que descubrió la treta de la locura fingida de Odiseo. Estos dos nunca se tragaron. Odiseo distaba mucho de ser tan modélico como para no guardar rencor, albergar resentimiento o urdir lentas venganzas. Las cosas se precipitaron después de que Agamenón mandase a Odiseo al norte, a Tracia, con órdenes de volver con tanto grano como cupiera en su barco. Cuando regresó con poco más que una cantidad irrisoria de aceite de oliva y vino avinagrado, Palamedes se había burlado de él delante de sus propios hombres:

—El gran itacense, el experto táctico, Odiseo el brillante, Odiseo el sabio y el maravilloso. Siempre se puede confiar en él. Nunca le faltan recursos.

Odiseo mantuvo la compostura y contestó gélidamente:

—Todos nos inclinamos ante Palamedes cuando se trata de intelecto e ingenio. Sin duda, él lo habría hecho mejor.

No se esperaba la respuesta.

—Por supuesto que lo habría hecho mejor. Cualquiera lo haría mejor. A cualquiera que no le den miedo unos bárbaros tracios agitando sus lanzas.

—Demuéstralo.

Para desgracia de Odiseo, Palamedes se lo había demostrado. Se fue en un barco suyo y volvió a las pocas semanas cargado hasta la regala con grano y fruta de la mejor calidad.

A lo largo de los siguientes meses, Odiseo caviló y observó, rumió y le dio vueltas a la cabeza sin dejar de presentar un semblante animado de puertas para afuera. Palamedes caía bien entre los soldados rasos, y una razón nada despreciable era que había inventado juegos de mesa y de dados que causaban furor en todos los estratos.

Una tarde, un grupo de micénicos se acercó a Agamenón. Habían encontrado un espía troyano muerto en el campamento griego. Al registrar el cadáver encontraron una nota, aparentemente del rey Príamo, para Palamedes: «La información que habéis compartido con nosotros ha sido inestimable para la causa troyana. El oro que os mandamos no es sino una pequeña muestra de gratitud».

Trajeron a Palamedes maniatado ante Agamenón. Cuando le enseñaron la nota se echó a reír y negó saber de qué iba aquello:

—Una trampa evidente y barata. O los troyanos quieren sembrar la confusión o se trata de un torpe intento de algún enemigo personal que intenta incriminarme.

—Estoy de acuerdo —dijo Odiseo asintiendo compasivo—. Puede que entre tú y yo no haya demasiado afecto, Palamedes, pero no te creo capaz de una traición tan rastrera.

Palamedes se inclinó, un poco sorprendido y desconcertado al recibir apoyo por su parte.

—Sí, pero no hay duda de que el sello es de Príamo —dijo Agamenón.

—Bah, es fácil de falsificar —dijo Odiseo—. Además, que el sello pertenezca a Príamo demuestra tanto el engaño troyano como la culpa de Palamedes. Creo que convendréis en que nuestro amigo es inocente. Nadie está intercambiando secretos por oro.

—Bueno, eso es fácil de comprobar —intervino Menelao—. Dejad que registren los cuarteles de Palamedes.

Odiseo sacudió la cabeza con desagrado.

—Un procedimiento tan desconfiado solo puede...

Para pasmo y disgusto de todos, y para la incómoda aflicción de Odiseo en particular, se encontró un gran botín de oro troyano enterrado en el suelo frente a la tienda de Palamedes.

Agamenón no pensaba conformarse con menos que una ejecución pública por lapidación. Palamedes murió insistiendo en su inocencia y fue castigado aún más por su última visión:

Odiseo, que meneaba la cabeza y hacía visajes de desaprobación apesadumbrada, en un instante en que nadie lo miraba, le dirigió una amplia sonrisa y un guiño triunfal.

La noticia llegó a Eubea y al padre de Palamedes, el rey NAUPLIO, que quedó horrorizado ante la posibilidad de que su hijo fuese culpable del crimen atroz de traición. Tenía otro hijo, Éax, que lo convenció de que Palamedes había sido víctima de un complot para inculparlo. Su popularidad y su ingenio suponían una amenaza para la fraterna camarilla formada por Agamenón, Menelao, Odiseo y Diomedes, afirmó Éax.[1] Odiseo había sido la araña en el centro de aquella asquerosa urdimbre de conspiración. Nunca le había perdonado a Palamedes que lo expusiese por su cobarde falacia de la locura en Ítaca. Ni por ponerlo en evidencia con el asunto de los saqueos tracios.

Ni Nauplio ni Éax podían hacer nada para vengar la muerte de Palamedes a muchas millas de distancia de la Tróade, en la otra punta del mar Egeo. De momento. Pero Nauplio, hijo de Poseidón, era tan capaz de esperar la ocasión apropiada como había demostrado serlo Odiseo.

TROILO Y CRÉSIDA

Otra historia que se nos plantea en lo referente a estos años de estancamiento es la de Troilo y CRÉSIDA, inmortalizada no por Homero ni por Virgilio, sino por dos grandes poetas en lengua inglesa que vivieron mucho, mucho después: Chaucer y Shakespeare. Sus versiones se basan en una combinación de

1. Después ha habido consenso en que Palamedes, además de inventar juegos de mesa y de dados, también «inventó» todas las consonantes del alfabeto griego salvo *beta* y *tau* («b» y «t»). Los estudiantes de matemáticas descontentos pueden echarle la culpa por *pi* y *sigma*...

fuentes clásica y medievales más la cosecha propia de sus imaginaciones.

En el relato más antiguo y sencillo, Troilo figura como el benjamín de Príamo y Hécuba. Aún adolescente y, según creencia general, de una llamativa belleza personal, trata de participar activamente en las escaramuzas y batallas menores que son moneda común en los primeros años de la guerra, pero su familia lo ata en corto por deferencia a una profecía que dicta que Troya nunca caerá ante los griegos si Troilo vive hasta los veinte. Por lo tanto, los troyanos están decididos a evitar que corra riesgos y a asegurarse de que nada le impida alcanzar esa edad y así garantizar la seguridad de la urbe.[1] Por desgracia para ellos, Atenea informa a Aquiles de la sustancia de esta profecía y este tiende una emboscada a Troilo cuando ha salido a cabalgar con su hermana Políxene. Huyen y buscan protección en un templo de Apolo. Aquiles, que no tiene tiempo para guardar el debido decoro en el santuario, los persigue por el interior, le corta la cabeza a Troilo y, en pleno furor sanguinario, masacra el cadáver. Deja irse con vida a Políxene. Se miran a los ojos. Parece haber una conexión entre ellos. Dicha conexión se resolverá en crisis más tarde.

El brutal asesinato de Troilo fue crucial en lo que respecta al endurecimiento de la oposición de Apolo contra la causa griega y a la hora de alimentar su odio contra Aquiles en particular. Ningún dios olímpico pasaría por alto un sacrilegio semejante cometido en suelo sagrado.

---

1. El nombre de Troilo podría ser la combinación de *Tros* e *Ilo*, los nombres de los dos reinos fundadores de Troya. Otras interpretaciones lo ven como un diminutivo, es decir: «Troyita», o tal vez como una fusión de *Troi-* y el verbo *luo*, que significa, entre otras cosas, según el contexto, «destruir» –o, por lo menos, «disolver» o «desintegrar»–, y en voz media (un modo verbal del griego), «rescate», «restitución».

En las historias posteriores se añade un elemento romántico. Troilo sigue siendo joven y hermoso, pero ahora se ha enamorado de Crésida, la hija de Calcante, el profeta de Agamenón.[1] Florece un amor prohibido entre miembros de familias enemigas, alentado y facilitado por el cortesano troyano PÁNDARO. Homero representa a Pándaro como un líder más que honorable y valeroso (aunque susceptible de ser manipulado por la intervención divina, como veremos); en la obra de Chaucer, es un intermediario agradabilísimo y paternal; pero en Shakespeare aparece descrito como un adulador sibilino, un celestino desagradablemente lúbrico y un proxeneta.

Calcante convence a Agamenón de que exija la devolución de su hija. En ese punto (por lo menos en la versión de Shakespeare), los griegos tienen cautivo al viejo señor troyano Antenor, salvador de Menelao y de la primera delegación griega, de manera que se negocia un intercambio: Crésida por Antenor. Pero Diomedes se enamora de Crésida y ella le corresponde. Troilo se entera de esta traición y jura venganza contra Diomedes. Curiosamente, en la obra de Shakespeare –que se considera una de las más problemáticas y encantadoramente extrañas de todo su canon–, ni Troilo ni Crésida sufren el destino fatal habitual de los amantes desafortunados. La obra termina con el asesinato de Héctor y un discurso de Pándaro al público en el que se lamenta del atajo de alcahuetes (proxenetas) y lega a la audiencia sus enfermedades venéreas. Troilo y Crésida quedan vivos y su historia inconclusa.

1. En estas versiones, Calcante no es griego, sino un troyano traidor que desertó al bando griego.

ENEAS, AQUILES, ÁYAX, AGAMENÓN: LAS TROPAS DE ASALTO

Una de las incursiones que llevaron a cabo Aquiles y sus mirmidones fue el ataque al monte Ida, la montaña madre de los troyanos. Hasta que sus rebaños no fueron masacrados por Aquiles, Eneas se había mantenido casi todo el tiempo al margen de la guerra. El menoscabo de su ganado y los daños a sus pastos llevaron a Eneas y a su padre Anquises a Troya, donde se quedaron luchando junto a sus primos Héctor, Deífobo, Paris y el resto hasta los últimos momentos del conflicto.

Áyax tampoco se quedó corto a la hora de jugar a cuatreros y saqueadores.[1] Un relato cuenta que atacó el reino de Frigia, al sureste de la Tróade, y que se llevó a TECMESA, la hija del rey, con quien entabló una cariñosa y fructífera relación. Otro episodio bastante emocionante describe a Áyax y Aquiles tan absortos en un juego de mesa que no vieron llegar a una tropa de troyanos.[2] Solo la intervención de Atenea los salvó de una muerte segura. En estas circunstancias, la ayuda divina suele traducirse en que el dios o la diosa en cuestión crean una espesa niebla que sirve de cobertura a sus favoritos y permite que escapen.

La incursión más relevante de Aquiles lo llevó a la ciudad estado de Lirneso, en Cilicia, al sur de la Tróade. Allí masacró al rey y a todos sus hijos, pero le perdonó la vida a una princesa de la casa real llamada BRISEIDA. La incorporaron al gran convoy de prisioneros que arrastraban los merodeadores

1. A modo de simple recordatorio: a menos que se diga lo contrario, «Áyax» a secas se refiere al Telamonio, Áyax el Grande. Si aparece Áyax el Menor, lo llamaremos «Aias».

2. El juego de mesa aparece como *pessoi* o *petteia*: *pessoi* son «piezas» u «hombres» en griego, una suerte de ajedrez. De hecho, a veces se representa a los jugadores con un tablero de ajedrez y se ha pensado que debían ser una especie de damas. Este es el juego que se supone que inventó Palamedes.

aqueos a su paso por las provincias de Asia Menor saqueando y quemando. También arrasó la ciudad de Crise hasta los cimientos y capturó, entre otros, a CRISEIDA, la hija de CRISES, un sacerdote de Apolo.[1]

Cuando las tropas de asalto regresaron al campamento aqueo, el botín de las ciudades saqueadas –material humano incluido– se recontó y se repartió. A Agamenón se le dio a escoger entre las mujeres y se decidió por Criseida como esclava personal. Aquiles tomó a Briseida como premio. Otras riquezas y esclavos, hombres y mujeres, se distribuyeron primero entre los grandes reyes, príncipes y generales, luego entre sus subordinados y así hasta llegar a los guerreros rasos, que se repartieron lo que quedaba.

Al cumplirse el décimo año, por tanto, no se había logrado nada por ninguno de los bandos. Los troyanos no habían conseguido desalojar a los aqueos y los aqueos no estaban más cerca de recuperar a Helena de lo que lo estuviesen cuando Protesilao cayó durante la primera jornada de combate.

Las cosas iban a cambiar enseguida. Estaba a punto de inflamarse una guerra tibia.

CRISEIDA Y BRISEIDA

Refugiados a cierta distancia del puesto de mando de Agamenón, los barcos y tiendas mirmidones se habían convertido en el centro de la existencia de Briseida. Ahora que era propiedad de Aquiles, daba vueltas por el campamento lamentándose por la pérdida de todo y de todos aquellos a quienes había conocido y amado en Lirneso. A Patroclo, el amigo y a veces amante de Aquiles, le caía bien la joven princesa, la

---

1. El prefijo *cris-* que precede aquí a todos los nombres viene del griego «oro»: como en crisantemo, que es «la flor dorada» literalmente.

178

admiraba y hacía cuanto estaba en su mano por reconfortarla y consolarla.

–Aquiles te tiene algo más que cariño –le decía–. Cuando esto acabe te llevará con él a Ftía y te convertirá en su esposa y reina. ¿No te gustaría?

A lo que Briseida se limitaba a sonreír y sacudir la cabeza.

Mientras tanto, Agamenón gozaba de los frutos de sus pillajes y saqueos, puesto que contaba con la bella Criseida como esclava y asistente personal.

Crises, sacerdote de Apolo y padre de Criseida, dejó atrás las ruinas humeantes de Crise, su ciudad natal, y se dirigió en barco al campamento griego.[1] Frente a las puertas bien vigiladas de la fortificación rogó que le concediesen una audiencia con el comandante aqueo. Los guardias lo condujeron al recinto de Agamenón. Crises se tiró al suelo ante el trono y se agarró a las rodillas de Agamenón como era costumbre cuando se suplicaban favores a los grandes.

–Nuestra ciudad lleva el nombre que lleva por el oro que en su día nos enriqueció. Devuélveme a mi hija, gran Agamenón, y todas las riquezas que me quedan serán tuyas.

Agamenón le apartó las manos al viejo.

–Lo que tienes lo podemos coger cuando nos venga en gana. Y en cuanto a Criseida... es mía. Un premio de guerra justo. Me agrada, así que envejecerá a mi servicio. Por la mañana en el telar, por la noche en mi cama.

Los guardias y los ayudantes se rieron por lo bajo. Crises agachó la cabeza y volvió a aferrar las rodillas de Agamenón.

–Por piedad, temido rey...

–¡Basta, vejestorio! –Agamenón se lo quitó de encima de

1. Por Cristo bendito, menudo cristo de nombres crísicos... Cabe señalar, por cierto, que esta es la escena con la que comienza la *Ilíada* de Homero: esta dolorosa embajada de Crises.

una patada–. Me dan asco tus mocos y tus babas. Vete o quedarás prisionero.

Llevaron a Crises, perseguido por perros, de vuelta a la orilla y a su barco. Los niños asilvestrados del campamento lo seguían apedreándolo, burlándose de su lamentable desesperación. Allí en la arena se hincó de rodillas y clamó a su divino protector:

–¡Apolo Esminteo, señor de hombres y ratones! Dios dorado de la arquería y del augurio. Si mi servicio y mi devoción os fueron de agrado alguna vez, vengadme ahora de estos dánaos brutales. Se burlan de ti cuando se burlan de este tu sacerdote. Véngame y venga tu honor. Una flecha tuya por cada lágrima mía.

Apolo oyó su plegaria y la respondió al instante. Bajó en tromba del Olimpo seguido de una cortina temblante de flechas de peste. Primero se clavaron en los animales –mulas, caballos y perros– y después se volvieron hacia los hombres, mujeres y niños aqueos.[1] Durante nueve días, las flechas letales llovieron sobre los barcos y por toda la cabeza de playa. En un campamento militar, el contagio hace cundir el pánico mucho más que un incendio, una emboscada o cualquier amenaza de ataque enemigo. La propagación de la enfermedad parecía imparable. Los aqueos se vieron obligados a amontonar cadáveres y cadáveres para quemarlos. Por todas partes hedor a muerte.

Al décimo día, Aquiles, alarmado por la mella en su propia sección de mirmidones y por el rápido deterioro de ánimos y moral en el resto de su ejército, convocó al profeta

---

1. Que la peste afecte a los animales antes que a los humanos es un detalle homérico de lo más gratificante. En realidad, es muy común que las plagas salten entre especies: de marmotas a pulgas, de ratas a humanos, etcétera. Este tipo de transmisión «zoonótica» se da todavía hoy, como por desgracia sabemos.

Calcante a una reunión con los principales generales: Agamenón, Menelao, Odiseo, Diomedes, Idomeneo, Néstor, Áyax y él mismo.

—Calcante —dijo Aquiles—, tienes el don de la visión que penetra en las intenciones secretas de los inmortales y en la maraña del destino. Dinos por qué se nos castiga con esta lluvia de muerte. ¿A qué dios hemos ofendido y cómo podemos compensarlo?

Calcante venga a retorcerse las manos.

—¡Habla! —dijo Aquiles.

Calcante sacudió la cabeza consternado.

—¿Quieres decir que no lo sabes?

—Querido hijo de Peleo, demasiado bien lo sé —respondió Calcante—, pero hay aquí quien no quiere oír la verdad. Si hablo con franqueza, temo enfurecer a uno lo suficientemente poderoso como para matarme por revelar lo que sé.

—Cualquiera que pretenda tocar un solo pelo blanco de tu cabeza tendrá que vérselas primero conmigo —dijo Aquiles—. Te lo puedo prometer. Estás bajo mi protección. Así que habla libremente.

Con esto, Calcante cobró valor.

—Muy bien. Lo que ha sucedido está claro. El resplandeciente Apolo ha atendido los ruegos de su sirviente Crises, cuya hija se niega a devolverle el rey Agamenón. Esta peste es su castigo por cómo tratamos a uno de los suyos. —Se giró nervioso hacia Agamenón—. Rey de los hombres, debes devolverle a Criseida a su padre sin pedir rescate y ofrecer sacrificios a Apolo, solo entonces desaparecerá la pestilencia.

Agamenón se lo quedó mirando incrédulo.

—¿Disculpa?

—Mientras Criseida permanezca retenida, la enfermedad continuará campando a sus anchas.

—No hay una puñetera vez que no te pida una profecía —dijo Agamenón poniéndose rojo— y no me vengas con fatalidades y malaventuras. Tu consejo para mí siempre es sacrificar algo: mi hija, mi oro, mi séquito... Siempre yo, siempre yo. Nunca otro rey u otro príncipe, siempre yo. ¿Por qué tengo que prescindir de Criseida? Es guapa, lista, inteligente y capaz. Significa para mí más aún que mi esposa Clitemnestra en Micenas. Me la merezco. Es mía por derecho. Y ahora osas decirme que la entregue a cambio de nada. ¿Ni una mísera compensación? Debería estrangularte por tu imprudencia.

–Desde luego, majestad –repuso Calcante muy suave–, pero recuerde que Aquiles acaba de prometer protegerme. Quizá vale la pena que le dé una vuelta antes de levantarme la mano.

Aquiles se colocó frente a Calcante con los brazos cruzados.

Ahora el digno rey rebosaba de mal humor, pero mantuvo el suficiente instinto de autoconservación como para evitar el enfrentamiento físico con alguien que sabía seguro que podía vencerlo en todas las modalidades del combate cuerpo a cuerpo. Además, en su fuero interno, sabía que probablemente Calcante tenía razón. Como siempre. Pero la combinación de la desdeñosa mirada brillante de Aquiles con la constatación de que tendría que entregar a Criseida le resultaba insoportable. Verse tan humillado no solo frente a todos los príncipes y generales de su ejército, sino delante de sus guardias y demás personal... fue un golpe intolerable para su orgullo y su dignidad. La noticia, sin duda exagerada para hacerle quedar por aún más estúpido e impotente, se extendería por todo el campamento como la pólvora, más rápido que la propia peste.

–Muy bien –acabó diciendo con la esperanza de que su tono fuese mesurado, incluso aburrido, de magnanimidad–. Odiseo: coge un barco y devuelve la chica a su padre. Pero como compensación necesitaré otra chica para mi servicio, ¿no es justo?

Los demás asintieron.

–Es justo –dijo Menelao.

–Vale –dijo Agamenón–. Entonces escojo a la chica que tiene embobado a Aquiles, ¿Briseida se llama?

–Ah, no –dijo Aquiles–. Jamás.

–¿No soy acaso comandante supremo de los ejércitos aqueos? ¿Por qué siempre tengo que ser el que entrega sus riquezas por el bien común? Me quedaré con Briseida. Está decidido.

Aquiles estalló de rabia:

–¡Borracho de mierda, caracerdo! –Se sacó la espada echando espumarajos de furia pegado a la cara de Agamenón–. Hijo bastardo de perra mestiza... ¿Cómo te atreves? Me he comido no sé cuántas leguas para recuperar a tu cuñada. Los troyanos no me han hecho nada, pero mis mirmidones y yo nos arriesgamos a diario por ti y por tu hermano. ¿Cuándo te he visto enfundado en la armadura y arriesgando la vida? Debería atravesarte como el perro traidor, quejica, apestoso y cobarde que eres.

Y Aquiles podría haberle dado un golpe fatal a Agamenón, de hecho, allí y entonces, si la voz de Atenea no hubiera retumbado profundamente en su interior:

–¡Guarda tu espada, Aquiles! Hazlo por mí y por la reina del firmamento, que te quiere, como quiere a Agamenón. Créeme, llegará el día en que sea tuya una gloria como no ha conocido jamás ningún hombre... solo con que reúnas los arrestos para contenerte ahora.

Aquiles respiró hondo y envainó su espada. En voz más baja, aún más temible por su queda intensidad, dijo:

–Quitadme a Briseida y será la última vez que me veáis a mí o a mis mirmidones.

Agamenón no contaba con una voz de calma y sensatez divinas que resonase en su interior.

–¡Lárgate, muchachito! –le gritó–. Podemos pasar sin tu glamur, tu vanidad y tu arrogancia. No te necesitamos ni a ti ni a tus preciosos mirmidones. Serás de oro y nosotros meros hombres de bronce, pero pregúntale a cualquier soldado ahí fuera qué metal prefieren para la hoja de una espada o para la punta de una lanza, si el elegante oro o el bronce corriente. Coge tus barcos, lárgate y deja esta guerra a los hombres de verdad.

Antes de que el inflamado Aquiles pudiese responder, se adelantó Néstor con las manos en alto.

—¡Por favor, por favor, por favor! ¡Si Príamo y Héctor os oyesen se reirían a gusto victoriosos! ¡Se carcajearían entre vítores! Porque que los dos mejores hombres de nuestros ejércitos se tiren a la yugular el uno del otro es un desastre para la noble causa a la que nos comprometimos. Escuchadme. Llevo en este mundo más años que vosotros dos juntos. He luchado contra centauros salvajes en las colinas con Pirítoo y Teseo. Participé en la caza del indomable jabalí de Calidón y en la búsqueda del vellocino de oro de la Cólquida, hombro con hombro con todos los héroes de los que tanto habéis oído.[1] Creedme cuando digo que pelearos así es una amenaza más grave que la peste del señor Apolo. ¡Agamenón, gran señor! Demuestra tu poder y tu sabiduría. Entrega a Criseida...

—¿No he dicho ya que eso haré?

—... y no pretendas sustituirla con el premio de Aquiles. Aquiles, híncate de rodillas ante tu comandante supremo. El cetro real y divino en sus manos nos recuerda que Agamenón es nuestro rey de reyes, ungido por Zeus.[2] Reconócelo. Si os abrazáis, no podéis perder.

1. Véase *Héroes*, pp. 413, 293 y 219.
2. El cetro lo había fabricado el mismísimo Hefesto, maestro artesano de los dioses. Se lo dio a Zeus, que se lo dio a Hermes, que se lo dio a Pélope, que se lo dio a su hijo Atreo (padre de Agamenón y Menelao), a quien se lo quitó su hermano gemelo Tiestes, y a quien por fin se lo arrebató Agamenón. Pausanias, el viajero del siglo II d. C., nos cuenta que el cetro sobrevivió hasta su época, momento en el cual era adorado como un dios por el pueblo de Queronea. Lo guardaron en la casa del sacerdote y la gente le llevaba pasteles a modo de ofrenda cada día. Me pregunto si Queronea sería famosa por sus sacerdotes rollizos.

—Sí, sí, todo eso está muy bien —replicó Agamenón antes de que a Aquiles le diese tiempo a responder—, pero este niño mimado se me ha encarado. Se cree que es la llave que abrirá la puerta de Troya y liberará a Helena. Un ejército necesita una comprensión clara de quién manda. Nos irá mejor sin él y sus rabietas malhumoradas.

—¡Ya os las arreglaréis sin mí! —dijo Aquiles—. Oídme proclamarlo, asqueroso zurullo del culo de Tifón salido. A partir de este instante, me declaro fuera de tu guerra. Ni siquiera los dioses podrán convencerme de mover un solo dedo para ayudar a sacar a la preciosa mujer de tu hermano de Troya. Para mí no significa nada, y tú, rey de cerdos, menos aún. Llegará el día en que te arrastres de rodillas gimoteando como el reguero de babas traicionero que eres suplicándome que luche por vosotros. Y cuando llegue ese día me reiré en tu cara.

Aquiles observó la reacción a su alrededor con la cabeza bien alta. Se hizo un silencio entre la asamblea. Agamenón soltó un gruñido cortante y desdeñoso.

—Estamos mejor sin él. Ahora, manos a la obra.

Trajeron a Criseida y Odiseo la acompañó de vuelta a la ciudad de su padre en Crise en un barco cargado de vacas y corderos para sacrificar, tal y como había indicado Calcante. Acto seguido, Agamenón congregó a dos de sus heraldos, TAL-TIBIO y EURÍBATES.

—Id a ver al cuartel general del príncipe Aquiles y ordenadle que os entregue a Briseida. Decidle que si se niega iré a buscarla en persona.

Los heraldos hicieron una reverencia y se pusieron en camino tragando saliva y temblando por la orilla hasta donde estaban anclados los barcos mirmidones. Delante, el apiñamiento de tiendas y refugios de Aquiles y sus tropas.

Aquiles los recibió con cierta cordialidad.

—Entrad, entrad. Sé por qué estáis aquí. No tengáis mie-

185

do. No tengo nada contra vosotros. Patroclo, trae a Briseida. ¿Tomarán un poco de vino conmigo, caballeros?

Los heraldos esbozaron unas sonrisas de alivio. Cuando Aquiles quería, era capaz de deslumbrar con un encanto natural.

Patroclo encontró a Briseida y le explicó lo que le esperaba. Ella agachó la cabeza.

—Lo siento, princesa. Lo que tenga que ser, será. No quiere dejar que te vayas. Ya veremos qué hacer para que vuelvas. Te echará de menos. Yo te echaré de menos.

Patroclo observó cómo Taltibio y Euríbates escoltaban a Briseida hacia el recinto de Agamenón.

En cuanto los heraldos se fueron, Aquiles abandonó aquel papelón de indiferencia. Sin decirle a Patroclo adónde iba, salió precipitadamente de la tienda. Una vez fuera, echó a correr, voló sobre la arena húmeda por delante de su flota, saltando los cables de las anclas con la velocidad asombrosa y la gracia de la que solo él de entre todos los mortales era capaz. No se paró hasta que hubo llegado a una parte desierta de la orilla donde se hincó de rodillas y clamó hacia las olas:

—¡Madre, ven a mí! Ayuda a tu desgraciado hijo.

Un chapoteo y un resplandor y Tetis salió de entre las olas y corrió a abrazar a su amado hijo.

La maternidad era dura para Tetis. Ser consciente de que viviría para siempre junto con la breve fulguración de tiempo mortal de su hijo era un tormento constante. Verlo tan infeliz y asimismo sentir ella infelicidad era una experiencia para la que no estaba preparada. Los inmortales no sienten compasión espontáneamente, así que, cuando sucedía, era una especie de dolor.

—¿Qué pasa, Aquiles, cariño mío?

Y lo soltó: toda la angustia y la desesperación, toda la rabia ante la injusticia, la traición, la ofensa y el maltrato. Si Tetis pensaba que estaba haciendo una montaña de un grano de arena, no lo dio a entender. No es algo que hagan las madres. Lo único que vio fue su tristeza y su desespero.

186

—Es indignante, retorcido, monstruoso —murmuró ella atusándose la dorada melena—. Pero ¿qué puedo hacer yo?

—Zeus te debe una —dijo Aquiles—. Acude a él. Dile que mande una horda de troyanos contra el campamento aqueo a matar y matar sin piedad. Quiero al ejército aqueo arrinconado contra sus barcos como ganado. Y los quiero sacrificados como ganado. Que Agamenón contemple el desastre que cae sobre él cuando insulta a Aquiles. Los griegos deben perderlo todo. Quiero humillarlos. Los quiero reventados. Mordiendo el polvo. ¿Cómo se atreve a quitarme a Briseida? ¿Cómo se atreve? Que los ejércitos de Grecia vuelvan al mar. Que sus barcos ardan, yo lanzaré vítores. Que venga a verme gimoteando y sollozando para que lo perdone, que yo le escupiré en las barbas.

EL SUEÑO DE AGAMENÓN

Tetis refrescó la frente ardiente de su hijo, le cantó y no se separó de él hasta que no quedó convencida de que no representaba un peligro para sí mismo. Se encaminó hacia el Olimpo a pedir la ayuda de Zeus, se tiró al suelo frente a su trono y se agarró a sus rodillas suplicante.[1] El rey de los dioses la escuchó. Le tenía aprecio y quería concederle el favor que, como había dicho sensatamente Aquiles, le debía.[2] Pero temía la ira de Hera, su esposa.

1. Homero insinúa, más bien, que Tetis tuvo que esperar doce días para que Zeus le concediese audiencia, porque todos los dioses habían viajado a la otra punta del mar para asistir a un festín con los etíopes.

2. Tetis había sido esencial a la hora de salvar a Zeus de la rebelión iniciada por los otros dioses, que trataron de encadenarlo y usurpar su poder. Tetis rompió las cadenas e invocó al centímano Briareo (también conocido como Egeón), el más fiero de los tres hecatónquiros (véase *Mythos*, p. 24), que emergió del Tártaro para sentarse junto al trono de Zeus y espantar a los rebeldes. De manera que, realmente, el dios le debía un favor a Tetis.

—Nunca le ha perdonado a Paris que le diese la manzana a Afrodita. Ya sabes lo mucho que odia Troya y a todos los troyanos. Si yo le diese cualquier victoria sobre los griegos, aunque fuese por complacer a Aquiles, meter en vereda a Agamenón e inclinar un poco la balanza para los griegos, no habría quien la aguantase.

—Pero ¿nos ayudarás?

—Inclino la cabeza —dijo mientras lo hacía—. Sabes que eso es señal de que he dado mi palabra y no la romperé jamás. Encontraré la manera. Yo me encargo.

Tetis se marchó y se zambulló en el mar. Zeus se sentó y se zambulló en sus cavilaciones.

Su solución fue astuta y extrema. Aquella noche le mandó un sueño a Agamenón bajo la forma de Néstor.

—Rey de los hombres —dijo el Néstor onírico—. El padre del cielo se complace en mandarme como mensajero con la noticia de que mañana es el Día. Tras tantos y tan largos años, ha llegado por fin la hora de la victoria argiva. Si alzas tu ejército y sales a luchar mañana, las murallas de Troya caerán. Palabra de Zeus.

Agamenón se despertó y difundió la noticia para que todos los ejércitos de la alianza formasen y se preparasen para una gran victoria. Si Néstor estaba sorprendido y confundido por protagonizar un sueño sin saberlo, se lo guardó para sí mismo.[1]

Los troyanos, mientras tanto, también se preparaban. Sus espías en el campamento griego les contaron la buena nueva

1. En el segundo canto de la *Ilíada*, Agamenón pone a prueba a los ejércitos griegos diciéndoles que pueden regresar a casa si quieren, pensando que todos clamarán a una que prefieren quedarse a luchar. Para su decepción, salen todos de estampida hacia sus barcos y solo la habilidad retórica y el poder persuasivo de Odiseo y Néstor (el auténtico Néstor) combinados los convencen de que vuelvan cuando ya están al borde de la deserción.

del retiro de Aquiles del combate. Héctor y Príamo se lo tomaron como una señal de que el ejército griego estaría desmoralizado y listo para ser atacado.

Paris se puso la armadura frente al espejo y admiró lo que veía. Echó un vistazo a las filas de troyanos que se agolpaban en la margen del río Escamandro y miró al enemigo enfrente.

El ejército griego emergía de sus barcos y tiendas como abejas de una colmena: cruzaron en tromba la empalizada por millares y se agruparon en una formación colosal por la llanura.

Por primera vez en diez años formaban auténticas líneas de combate. Siguiendo el consejo de Néstor, Agamenón dio órdenes de que formasen por región, tribu y clan. Que los hombres lucharan hombro con hombro con sus camaradas, parientes y vecinos ayudaría tremendamente a la moral y el espíritu guerrero, dijo Néstor.[1]

Odiseo dirigió por el flanco derecho las líneas del frente de las fuerzas aqueas, con Néstor, hijo de ANTÍLOCO, como su segundo. Aias e Idomeneo de Creta encabezaban el izquierdo.[2] El centro lo comandaban Diomedes y Áyax el Grande.

El rey Agamenón, picado y avergonzado por la acusación de Aquiles de no haber luchado en ningún momento, desfila-

---

1. Un principio que no se puso en práctica hasta la Primera Guerra Mundial de 1914-1918. Lord Kitchener pensó de la misma manera que Néstor. Los soldados lucharían con más entusiasmo y una mayor resolución si lo hacían junto a gente que conocían. Pero una diferencia crucial entre la Edad de Bronce y la Edad de Acero quedó patente enseguida: a medida que los regimientos locales iban siendo diezmados, comenzaron a llegar telegramas con las noticias de los caídos que afectaban a barriadas, calles, pueblos y condados. Se echaron a perder comunidades enteras y la moral en el frente sufrió, en consecuencia.

2. Aias –Áyax el Menor– sería bajito, pero Homero deja claro que nadie entre las filas griegas lo superaba en maestría con la lanza. Y lo que le faltaba de estatura lo suplía con creces en valor.

ba majestuosamente con armadura completa de un lado a otro de todo el frente griego. No cabía duda de que tenía un aspecto esplendoroso. Comandante supremo de los pies a la cabeza. Su estampa, más la planta del inmenso Áyax, hicieron que Paris diera media vuelta y pusiera rumbo a la ciudad entre las filas troyanas. Su hermano Héctor lo paró en la puerta Escea.

—La madre que te parió, Paris, estamos aquí por tu culpa —lo reconvino—. Fuiste tú quien infringió las leyes sagradas de la hospitalidad y te llevaste a Helena del palacio de Menelao. Te la trajiste a vivir con nosotros. Accedimos a tu petición de que se quedara. Por tu honor y por tu orgullo llevamos diez años derramando sangre troyana. ¿Y ahora te crees que puedes dar media vuelta y correr con el rabo entre las piernas?

Héctor habló con una voz que pudieron oír muchos troyanos. Las tropas adoraban a Héctor, pero habían acabado por aborrecer a Paris, a quien consideraban altivo, vano y arrogante. Todo fachada. Demasiado mezquino y divino como para confiar en él; así lo veía la soldadesca.

A Paris se le ruborizó hasta el último poro.

—Tienes razón, hermano —respondió con una risa poco convincente—. Largarse estaría fatal, claro. Iba a ver a nuestro padre, el rey, para contarle mi plan.

—¿Qué plan?

La idea le vino a la cabeza de golpe según iba hablando:

—Tal y como dices, en términos estrictos, la disputa es entre Menelao y yo. De modo que dejaremos que la cosa se decida entre nosotros.

—Tú dirás cómo.

—Te diré cómo: deja que figure como paladín de Troya y me enfrente a Menelao en combate individual. Si gano, Helena se queda y los griegos se marchan. Si pierdo, se la pueden llevar a Esparta. Y también todas las riquezas que me traje con ella —añadió en un destello de magnanimidad.

Héctor le puso una mano en el hombro.

—Me he equivocado contigo, hermano.

Los abucheos entre las filas troyanas se tornaron en vítores mientras un Paris ruborizado y envalentonado se pavoneaba de aquí para allá. Se había echado una piel de leopardo sobre los hombros con la idea de evocar a los grandes héroes del pasado que se adornaron así. Jasón camino de Yolco, quizá, o incluso Heracles con su atuendo característico, el pellejo del león de Nemea.

Cuando la oferta de un combate individual llegó a los griegos, Menelao aceptó el desafío de buen grado. Las filas de Troya y Grecia vocearon aliviadas y entusiasmadas. Se extendieron por la llanura como una muchedumbre de domingueros preparando un pícnic.

Helena, sola en sus aposentos, percibió el cambio de atmósfera en la ciudad. Oyó gritos de emoción y fanfarrias que venían de las calles. Salió de su dormitorio y acudió a las murallas de la ciudad para ver lo que sucedía. Príamo ya estaba en el adarve y la apremió para que subiese a sentarse con él. Estaba con algunos cortesanos demasiado viejos para luchar, como Antenor. Cuando vieron que subía Helena, se inclinaron y cuchichearon entre ellos.[1]

—Su belleza atraviesa el corazón, ¿verdad?

—Cuando no la tienes delante te olvidas, pero en cuanto la ves... ¡bendita Afrodita! Que sea posible una hermosura así en una mujer mortal...

Príamo se puso en pie para saludar a Helena y los cortesanos le hicieron sitio. El viejo rey le tenía cariño a su nuera y nunca la había reprendido por la muerte y el desastre que su presencia había traído a su gente.

—Siéntate conmigo, querida. Paris y Menelao están a punto de decidir el asunto entre ellos dos.

1. «Chirriaron como saltamontes», dice Homero.

—¡Ah!

A algunas mujeres les habría encantado la idea de que dos hombres luchasen por ella, pero no a Helena.

—Mira a los griegos ahí abajo —dijo Príamo—. Tengo que confesar que tienen una pinta espléndida. Dime, ¿quién es ese tan alto con la pluma naranja en el casco? Qué planta más potente e imperiosa. Será un rey, ¿no?

Helena miró.

—Ah, ese es el mismísimo Agamenón. Ha envejecido un poco desde la última vez que lo vi.

—Entonces ese es el rey de los hombres, ¿verdad?

—Mi antiguo cuñado —dijo Helena en un murmullo—. Que los dioses me perdonen.

—Calla un momento. Ese tipo de ahí con ese corpachón me resulta familiar. Me pregunto dónde lo he visto antes.

—Ah, ese es Odiseo, hijo de Laertes.

—Claro. Lo recuerdo. Cuando Menelao y él vinieron a pedir paz al principio... ¿En serio hace ya diez años? ¿Y eso que tiene al lado es un árbol gigantesco o un hombre?

Helena soltó una carcajada.

—Ese es Áyax de Salamina.

Helena escrutaba a los griegos en busca de dos rostros en concreto.

—Me pregunto dónde están Cástor y Pólux —comentó.

La última vez que había visto a sus hermanos fue en Esparta. Los requirieron en otro sitio durante la funesta visita de Paris. No sé qué disputa inmunda por un ganado con sus primos de Arcadia. Helena se preguntaba si Afrodita había estado detrás de aquello también, dado que fue su ausencia, junto con la de Menelao, que se vio obligado a partir repentinamente al funeral en Creta, lo que permitió a Paris arrasar el palacio sin que nadie se lo impidiese y llevársela a Troya tan fácilmente.

Príamo no contestó. Estaba asombrado de que Helena no supiese lo que les había sucedido a sus hermanos.

El mundo entero sabía que se habían dirigido al norte a solucionar el asunto de los ganados con sus primos y que Cástor había sido asesinado a traición. El inconsolable Pólux había suplicado a Zeus morir con su bienamado hermano. En respuesta, Zeus le permitió acompañar a Cástor durante el día en el reino de los muertos y durante la noche brillarían en el cielo como estrellas inseparables de la constelación de los gemelos: Géminis. Se habían convertido en una ayuda indispensable para la navegación como guías en el cielo nocturno.[1]

Príamo había dado por hecho que Paris se lo había contado a Helena al llegar a Troya. Quizá le dio miedo cómo podía tomárselo. Quería a sus hermanos los dioscuros con todo su corazón.

Y así estuvieron: Helena señalando a los personajes griegos que recordaba, incluso imitando las voces y los gestos de sus esposas. Príamo sonriendo y asintiendo cortésmente.

Lo que estaba claro es que el trance en el que Afrodita sumiera a Helena al comienzo se había esfumado y ahora no sentía nada por Paris. Nada salvo desprecio. Se la había quedado como un trofeo, la había apretujado contra sí, la había paseado cuando le venía bien y había presumido de poseer su belleza, pero nunca le había demostrado un afecto personal ni le había dado el menor signo de que la amase o siquiera la respetase. Su hermano pequeño Deífobo, lo mismo. Cuando no había nadie cerca la miraba con ojos libidinosos y le hablaba como si fuese una puta. Príamo, Hécuba y Héctor eran distintos. Siempre la trataron con amabilidad y honores.

Helena y Príamo observaron a Menelao y Paris emergiendo de entre las filas de uno y otro ejército. Los miles y miles de soldados entusiasmados rugieron con aprobación y golpearon sus escudos con sus armas. Helena nunca había oído un

1. Los pescadores creían que el fenómeno que conocemos como fuego de San Telmo era también una manifestación de los dioscuros.

193

ruido tan tremendo. Notó como si temblaran las propias murallas de la ciudad.

COMBATE INDIVIDUAL

Menelao y Paris también se habían puesto sus corazas. Con sus remates emperifollados por crines de caballo bajo el brazo alzaron sus escudos de bronce forrados de gruesas pieles. Las puntas de sus lanzas de fresno estaban recién afiladas y relucían a la luz del sol.

El príncipe Héctor se adelantó tendiendo su casco boca arriba. Echó dentro dos piedras, una blanca y otra negra. Sosteniendo en alto el casco exclamó:

—¡Blanco para el príncipe Paris, negro para el rey Menelao!

La multitud bajó la voz mientras Héctor agitaba bruscamente el casco. La piedra blanca saltó.

—El príncipe Paris puede hacer el primer lanzamiento.

Aquello no iba a ser una pelea bruta callejera, sino un duelo ritualizado. Agamenón y Príamo habían sacrificado bueyes y cabras a los dioses cada uno por su parte. Junto con sus sacerdotes, estaban resueltos a que aquel instante —el instante en que, en uno u otro sentido, se decidiera el final de la guerra— se llevase tan digna y honorablemente como se pudiese llevar.

Las filas masificadas de ambos bandos eran menos capaces de contener su excitación. Se había elevado una atmósfera de carnaval. Volverían a casa. Independientemente de lo que sucediese, se volvían a casa. Los dos hombres que ahora se encaraban eran el núcleo total del asunto: Menelao, marido de Helena, y Paris, su amante. Si bien al soldado raso poco le importaba quién saliera victorioso, estaba también el tema nada despreciable del botín, porque Paris había prometido que si perdía les haría entrega no solo de Helena sino también

194

de grandes riquezas. La mayor parte iría a parar a manos de los reyes y príncipes, cómo no, pero algo llegaría hasta las huestes.

Cuando Paris y Menelao se hubieron separado tantos pasos como Héctor consideró idóneos les gritó que se detuviesen. Se giraron. Se hizo un silencio. Paris cogió su lanza, echó atrás el brazo y la arrojó...

La multitud dio un respingo cuando la larga sombra de la lanza salió disparada hacia su objetivo. La punta acertó justo en el centro del escudo de Menelao con un golpe seco y audible, pero el revestimiento de sólida piel la repelió. Un buen tiro, pero que no logró herir al oponente. El contingente griego suspiró de alivio; los troyanos rugieron decepcionados.

Ahora le tocaba a Menelao. Sopesó la lanza buscando el equilibrio.

Para ser justos con Paris, no retrocedió ni se mostró acobardado. Se mantuvo firme y recto. Menelao apuntó y dejó volar la lanza. También acertó en el centro del escudo, pero la punta de la lanza lo atravesó. Paris se giró con un diestro movimiento atlético en el último instante. La punta no lo atravesó a él, pero le rozó el costado. Al oír la aguda exclamación involuntaria de Paris y ver la sangre, Menelao intuyó la victoria. Con un grito salvaje, se acercó a toda velocidad y descargó su espada contra el casco de Paris. Se oyó un estrépito pero era la espada, que se había roto, y no el casco.

Cuando un asombrado Paris retrocedió tambaleándose, Menelao lo agarró del penacho de crines del casco y dio un tirón. El príncipe cayó de rodillas en el polvo y Menelao empezó a arrastrarlo por el suelo por la correa de la barbilla. Podría haberlo estrangulado igual que Aquiles estranguló a Cicno tantos años atrás cuando los barcos aqueos arribaron, de no ser porque intervino la diosa Afrodita en nombre de su favorito. Rompió la correa y Menelao cayó de espaldas con un casco vacío entre las manos.

Afrodita ahora hizo desaparecer a Paris en un remolino de polvo y confusión. Menelao gritó su nombre, pero no lo veía. Nadie lo veía. Lo habían transportado a la alcoba de su palacio, a salvo tras las murallas de Troya. La multitud rugió frustrada y decepcionada.

Dentro del palacio, Afrodita apareció ante Helena y le ordenó que fuese a ver a Paris para atenderlo y hacerle el amor.

—Mi verdadero marido, Menelao, ha ganado —respondió Helena—. ¿Por qué voy a ir con el cobarde Paris? Si tanto lo quieres, ve tú. Acaríciale tú la frente. Hazle tú el amor. Yo no puedo ni verlo.

El semblante de Afrodita se transformó en una retorcida máscara de furia.

—¡No te atrevas a desobedecer! Si me conviertes en tu enemiga descubrirás hasta qué punto te odian troyanos y griegos por igual. Ninguna mujer en la historia cargará con más insultos, escarnio y castigo sobre sus hombros como yo me aseguraré de que cargues tú. ¡Ve!

Helena tembló ante la violencia de la cólera de Afrodita. La visión de aquella belleza divinamente radiante transformada en un abrir y cerrar de ojos en una gorgona de chirriante fealdad habría resultado aterradora hasta para el gigantesco Áyax. Envolviéndose en su brillante túnica blanca, Helena se dirigió a los aposentos de Paris.

Este se encontraba incorporado en la cama, tocándose satisfecho el rasguño del costado y poniendo muecas de dolor.

—Así que el gran guerrero ha regresado de su gran y glorioso triunfo sangrando por sus terribles heridas —dijo Helena con desdén—. Tantos años diciéndome que ensartarías a Menelao como un pato asado con tu lanza. Que eras mucho más fuerte, más rápido, más listo y más valiente... Y ahora... patético.

—¡A Menelao lo ayudó Atenea! —se quejó Paris—. Mañana le ganaré. Por ahora, hagamos el amor tú y yo... Ven, ven a la cama.

Menelao, mientras tanto, gritaba a los batallones troyanos:

—¿Has tenido suficiente, Paris? ¿Has tenido suficiente, Paris? ¡Entonces la victoria es nuestra! Hoy mismo cogeremos a Helena y a mi hijo Nicóstrato y nos largaremos de esta ciudad pestilente para siempre. ¡Para siempre!

A Helena le pareció que los vítores de ambos bandos eran los más estruendosos que hubieran producido un grupo de humanos mortales desde que empezó el mundo.

En la llanura, los soldados de los dos bandos exultaban de alegría.

¡A casa!, pensaban los griegos. *¡A casa!*

¡Paz!, pensaban los troyanos. *¡Paz!*

Pero el odio de Hera por Troya exigía más, mucho más que eso. Exigía la completa destrucción de la ciudad, que se arrasaran sus cimientos.

En el Olimpo, Atenea y Hera no daban tregua a Zeus.

—La cosa no está decidida y lo sabes —dijo Hera.

—¿Cómo va a quedar así, padre?

—Esto es absurdo.

—No soluciona nada y se limita a deshonrar a cada bando.

—Deshonra a los dioses. A todos nosotros, pero sobre todo a ti, Zeus.

Los poderes de persuasión combinados de la esposa y la hija fueron demasiado para él y tuvo que agachar la cabeza.

—Adelante, pues, si no queda otra —dijo.

Atenea se plantó en las murallas de Troya, donde, disfrazada de Laodoco, el guerrero hijo de Antenor, buscó al arquero troyano Pándaro. Le susurró que la gloria eterna le esperaba si alzaba su arco y disparaba a Menelao, que aún iba de un lado para otro pidiendo a gritos que Paris se enfrentase a él como un hombre.

Pándaro apuntó con cuidado y disparó. La flecha habría atravesado la armadura de Menelao y alcanzado algún órgano vital, pero rápida como un rayo, Atenea la desvió,[1] y la punta se clavó en la carne de su pierna: no era una herida fatal, pero lo suficientemente grave como para que sangrase y cayese al suelo.

Los griegos rugieron con furia ante aquella traición flagrante de las condiciones de tregua y los ejércitos se abalanzaron ahora el uno contra el otro. Por primera vez en más de nueve años se desarrolló una batalla real en las llanuras de Ilión. El río Escamandro, a veces conocido como Janto, el río amarillo, pronto fluiría rojo.

DIOMEDES CONTRA LOS DIOSES

MACAÓN, hijo de Asclepio, curó al herido Menelao con una cataplasma mezclada por el centauro en persona.[2]

Mientras tanto, la batalla estalló en todo su violento frenesí. El disparo de su hermano parecía haber sacado al líder nato que Agamenón llevaba dentro, y ahora estaba en todas partes metido hasta las trancas, vociferando palabras de ánimo a sus generales Odiseo, Áyax, Aias y Diomedes.

Este último, Diomedes, rey de Argos, hijo de Tideo, estaba lleno de una furia y un valor especiales. Era su momento, su *aristeia*. Se abrió paso aplastando filas enemigas como un ciclón. Pándaro, en lo alto de los muros de Troya, le disparó y lo hirió; pero sin apenas emitir un gruñido hizo que su compañero y amigo ESTÉNELO se la sacase.

—Con eso no te va a bastar, Pándaro cobarde —le gritó, y volvió a lanzarse al ataque y a masacrar a diestro y siniestro.

1. «Como una madre que espanta una mosca del cuerpo de su bebé durmiente», dice Homero.
2. Macaón fue uno de los hijos de Asclepio. Recordaréis que el divino curandero fue discípulo, al igual que Aquiles, del centauro Quirón.

El estallido de violencia pilló a los olímpicos con la guardia baja. Después de tantos años de estancamiento, se quedaron asombrados al presenciar cómo ambos bandos embestían uno contra el otro entrechocando espadas, reventando cuadrigas, las flechas y las lanzas volando y el ambiente lleno de gritos de guerra y aullidos de heridos y moribundos. Y la visión de Diomedes fuera de sí dejó maravillado al mismísimo rey de la guerra. Pero Ares, siempre del lado de los troyanos, bajó y se metió en pleno combate apartando a los guerreros griegos y se abrió paso hasta Diomedes, sobre el que se habría abalanzado de no ser porque Atenea le gritó que desistiese y dejase en paz a los mortales. Ares se fue dando zancadas hasta la ribera del Escamandro a refunfuñar.

Nadie había visto a un guerrero tan absoluta y aterradoramente enérgico como Diomedes aquel día. Estaba *entusiasmado*, una palabra cuyo sentido literal es «estar lleno del espíritu de un dios» (*en-theos*). No faltaríamos a la verdad si dijésemos que Diomedes estaba «endiosado» (por Atenea, puestos a concretar, que incluso le dio su propio poder para distinguir a los inmortales).

–Entra en combate con cualquiera de ellos si hace falta –le susurró Atenea–, con cualquiera menos con Afrodita. No es una diosa de la batalla y hay que dejarla al margen.

Diomedes mató a dos hijos de Príamo y también a Pándaro, que en un exceso de confianza bajó de las murallas de Troya a participar en el combate cuerpo a cuerpo. Por lo menos una docena de troyanos relevantes cayeron ante el arranque de violencia de Diomedes. Parecía como si el inspirado argivo ahora tuviese también al príncipe Eneas, líder de los dárdanos, a su merced. Diomedes levantó sobre su cabeza una roca que dos hombres fuertes ni siquiera podrían haber movido y se la lanzó a Eneas, que trató de esquivarla retorciéndose a un lado. La roca estuvo a punto de darle en la cabeza, pero se estrelló contra su cadera. Diomedes desenvainó la espada y ya estaba listo para darle el golpe de gracia cuando Afrodita, madre de Atenea, se interpuso entre los dos guerreros. Diomedes la atacó en medio de aquel frenesí insaciable y sanguinario y le cortó una muñeca. De la herida de la diosa se derramó el icor entre plateado y dorado, Afrodita soltó un alarido y corrió hacia la orilla del río donde su amante Ares seguía rumiando.

—¡Ese Diomedes está loco! —le dijo— ¡Como siga así acabará lanzándose contra el mismísimo Zeus! Préstame tus caballos y deja que suba al Olimpo a curarme.

Mientras tanto se ocupaban de Eneas, envuelto en una neblina creada por Apolo, su hermana gemela, la diosa Artemisa, y su madre, la titana Leto. Acto seguido, Apolo llamó a Ares y le dijo que dejase de mirar el río como un adolescente malhumorado y entrase en liza.

—¡Diomedes está destruyendo a nuestros mejores guerreros troyanos! Mueve el culo y vuelve al combate.

Zaherido y avergonzado, Ares salió del agua a trompicones hacia el bando troyano y las tornas de la batalla empezaron a cambiar. Puede que Diomedes hubiera masacrado a muchos troyanos, pero Ares se puso a matar el doble de griegos.

Atenea voló al Olimpo y rogó a Zeus que dejase que Hera y ella participasen.

—Si a Ares se le permite ayudar a los troyanos, nosotras debemos poder ayudar a los aqueos.

Zeus gruñó y sacudió la cabeza con desesperación. Aquella era exactamente la situación que se temía y con más ahínco deseaba evitar. Una intervención divina total en lo que tenía que haber sido un asunto puramente mortal. Pero una vez más inclinó la cabeza para dar su aprobación.

Atenea cargó contra las filas troyanas y su égida gorgona destellaba.

—¡Eh, Diomedes! —exclamó poniéndosele delante—. ¿Eres

un guerrero o una comadreja? Mira a Ares en medio de la batalla. ¿Te atreves a ir a por él? ¿Te atreves a enfrentarte al dios de la guerra en persona?

Con un rugido que helaba la sangre, Diomedes lanzó su venablo directo a las tripas de Ares, a sus entrañas.

Un estremecimiento recorrió las filas de ambos ejércitos cuando un aullido de dolor incomparable a nada que hubiesen oído jamás salió del dios guerrero herido. Solo a Diomedes le había sido dado ver a los inmortales, claro. Para los guerreros de ambos bandos el sonido fue tan misterioso como espantoso. Por un breve instante la lucha se detuvo mientras todos miraban a su alrededor con asombro horrorizado.

Ares subió volando y chillando al Olimpo a que lo curasen. Zeus no mostró compasión. El dios guerrero nunca había sido de sus hijos preferidos. Contempló de mala gana cómo se ocupaban de sus heridas, pero cuando Atenea y Hera también volvieron al Olimpo se dio el gusto de declarar que cualquier intervención futura estaba prohibida.

—Jamás había visto un despliegue así —dijo—. ¿Sois dioses olímpicos o niños desatados? Me abochornáis. A partir de ahora no podéis entrar en batalla. Dejaremos que los mortales se las arreglen sin nuestra ayuda directa. ¿Entendido?

Exhaustos, y por el momento avergonzados, los dioses agacharon la cabeza sumisos.

Sin embargo, Zeus no había olvidado su promesa a Tetis.

HÉCTOR Y ÁYAX

Ahora que Ares estaba fuera de la batalla, los griegos pudieron avanzar hasta las murallas de Troya. Diomedes encabeza la carga, apoyado por Áyax, Odiseo, Agamenón, Menelao, Aias... incluso el viejo Néstor embestía meneando la espada a diestro y siniestro con una fuerza que contradecía su edad.

Héctor vio que los troyanos perdían terreno y que los aqueos pronto tomarían la ciudad. Fue consciente de que le correspondía frenar aquel aluvión y vio que le quedaba el tiempo justo, con Eneas peleando a su lado, para conducir al ejército troyano hasta la ciudad, cerrar las puertas y prepararse adecuadamente para un contraataque.

En el palacio real, Hécuba lo abrazó y le ofreció una copa de vino y un poco de descanso. Héctor rechazó la copa.

—Gracias, madre, pero el vino me entorpecerá el discernimiento y debilitará mis capacidades resolutivas.

Enfiló la escalera que llevaba a los aposentos de Paris y Helena.

—¿Puliendo la armadura, hermanito? Típico de ti.

Paris se ruborizó.

—No te burles de mí, Héctor. Puede que no tenga tu pericia y tu valor, pero cuando hace falta soy capaz de luchar y eso haré. Ahora voy a afilar mi espada y mi lanza. Tú ve tirando.

Helena lo observó mientras se alejaba.

—Estás dando el todo por el todo —le dijo a Héctor una vez Paris se hubo marchado—, ¿y arriesgas tu vida para qué? Todo por mí, que no valgo nada. Y, cómo no, por tu patético hermano Paris y su vanidad. Preferiría no haber nacido para no traeros esta desgracia.

Héctor contempló la cara más hermosa que ha visto la luz del día.

—Por favor —contestó—, no te disgustes. Hago lo que hay que hacer. Ningún miembro de la familia te culpa, Helena. Todos saben lo que has sufrido desde que te arrancaron de tu hogar. Mis padres te acogieron. Eres la princesa de Troya. Eres mi querida hermana. Luchamos por tu honor y por ti. Lo hacemos con alegría y con orgullo.

En la puerta Escea, Héctor se encontró a su esposa Andrómaca con su bebé en brazos.

—Hola, pequeño Escamandrio —dijo Héctor echándole un

vistazo al niño dormido al que el resto de Troya llamaba Astianacte, «señor de la ciudad»–. Qué precioso se le ve. Parece una estrella.

–¡Ay, Héctor! –dijo Andrómaca–. ¿Tienes que luchar? No quiero que mi hijo crezca sin padre. Aquiles mató al mío, imagínate que este o Diomedes te matan a ti.

–Nacemos con nuestro destino y no ha habido nadie que haya podido escapar de él –respondió Héctor–. Además, ¿cómo podría vivir con la vergüenza de saber que allá donde tantos de mis hermanos y compañeros troyanos arriesgaron sus vidas yo me escabullí hasta casa y me escondí? Mejor la muerte que el deshonor. También lucho por ti y por Escamandrio. Si nos rendimos ahora, los dánaos saquearán la ciudad y nos matarán a todos, de todas formas. Y a ti se te llevarían como esclava de alguna casa griega. No pienso permitirlo.

El casco de Héctor resplandeció a la luz del sol. El destello del bronce pulido despertó a Astianacte, que abrió los ojos. La visión del gran penacho del casco bamboleándose sobre su cara lo hizo chillar asustado. Andrómaca y Héctor se echaron a reír. Héctor se quitó el casco, cogió al niño y le dio un beso.

–Crece y hazte un hombre aún mejor que tu padre, Escamandrio –le dijo meciéndolo en el aire, y lo devolvió a los brazos de su madre–. Y no tengas miedo, querida Andrómaca. No voy a morir. Hoy no.

Haciendo una seña con la cabeza al guardián de la puerta, se alejó a grandes zancadas... Paris corrió para alcanzarlo, resplandeciente con su preciosa coraza.

–Aquí estamos, hermano. Dije que no tardaría, ¿verdad? Confío en no haberte hecho esperar mucho.

Héctor sonrió.

–Es imposible enfadarse contigo. Sé que eres valiente, astuto y capaz de luchar, pero me rompe el corazón oír a otros calumniarte. Llevemos hoy a cabo tal proeza que los nombres de ambos pervivan mientras los hombres tengan lengua para cantar.

Y, cogidos del brazo, los hermanos salieron de la ciudad a la llanura, donde la batalla continuaba con toda su intensidad.

Se lanzaron al ataque de inmediato y cada uno abatió a un guerrero aqueo ilustre.

Atenea y Apolo, que observaban, se miraron de soslayo.

—Supongo que tienes ganas de colarte ahí y darles la victoria a tus amados argivos —comentó Apolo—. ¿Y qué me impide hacer lo mismo por los troyanos?

—Nuestro padre nos lo ha prohibido... Pongamos freno al derramamiento de sangre y hagamos algo sensato para variar...

—¿Por ejemplo?

Atenea le contó a Apolo su plan y este asintió.

—Hágase como tú dices...

Héleno, el hijo de Príamo, adivino y augur de la familia, oyó una voz susurrándole al oído. Fue enseguida a buscar a su hermano mayor, que se encontraba justo en el ojo del huracán despedazando a sus enemigos.

—¡Héctor! —dijo apartándolo a un lado—. Escucha. Los dioses me han hablado: para evitar el derramamiento de sangre por parte de ambos bandos cada cual ha de nombrar a un paladín.

—¿Qué? —dijo Héctor jadeante—. Eso ya lo hemos probado...

—¿Por qué no lo intentamos de nuevo? El combate entre Menelao y Paris no decidió nada. ¿Tu vida contra quien escojan los griegos? ¿Uno contra uno?

Héctor reflexionó un instante y luego alzó la voz por encima de la batahola para plantear el desafío.

—¡Escuchadme, soldados de la Hélade! —clamó—. Mandadme a vuestro mejor guerrero como paladín. Si me derrota puede quedarse con mi armadura y mis armas, pero deberá devolver mi cadáver a Troya para que lo laven y quemen. Si lo derroto yo, le quitaré las armas y la coraza pero os dejaré el cuerpo para que os lo llevéis y lo purifiquéis. Y esto decidirá nuestra disputa. ¿Estamos de acuerdo?

Menelao se pronunció al momento ofreciéndose para ser el paladín de nuevo, pero Agamenón lo hizo callar.

–Ya has luchado más de la cuenta, hermano. Aún se te tiene que curar el tajo de la pierna. Además, por más que seas un guerrero formidable, no puedes compararte con Héctor. Solo en la estatura ya te supera.

Otros nueve griegos destacados se pusieron en pie: Agamenón en persona, Diomedes, Idomeneo, los Áyax Grande y Menor, Odiseo y otros tres. Cada uno garabateó su nombre en una piedra que echaron en el casco de Agamenón. Este sacudió el casco y saltó una piedra con el nombre de Áyax Telamonio: Áyax el Grande.

Se alzó un hurra estentóreo, porque los aqueos habían acabado por creer que aquel hombre gigantesco era prácticamente invencible. Su estatura y su fuerza no tenían rival ni en uno ni en otro bando. Áyax se puso la armadura y levantó su escudo rectangular, que estaba compuesto de siete capas de gruesas pieles y una de bronce martillado. Vosotros o yo habríamos tenido tan pocas posibilidades de levantar aquel escudo como de levantar una montaña.

Una vez más, los ejércitos se separaron para formar un círculo.

Áyax y Héctor se colocaron frente por frente. Héctor ganó el honor de lanzar primero y su lanza atravesó las seis primeras capas de piel del escudo de Áyax pero la última la frenó. A continuación, le tocó a Áyax y su lanza atravesó el escudo de Héctor y se le habría clavado de no esquivarla justo a tiempo.

Los soldados de cada bando estaban demasiado absortos como para vitorear. Se estremecieron, conscientes de que eran testigos de algo histórico. Una historia de una importancia tan profunda que se convertiría en materia de leyenda. La gracilidad y la velocidad de Héctor contra la fuerza y la resistencia de Áyax.

Se enzarzaron de nuevo. Áyax atravesó el escudo de Héctor otra vez, le dio de refilón en el cuello y le hizo un cortecito en la delicada zona. Héctor le lanzó un enorme pedrusco y Áyax contestó con una roca el doble de grande que hizo caer de rodillas al primero.

Áyax se adelantó y miró hacia el cielo.

—Se va la luz —comentó tendiéndole una mano a Héctor y ayudándolo a ponerse en pie.

El duelo se suspendió. Con principesca galantería, Héctor le ofreció a Áyax su espada de plata y Áyax se arrodilló para ofrecerle su cinturón de guerra. No podían saberlo, pero la espada de plata de Héctor y el cinturón de guerra de Áyax iban a desempeñar un papel relevante y trágico en el drama que se avecinaba.

Así terminó su primer combate individual. La intensa batalla de la jornada también tocaba así a su fin, pero la guerra no estaba más cerca de quedar decidida que el día que comenzó nueve años atrás.

CAMBIAN LAS TORNAS

Aquella noche, en Troya, en la sala del consejo del palacio de Príamo, Antenor insistió en que devolviesen a Helena. Algo a lo que Paris se negó rotundamente:

—Devolveré las riquezas que me llevé de Esparta y Micenas, y añadiré riquezas mías, pero no puedo ni pienso renunciar a Helena.

Esta oferta fue rechazada una vez se transmitió al campamento aqueo mediante mensajeros durante una tregua.

Al día siguiente la guerra continuó en la llanura. En respuesta a los ruegos repetidos de Tetis, Zeus cumplió su promesa de castigar a Agamenón; el rey de los dioses hizo llover rayos sobre los griegos.

En medio de los ejércitos aqueos desbaratados solo Néstor se mantuvo firme y cargaba a través de las filas enemigas sin descanso en su cuadriga. El ejemplo de aquel hombre, que doblaba la edad al comandante más viejo, llenó a los griegos de un nuevo y desesperado valor, pero el hombre acabó fuera de combate cuando una flecha de Paris le atravesó el cerebro a su caballo. Diomedes lo rescató y lo subió a su cuadriga. Un gran gemido de decepción y miedo se elevó entre las filas aqueas.

Las tropas invasoras al completo daban media vuelta y cruzaban la llanura al galope hacia sus barcos. Agamenón no estaba conforme con aquel giro de los acontecimientos. Levantó la cabeza hacia el cielo con lágrimas corriendo por sus mejillas.

—¿Nos abandonas, gran Zeus? Todas las señales y portentos que nos llevaron a creer que venceríamos ¿y ahora esto? Por lo menos permite que mis valientes hombres escapen a la muerte. Si hemos de ser derrotados en la guerra, sea, pero esta masacre no es justa. No es justa. No es justa.

Zeus, que se debatía, como tantas veces, entre complacer a Hera y a Atenea, complacer a Tetis y complacer su propia admiración instintiva por los héroes de ambos bandos, quedó afligido al ver a Agamenón, rey de los hombres, sollozando como un niño. Envió un águila gigantesca que sobrevoló el campo de batalla con un cervatillo entre las garras. El ejército griego, interpretándolo como un buen augurio, se reanimó.

Ahora Teucro de Salamina, el mejor arquero de los dos bandos, se puso manos a la obra: protegido por el escudo de su hermanastro Áyax empezó a abatir guerreros enemigos uno detrás de otro. Ocho troyanos de sangre real o nobles cayeron merced a sus flechas, pero no el deseado Héctor. Aunque alcanzó al conductor del carro de este, Arqueptólemo, eso lo único que consiguió fue encolerizar a Héctor, que pegó un salto de su cuadriga y se fue directo hacia Teucro con una roca y le aplastó con ella el pecho al arquero antes de que pudiese efectuar un solo disparo más con su arco. Áyax se adelantó embistiendo al rescate. Apartó a Héctor, levantó a Teucro del suelo, se lo echó al hombro y corrió con él hacia las líneas aqueas perseguido por el rugiente contrincante y lo que se le antojaba el ejército troyano en pleno.

La totalidad de las imponentes tropas expedicionarias griegas se agachaba ahora tras la empalizada y sus afiladas estacas constituían la última defensa contra las hordas de Troya.

Agamenón se puso en pie, llorando aún, imprecando todavía a Zeus por abandonar su causa.

–Deja que volvamos a casa –gimió–. Estamos hundidos. Jamás tomaremos Troya. Nos tienen acorralados en el mar. Lo suficientemente cerca como para dispararnos fuego. Deberíamos subir a nuestros barcos y largarnos.

Diomedes se irguió.

–No me puedo creer que nuestro comandante tenga tan poca fe en sí mismo o en nosotros. Los dioses se lo han dado todo al rey de los hombres. Riquezas como no conoció ni el rey Midas de Frigia. Un nombre glorioso. La mejor tierra, la mejor familia... todo en su vida le ha venido dado y ahora, al primer contratiempo, chilla como un niño y suplica que se lo lleven a casa. Bueno, pues vete a casa, Agamenón, pero yo me quedo. Esténelo está conmigo, creo.

–¡Lo estoy! –rugió Esténelo golpeando con la lanza en el suelo.[1]

–¿Quién más? –preguntó Diomedes.

Néstor se puso en pie.

1. De la casa real de Argos y fiel compañero de Diomedes.

208

—Yo me quedo —dijo—. Rey de los hombres, ¡seca tus ojos y reflexiona! Troya se ha recuperado porque Héctor, su mejor guerrero, su príncipe más noble, su luchador más destacado, los anima con su ejemplo y su pericia bélica. Nosotros contamos con un guerrero a su altura, sin duda: más rápido, en mejor forma, más fuerte y capaz se mire por donde se mire. Pero sigue ceñudo dentro de su tienda, negándose a ponerse la armadura y luchar junto a nosotros. ¿Por qué? Porque le quitasteis a Briseida y lo ofendisteis. ¿No veis que es algo que deberíais enmendar?

Agamenón agachó la cabeza y se golpeó el pecho con los puños.

—¡He sido un necio! —exclamó—. El hijo de Tetis y Peleo vale por todo un escuadrón. Mi orgullo y mi temperamento me han jugado una mala pasada, pero rectificaré. ¡Por los doce olímpicos juro que rectificaré!

De pronto fue como si lo invadiese una mezcla embriagadora de remordimientos, resolución y determinación tan apasionada en su deseo de ser generoso con Aquiles como antes en el de humillarlo.

—Le mandaré oro, una docena de los caballos más espléndidos, siete esclavas y, por supuesto, esa Briseida a la que tanto aprecia. Podéis decirle sin faltar a la verdad que no me he acostado con ella. Es más —la voz de Agamenón resonó con potencia y confianza ahora—, es más: cuando tomemos Troya, Aquiles puede escoger las riquezas que quiera llevarse. Y cuando lleguemos a casa le daré siete ciudades de mi imperio y podrá elegir por esposa a una de mis hijas.

Las filas aqueas lo vitorearon. Aquella era una concesión de lo más magnánima. Nadie podía rechazar semejante ofrecimiento. Según todos los códigos de honor sagrados de los helenos, Aquiles tenía que aceptar.

Odiseo y Áyax, junto con el anciano Fénix, resultaron elegidos como portavoces de Agamenón. La inclusión de este último fue una cauta idea de Odiseo. Después de que el joven Aquiles abandonase la cueva de Quirón, Peleo escogió a Fénix para que lo criase. Se sabía que Aquiles quería al viejo casi con tanta intensidad como amaba a Patroclo. Los tres delegados se dirigieron hacia la tienda principal del cercado mirmidón, donde encontraron a Aquiles tañendo una lira de plata y cantando una canción que relataba las hazañas de los grandes héroes guerreros de antaño. Patroclo, que lo había estado escuchando, se puso en pie para dar la bienvenida a la delegación. Aquiles les permitió comer, beber y decir lo que tenían que decir.

Una vez se le comunicaron el arrepentimiento, las disculpas, los elogios y los ofrecimientos materiales Aquiles puso cara de desaprobación.

—Soy consciente —se apresuró a decir Odiseo— de que la generosidad de Agamenón te hace despreciarlo aún más, precisamente. Lo comprendo. Pero olvídate de Agamenón; convendremos en que es un mal rey y un rey estúpido. Piensa esto, en cambio: cuando derrotes a Héctor y toda Troya se abra ante nosotros, tu gloria y tu fama superarán con creces a la que hayan conocido Héctor o cualquier otro hombre.

Aquiles sonrió.

—Hace algún tiempo que sé, Odiseo, que si lucho contra Troya mi nombre vivirá para siempre como el de un héroe imperecedero e inigualable. Eso me dijo mi madre. También me dijo que si lo deseaba podría abandonar esta guerra y mi destino sería vivir una vida larga, próspera y feliz.

—Pero anónima —apostilló Odiseo—. Anónima y no reconocida.

—Anónima y no reconocida —concedió Aquiles—. Y de los dos futuros que ahora se abren ante mí, ese es el que he escogido. De modo que vuelve con Agamenón y dile que ya no estoy enfadado con él, que acepto sus disculpas, pero que prefiero no luchar por su causa. Si Héctor se acercase a los barcos de mis mirmidones, y solo entonces, me alzaría en armas para defenderlos. Eso es lo único que puedo prometer.

Los tres embajadores se marcharon, conscientes de que esta última oferta de poco serviría a los griegos. Los barcos mirmidones estaban lejísimos del centro de la cabeza de playa.

Cuando la comitiva regresó a los cuarteles, Odiseo transmitió las palabras de la negativa de Aquiles. Agamenón las recibió con sonrisa aviesa.

−Sí. Eso me temía. Aquí todos nos regimos por la costumbre y los códigos de honor. Aquiles es el único entre los hombres que se rige por las exigencias de su orgullo personal. Bueno, bueno. No nos desanimemos.

De las lágrimas de rabia a la decepción, pasando por una repentina resolución contenida, pensó Odiseo. Así es nuestro rey de los hombres.

PATRULLA NOCTURNA[1]

Agamenón y Menelao fueron incapaces de dormir aquella noche. Despertaron al resto de comandantes principales.

−Lo que necesitamos −dijo Agamenón− es que alguien se cuele entre las filas troyanas y vea qué planean hacer mañana. Diomedes, escoge a alguien para que te acompañe.

---

1. Muchos estudiosos consideran que la autoría de este episodio, que conforma el canto X de la *Ilíada*, no debe atribuirse a Homero. Es verdad que podríamos saltárnoslo sin que la historia cambiase en lo más mínimo, cosa que no sucede con otros cantos de la obra. Su crueldad informal y en cierto modo alegre hace pensar en un añadido posterior, incluido ahí para satisfacer a un público menos sofisticado. Yo lo incluyo, juzgad por vosotros mismos.

Diomedes tocó el hombro de Odiseo y los dos hombres se esfumaron en la noche. Los troyanos estaban acampados y dormían por el territorio que habían recuperado en el lado aqueo de la llanura escamandra. Arrastrándose por el suelo, Diomedes y Odiseo avanzaron poco a poco sigilosamente hacia las líneas troyanas. Oyeron pisadas y se detuvieron. Se acercaba un hombre.

—Hazte el muerto —le susurró Odiseo a Diomedes.

Se quedaron inmóviles donde estaban.

Cuando el hombre —que iba vestido con piel de lobo y un gorro de piel de comadreja— pasó por su lado se levantaron y lo agarraron.

—¡Por favor, por favor! —gimió el hombre lobo—. No me hagáis daño.

—¡Chsss! ¿Quién eres?

El hombre balbuceó su nombre:

—DOLÓN. No tengo nada en contra de vosotros.

Odiseo le puso un cuchillo en la garganta.

—Habla.

—Pero perdonadme la vida. Os lo contaré todo.

—Te perdonaremos la vida, te lo prometo —siseó Odiseo—. Pero explícate rápido. Y en voz baja. No tengo muy buen pulso y esta hoja contra tu cuello se me podría resbalar y cercenarte la tráquea como no te des prisa y te expliques con claridad y concisión.

—¡Te lo prometo, te lo prometo! —Dolón susurró un torrente de palabras roncas y aterradas—. Todo es culpa de Héctor. Me ha prometido riquezas inconmensurables si espiaba vuestro campamento.

Odiseo sonrió para sí. De manera que Héctor había tenido la misma idea que Agamenón, ¿verdad? Mandar espías tras las líneas enemigas.

—¿Qué «riquezas inconmensurables» son esas?

—Los caballos de Aquiles y su carro dorado.

—¿Balio y Janto? —dijo Odiseo—. ¿Los caballos que Poseidón le regaló a su padre? Ningún hombre vivo aparte de Aquiles puede controlarlos. Una rata miserable como tú acabaría triturada bajo las ruedas del carro en cuestión de segundos. Además, ¿qué te hace pensar que en algún momento vaya a tenerlos Héctor?

—Me engañó —se quejó Dolón—. Ahora lo veo. Pero mi padre, Eumedes el heraldo, es rico. Él pagará mi rescate. Pero por favor... no me hagáis daño.

—Pues dinos simplemente qué movimientos importantes van a efectuarse esta noche en el campamento troyano.

—Bue-bueno... ha llegado el rey RESO con sus caballos blancos.

—¿Caballos blancos? ¿Qué tiene eso de importante?

—Se dice que si los caballos del rey Reso de Tracia entran en Troya, la ciudad jamás caerá. Mañana entrará con ellos y la victoria será nuestra.

—¿Y por dónde está el campamento tracio?

—P-por allí.

—Muy bien —dijo Odiseo en tono de aprobación—. Mientras yo te agarro, mi amigo Diomedes te degollará en un segundo y...

—Pero me dijiste...

—¿Que te perdonaría la vida? Y eso he hecho. Durante cinco minutos, y me ha sobrado tiempo.

Un gesto rápido y limpio de Diomedes, y Dolón cayó muerto al suelo con un ruido ahogado de gárgaras.

—Qué cosa más rara —comentó Odiseo—. Ese cuchillo debe de ser mucho más afilado de lo que creíamos. Fíjate, casi lo decapitas.

La pareja penetró a hurtadillas en el campamento tracio, mató al rey Reso mientras dormía y a un montón de guardias y luego se llevó los caballos blancos hacia su frente, donde los aqueos los recibieron entre vítores.

Al salir el sol, Héctor se paseó de aquí para allá entre los troyanos arengándolos:

–¡Los tenemos a nuestra merced, amigos míos! –les aseguraba–. ¡Ahora nada puede pararnos!

Centenares de griegos cayeron en la matanza que Héctor encabezó, pero en aquel preciso instante Agamenón reveló sus temibles atributos como guerrero. Tal vez tenía sus defectos como rey y como líder, pero aquella mañana de su *aristeia*, de su gloria, reveló ante todos que era un guerrero de extraordinario valor. En una ofensiva despiadada hizo retroceder a los enemigos hacia el Escamandro, mató a dos de los hijos de Príamo y a muchos otros troyanos. Héctor ordenó al destacamento principal que volviese hasta la puerta Escea a fin de reagruparse para un inmediato contraataque, pero su hermano Héleno le insistió en que esperase.

–Zeus me ha revelado que el momento de contraatacar será cuando Agamenón sufra una herida que lo deje fuera de combate. Sucederá. Solo tenemos que ser pacientes.

Mientras Héleno hablaba, Agamenón ensartaba de parte a parte a Ifidamas, hijo de Antenor, con un golpe letal. Se agachó y le quitó la armadura al cadáver entre los hurras de los griegos presentes. Cuando el rey aqueo alzó triunfal la armadura, CINÓN, el hermano de Ifidamas, irrumpió de improviso vociferando en busca de venganza y le abrió un tajo en el antebrazo a Agamenón. Sin pestañear ni titubear siquiera, Agamenón sacó su espada y decapitó a Cinón de un mandoble. Enfurecido, continuó luchando y luchando, pero la pérdida de sangre de la herida lo obligó a volverse tambaleándose hacia sus líneas.

Héctor se dio cuenta y supo que era el momento. Con un gran alarido lanzó una carga contra las filas griegas y mató a seis hombres en un torbellino de brutalidad. Diomedes y

Odiseo dirigieron la réplica hasta que una flecha de Paris alcanzó al primero en un pie y lo dejó fuera de combate por el resto del día. Luego hirieron a Odiseo, que habría muerto allí en el campo de batalla de no ser porque Menelao y Áyax lo rescataron. Áyax estaba poseído. Atropelló las filas troyanas bramando como un toro cretense y masacrando a todos a su paso. El suelo de la llanura de Ilión estaba manchado de sangre roja de griegos y troyanos.

Héctor obligó a Áyax y el resto de griegos a volverse tras la empalizada y las trincheras. Cinco escuadrones del ejército troyano, conducidos por Héctor, Paris, Héleno, Eneas y Sarpedón, se adelantaron ahora para dar el golpe de gracia: un ataque a las embarcaciones griegas detrás de las defensas.

Los miembros del Estado Mayor griego, heridos como la mayoría, se reunieron en apresurado cónclave. Agamenón, con lo bien que había comenzado la jornada, empezó a subirse de nuevo por las paredes y clamó que había que largarse antes de que les quemasen los barcos. Odiseo lo hizo callar:

—Los barcos se quedan: si los guerreros de la llanura y de las trincheras ven dispersarse las flotas perderán los ánimos.

Los troyanos se lanzaron en tromba, implacables, hacia los barcos, que ahora defendía Áyax el Grande prácticamente en solitario. La vanguardia troyana llegó al barco desde el cual Protesilao había saltado diez años atrás. Áyax blandió una alabarda colosal y ensartó a todos los troyanos que había cerca, pero fueron llegando más y más en aluviones, tantos que ni siquiera un guerrero tan formidable como Áyax era capaz de repelerlos indefinidamente.

La verdad es que las cosas pintaban mal para los griegos. Héctor estuvo inspirado. Era imparable. ¿Qué iba a frenar ahora a los troyanos?

Patroclo volvió corriendo de la liza hasta las embarcaciones para rogar a Aquiles.

–Mira a este niño deshaciéndose en lágrimas mientras le pega tirones del delantal a su madre. No me digas que traes malas noticias de casa.

–¡Tenemos que hacer algo! Están a punto de obtener la victoria.

–Ah, ¿solo es eso? Pensaba que a lo mejor se había muerto tu padre en Ftía. O el mío.

–Por piedad, Aquiles. ¡Tenemos que intervenir o los troyanos vencerán!

–Si intervengo, entonces gana él. Con lo que me ha hecho ese hombre. Ese desprecio. Esa humillación deliberada. Eso no se puede perdonar.

–Pero Aquiles...

–Dije que defendería los barcos mirmidones si Héctor llegaba hasta aquí, pero no ha llegado.

–Entonces deja que luche en tu lugar por lo menos –le rogó Patroclo–. Te lo suplico, deja que me coloque a la cabeza de las filas aqueas vistiendo tu armadura. Pensarán que soy tú y se recompondrán, sin duda.

Aquiles se lo quedó mirando.

–Cielos, lo dices en serio.

–Muy en serio. Pienso luchar de una u otra manera, con tu armadura o con la mía. Me da lo mismo: voy a salir a la batalla.

Aquiles sonrió ante la entusiasta insistencia de su amigo.

En aquel preciso instante, Héctor vencía al exhausto Áyax; le partió la punta de la alabarda, Áyax se batió en retirada y Héctor gritó que lanzasen antorchas al barco de Protesilao. Los gritos de alarma de los aqueos y los alaridos de triunfo de los troyanos decidieron a Aquiles.

216

—Muy bien, puedes coger mi armadura, pero no mi espada ni mi lanza. Y llévate también a cincuenta mirmidones de cada uno de mis cincuenta barcos. Llevan tiempo reprimiéndose e inquietos por no poder luchar. Pero recuerda: solo para defender los barcos. Ni se te ocurra abrirte paso hasta Troya. Apolo iría a por ti. Guiará las flechas de los arqueros que patrullan las altas murallas de la ciudad. Solo en la cabeza de playa. ¿Me lo prometes?

—¡Te lo prometo! —gritó Patroclo excitado, corriendo a avisar a los mirmidones y pertrecharse para la batalla.

Y así es como Patroclo apareció ahora con la armadura y el casco resplandecientes de Aquiles, a la cabeza de dos mil quinientos mirmidones enfurecidos, descansados y fanatizados. El impacto sobre el curso de la batalla fue instantáneo y desmedido.

—¡Aquiles! ¡Aquiles! —gritaron triunfales los aqueos.

—¡Aquiles! ¡Aquiles! —aullaron los troyanos aterrorizados.

Envalentonado por los vítores a su alrededor, confiado con la armadura de su compañero de adolescencia, amigo y amante, Patroclo era un hombre transformado. Su torbellino homicida prendió un fuego de pasión frenética entre las filas griegas. El enemigo caía despedazado, los troyanos trataron de escapar hacia la cabeza de playa y huir por el río Escamandro de vuelta a la seguridad de su ciudad, pero Patroclo los acorraló y los atrapó entre la empalizada y el mar y junto a los mirmidones y todas las tropas aqueas revitalizadas empezaron a empapar la tierra de rojo con la sangre de los troyanos masacrados.

Zeus presenció con horror impotente a Patroclo alanceando en el pecho al rey licio Sarpedón, nieto del héroe Belerofonte y el más poderoso y heroico de los aliados de Héctor.

—¡Continuad luchando, mis queridos licios! —exclamó Sarpedón moribundo—, pero no dejéis que los griegos deshonren mi cadáver.

Ahora estalló una pugna brutal por su cuerpo. Los mirmidones trataban de quitarle la armadura mientras los desesperados troyanos, dirigidos por sus aliados licios, se apiñaban alrededor para recuperar el cadáver. Héctor le aplastó el cráneo a Epigeo el mirmidón y Patroclo mató a Estenelao, uno de los amigos más íntimos de Héctor.[1] El cadáver de Sarpedón acabó amontonado con otras armaduras, espadas rotas y cuerpos mientras la batalla proseguía a pleno rendimiento. Al final, la presión fue demasiada y los troyanos se escabulleron aterrorizados de nuevo hacia las murallas de la ciudad. Los griegos agitaron la armadura de Sarpedón en el aire y gritaron obscenidades a los consternados licios.

Patroclo, ahora en el culmen de su *aristeia*, rugió con un ansia sanguinaria exultante y triunfal. Hasta donde se sabía, aquel era el gran Aquiles, por fin decidido y caminando por un mar de sangre hacia la victoria que de alguna manera se consideraba que era su derecho natural.

Ahora no había nada que se interpusiera entre Patroclo y Troya excepto... el dios Apolo. Furioso ante la estampa de aquel simple mortal común amenazando la ciudad y a las gentes que había jurado proteger, el dios repelió una, dos, tres oleadas del ataque lanzado por Patroclo. Al cuarto, creciéndose en medio de una furia majestuosa, el dios le advirtió:

—No estás destinado a saquear Troya. Ni siquiera tu amado Aquiles está designado para semejante honor. Retrocede, Patroclo.

Cuando Patroclo perdió terreno, Apolo adoptó la forma de Asio, el hermano de Hécuba, y apremió a Héctor para que cargase y recuperase ventaja. Héctor se subió a su cuadriga y se lanzó en tromba contra los aqueos, que salían despedidos a su paso.

Patroclo le lanzó una roca a Cebriones, el auriga de Héc-

1. No confundir con Esténelo, el compañero argivo de Diomedes.

tor, que murió al instante. A esto siguió un duelo desesperado por aquel cadáver, un duelo que degeneró en un horripilante tira y afloja entre Héctor y Patroclo. Patroclo y los mirmidones consiguieron el cadáver y le quitaron la armadura. Los troyanos fueron a recuperarlo en tres oleadas sucesivas y Patroclo mató a nueve en cada una. Parecía invencible, pero ahí fue cuando a Apolo se le acabó la paciencia y golpeó a Patroclo sin descanso. Lo derrumbó, le partió la lanza, le quitó el escudo del brazo, le arrancó la coraza y el casco.

El casco, el famoso casco de Aquiles, rodó por el suelo y la cara de Patroclo quedó al descubierto.

Un silencio atónito que duró un instante y luego un tremendo rugido entre los troyanos. Vieron que no era Aquiles quien los había estado masacrando como corderos, sino Patroclo, y tomar consciencia de aquello los reavivó. El joven EUFORBO tiró una lanza a Patroclo. Le acertó. Con la lanza clavada en un costado, Patroclo se tambaleó y volvió como buenamente pudo hacia las filas griegas. Héctor lo remató con una lanza que voló por los aires, le entró por las tripas y salió por la espalda.

–Crees que me has matado, Héctor –jadeó Patroclo–. Pero no lo habrías conseguido sin el dios Apolo, y luego Euforbo. Tú, famoso Héctor, noble Héctor, no eres más que el tercero. Lo único que has hecho es rematarme. Me muero sabiendo que tu destino está en manos de alguien más grande que cualquiera... mi Aquiles.

Héctor pisó el pecho muerto de Patroclo, tiró de la lanza y apartó de una patada el cadáver.

Si las reyertas por los cadáveres de Sarpedón y Cebriones habían parecido feroces, se quedaron en una niñería comparadas con la brutalidad desatada y macabra de la lucha por la posesión del cuerpo de Patroclo.

Llegó la hora de la *aristeia* de Menelao. Había demostrado sobrada valentía en el duelo contra Paris y las escaramuzas subsiguientes. Qué lejanos parecían aquellos combates. Ahora se encontraba recuperado por completo de la herida infligida por la flecha de Pándaro y luchó como un tigre acorralado por la posesión del cadáver. Devolvió a Euforbo el primer golpe a Patroclo con una lanza que le atravesó la garganta; pero cuando Héctor se adelantó, Menelao reculó pidiendo ayuda a Áyax.

Héctor empezó a despojar de su armadura a Patroclo, la armadura de Aquiles, pero GLAUCO el licio, primo y amigo de Sarpedón, lo detuvo.[1]

—Devolvedles este cadáver a los griegos y exigidles a cambio el de Sarpedón.

Héctor negó con la cabeza:

—Ya no es momento para tales cortesías. Nos ha matado a muchos hombres. Nuestros compañeros. Tu rey. Toda Troya querrá vengarse.

—Obedece, príncipe, o haré que todos los licios abandonen Troya y os dejen solo en la defensa.

Vale la pena detenerse aquí para recordar lo importante que era para ambos bandos que los que morían en el campo de batalla disfrutaran de unos ritos funerarios adecuados. La *kleos* —la fama y la gloria que ganaban con su valor y su destreza marcial— garantizaba que sus nombres pervivieran en la historia, generación tras generación. El honor de que te lavasen el cuerpo y te quemasen en una pira consagrada con las canciones, plegarias y exequias convenientes constituía el primer paso de la *kleos*. Se creía también que un alma no podía de ninguna manera partir de la vida en paz y entrar en el inframundo a menos que el cadáver estuviese cubierto de tierra. Aquellos que morían de enfermedad o de cualquier otra cosa que no fuesen heridas de guerra no podían esperar el lavado y

1. Al igual que Sarpedón, Glauco era nieto del gran héroe Belerofonte, que domó y cabalgó al caballo alado Pegaso: véase *Héroes*, p. 160.

la ceremonia, por muy importantes que hubiesen sido en vida, pero por lo menos debía concedérseles la dignidad de un puñado de tierra sobre sus cadáveres. Por más increíbles e incivilizadas que se nos antojen estas refriegas que estallaban a causa de los restos despedazados de un soldado muerto, debemos comprender que para griegos y troyanos aquellos cuerpos muertos eran símbolos vivientes de la reputación imperecedera de las heroicas almas que los habitaban. Unos se esforzarían por rescatar, recuperar y honrar los cuerpos de sus amigos caídos en la misma medida en que sus enemigos se esforzarían por quedárselos, mutilarlos, profanarlos y quitarles las armaduras como trofeo de guerra o como tesoro con el que pagar el rescate de familiares y amigos.

Para Glauco y sus licios, no recuperar el cuerpo de Sarpedón, su compañero y rey, constituía una inconcebible mancha en su honor.[1] De modo que necesitaban adueñarse del cuerpo de Patroclo para negociar el intercambio del cadáver de Sarpedón. Le habían dejado claro a Héctor que debía hacer todo lo posible por efectuar tal intercambio: Patroclo por Sarpedón. La alianza licia era demasiado importante para Troya como para arriesgarse, así que Héctor accedió a entregarles el cadáver de Patroclo. Pero las armas –la lanza, el casco, la coraza, el escudo y las grebas– eran un trofeo que Héctor creía merecer y no entregaría bajo ningún concepto. En consecuencia, se quitó la armadura y se puso la de Patroclo (la de Aquiles). El casco se lo dio a uno de sus hombres para que se lo guardase. No podía arriesgarse a llevarlo, que lo confundiesen con Aquiles y lo atacasen los de su propio bando.

La lucha por el cadáver de Patroclo que tuvo lugar ahora constituyó uno de los pasajes más violentos y sanguinolentos en aquellos diez años de guerra. Homero se recrea de forma cruel en la brutalidad de aquella culminación de la matanza,

1. De ahí la historia de Antígona: véase *Héroes*, p. 340.

cosa que revela lo desesperadamente relevante que era el asunto para ambos bandos.

Aias e Idomeneo se sumaron a Áyax y Menelao y se colocaron cada uno a un extremo del cadáver de Patroclo como plañideras a los pies de un catafalco, ¡pero menudas plañideras salvajes e implacables! Repelieron oleada tras oleada de troyanos furiosos y determinados a las órdenes de Héctor, quien como la Muerte en persona los embestía una y otra vez sin descanso. En medio de aquella violencia desenfrenada, el troyano HIPÓTOO se las arregló para acercarse gateando hasta el cadáver y atarle una correa de cuero. Ya estaba arrastrándolo hacia Troya cuando Áyax lo descubrió y le clavó una lanza en el casco. Los sesos le estallaron y el casco se desbordó como una copa con demasiado vino. Su amigo Forcis se adelantó a recuperar el cuerpo, pero la punta de la lanza de Áyax lo destripó al instante trazando un arco. Héctor, por su parte, tumbó a tantos aqueos como pudo, reventando cráneos, cercenando brazos, cabezas y piernas como una enorme segadora. Acudieron más griegos a rodear el cadáver y Áyax vociferó dispuesto a no ceder un milímetro. Los troyanos insistieron con una avalancha mortal dirigida por el implacable Héctor. Toda la tensión acumulada, las esperanzas contrariadas, las pérdidas, las traiciones, el miedo y la frustración explotaron con tal fuerza y furia que los dioses temblaban al presenciarlo.

Aquiles entrevió por los huecos de la empalizada las nubes de polvo y oyó el choque de metales, pero no era capaz de interpretar ni lo que oía ni lo que veía. Antíloco, hijo de Néstor, llegó corriendo por la arena hecho un mar de lágrimas para darle la noticia de la muerte de Patroclo y de que su cadáver era el foco de la batalla.

Aquiles se derrumbó por completo. La desesperación lo sobrepasó. Cogió puñados de tierra del suelo y se los frotó por su bello rostro. Se arrancó el pelo y aulló con una desesperación absoluta e incontrolable. Antíloco se arrodilló a su lado y le cogió las manos tanto para impedir que se hiciese daño como para mostrarle compasión y apoyo.

Tetis oyó el llanto desbocado de su hijo y salió del océano para consolarlo. Pero era inconsolable.

—He perdido las ganas de continuar —dijo—. A menos que pueda matar a Héctor para vengar a Patroclo. Ya no tengo nada por lo que vivir.

—Ay, pero hijo mío —le dijo Tetis—, está escrito que si Héctor muere tú le seguirás.

—¡Entonces deja que muera después de él!

—¿Y Agamenón?

—Olvídate de Agamenón. ¿Qué son las riquezas, Briseida, el honor o cualquier otra cosa al lado de la vida de aquel a quien más amé, mi querido y único Patroclo? ¡Patroclo, Patroclo!

Aquiles se dejó caer y aulló desesperado en el suelo.

Mientras tanto, la batalla por el cuerpo de Patroclo no remitía. Áyax y Aias habían logrado contener a Héctor tres veces, pero su cuarto ataque los habría superado si Hera no hubiese enviado a IRIS, la mensajera arcoíris de los olímpicos, a apremiar a Aquiles para que diese una señal de que estaba listo para reanudar la lucha. Aunque Aquiles no llevaba armadura, en cuanto la vio allí plantada en lo alto del dique sintió que lo bañaba una luz sobrenatural y soltó un grito de guerra tremendo y monumental que bastó para dispersar a los troyanos. Tres veces pronunció Aquiles su terrible grito. El terror invadió a los troyanos y hasta a sus caballos. Los aqueos se llevaron triunfales el cadáver de Patroclo de vuelta al campamento.

Pero Héctor no pensaba conformarse de ninguna manera y persiguió a los griegos. Su amigo POLIDAMANTE le instó a que desistiese.[1]

---

1. Que casualmente había nacido el mismo día que Héctor... uno de esos detalles tan encantadores en los que se especializa Homero.

—Jamás. ¡Estamos ganando, Polidamante! Se ha acabado lo de esperar hacinados como prisioneros asustados dentro de la ciudad. No pararemos hasta que no lleguemos a la otra margen del río. Acamparemos en la llanura y mañana lanzaremos nuestro ataque definitivo contra las embarcaciones griegas. ¡Los tenemos comiendo de la palma de la mano! Lo noto.

Los aqueos se pasaron la noche llorando la muerte de Patroclo, Aquiles fue el primero en entonar las canciones fúnebres.

Mientras tanto, en el Olimpo, Tetis visitaba a Hefesto y le suplicaba que le fabricase una nueva armadura a su hijo.

—Luchará mañana en las condiciones que sean, así que, por favor, Hefesto, si me quieres... necesita la mejor armadura del mundo. ¿Trabajarás en tu forja esta noche? ¿Por mí?

Hefesto estaba casado con Afrodita, claro, que prestaba apoyo al bando troyano, pero adoraba a Tetis tanto como Zeus y también le debía mucho.[1] Cuando Hera dio a luz a Hefesto, su primer hijo de Zeus, le echó una ojeada y al verlo oscuro, peludo y feo —muy lejos del niño divino y radiante que esperaba— lo tiró monte abajo.[2] Por más inmortal que fuese, el niño Hefesto podría no haber llegado a la edad adulta y a una divinidad plena de no haber sido rescatado por Tetis y la ninfa marina Eurínome, que se lo llevaron a la isla de Lemnos, donde se crió. Allí adquirió su pericia sin par como herrero y artesano.

Abrazó cariñosamente a Tetis y se apresuró hacia su forja. Trabajó en la fragua durante la noche. Antes del primer fulgor

1. Homero nos cuenta que para entonces Hefesto tenía una nueva esposa: Caris (también conocida como Aglaya), la más joven de las tres gracias.

2. Rodó por la ladera y se hizo daño en una pierna, cosa que le supuso la cojera permanente con la que siempre se le asocia. Véase *Mythos*, p. 83.

del amanecer había creado lo que muchos consideran su obra maestra: el escudo de Aquiles. Cinco capas de espesor: dos de bronce, dos de estaño y un cuerpo central de oro macizo. En la superficie resplandeciente, ribeteada de bronce, plata y oro, representó el cielo nocturno: las constelaciones de las Pléyades y las Híades, la Osa Mayor y Orión el cazador. Grabó a delicados martillazos ciudades enteras con sus banquetes de boda, sus mercados, su música y sus bailes. Dibujó con maravilloso detalle ejércitos y guerras; ganados, rebaños, vides y cosechas. Toda la vida humana bajo el firmamento. Llegado el amanecer había terminado y pudo ofrecerle a Tetis no solo el escudo sino un casco chapado con una cresta de oro, una brillante coraza y —para proteger las piernas de rodilla para abajo— unas grebas relucientes de estaño ligero y flexible. Nunca se había hecho nada más bello para un hombre mortal.

Aquella mañana, Aquiles se plantó en la orilla vociferando su penetrante y devastador grito de guerra para despertar a los mirmidones y a todos los guerreros de la alianza griega.

Ahí fue donde por fin Agamenón y el héroe tuvieron un cara a cara, delante de Odiseo y el resto de personalidades griegas.

—¿Valió la pena, gran rey? —dijo Aquiles—. ¿Toda esta muerte por culpa de nuestro orgullo? Basta. Me tragaré mi rabia.

Agamenón, en lugar de agachar la cabeza y abrazar a Aquiles, soltó una larga retahíla de autojustificaciones. Zeus lo había vuelto loco, le había robado el sentido común. No era culpa suya. Reiteró la oferta que Aquiles ya había rechazado:

—Por favor, ahora coge a Briseida y todas las riquezas que desees. Cuando esto acabe, toma una de mis hijas por esposa.

—No deseo nada más que masacre y venganza —respondió Aquiles—. He jurado no comer ni beber hasta que la muerte de mi Patroclo quede vengada y Héctor yazca sangrando entre el polvo.

–También muy encomiable –intervino Odiseo–, pero ¿no te parece que, aunque tú no comas, tus mirmidones lucharán mucho mejor con el estómago lleno?

Por poco romántico que fuese, Aquiles comprendió lo justo de aquella sugerencia más que práctica.

Briseida, liberada por Agamenón, se dirigió hacia el recinto de Aquiles. Cuando vio el cuerpo lacerado de Patroclo allí tendido se vino abajo y se derrumbó sobre este sollozando:

–Nadie me trató jamás tan bien. Ay, Patroclo. Dulcísimo Patroclo. Tú me protegiste. Solo tú me mostraste respeto y amabilidad.

Odiseo, Néstor, Idomeneo y Fénix suplicaron a Aquiles que comiera y recuperase fuerzas para lo que les esperaba, pero este se negó. Su mente estaba puesta en casa. ¿Habría muerto ya Peleo, su padre, o tendría que soportar el anciano la noticia de la muerte de su sobrino Patroclo?

–Y también la mía, sin duda –dijo–. ¿Y mi hijo Pirro, en Esciros? ¿Volveré a verlo algún día?

Tales pensamientos concentraron la mente de todos en las familias que habían dejado en el hogar y se hizo un silencio en el campamento.

–Suficiente –dijo Aquiles.

Entró en su tienda a zancadas para ponerse la armadura. La armadura de Hefesto lo esperaba.

Cuando salió, el campamento aqueo soltó una exclamación de asombro. El fabuloso escudo centelleaba, el casco resplandecía. Aquella era la estampa que todos y cada uno de los griegos habían deseado ver hacía mucho. Aquiles, con su gran lanza de fresno y la espada con empuñadura de plata de su padre Peleo.[1] Aquiles subiendo a su cuadriga. Aquiles envuel-

1. Tal vez recordéis que Zeus le había regalado a Peleo una espada, que Acasto escondió en un muladar cuando lo dejó tirado para que lo asesinasen unos centauros que por allí merodeaban, y que Quirón le ayu-

to en un aura de fuego y listo para conducirlos a la gloria. Se alzó un tremendo clamor de júbilo. El ejército aqueo se estremeció ante el panorama. Ahora no podían perder. Héctor y Troya estaban condenados. Aquel no era un hombre. Ni un dios. Era su Aquiles, algo por encima de una y otra cosa.

Los capitanes mirmidones ALCIMO y AUTOMEDONTE colocaron las guarniciones y el yugo a Balio y Janto, que relinchaban y caracoleaban, regalo de bodas de Poseidón a Peleo y Tetis. Subido a su cuadriga, animado por una furia que solo podía aplacarse con sangre, Aquiles profirió un último grito colosal, hizo restallar el látigo y se lanzó rumbo a Troya con el resto de aqueos corriendo detrás de él como una crecida.

LA *ARISTEIA* DE AQUILES

Jamás se había visto una batalla como aquella. Jamás se obtuvo una gloria semejante. Jamás se presenció una matanza tan sanguinolenta y desenfrenada.

Los dioses fueron conscientes de que aquella jornada perduraría para siempre. Zeus lanzó truenos, Atenea y Ares chocaron, Poseidón hizo temblar la tierra.

Aquiles persiguió a Héctor gritándole que acudiese a luchar con él. Fue Eneas quien apareció primero para plantarle cara.

–¡Tú, Eneas! Pastorcillo –se burló Aquiles–. ¿Te crees que si me matas Príamo te cederá el trono de Troya? Tiene hijos. Tú no eres nadie.

Eneas no se amilanó y le arrojó su lanza. La punta se clavó en el bronce y las capas de estaño del gran escudo de Aquiles

---

dó a recuperarla. Luego, como regalo de bodas, Quirón le había dado a Peleo una lanza con propiedades milagrosas, como veremos llegado el momento. Esa espada y esa lanza (al igual que los caballos Balio y Janto) las había heredado Aquiles.

pero dio con el centro de oro macizo. Eneas levantó una roca y Aquiles se adelantó a toda velocidad con la espada desenvainada. Uno u otro habría muerto, sin duda, si Eneas no se hubiera volatilizado en medio de un remolino de polvo. Lo había rescatado Poseidón, pese a estar de parte de los griegos, pues sabía que su destino era crucial.

—Así que no soy el único a quien aman los dioses —dijo Aquiles—. No importa, hay troyanos de sobra por matar.

Y vaya si los había. En medio de un torbellino, Aquiles cargó contra las filas troyanas y mató rápidamente a Ifitión, Hipodamo y Demoleón, hijo de Antenor.

POLIDORO, el último hijo que le quedaba a Príamo, no había podido resistirse a entrar en liza aunque este le hubiera prohibido luchar. Cuando el chico se encontró de pronto cara a cara con el más grande de los griegos dio media vuelta y huyó. Pero fue demasiado lento. Aquiles le clavó la lanza en la espalda.

Héctor oyó los estridentes chillidos de su hermano pequeño y le tiró su lanza a Aquiles, pero una ráfaga de viento impidió que le llegase, ¿o fue, como insinúa Homero, un soplido de Atenea?

¡Por fin! Tenía a Héctor a la vista. Aquiles se le acercó con una serie de gritos terribles, pero una vez más los dioses intervinieron y Héctor desapareció en una nube de bruma. Esta vez fue Apolo quien le hurtó su víctima a Aquiles.

Enfurecido, partió por la mitad a más troyanos. Homero es tan despiadado e implacable en sus descripciones como Aquiles en su matanza. Dríope: alanceado en el cuello. Demuco: una rodilla machacada y despedazado entero. Los hermanos Laógono y Dárdano: ensartados y descuartizados. El joven Tros, hijo de Alastor: el hígado despanzurrado y masacrado entero. Mulio: una lanza entre oreja y oreja. Équeclo, hijo de Agénor: la cabeza partida en dos, una cortina de sangre por la cara. Deucalión: alanceado, ensartado y decapitado.

Aquiles: su *aristeia*. Una despiadada orgía de sangre. Un ciclón imparable. Un incendio en su apogeo. Las ruedas de su cuadriga salpicada de sangre rodaban sobre los muertos. La tierra empapada estaba saturada de sangre oscura mientras hacía retroceder a los troyanos hacia el río Escamandro. En rápida sucesión, mató a Tersilo, Midón, Astífilo, Mneso, Trasio, Enio y Ofésteles, y después despachó a Licaón, otro de los hijos de Príamo, y tiró su cadáver al río. Escamandro, ahora con sus aguas empantanadas de cadáveres de hombres y caballos, le suplicó que parase. Aquiles se limitó a reírse y masacrar aún a más troyanos y empujarlos al cauce. Bullendo y espumeando de indignación, Escamandro pidió a Apolo que matase a Aquiles y le brindase la victoria a Troya. Aquiles oyó la súplica angustiada del dios río; enfurecido, se zambulló y atacó al agua.

Por un instante, Escamandro se quedó paralizado y atónito ante la locura de un mortal osando enfrentarse a un río, pero se despabiló, se levantó y convirtió su caudal en un aluvión furioso de blancos rápidos de espuma. Se llevó por delante a Aquiles, que se agarró a la rama colgante de un olmo y salió del agua, pero Escamandro no lo iba a dejar aquí. Le mandó otra tromba gigantesca, una marea tremenda de agua rugiente que ni siquiera el veloz Aquiles podría esquivar. La oleada rompió contra él. Forcejeando y a punto de ahogarse, Aquiles gritó desesperado:

—¡No me dejéis morir así! Por lo menos permitidme enfrentarme a Héctor, gane o pierda. Por lo menos concededme una muerte de héroe entre sus manos.[1]

Los dioses lo escucharon. Hera le ordenó a su hijo Hefes-

---

1. Homero hace que Aquiles, en su desesperación, conjure la imagen de un campesino luchando por vadear un arroyo. «No dejes que se me lleve el río como a un granjerucho cualquiera tratando de cruzar el río crecido con sus cerdos», exclama.

to que soltase fuego por todo el curso. Lo avivó con sus vientos hasta que el río siseó, humeó e hirvió de tal manera que Escamandro gritó de agonía y soltó a Aquiles, que se escabulló de nuevo hacia la llanura y reanudó su matanza.

Príamo observaba desde las murallas de Troya y vio a su ejército aplastado no solo por Aquiles y los mirmidones, sino por un ejército aqueo que había recuperado las fuerzas y el ánimo. Ordenó que abriesen las puertas para que entrasen sus soldados en retirada. Aquiles, aullando como un perro loco, corrió hacia las puertas. AGÉNOR, hijo de Antenor, aunque terriblemente asustado, le tiró una lanza con buena puntería, pero la punta rebotó en las grebas flamantes de Aquiles, que sin titubear se lanzó en su persecución. Apolo hizo desaparecer al auténtico Agénor, adoptó su forma y engañó a Aquiles para que lo persiguiese por toda la llanura de Ilión, dando así tiempo a los troyanos de estampida para entrar en tromba en su ciudad.

Apolo-Agénor se volatilizó entonces con una carcajada y un furioso Aquiles se volvió para derramar su ira sobre Troya.

AQUILES Y HÉCTOR

El rey Príamo contempló al inspirado, colérico e implacable Aquiles corriendo como el viento hacia la ciudad. Héctor estaba plantado frente a la puerta Escea, listo para el encuentro definitivo. Príamo y Hécuba lo llamaron, suplicándole que se refugiase dentro. El viejo rey se mesaba los cabellos mientras lo inundaba la visión del destino que aguardaba a su ciudad y el pueblo troyano si Héctor resultaba muerto.

Pero Héctor no se dejaba convencer. Sabía que el momento de escuchar y resguardarse en la ciudad había sido la noche anterior, cuando Polidamante lo apremió para que se refugiasen tras las murallas. Héctor se había negado por orgullo, y muchísimos grandes troyanos, muchísimos hermanos y amigos queridos habían acabado masacrados. La única manera de redimirse por su imprudencia era matando al responsable. Aquiles.

Y allí estaba ahora la némesis de Héctor, su desgracia y su maldición, corriendo hacia él como un ángel vengador, bramando aquel horripilante grito de guerra. Se quedó helado ante la estampa de un hombre convertido en un incendio forestal. Dorado, inflamado de una violencia insaciable, Aquiles embistió contra él.

Héctor dio media vuelta y huyó. Por más noble, grandioso y valiente que fuese Héctor, la visión de aquel terrible ángel de la muerte lo abrumó. Dio media vuelta y echó a correr.

Aquiles lo persiguió. Tres vueltas dieron a las murallas de Troya.

Zeus se lamentó por Héctor. Le caía bien y estaba dispuesto a interceder por él. Atenea se le puso delante.

—Padre, el destino de Héctor está decidido. Lo sabes. Primero nos prohibiste que nos inmiscuyéramos en los asuntos de los mortales y alterásemos su sino, ¿y ahora quieres intervenir y evitar el de Héctor?

Zeus alzó las manos.

—Tienes razón. Tienes razón.

—¿Puedo por lo menos bajar y asegurarme de que todo se desarrolla como debe?

Zeus accedió con un gesto apesadumbrado de la cabeza y Atenea descendió volando hasta Troya. Adoptando la forma del hermano de Héctor, Deífobo, se materializó junto a él y prometió luchar a su lado.

Cuando Aquiles le dio alcance, Héctor se volvió y gritó:

—Muy bien, hijo de Peleo, basta de huir. Es hora de matar o morir. Pero deja que te diga algo. Si gano, te juro ante Zeus que respetaré tu cadáver. Lo único que haré será quitarte tu armadura gloriosa antes de devolverte sin profanar a tu gente. ¿Prometes hacer lo mismo si vences?

Aquiles le replicó con desprecio:

—No me interesa hacer tratos. Los cazadores no hacen tratos con los leones. Los lobos no hacen tratos con los corderos. Dicho esto, arrojó su lanza. Héctor se agachó, la lanza le pasó por encima de la cabeza y se fue a clavar en el suelo a su espalda. Sin que Héctor la viese, Atenea cogió la lanza y se la devolvió a Aquiles.

Ahora le tocaba a Héctor. Apuntó y arrojó su lanza. Era el lanzamiento más certero y potente de su vida. La punta acertó justo en el centro del escudo de Aquiles, pero el escudo aguantó y la lanza se desvió.

—Otra lanza —dijo Héctor tendiendo una mano a Deífobo para que se la diese, pero no había ni rastro de Deífobo.

En aquel instante, Héctor se dio cuenta de que había llegado su hora. Sacando su espada, se abalanzó contra Aquiles. Aquiles agachó la cabeza y cargó.

Héctor llevaba la armadura que le había quitado a Patroclo. La vieja armadura de Aquiles. Este se conocía cada uno de sus pliegues como la palma de su mano.

Sintiendo que la distancia entre ambos guerreros se cerraba, la mente de Aquiles se anticipó a su cuerpo. El avance de Héctor, con el escudo por delante y la espada en alto, parecía a cámara lenta. Aquiles apuntó con su lanza al punto donde sabía que el cuero no se solapaba exactamente con el bronce y dejaba expuesta la piel de la garganta justo donde la clavícula se une al cuello.

Lanzó y Héctor, príncipe de Troya, esperanza y gloria de su pueblo, se derrumbó con gran estrépito herido de muerte.

Con su último aliento, Héctor suplicó una vez más a Aquiles:

—Mi cadáver... devuélveselo a mi gente para que lo queme. No te lo lleves a tus barcos para que se lo coman los pe-

232

rros... Mis padres te pagarán un rescate como jamás has visto... por favor, es lo único...

Aquiles soltó una carcajada brutal. No sentía ni una pizca de respeto, compasión, ternura o sentimiento humano por él.

–¡Que te devoren perros y aves!

–Burlándote de mí te burlas de los dioses –jadeó Héctor–. Pronto te llegará la hora. Te veo a las puertas Esceas, derrotado por Apolo y Paris...

Héctor murió.

Aquiles se agachó para despojarlo de su armadura. Su armadura anterior. La armadura con la que había luchado y muerto Patroclo.

Enfervorecidos al ver al mayor guerrero de Troya tendido muerto en el suelo, los soldados aqueos se lanzaron a la ofensiva en masa, ávidos por dar una cuchillada al cadáver del gran Héctor. Dentro de treinta años les enseñarían a sus hijos la sangre descascarillada en las puntas de sus lanzas y espadas y fanfarronearían sobre su contribución en la caída del gran príncipe de Troya.

Aquiles le quitó el cinturón al cuerpo, el cinturón de guerra que Áyax le diera a Héctor cuando intercambiaron obsequios tras su duelo. Qué cortés y caballerosa había sido aquella confrontación. Y qué lejana en el tiempo.

Aquiles le ató a Héctor un extremo del cinturón alrededor de los tobillos y el otro a su propia cuadriga. Cogió las riendas y cabalgó con su tropa de vuelta a las embarcaciones arrastrando al muerto.

La congoja de Príamo y Hécuba contemplando el cadáver de su hijo rebotando cruelmente contra las rocas y piedras de la llanura de Ilión rumbo a los barcos argivos fue de las escenas más espantosas que se habían visto hasta el momento durante la guerra. Su glorioso vástago muerto y su cuerpo tratado con semejante deshonor. No tenían la posibilidad de lavarlo y prepararlo para quemarlo y enterrarlo noblemente.

Los sollozos afligidos de Hécuba llegaron hasta la esposa de Héctor, Andrómaca. Sospechando terriblemente lo que aquellos sonidos podían significar, se apresuró hacia las murallas justo a tiempo para ver el cadáver ensangrentado de su marido arrastrado por el polvo.

–Ay, Astianacte –exclamó a su bebé–. Ya no soy la esposa de Héctor y tú ya no eres el hijo de Héctor. El resto de nuestras vidas seremos una viuda y un huérfano.

Y las mujeres de Troya lloraron con ella.

LOS FUNERALES DE PATROCLO Y HÉCTOR

Aquiles, si bien había vengado la muerte de Patroclo tal y como juró, aún no había terminado de llorar la pérdida de su bienamado amigo. Ni tampoco, como veremos, su odio hacia Héctor se había aplacado en lo más mínimo.

Para empezar, ordenó la construcción de una pira funeraria monumental. Esto era esperable. Lo que hizo a continuación, no. Hizo traer a doce prisioneros de guerra troyanos a la pira y allí los degolló sin más miramientos ni ceremonias de las que dedicaría un sacerdote a rajarle el cuello a unos corderos y unas cabras para un sacrificio. Aquello constituía un crimen contra los principios de una conducta marcial idónea, los códigos de honor y los cánones de religión que dejó pasmados incluso a los dioses.

Acto seguido, con el cadáver de Héctor aún atado a su cuadriga, lo arrastró tres veces alrededor de su tumba y lo dejó boca abajo en el suelo.

El cuerpo de Patroclo estaba tendido en lo alto de la pira. Los mirmidones se cortaron el pelo, lo trenzaron y las trenzas cubrieron el cuerpo como si de un brillante sudario se tratase. Llorando, Aquiles se cortó sus mechones dorados y los colocó con ternura junto al cuerpo de su amigo; las antorchas encendidas prendieron la pira y su amado compañero del alma pudo por fin volar hacia los Campos Elíseos.

Se celebraron juegos funerarios, una oportunidad para que los excitados aqueos liberaran tensión, recordaran las heroicas hazañas de Patroclo y ensalzaran el repentino y halagüeño giro que parecía haber tomado la guerra. Solo un día antes parecía que les iban a quemar los barcos y que su causa estaba perdida. Ahora el mayor paladín de sus enemigos estaba muerto y el suyo en su apogeo, triunfal e invencible. No podían perder.

Aquiles no había acabado con Héctor. Cada día, de pie en su cuadriga como un demonio vengador, el látigo en la mano, daba vueltas alrededor de las murallas de Troya arrastrando el cadáver. Aquella furia implacable, aquella crueldad demente, aquel desprecio franco, hacían que los dioses apartasen la mirada. Tras doce días de este espanto, Zeus decretó que se le pusiera fin al sacrilegio.

Aquella noche, Príamo salió de la ciudad en una carreta llena hasta arriba de riquezas. Su viejo sirviente IDEO azotaba a las mulas rumbo a las filas aqueas. Un joven se puso en medio del camino.

–Estúpidos, ¿es que habéis perdido la razón? ¿Vais a meter una carreta cargada de oro directa al corazón del campamento de vuestro enemigo? Mejor dejad que tome yo las riendas. Tú –le dijo a Ideo–, aparta.

Algo tenía aquel joven, según él un mirmidón, que le gustó y le inspiró confianza a Príamo. Tenía buena presencia, le empezaba a apuntar la primera barba, pero tenía un aura de fortaleza y reciedumbre desafectada que invitaba a fiarse de él.

–Supongo que vienes a por tu hijo Héctor –dijo el joven.

–He venido a recoger lo que de él hayan dejado los perros –dijo Príamo–. Pero ¿cómo lo sabes?

–Ánimo, anciano. No te lo creerás, pero los perros no lo han tocado. Ni los pájaros, ni los gusanos ni las moscas ni las lombrices. Apenas se le ven heridas, siquiera. Su carne es incorruptible. Está fresco como el rocío de la mañana. Diría que se le ve mejor de lo que estaba cuando lo visteis desde lo alto de la muralla de vuestra ciudad.

—Benditos sean los dioses —dijo Príamo asombrado.

—Apolo, en concreto —comentó el joven con una sonrisa.

De pronto, Príamo comprendió que no era un mortal aquel chico que tenía sentado al lado chasqueando la lengua para aguijar a las mulas mientras se adentraban en el campamento griego: era un dios.

Cuando llegaron al recinto mirmidón, Hermes (porque ¿quién iba a ser sino el divino mensajero hijo de Zeus?) tiró de las riendas y señaló con su cetro alado la tienda central.

—Entra ahí y derrite ese corazón salvaje.

Los capitanes mirmidones Automedonte y Alcimo no fueron capaces de disimular su asombro absoluto cuando Príamo, rey de Troya, entró en su tienda, cayó frente a Aquiles y se aferró a sus rodillas como un miserable mendigo. Besó las manos que habían asesinado a tantos de sus hijos.

—Aquiles, oh Aquiles —dijo sin preocuparse de enjugarse las lágrimas—. Solo te pido que te imagines a tu padre, Peleo. A un anciano como yo, solo le queda un placer en la vida, solo uno. Tu recuerdo y tu imagen, su esplendoroso muchacho. Nuestros hijos significan para nosotros mucho más que nuestros tronos, nuestros territorios y nuestro oro. Ahora imagínate a Peleo en su palacio de Ftía. Alguien llega en un barco para comunicarle tu muerte. «Aquiles, el esplendoroso fruto de vuestra simiente, ha muerto, mi señor», solloza el mensajero. «Han dejado su cadáver para que se lo coman los perros. Profanado y deshonrado. Y quienes lo han matado no permiten que lo quememos y lo enterremos con el respeto y el honor que su valor y nobleza merecen.» ¿Te lo imaginas, Aquiles? ¿Cómo crees que se sentiría tu padre Peleo?

Aquiles atajó un respingo. Automedonte vio que unas lágrimas afloraban a sus ojos.

—Comprendo que sientas que tienes derecho a la venganza —prosiguió Príamo sin soltarle las rodillas a Aquiles—. Te he traído riquezas. No compensa la pérdida de alguien tan querido para ti como Patroclo, pero es un pago respetuoso. Ofrecido con amor y esperanza. Tal vez te apiades de un anciano. Tengo cincuenta hijos, ¿lo sabes? De la reina Hécuba, claro, y también de otras esposas. Cincuenta. Me quedan tan pocos. Lo más granado de Troya, destrozado. Héctor, el último, defendiendo la tierra y la gente que amaba. La victoria fue tuya y...

Aquiles apartó suavemente las manos de Príamo.

—Siéntate —le dijo señalando una silla. Habló con voz ronca y tuvo que carraspear—. Qué valor al presentarte aquí. Qué honestidad...

Alcimo y Automedonte contemplaron boquiabiertos cómo se abrazaban aquellos dos hombres llorando como niños. Cuando ya no les quedaron lágrimas, comieron y bebieron juntos mientras ultimaban en voz baja las condiciones del rescate por el cadáver de Héctor. Convinieron en firmar una tregua de doce días para permitir los ritos funerarios.

Fue tal y como Hermes había dicho. A pesar del paso del tiempo, a pesar de estar tirado bajo el sol ardiente, a pesar de haber sido arrastrado brutalmente por la tierra entre las piedras afiladas de la llanura tantas veces, el cadáver de Héctor estaba impoluto y hermoso.

Las mujeres troyanas, Helena, Andrómaca y Hécuba la primera, lloraron a Héctor con cantos de alabanza. Helena estaba tan afectada como Andrómaca. Había amado a Héctor por su valentía, su caballerosidad, y sobre todo por su cortesía sin límites y toda la amabilidad que le había mostrado a ella, una mujer griega que apareció entre su pueblo para traerles nada más que muerte y desolación. Héctor tenía todas las cualidades de las que carecía el vano y hueco Paris.

Cremaron el cuerpo, avivaron las llamas con vino y enterraron las cenizas en un túmulo desde el que se podía ver la ciudad que murió defendiendo. Y así dijeron su último adiós los troyanos a Héctor, el mejor de sus hombres.[1]

AMAZONAS Y ETÍOPES AL RESCATE

El impulso que la presencia de Aquiles y la ausencia de Héctor brindaron a las tropas aqueas podría haber precipitado la guerra a un final inmediato, pero justo en el instante en que los troyanos se encontraban acorralados implacablemente y la ciudad parecía a punto de ser tomada, acudieron al galope y al rescate unos nuevos aliados por el este bajo la forma de las amazonas, comandadas por la temible reina Pentesilea.[2] «Al galope» no es una forma de hablar: las amazonas fueron las primeras guerreras en luchar a caballo. En el resto del mundo mediterráneo los caballos tiraban de carros y se apareaban con asnos para producir mulas, necesarias para el transporte de provisiones; pero fueron las amazonas, una raza de mujeres guerreras de las costas del mar Negro, quienes se subieron a sus lomos y dieron pie a la caballería de guerra.[3]

Pentesilea era hija de Ares y, por lo tanto, hermana pequeña de Hipólita, la gran reina amazona que se casó con Teseo o fue asesinada por Heracles durante su noveno trabajo.[4]

1. Y así termina la *Ilíada* de Homero.
2. Muchos creen que el nombre del personaje de la princesa Leia de *La guerra de las galaxias* se inspira en el de Pentesilea.
3. Véase *Héroes* (pp. 102 y 415) para una descripción más completa de las amazonas.
4. Muchos grandes autores prefirieron la línea narrativa en la que Hipólita se casa con Teseo. En *Héroes* sugiero que Antíope se casó con ella y que a Hipólita la mató Heracles en un arrebato de cólera. Teseo y Antíope (o «una amazona») aparecen como pareja en *Hipólito* de Eurípides y en

Pentesilea llevó consigo a Troya a doce feroces princesas guerreras amazonas,[1] y ella sola acabó con ocho malhadados aqueos en su primera incursión en la batalla. La simple presencia de las amazonas extendió consternación y alarma entre las asombradas filas griegas. Ninguno de aquellos hombres había entrado jamás en combate con una mujer mortal, por no hablar de mujeres que les disparaban flechas a caballo.[2] Se reunieron y se concienciaron para atacarlas con lanzas y espadas como si de hombres se tratase. Aias, Diomedes e Idomeneo entraron en liza y acabaron con seis de las doce princesas.

Las mujeres de Troya, observando desde las altas murallas, se sintieron tan inspiradas al ver a miembros de su propio sexo haciendo retroceder a los detestados argivos que decidieron unirse a la reyerta hasta que Téano, una sacerdotisa de Atenea, les advirtió que –a diferencia de Pentesilea y sus compañeras, que eran guerreras natas– carecían de entrenamiento militar y que sin duda caerían sin aportar nada a la causa troyana aparte de añadir más pérdidas y motivos para el lamento.

Fedra de Séneca (así como en la de Racine); y, por supuesto, el «duque» Teseo e Hipólita aparecen juntos en «El cuento del caballero» de Chaucer y en *Sueño de una noche de verano* de Shakespeare.

1. Quinto de Esmirna, en sus *Posthoméricas*, o *La caída de Troya*, las llama Alcibia, Antandre, Antibrota, Bremusa, Clonia, Derimaquea, Derínoe, Evandra, Harmótoa, Hipótoe, Polemusa y Termodosa.

2. Existen pruebas arqueológicas e históricas que apoyan la idea de una raza de jinetes guerreras como las amazonas; y, de hecho, también la de guerreros fabulosos como los centauros: jinetes tan compenetrados con sus monturas que para la leyenda y los relatos fantásticos es natural describirlos como criaturas formadas por hombres y caballos unidos en el caso de los centauros o como jinetes virtuosas y de una virulencia sin par en el de las amazonas. En ambos casos, los griegos reconocían que tales gentes provenían de una zona más al este aún que Troya. Hoy sabemos, claro, que fueron los mongoles del Lejano Oriente y luego los magiares quienes introdujeron en Occidente la idea de los arqueros a caballo.

Exhortados por la implacable Pentesilea, los troyanos hicieron recular a los aqueos hacia sus embarcaciones, donde Aquiles y Áyax, los dos mayores guerreros entre los griegos, se habían quedado al margen de la batalla, aún de duelo junto a la tumba de Patroclo. Pero la visión de sus hombres así hostigados y en apuros los despejaron. Aquiles mató a cinco amazonas solo. Pentesilea arrojó lanzas a Áyax, que solo se salvó por la solidez de su escudo y las grebas de plata que protegían sus espinillas. Ante este espectáculo, Aquiles se volvió hacia la guerrera con un grito furioso y la empaló con una de sus lanzas. Su muerte hizo entrar en pánico a los troyanos, que dieron media vuelta y huyeron hacia la seguridad de las murallas de la ciudad.

Aquiles despojó de malos modos a Pentesilea de su armadura, pero cuando le sacó el casco y vio su rostro se quedó atontado de pura admiración. Así era como se imaginaba él a la diosa Artemisa. Se lamentó por la muerte de un ser tan hermoso, valiente y honorable. Lloró su pérdida. Debería haberle perdonado la vida, tendría que haberla cortejado y llevado a casa para reinar junto a ella.

Todos los ejércitos, todas las empresas, todas las oficinas, todas las clases escolares, todos lo equipos deportivos tienen un aficionado al humor negro, un crítico burlón. El ejército griego tenía a Tersites, el más feo (Homero insiste en este rasgo) y el más cruelmente satírico de todos los aqueos.[1] Odiseo se vio en el trance de darle un papirotazo con el cetro de Aga-

1. Era contrahecho y patizambo, nos cuenta Homero. Según algunas fuentes, aquello era el resultado de las heridas sufridas cuando Meleagro lo lanzó por un precipicio por mostrar cobardía durante la caza del jabalí de Calidón. Tersites (por lo visto, el nombre significa «audaz» y «valiente») desempeña un papel significativo en *Troilo y Crésida* de Shakespeare (y de lo más desternillante cuando lo interpretaba Simon Russell Beale en una producción memorable de la Royal Shakespeare Company), indiferente de quién pueda sufrir las pullas de su infame lengua viperina.

menón y de amenazarlo con desnudarlo y zurrarle un poco más si no se mordía la lengua. Pero la gente así no tiene remedio.[1] La verdad es que, en esta ocasión, al oír a Aquiles llorando la muerte de Pentesilea, Tersites se pasó de la raya.

—Miradlo, el heroico pélida moqueando por una mujer. Los grandes guerreros sois todos iguales. En cuanto veis una cara bonita os derretís como mantequilla. —Escupió sobre el cadáver de Pentesilea—. Esta zorra estaba arrasando con los aqueos como si fuese la muerte en persona. Que le den.

Furioso, Aquiles golpeó a Tersites con tal fuerza en la cabeza que se le saltaron los dientes. Antes de tocar el suelo ya estaba muerto. En el campamento griego no le importó a nadie salvo a su primo Diomedes, que se habría enfrentado a Aquiles si los batallones que lo rodeaban no le hubiesen suplicado que tuvieran la fiesta en paz. Aquiles, para expiar el asesinato de un griego de noble linaje convino en navegar hasta Lesbos para purificarse.[2]

Mientras tanto, los atridas —Agamenón y Menelao—, recordando la espantosa carnicería que había estallado por los cadáveres de Sarpedón, Patroclo y Héctor, accedieron al ruego troyano de recuperar el de Pentesilea. La quemaron dentro de la ciudad, donde Príamo ordenó que enterrasen sus cenizas junto a las de su padre Laomedonte. Al mismo tiempo, los aqueos se pusieron a llorar la muerte de Podarces, alanceado por Pentesilea. Era el bienamado hermano de Protesilao, el primer griego en caer al inicio de la contienda, cuya pérdida lamentaban todos profundamente.[3]

1. Hay quien sugiere (Robert Graves entre ellos) que a Tersites se lo representa tan feo y deforme porque tuvo las agallas de decirle la verdad al poder... Quienes escriben (o encargan escribir) la historia son los poderosos, cómo no.

2. En la obra de Shakespeare, Aquiles es uno de los pocos personajes que tolera a Tersites y a quien le divierte.

3. No obstante, el «cadáver cobardón de Tersites» lo tiraron a un pozo.

Ahora llegó otro héroe para luchar por la causa troyana: Memnón, rey de los etíopes, sobrino de Príamo.[1] Al igual que Aquiles, era semidivino –su madre era Eos, diosa de la aurora, y su padre Titono, el desgraciado mortal al que se le concedió la inmortalidad pero no la juventud eterna.[2] También de la misma manera que Aquiles, Memnón portaba una armadura creada por el propio Hefesto. Sus etíopes y él, sangre nueva para las huestes troyanas, realizaron auténticas algaradas contra los aqueos y mataron, entre otros muchos notables argivos, a Antíloco, hijo de Néstor. Un Néstor golpeado por la aflicción mandó a otro de sus hijos, Trasimedes, a la matanza a recuperar el cadáver. El viejo se habría calzado su armadura y se habría lanzado al combate en persona también si el honorable Memnón no lo hubiese hecho entrar en razón, respetar también su edad y dar un paso atrás. En su desesperación, Néstor fue a buscar a Aquiles, que acababa de volver de su purificación en Lesbos. Aquiles quería a Antíloco y se mostró presto a vengarse de Memnón. Había sido Antíloco, si recordáis, quien llegó corriendo lloroso por la arena trayéndole la horrible noticia de la muerte de Patroclo. Allí estuvo para sostenerle las manos a Aquiles mientras soltaba todo aquel dolor, aquella rabia y aquel sentimiento de culpa. Estas cosas estrechan lazos.

El sombrío Memnón y el dorado Aquiles lucharon todo el día en lo que se convertiría en el duelo cuerpo a cuerpo más largo de la guerra. Finalmente, la velocidad y la forma física de Aquiles prevalecieron y cosió a espadazos al exhausto Memnón.

1. El nombre significa «firme» y «resuelto», también «paciente», y a menudo plegado a esa idea. El prefijo *aga-* es un aumentativo, «mucho» o «completamente». Podría pensarse que a Agamenón no le pusieron un nombre muy apropiado, dada su impaciencia y su inestabilidad emocional...

2. Envejeció, se ajó y se debilitó tan tremendamente sin llegar a morir que, al final, Eos se apiadó de él y lo transformó en un saltamontes (o en una langosta, si lo preferís). Véase *Mythos*, p. 323.

Ahora los aqueos se aproximaron jubilosos a raudales a las murallas de Troya. Se les sumó Aquiles abriéndose paso masacrando troyanos camino de la puerta Escea. ¿Recordaría las palabras de Héctor moribundo?

«Te veo a las puertas Esceas, derrotado por Apolo y Paris...»

La voz del mismísimo Febo Apolo le gritó que diese media vuelta, pero la sangre retumbaba en las sienes del héroe. Aquiles sabía que Apolo apoyaba a Troya, pero tal vez había olvidado que el dios de las flechas tenía una razón personal para odiarlo. Apolo no podía pasar por alto la desdeñosa y blasfema manera en que Aquiles había masacrado brutalmente a Troilo en su propio templo, sobre su propio altar sagrado.

Paris estaba en lo alto de las murallas observando el frenesí de la matanza. No se podía negar que se contaba entre los arqueros más excelentes de Troya. Su puntería casi siempre era infalible, y si su arco estaba bien calibrado podía mandar una flecha más lejos que ningún otro hombre (con la excepción de su primo Teucro, que luchaba en el bando aqueo).

Pero en una melé tan confusa a sus pies seguramente no había muchas posibilidades de que Paris pudiese apuntar a una persona en concreto. Vio a Aquiles, pero ¿cómo no verlo? A su alrededor caía tal cantidad de hombres, y aquella armadura...

Paris cogió una flecha envenenada y levantó el arco.

La flecha que se disponía a disparar ¿fue cosa suya o de Apolo? Apolo era el dios de la arquería, de modo que cualquiera que hiciese gala de buena puntería podía decir «Apolo ha guiado mi mano» lo mismo que hasta el día de hoy los escritores suelen afirmar «Hoy me han visitado las musas».

Las plumas de la flecha de Paris se alinearon con su ojo. Seguía los movimientos de Aquiles, pero se ponían tantos hombres en medio de la trayectoria... Respiró con suavidad. El primer requisito para ser un arquero excelente es la paciencia. Aquiles esquivó a un joven troyano aterrorizado. El troyano cayó. Aquiles apareció expuesto ante la vista de Paris. Este dejó volar la flecha.

EL TALÓN DE AQUILES

Aquiles ya se estaba girando cuando la flecha salió volando del arco. Bajando la mirada, el ordenanza de Paris, cuyo cometido consistía en ir pasándole flechas a su señor, creyó que aquella no había dado en el blanco y se echó, cuerpo a tierra. Pero Paris soltó un grito de triunfo y entonces el paje vio que la flecha sí había alcanzado a Aquiles, muy abajo, en la parte posterior del pie. Se le había clavado en la carne del talón izquierdo. Era el talón por donde Tetis lo sostenía cuando lo sumergió de bebé en el río Estigia. La única parte vulnerable de todo su cuerpo.

Aquiles se tambaleó. Supo al instante que su hora había llegado, pero aún sostenía la lanza en una mano, e incluso mientras el veneno se extendía por su cuerpo pudo golpear y golpear a los troyanos que empezaban a rodearlo, a abalanzarse sobre él en rápidas cargas para acuchillarlo como chacales rodeando y haciendo chasquear las fauces ante un león herido. Cuatro, cinco, seis atravesó con la lanza y destripó antes de que sus piernas flaquearan. Siguió matando troyanos hasta en sus últimos estertores.

Aterrorizado por la visión de un hombre mortalmente herido con una fuerza y una voluntad tan implacables, la mayoría retrocedió, dudando de que un hombre así pudiera morir realmente. Sin embargo, aquella valiosa armadura era irresistible, así que empezaron a acercarse sigilosos, vacilantes.

Entonces, un terrible rugido hizo que todos, hasta el más valeroso, saliesen huyendo.

Áyax, gigantesco, el enorme Áyax, irrumpió bramando de dolor y rabia. Se plantó frente al cuerpo y despedazó a todo aquel que osaba acercarse demasiado. Entre aquellos que cayeron durante aquella brutal defensa se encontraba Glauco, el teniente licio de Sarpedón; su cuerpo lo rescató Eneas.

Paris descerrajó una serie de flechas contra Áyax. La idea de anotarse la muerte de Áyax además de la de Aquiles en el mismo momento lo emocionó. Casi oía ya los vítores de los admirados troyanos que lo llevarían a hombros hasta el templo de Apolo... Pero tenía mal ángulo –Áyax estaba demasiado cerca de las murallas de la ciudad–, de modo que Paris se puso en pie en las almenas y apuntó cuidadosamente hacia abajo.

Áyax vio un resplandor desde lo alto y se zafó de una flecha que caía a plomo y que no le dio por muy poco. Cuando vio quién había disparado profirió un rugido monumental y le lanzó una enorme roca de granito. La roca subió por los aires y golpeó a Paris en el casco. El duro bronce lo salvó de la muerte, pero la fuerza del misil lo aturdió e hizo que los oídos le pitasen. Basta por hoy, pensó, y desapareció de allí.

Odiseo ayudó a Áyax a conducir el cadáver de Aquiles de vuelta al campamento griego. Ambos bandos se entregaron ahora al dolor y a la elegía. Los troyanos y sus aliados licios y etíopes lloraron la pérdida de Memnón y Glauco, los aqueos lloraron por Aquiles.

Una vez más, los mirmidones se cortaron mechones de pelo para formar un sudario con el que arropar a su señor. Briseida dejó sus trenzas en la pira y se arañó la piel violentamente en un arrebato de pena.

–Eras mi día, mi luz del sol, mi esperanza, mi defensa –sollozó.

Se apilaron en la pira incienso, sándalo, aceites perfumados, miel, ámbar, oro y la armadura. Ejecutaron prisioneros troyanos. Agamenón, Néstor, Áyax, Idomeneo, Diomedes, todos vociferaron dándolo todo y se golpearon el pecho. Hasta a Odiseo se le vio llorar.

El humo se elevó por los aires y los llantos de cada soldado, sirviente y esclavo se mezclaron formando un estruendo que superaba incluso al mayor fragor de la guerra. El humo y el ruido llegaron al Olimpo, donde los dioses también lloraban.

El dorado Aquiles, el hijo de Peleo y Tetis, se había ido del mundo. Su muerte significaba más que la pérdida de su más cumplido guerrero y paladín para los aqueos. La humanidad había perdido a un mortal de los más esplendorosos que se hubiesen conocido. Salvaje, irritable, testarudo, terco, sentimental y cruel como pocos... su marcha marcó un cambio en el mundo humano. Había desaparecido algo grande que nunca jamás pudo –ni podría en el futuro– ser sustituido.

La vulnerabilidad, los defectos que tenemos todos y cada uno de los seres humanos evocan el primer talón de Aquiles. Todos y cada uno de los campeones desde entonces, en la guerra o en el deporte, han sido miniaturas de Aquiles, un simulacro, una mota diminuta de la reminiscencia de lo que la auténtica gloria puede llegar a ser. Podría haber escogido una vida larga de pacífica comodidad en el anonimato, pero se lanzó a sabiendas de lo que implicaba en un breve y fulgurante resplandor de gloria. Su recompensa es la eterna fama, a un tiempo inestimable e inútil. En nuestro mundo todos los atletas son conscientes de que su carrera es breve; comprenden también que tienen que ser crueles, apasionados, despiadados e implacables si quieren que se los eleve a una gloria propia. Aquiles siempre será su patrón y su divinidad guardiana.

Todos conocemos, o hemos conocido, a alguien que conserva un destello de la llama de Aquiles. Los hemos amado y aborrecido. Los hemos admirado, a veces incluso los hemos adorado tímidamente, a menudo los hemos necesitado. Reconocemos que si nos hubiésemos topado con el auténtico semidiós demoniaco Aquiles le habríamos tenido miedo, nos habría aterrorizado, habríamos detestado su inquina, despreciado su orgullo y nos habría repelido su brutalidad. Pero también sabemos que no podríamos haber evitado amarlo.

LA ARMADURA DE AQUILES

Mientras el cuerpo de Aquiles ardía y los aqueos lloraban la pérdida de su héroe, Tetis salió de entre las olas del mar y se sumó al llanto. Se celebraron unos juegos funerarios con premios de la vasta colección de riquezas de Aquiles repartidos entre los ganadores. Cuando se hubo corrido la última carrera, Tetis se dirigió a los griegos notables:

—El mayor premio está aún por entregarse. El escudo, la coraza, las grebas y el casco que Hefesto le fabricó. La espada y la lanza de su padre Peleo. Solo el más valeroso y el mejor es digno de estos grandes objetos. De entre quienes lucharon y rescataron el cadáver de mi hijo querido, ¿quién los merece más? Os dejo decidir a vosotros.

Todos miraron instintivamente a dos hombres: Áyax y Odiseo. Habían sido los que luchaban junto al cuerpo muerto de Aquiles.

Áyax se puso en pie.

—Dejemos que sean los reyes de Micenas, Creta y Pilos quienes lo juzguen —dijo.

Odiseo miró a Agamenón, Idomeneo y Néstor y asintió.

—Una elección perfecta —comentó.

—Accedemos —respondió Agamenón.

Pero Néstor levantó una mano.

—No, mi señor. Yo no accedo, y tampoco deberíais vos ni

el rey Idomeneo. Es una carga intolerable la que tendríamos que arrastrar. ¿Cómo van a pedirnos que escojamos entre dos hombres a los que queremos y tenemos en tan alta estima? El premio es demasiado portentoso. El que gane disfrutará con la posesión del tesoro más valioso que ha visto el mundo. El que pierda se reconcentrará furioso. Nos odiará y nos guardará rencor. No, Odiseo, encogerse de hombros está muy bien, pero creo que sé un par de cosas sobre la naturaleza humana. ¿Cómo puedes haber olvidado el rapto destructivo que estalló cuando Aquiles y el rey de los hombres riñeron por Criseida y Briseida?

Se volvieron hacia Tetis buscando alguna indicación, pero esta había desaparecido. Nadie la había visto marcharse, pero estar no estaba.

Agamenón suspiró.

–Bueno, ¿qué propones? –le preguntó a Néstor–. Nos ha legado la armadura y ha estipulado las condiciones de tal legado.

–En lugar de decidir nosotros –dijo Néstor–, ¿por qué no pedimos a los troyanos que lo hagan ellos?

–¿Qué?

–Tenemos muchísimos prisioneros. Han tenido oportunidad de sufrir en sus carnes el arrojo y la bravura de nuestros guerreros. Sin duda, la mejor manera de determinar quién es el más valioso es preguntando a nuestros enemigos a quién temen más encontrarse en el campo de batalla.

Agamenón sonrió.

–Ingenioso. Hagamos eso.

Cuando los prisioneros de guerra troyanos declararon que consideraban a Odiseo el adversario más temible, los griegos soltaron un gruñido colectivo. Se temían el mal perder de Áyax.

No se equivocaban. Áyax estalló con una furiosa indignación instantánea:

–¡Esto es una broma! ¿Odiseo mejor guerrero que yo?

17. Homero.

18. El ejército griego atracado en la playa de Troya
según la película de Wolfgang Petersen (2004).

19. Aquiles y Áyax juegan a los dados durante el sitio.

TROILUS AND CRISEYDE ❧ LIBER SECUNDUS. ❧❧

Incipit prohemium Secundi Libri.

OF THESE BLAKE WAWES FOR TO sayle,
O wind, O wind, the weder ginneth clere;
for in this see the boot hath swich travayle,
Of my conning that unnethe I it stere:
This see clepe I the tempestous matere

Of desespeyr that Troilus was inne:
But now of hope the calendes biginne.

O lady myn, that called art Cleo,
Thou be my speed fro this forth, & my muse,
To ryme wel this book, til I have do;
Me nedeth here noon other art to use.
forwhy to every lovere I me excuse,
That of no sentement I this endyte,
But out of Latin in my tonge it wryte.

Wherfore I nil have neither thank ne blame
Of al this werk, but pray yow mekely,
Disblameth me, if any word be lame,
for as myn auctor seyde, so seye I.
Eek though I speke of love unfelingly,
No wonder is, for it nothing of newe is;
A blind man can nat juggen wel in hewis.

Ye knowe eek, that in forme of speche is
chaunge
Withinne a thousand yeer, and wordes tho
That hadden prys, now wonder nyce and
straunge
Us thinketh hem; and yet they spake hem so,
And spedde as wel in love as men now do;

20. Troilo y Cresida.

21. Despedida de Aquiles y Briseida.

22. El combate de Diomedes.

23. El duelo entre Áyax y Héctor.

24. Menelao sostiene el cadáver de Patroclo.

25. Aquiles arrastra el cadáver de Héctor alrededor de las murallas de Troya.

26. El rey Príamo suplica a Aquiles.

27. Aquiles herido.

28. El escudo de Aquiles.

29. Laocoonte y sus hijos, atacados por las serpientes.

30. El saqueo de Troya.

31. Las mujeres troyanas lloran la muerte
de Príamo.

¿Cómo se puede creer eso? ¿Acaso no me visteis luchando sobre el cadáver de Aquiles? Maté montones de troyanos. Odiseo se escabulló para poner el cuerpo a salvo, lo reconozco, pero solo cuando le dejé vía libre. Es un charlatán. Siempre tramando y maquinando. No es un guerrero. Es un cobarde y una comadreja, una... rata, un... perro llorón...

–Supongo que soy todo tipo de animales, Áyax –dijo Odiseo con una sonrisa–, pero creo que sé luchar. Me parece recordar nuestra pelea en los juegos por el funeral de Patroclo.[1] Me parece recordar que he matado no pocos troyanos a lo largo de estos años.

–¡Tú ni siquiera querías venir! –gritó Áyax–. Todos sabemos cómo te fingiste loco para poder escaquearte de tu juramento. De no ser porque Palamedes descubrió tu engaño... Ah, y sí, todos sabemos quién inculpó a Palamedes, ¿o no? Todos sabemos que escondiste oro junto a su tienda para que lo tomasen por un...

–Pobre de mí, Áyax. ¡Y tú me acusas de ser un charlatán! ¿Quién se pasó meses navegando en busca de Aquiles? ¿Acaso tú lo habrías encontrado, identificado y convencido de que luchase por nosotros? Permíteme que lo dude. Eres un tipo grandote, amigo Áyax, y muy fuerte, pero ¿nuestro recurso más valioso? No lo creo.

Aquella socarrona modestia de Odiseo era más de lo que Áyax podía soportar. Abandonó con grandes aspavientos la reunión y dejó allí a un público atónito y apesadumbrado.

–Vaya, vaya –dijo Odiseo–. Qué lástima. Siempre me has caído bien, Áyax, lo sabes. Mi segundo, Euríloco, se pasará a llevarse la armadura a mi barco. ¿Os veo luego en la cena?

---

1. Aquí vemos a Odiseo en el apogeo de su hipocresía y su mala baba. En realidad, según Homero, Aquiles intervino en la pelea antes de que se despedazaran los dos guerreros aqueos más valiosos. La pelea terminó con un empate.

Áyax, mientras tanto, entró en su tienda a zancadas convencido de que había sido desairado e insultado deliberadamente.[1] Tan encolerizado de celos estaba que se despertó en plena noche absurdamente seguro de que Agamenón, Menelao y Odiseo eran sus enemigos. Cruzó el campamento sigilosamente con la intención de incendiar sus barcos. Llegó a sus cuarteles y los apuñaló, junto a su séquito, en una matanza desenfrenada.

Luego se despertó en el recinto del ganado del campamento, rodeado de ovejas degolladas, entre ríos de sangre.

Desconsolado ante la locura que se había adueñado de él y aterrorizado por lo cerca que había estado de asesinar a aquellos a quienes tanto quería, Áyax se fue dando tumbos hasta una zona solitaria de la orilla, plantó su espada —la espada de plata de Héctor— en la arena y se lanzó sobre ella.[2]

Su cadáver lo encontró Tecmesa, la princesa cautiva frigia con la que Áyax había vivido y con quien había engendrado un

1. En *La caída de Troya* de Quinto de Esmirna se relata así: «[...] de forma tan devastadora estaba Ayante enfurecido, con su poderoso corazón traspasado de dolor. De su boca manaba abundante espuma, un rugido surgía por sus mandíbulas, y en torno a sus hombros resonaban las armas».

2. El segundo duelo formal entre héroes griegos y troyanos, como recordaréis, entre Héctor y Áyax (el primero había sido la confrontación abortada entre Paris y Menelao), terminó con un cortés intercambio entre ambos combatientes: Áyax le dio a Héctor su cinturón de guerra y Héctor le regaló a Áyax la espada que sería el instrumento de su suicidio. El cinturón, que Héctor llevaba el día del siguiente duelo, lo usó Aquiles para atar el cadáver de Héctor a su cuadriga y arrastrarlo cruelmente por el polvo. Aquellas ofrendas galantes se convirtieron en emblemas de los peores y más trágicos elementos de la guerra. La primera armadura de Aquiles —vestida por Patroclo y por Héctor—, la fabulosa panoplia forjada luego por Hefesto, el cinturón de guerra de Áyax y la espada de Héctor: todo aquello parecía haber sido imbuido de mala suerte. La historia de Troya rebosa de maldiciones, claro, y estos símbolos dan a entender que todo lo que tenga que ver con una guerra sin cuartel está condenado por naturaleza.

hijo: Eurísaces.[1] Al ver la horrible herida –de la que se desparramaban las tripas del guerrero– se arrancó las ropas para cubrir aquella estampa. Todos los griegos quedaron desolados al enterarse de que su estimado gigante había muerto de aquella manera tan lamentable. También Odiseo pareció conmovido y le dijo a todo el que quiso oírlo que le habría cedido con gusto la armadura a Áyax de haber sabido que el pobre tipo iba a tomárselo tan mal. Hay que señalar, sin embargo, que sus remordimientos no lo llevaron tan lejos como para ofrecérsela a Tecmesa o a Eurísaces. Tal vez ya había contado con que la necesitaría para un propósito de mayor importancia muy pronto.

Agamenón y Menelao dispusieron que, si bien el suicidio era trágico, no podía de ninguna manera considerarse como una muerte guerrera. No merecía abluciones, ni una gran pira, ni ceremonia de cremación. El cadáver, según el código que regía sus vidas y sus luchas, debería quedar abandonado al raso.

Al hermanastro de Áyax le horrorizaba la idea de que los perros salvajes tratasen el cuerpo como carroña y se destapó entre las filas con tal indignación contra el mandato que los atridas se vieron obligados a ceder. Áyax había sido tremendamente amado por los hombres, sin olvidar que era primo de Aquiles.[2]

Y así es como Áyax Telamonio, Áyax el Grande, fue incinerado con todos los honores. Sus huesos calcinados fueron sellados en un féretro de oro que los soldados enterraron en un gran túmulo a orillas del río Simois en Retio, donde du-

1. Al chico le pusieron el nombre del gran escudo de Áyax. Llegaría a gobernar en Salamina. Sófocles escribió una obra sobre él que no se ha conservado. No obstante, sí existe su tragedia *Áyax*, en la que aparece la locura y el suicidio del héroe, y sigue representándose de vez en cuando convenientemente traducida y adaptada.

2. Eran ambos nietos de Éaco, que tenía dos hijos: Telamón y Peleo, como recordaréis. Lo recordaréis pronto.

rante cientos de años la tumba siguió siendo un lugar popular de peregrinación para visitantes de todo el mundo mediterráneo hasta que el mar acabó por llevársela.[1] Honramos diversos tipos de valentía y de proezas: la gloria dorada de un Aquiles es maravillosa, pero la lealtad incondicional, el valor incansable y la tremenda constancia de un Áyax no merecen menos admiración.

PROFECÍAS

–¡Primero Aquiles y ahora Áyax! –exclamó Menelao retorciéndose las manos–. ¡Eran nuestra espada y nuestro escudo! Es culpa mía, es culpa mía, todo culpa mía.

–Vamos, vamos –le dijo su hermano–. Nadie te culpa.

–¡Me culpo yo, Agamenón! He pedido demasiado. Todo por Helena. Tantos muertos. Ha llegado la hora de subir a nuestros barcos y largarnos. Debemos navegar rumbo a casa.

Antes de que un asqueado Diomedes pudiese coger su espada, Agamenón se volvió hacia Calcante mascullando:

–Diez años, dijiste. Diez años. Han pasado nueve años enteros y el décimo está a punto de acabar y aún no hemos tomado Troya.

–La tomaremos, gran rey, está escrito –respondió Calcante–. Pero necesitamos al hijo de Aquiles con nosotros. Sin él no habrá victoria.

–¿El hijo de Aquiles?

1. Según el historiador y geógrafo Estrabón, Marco Antonio saqueó una estatua de Áyax de la tumba y se la regaló a Cleopatra. Pausanias, por otro lado, consigna un encuentro con un misio que le contó que cuando la marea se llevó la tumba recuperaron algunos huesos, entre los que se encontraban las rótulas de Áyax, que eran «del tamaño de un disco como los que se lanzan en el pentatlón».

—«Pirro» fue el nombre que le dieron al nacer. Ahora responde al nombre de Neoptólemo. Aún no le ha crecido la barba, pero sé que ya es un gran guerrero. Vive en Esciros con su madre Deidamía. Me ha sido dado ver que sin él no hay esperanza de vencer.

Agamenón pateó el suelo frustrado.

—Siempre hay «una cosa más», ¿verdad? Un detallito más que de repente se te revela. ¿Por qué hasta ahora no nos habías mencionado al chico?

—La visión del muchacho y el lugar que ocupa no se me ha revelado hasta esta mañana —repuso Calcante imperturbable—. No puedo ordenarles a los dioses que me confíen todos sus planes de golpe. Tienen sus motivos.

Agamenón suspiró.

—Muy bien. Odiseo, Diomedes... mejor que naveguéis hasta Esciros de inmediato y os traigáis a Pirro o a Neoptólemo o como quiera que se llame. Mientras... ¿qué puñetas es ese estruendo?

El sonido que habían oído todos era el clamor de los troyanos reanimados que golpeaban las espadas contra sus escudos. Se habían visto reforzados por otro poderoso aliado. EURÍPILO de Misia acababa de llegar en aquel momento con un contingente completo de nuevos guerreros y la moral de la ciudad había aumentado una vez más.

En un extraño episodio que precedió a la guerra, las tropas expedicionarias griegas habían invadido Misia al confundir la ciudad estado del noroeste por la propia Troya. Aquiles atravesó con su lanza al rey TÉLEFO, hijo de Heracles y padre de aquel Eurípilo. La herida no fue fatal, pero se infectó. Convencieron a Aquiles de que usase la misma lanza (la lanza de su padre Peleo) para curarle, cumpliendo así una profecía. En señal de gratitud, Télefo le prometió no inmiscuir a Misia en la guerra venidera. Al acudir ahora en ayuda de Troya, su hijo Eurípilo estaba contraviniendo una promesa pero satisfaciendo su propio amor por la aventura. Paris, Deífobo y Héleno, los príncipes troyanos supervivientes, no podrían haberlo recibido más calurosamente. Eurípilo les enseñó uno por uno su legendario escudo y les dejó sostenerlo. Era tan grande y pesado como una carreta y estaba dividido en doce secciones; cada una representaba con un grabado detalladísimo en bronce uno de los trabajos de su abuelo Heracles. En el centro aparecía el gran héroe en persona, con su garrote en la mano y envuelto en la famosa piel del león de Nemea.

Eurípilo no solo podía presumir de aquel ilustre linaje, sino que superaba en hermosura incluso a Paris. Odiseo, que había topado con él durante el ataque a Misia, lo describió como el hombre más bello que había visto en su vida. Bello o no, lo que estaba claro es que sabía luchar. De no ser por la combinación de pericia y valentía de Teucro y Aias, los aqueos habrían sido arrasados y el hijo de Aquiles, Neoptólemo, habría llegado a la Tróade demasiado tarde como para ser de ninguna ayuda.

Había sido en la isla de Esciros donde, años atrás, Odiseo y Diomedes buscaron al rey Licomedes y encontraron al joven Aquiles escondido disfrazado de chica. Al llegar por segunda vez a la isla, ahora para buscar a su hijo, se quedaron perplejos al encontrarse delante de una joven réplica del padre. La misma melena llameante, el mismo porte orgulloso y los mismos ojos destellantes. El aire altivo y seguro de sí mismo con el que alguien tan joven insistía a los visitantes que plantearan qué los traía por allí se le antojó a Odiseo más cómico que imponente.

—¿Tenemos el honor de hablar con Pirro, el chico de Aquiles? —preguntó.

El muchacho se ruborizó.

—No soy un chico y no respondo a ese estúpido nombre. Podéis llamarme príncipe Neoptólemo.

–Puede que lo haga –dijo Odiseo–, pero está por ver. De momento me gustaría hablar con tu madre.

La sorna del tono de voz de Odiseo le resultó insoportable a Neoptólemo. Se le fue la mano a la empuñadura de la espada. Diomedes se adelantó rápidamente y le agarró de la muñeca.

–Te pido disculpas por mi amigo Odiseo –dijo–. Sus intenciones no son malas.

Neoptólemo se quedó boquiabierto.

–¿Odiseo? ¿Eres Odiseo de Ítaca, hijo de Laertes?

Sus arrogantes modales desaparecieron al instante y fueron sustituidos por un arrebato de emoción adolescente y algo parecido a la adoración de un héroe. Los condujo enseguida ante la presencia de su madre.

Deidamía seguía llorando por Aquiles y se declaró rotundamente en contra de la idea de que su hijo luchase en la guerra que había matado a su padre y que a ella la había dejado viuda.

–¡Lo prohíbo! –dijo–. Y su abuelo, lo mismo.

El rey Licomedes asintió gravemente.

–Eres demasiado joven, muchacho. Tal vez dentro de unos años.

–Llevo desde que empecé a caminar entrenándome en el arte de la guerra –respondió Neoptólemo con cierto acaloramiento–. Nadie en esta isla es capaz de vencerme. Y el oráculo ha declarado en más de una ocasión que es mi destino ir a Troya y obtener allí una gran gloria.

–¡Pero es demasiado pronto, muchacho!

–Estoy listo. Pregunta a cualquiera.

Odiseo había descubierto que la opinión general en Esciros era que Neoptólemo era calcado a su padre. Poseía bastante de la destreza, la fuerza, la velocidad, el temperamento (si no más) y la avidez insaciable de matar.

–No vendríamos a por el príncipe Neoptólemo –dijo– si no lo considerásemos más que capaz de cuidar de sí mismo.

—Si se va —dijo Deidamía— me romperá el corazón.

Neoptólemo detestaba ver disgustada a su madre, así que pareció vacilar.

Odiseo captó enseguida la situación.

—La armadura de tu padre me pertenece por derecho —dijo—. Forjada por la mano de Hefesto en persona. La he traído conmigo. Si te unes a nosotros, te la cedo sin dudarlo.

—Los mirmidones te seguirán adonde tú quieras —añadió Diomedes—. Simplemente están esperando que te pongas al mando.

Neoptólemo le echó una mirada suplicante a su madre de una intensidad tan desesperada y angustiosa que la resistencia de esta se derritió. Soltó un gemido y agachó la cabeza. En la cara del joven apareció una brillante sonrisa.

—Estaré de vuelta antes de que te des cuenta —le dijo abrazándola con fuerza.

UNA EXTRAÑA VISITA

De vuelta en Troya, Eurípilo y sus tropas misias, con la ayuda de un Eneas en estado de gracia, habían hecho retroceder a los aqueos por el Escamandro y amenazaban con acorralarlos contra sus embarcaciones tal y como ya hiciera Héctor en su momento. Agamenón y Menelao se sumaron a Idomeneo y Aias en el contraataque, hirieron a Deífobo, pero una roca certera que lanzó Eneas dejó a Aias fuera de combate.

El estruendo de la batalla en la llanura llegaba hasta los aposentos de Helena en lo alto del palacio real. La mujer estaba sentada al telar, tejiendo desanimada, como cada día. Etra, la madre de Teseo y vieja compañera de Helena, tosió bajito para anunciarle que fuera esperaba audiencia un visitante.

—¿Cómo se llama?

–No me quiere decir quién es, querida. Insiste en verte. No va a aceptar un no por respuesta.

–Hazlo pasar.

A Helena la pilló desprevenida la entrada de un chico de no más de quince años de edad.

–¿Y quién va a resultar ser este jovencito?

–Me llamo Córito –dijo el chico ruborizándose tremendamente–. Te... tengo un mensaje para usted...

–¿Por qué no te sientas y bebes algo? –dijo Helena señalando una silla y haciéndole un gesto a Etra, que sirvió vino–. Así organizas tus pensamientos y me das el mensaje cuando estés listo. Esta alcoba es demasiado calurosa, ¿verdad?

El muchacho se sentó y bebió agradecido de la copa que le ofrecían. Levantó la mirada hacia Etra, y Helena –que notó su incomodidad– la hizo retirarse con un leve movimiento de la cabeza.

–Venga –le dijo–, ahora ya estamos solos y puedes darme el mensaje.

–Es algo que debéis ver –dijo Córito dándole un paquetito envuelto en corteza de abedul.

Con cierta sorpresa, Helena abrió el paquete y se quedó mirando un rato los símbolos que contenía.

–¿Esto es de Énone?

Córito asintió.

–¿Y tú eres hijo suyo y de Paris?

Asintió de nuevo el chico y bajó la mirada tímidamente al suelo.

La mente de Helena se llenó de visiones de los últimos diez años. Rememoró su vida en Esparta con Menelao antes de la llegada de Paris. ¿Qué locura se había adueñado de ella? ¿Era atracción real hacia Paris o la obra de Afrodita lo que la había impelido a abandonar su hogar, a sus padres y, sobre todo, a su hermosa hija? Hermíone tendría trece años ahora. ¿Habría aprendido a odiar a la madre que la abandonó? Unas lágrimas cálidas resbalaron por sus mejillas al pensar en todo lo que había dejado atrás y todo lo que había ocasionado. Toda aquella muerte. Incluso en aquel instante era capaz de oír los chillidos de los moribundos y el entrechocar de las armas en la llanura. Tantos hombres valerosos muertos y tantas buenas mujeres enviudadas. Tantos padres desconsolados e hijos huérfanos. Todo por ella. De no ser por ella, Héctor viviría, Andrómaca tendría marido y Astianacte un padre. ¿Y por qué? Todo por culpa de un artero mentiroso pagado de sí mismo como Paris. No solo había arruinado su vida y la vida de todos aquellos a quienes la había obligado a abandonar en Esparta, sino que había traicionado a su primera esposa Énone y a su hijo, aquel pobre chaval apocado y cohibido con la mirada clavada en el suelo.

Con la intensidad de su aflicción y de su dolor, Helena cayó desmayada. Córito intentó pedir auxilio, pero se le hizo un nudo en la garganta. Sin saber qué hacer, se le acercó a tomarle el pulso.

Justo en aquel instante entró Paris por la puerta. Al ver al joven brindando atenciones tan íntimas a su esposa lo invadieron unos celos furiosos. Sacó la espada y degolló al muchacho. Córito murió en el acto. En medio de la intensidad de su rabia, Paris habría matado también a Helena si no hubiese visto antes el fardito de corteza de abedul a un lado. Cuando comprendió lo que significaba y se dio cuenta de que el chico al que había matado era su propio hijo el dolor se adueñó de él y el remordimiento lo dejó destrozado.[1]

1. Solo encuentro referencia de la versión que acabo de relatar en *La historia de Troya*, de Roger Lancelyn Green, y en el canto IV del poema *Helena de Troya*, del prolífico folclorista del siglo XIX Andrew Lang, que supongo será la fuente empleada por Lancelyn Green y que además infiero que fue una elaboración de Lang sobre la narrativa más conocida. La que aparece en esa obra de título espléndido: *Erotica Pathemata* (Sufrimientos de amor), escrita en el siglo I a. C. por Partenio de Nicea, combina a dos historiadores anteriores a Troya: Cefalón de Gergita –pseudónimo bajo el

Helena no quiso saber nada más de Paris. Nunca más volvió a dirigirle la palabra al hombre que consideraba autor de todas sus penas y de las penas de Troya y Grecia. Su relación había tocado a su fin irremediablemente y del todo.

---

que escribió Hegesianacte de Alejandría (nacido a finales del siglo III o principios del II a. C.)– y Helánico de Lesbos en el siglo V. Tal y como se dice en *Erotica Pathemata*:

«De la unión de Énone y Alejandro [p. ej. Paris] nació un niño llamado Córito. Acudió a Troya para ayudar a los troyanos y allí se enamoró de Helena. Ella, de hecho, lo recibió con la mayor de las cordialidades –era extremadamente bello– pero su padre descubrió sus intenciones y lo asesinó. Nicandro, sin embargo, dice que era hijo de Helena y Alejandro, y no de Énone, y afirma lo siguiente:

Estaba la tumba del malogrado Córito,
que Helena trujo con amarga congoja
fruto del matrimonio-violación,
con la maléfica ralea del Pastor».

(Con «pastor» se refiere también a Paris, claro.)

No obstante, Lancelyn Green hace que Helena «lea» el mensaje, y Lang habla de «símbolos» y (para mayor confusión) de «runas»... He de suponer que si Énone *escribía*, lo hacía en un jónico primo lejano del lineal B, el sistema de escritura silábico micénico que en la época de Homero ya había desaparecido, pero que precedió al alfabeto griego poshomérico. O tal vez el mensaje estuviera escrito en el predecesor del lineal B, el lineal A minoico –un sistema aún por descifrar–. Sabemos a ciencia cierta que el lineal B fue desentrañado por Michael Ventris y John Chadwick en los años veinte del siglo XX, diez años después de la muerte de Lang. Homero nunca alude a la lectura o la escritura en ninguno de sus poemas épicos, y tenemos que quitarnos de la cabeza cualquier noción de mensajeros trayendo despachos, heraldos declamando de pergaminos o cartas de soldados enviadas del campo de batalla al hogar y viceversa. Sin embargo, esta versión de Andrew Lang del episodio de Córito depende de algún tipo de mensaje, así que vuestra opinión sobre cómo debían leerse esos «símbolos» vale tanto como la mía. Con todo, al igual que Lancelyn Green, prefiero la idea de Lang de los símbolos, las runas y demás...

Tampoco es que la victoria de Paris sobre Aquiles le hubiese brindado demasiada gloria. Después de todo, la gente decía que la flecha envenenada la había guiado Apolo. Por muy buen arquero que fuese, era imposible que Paris hubiese acertado adrede en una diana tan pequeña como el talón izquierdo del gran héroe.

El asesinato de su propio hijo marcó el final del apoyo divino del que disfrutaba Paris. Afrodita y Apolo, sus más grandes valedores a lo largo de los años, no podían pasar por alto un crimen de sangre tan horrendo. Paris tenía los días contados.

EL FAVORITO

Al otro lado de las murallas de la ciudad, los aqueos estaban sufriendo bajas terribles. Eurípilo mató de un lanzazo a Macaón, hijo del divino curandero Asclepio. Su hermano PODALIRIO llevó el cadáver hasta sus filas, donde usó de todas sus artes en un desesperado intento por reanimarlo, pero ninguna hierba, ninguna cataplasma ni ningún hechizo pudieron devolver a Macaón –quien a tantos griegos había curado– la vida. Enfurecido, Podalirio se lanzó de nuevo a la contienda. Su furia y la pericia bélica de Idomeneo y Aias obligaron a Eurípilo a retroceder frente a la empalizada, pero una rápida maniobra lateral motivó que Agamenón y Menelao quedasen separados y rodeados dentro de las filas misias. Atrapados y aislados tras las líneas enemigas, los reales hermanos habrían sido capturados o muertos de no haber acudido Teucro al rescate.

En aquel momento se oyeron unos grandes vítores desde la orilla. Había vuelto el barco de Odiseo y Diomedes. Con aquel talento suyo para lo visual, Odiseo había indicado a Neoptólemo que se pusiera la armadura de su padre y se mantuviese bien erguido en la proa. Nadie puede asegurar si la

260

visión la organizó Atenea, Iris o alguna otra deidad, pero justo cuando Neoptólemo se acercó al extremo de la embarcación, un fulgurante rayo de sol atravesó las nubes. El escudo de bronce, plata y oro relució. Los primeros aqueos que lo vieron soltaron una tremenda exclamación que se extendió por todo el recinto hasta la llanura donde proseguía el combate. Los soldados troyanos miraron y vieron con terror que su archienemigo había resucitado.

Agitando la inmensa lanza de su abuelo Peleo, Neoptólemo soltó el estridente y aterrador grito de guerra de su padre Aquiles y los mirmidones, al reconocerlo, rugieron con júbilo y golpearon sus escudos con las espadas. El clamor, dependiendo del bando al que pertenecieras, te emocionaba o te helaba el corazón.

Neoptólemo bajó para dirigir a los mirmidones en la batalla. El ejército aqueo, de nuevo motivado e inspirado, comenzó a repeler el avance troyano. Neoptólemo pronto demostró no solo que compartía cualidades atléticas y la gracia de Aquiles, sino que era tanto o más violento y despiadado que su padre. Retorciéndose, esquivando, brincando, agachándose, corriendo, machacando, sajando, apuñalando y ensartando se iba abriendo paso hacia Eurípilo entre las líneas misias, y los troyanos retrocedían, muchos convencidos de que aquel era realmente Aquiles resucitado. Cuando por fin se encontraron Neoptólemo y Eurípilo, patearon el suelo y chocaron sus enormes escudos redondos. Neoptólemo era más joven y estaba más descansado. Eurípilo era más fuerte y astuto. Llevaba días luchando a pleno rendimiento, pero no flaqueó ni dio un paso atrás. El largo y desesperado duelo que tuvo lugar a continuación podría haberse saldado de otra manera, pero acabaron prevaleciendo la juventud y la velocidad. Neoptólemo corrió como un perro atormentando a un toro hasta que finalmente su lanza dio en el blanco y atravesó la garganta del mayor.

Un gruñido se elevó entre las filas misias cuando Eurípilo mordió el polvo. Oliendo de cerca la victoria, los aqueos hicieron recular a los troyanos hacia las murallas de su ciudad. Neoptólemo cayó como un águila sobre aquellos que no fueron lo suficientemente rápidos como para escabullirse entre las puertas que se cerraban.

—¡Ahora, a escalar las murallas y vengar a mi padre! —gritó.

Entrelazándose unos con otros como una cadena de hormigas de las que derivaba su nombre, los mirmidones empezaron a subir en masa por la muralla. Los aterrorizados ciudadanos en las almenaras, hombres, mujeres y niños, les lanzaban rocas, calderones de bronce, tarros de piedra... lo que fuese que tuvieran a mano.

De no ser por una gran neblina que cayó sobre la ciudad en el momento más crítico, los griegos bien podrían haber escalado hasta lo alto de los muros y penetrar en la ciudad. Los troyanos les vociferaban desde arriba, graznando con alivio triunfal.

—¡Zeus! ¡Zeus! —rugían convencidos de que el rey de los dioses, el padre celestial, el recolector de nubes en persona, había intervenido para salvarlos.

La verdad es que el descenso de la bruma fue oportuno y decisivo.

Gruñendo y decepcionados, incapaces de ver a más de tres palmos de distancia, los aqueos se cogieron del hombro del de enfrente y volvieron en fila india hasta los barcos, pues habían perdido su oportunidad.

LAS FLECHAS DE HERACLES

De nuevo se cernió sobre ellos un periodo de angustioso estancamiento, y una vez más Agamenón se dirigió frustrado a su profeta Calcante:

—¿Qué te cuentan ahora las golondrinas y los gorriones, viejo farsante?

Calcante le dedicó una sonrisa educada y pesarosa.

—Solo los líderes estúpidos culpan a sus mensajeros, y el rey de los hombres, el gran rey al que sirvo, nunca ha sido un necio.

—Sí, bueno, nadie te está echando la culpa, Calcante —replicó Agamenón haciendo rechinar los dientes—, pero nos has repetido una y otra vez que veías clara una victoria argiva en el décimo año de nuestra campaña. No nos quedan muchas semanas. Estoy convencido de que todos agradeceríamos algunas indicaciones.

—Ahora sé que para asegurar la victoria necesitamos las flechas de Heracles —dijo Calcante.

—¿Qué?

—El divino Heracles le confió a su amigo Filoctetes su fabuloso arco junto con las flechas que había sumergido en la sangre letal de la hidra.

—Sí, sí, todos los niños del mundo se saben la historia, pero ¿a qué te refieres con que las «necesitamos»?

—Tal vez recuerdes, mi poderoso rey, que hace diez años, cuando nos detuvimos en la isla de Lemnos de camino aquí a Filoctetes lo mordió una serpiente venenosa.

—Pues claro que me acuerdo. ¿Y qué?

—La herida se infectó y se decidió que había que dejarlo en la isla para no contagiarnos todos. Mi señor, anoche el vuelo de las grullas sobre las arenas me dijo claramente que necesitamos a Filoctetes y esas flechas. Sin ello no podemos vencer a Troya.

—Pero si el pobre hombre estará muerto ya, ¿no? Solo en aquella isla y con esa herida...

—Los dioses le perdonaron la vida. He visto que aún vive.

Agamenón soltó uno de esos suspiros racheados de quien soporta más de lo que debería por culpa de su posición, la mezquindad casual y la incompetencia inagotable de sus subordinados.

—Claro. Bueno. Sea. —Se giró para contemplar a sus oficiales—. Odiseo. Tú eres el que nos convenció de que lo dejásemos allí tirado. Id Diomedes y tú a Lemnos y traedlo. ¿Por qué sigues aquí plantado? ¡Vete!

En Lemnos, Odiseo y Diomedes encontraron a Filoctetes, aún con un dolor constante fruto de la herida, que no se curaba. Llevaba todos aquellos años viviendo en un cubil que se había construido él mismo. Estaba todo embarullado de plumas y huesos de aves que había cazado con sus flechas. Al ver a Odiseo, el responsable de su miserable aislamiento, levantó el arco. Sus brazos esqueléticos temblaron mientras apuntaba.

—Vamos —le dijo Odiseo—. Dispara. No me cabe duda de que me lo merezco. Puse nuestra causa por encima de tus necesidades. Creímos que no te necesitábamos. Te dejamos pudrirte aquí. Ahora descubrimos que te precisamos y tengo la desfachatez de venir a suplicarte perdón y ayuda. Pero ¿por qué habrías de perdonarme? Mejor será que muramos aquí olvidados. ¿Por qué escoger la gloria y la fama en Troya cuando nos aguarda la muerte hagamos lo que hagamos? Lo mismo nos da acabar en esta guarida apestosa que en el campo de batalla. De una manera viviremos para siempre en la posteridad, por medio de estatuas, canciones y relatos, de la otra seremos olvidados. Pero ¿y qué? ¿Qué ha hecho por nosotros la posteridad?

—Maldito seas, Odiseo —respingó Filoctetes—. Como muramos juntos aquí igual me veo condenado a pasarme la eternidad en el otro mundo con tu cháchara interminable machacándome los oídos.

—Ah, sí, su sombra no se callará jamás, de eso puedes estar seguro —terció Diomedes—. Sería peor que las torturas de Sísifo y Tántalo juntas. Mejor que te vengas con nosotros.

264

En cuanto el barco negro echó el ancla de piedra en la cabeza de playa aquea, llevaron a Filoctetes a la tienda de Podalirio, que estaba encantado de poder hacer algo que lo distrajese de la pérdida de su hermano Macaón. Le aplicó una cataplasma revigorizante en el pie que supuraba. En cuanto la preparación tocó la herida se puso a espumear y sisear. Filoctetes gritó y se desmayó. Cuando se despertó tenía el pie sano y el dolor se había esfumado.[1]

Agamenón puso a Filoctetes a trabajar de inmediato. Sus flechas envenenadas acabaron con montones de troyanos rasos, pero había uno que valía lo que todos juntos.

Una silueta despampanante de brillante armadura se había aventurado fuera de la ciudad y mataba griegos brutalmente sin preocuparse de su seguridad. Filoctetes apuntó. La flecha voló hasta el guerrero troyano, que osciló hacia un lado. La punta de la flecha le había rozado la garganta. El guerrero se quitó el casco y se llevó una mano al cortecito, que le escocía. Apenas sangraba. No era nada.

—¡Paris! —gritó Diomedes con una palmada en el hombro de Filoctetes—. ¡Le has dado a Paris!

La silueta de la armadura brillante era Paris, en efecto. Aquella mañana había incinerado el cadáver de su hijo Córito, el chico al que asesinó en un arrebato de celos injustificados. El remordimiento, la amargura y la cólera le habían despertado un valor tremendo y salvaje. Ahí mismo se desentendió del rasguño de la flecha y se lanzó de nuevo al combate. Pero la piel del cuello comenzó a picarle de manera insidiosa. Se tambaleó mientras se le

1. En la tragedia *Filoctetes* de Sófocles, Odiseo se lleva a Neoptólemo a Lemnos (Diomedes no está presente) y se desarrolla un gran juego psicológico de engaño y despiste. Filoctetes se niega a acudir en ayuda del ejército griego, pero al final desciende Heracles al escenario como un *deus ex machina* y revela a Filoctetes que en Troya le aguarda la curación y una victoria heroica.

llenaba la frente de sudor y el pulso le atronaba en los oídos. Unos brazos providenciales lo levantaron y lo llevaron hasta la puerta Escea, pasando por el mismo sitio donde Aquiles había caído merced a una flecha suya. Para cuando lo tumbaron en una cama de palacio notaba como si tuviera el cuerpo entero en llamas.

La fiebre lo abrasaba sin descanso y Paris chillaba llamando a Helena en su espantosa agonía. Helena no aparecía. Luego pidió que lo llevasen al monte Ida.

—Énone... mi esposa... solo ella puede curarme. Llevadme con ella.

Énone lo vio retorciéndose en su litera, pero se le había endurecido el corazón.

—Me traicionaste y mataste a nuestro hijo —le dijo—. No mereces vivir y no pienso mover un dedo por salvarte.

Se llevaron a Paris de nuevo a Troya. Después de tres días más de gritos y delirio, su alma infeliz por fin abandonó su cuerpo torturado.

Los griegos lo celebraron y unos cuantos troyanos lo lloraron. Príamo y Hécuba encabezaron el duelo. Deífobo y Héleno, los dos hermanos mayores que le quedaban a Paris, dejaron algunas riquezas en su pira por diligencia. Casandra gimió. Helena siguió encerrada en sus aposentos de palacio. El viejo pastor Agelao llegó para despedirse del bebé que había dado por muerto en la cima del monte Ida, el niño al que puso nombre y que crió como si fuese suyo, el chico feliz al que quería la gente de la montaña, el joven, honrado y sonriente Paris tan satisfecho con su vida en las verdes laderas y con su matrimonio con la encantadora Énone. Hacía mucho que aquel dulce y radiante Paris había sido sustituido por un ser duro, malcriado, deslustrado y mezquino. Afrodita, Helena, el estatus, las riquezas y la vida pública se le subieron a la cabeza y le agriaron el corazón. Y ahora aquel patético final. Si aquella osa se hubiera comido al bebé que encontró en la cima de la montaña en lugar de amamantarlo, qué diferente habría sido el mundo.

Pero aun cuando las llamas ascendían alrededor del cuerpo de Paris, Énone se abrió paso entre el pequeño corro de dolientes y se lanzó a la pira para arder con él. Por más superficial, estúpido y vanidoso que fuese Paris, ella lo había amado con toda su alma.

Evidentemente, su muerte significaba que ahora Helena podía ser liberada por derecho y enviada de vuelta a Esparta con todas las riquezas que la acompañaron, poniendo punto y final así a la guerra. Pero Deífobo y Héleno habían quedado absolutamente hechizados por la belleza de Helena y no pensaban dejarla marchar. Se decidió que se casaría con uno de los hermanos. Ella, como es natural, no tenía ni voz ni voto. Deífobo hizo uso de su primogenitura para obtenerla y Héleno, dolido y ofendido, se largó de Troya y se fue al monte Ida a lamerse las heridas.

Odiseo, a cargo de una tropa aquea que cazaba ovejas y vacas, se encontró a Héleno y lo llevó al campamento de Agamenón. Su resquemor contra Deífobo hizo que les contase con mucho gusto a los griegos todo lo que sabía:

—Si de verdad queréis romperle el corazón a los troyanos tenéis que encontrar la manera de penetrar en la ciudad: hay una entrada secreta que os puedo describir. Uno o dos hombres pueden colarse sin que les pidan cuentas, siempre que parezcan inofensivos. Tienen que ir al templo de Atenea y robar el ídolo de madera que llamamos Paladio. La Suerte de Troya. Cayó de los cielos a los pies de mi trastatarabuelo. Mientras se encuentre dentro de las murallas de la ciudad, Troya no puede caer.

Agamenón miró a Odiseo, que se encogió de hombros con fingida resignación.

—Vamos, Diomedes —dijo—. Parece que nos necesitan de nuevo.

Aquella misma noche, arrebozados y encapuchados con harapos sucios, Odiseo y Diomedes cruzaron la llanura y se dirigieron a la parte de atrás de la ciudad. Tal y como les había indicado Héleno, encontraron la puerta secreta y, tras esconder sus espadas en una maraña de maleza y hierba alta en la base del muro exterior, se colaron y avanzaron por los oscuros pasadizos. Los disfraces de mendigos lograron que no les molestasen salvo en una ocasión cuando un grupo de niños les lanzó piedras.

—¡Apestosos!

Odiseo había insistido en que se restregasen estiércol de caballo «para obtener ese perfume típico de mendigo auténtico».

A Diomedes se le fueron de la cabeza todas las precisas indicaciones de Héleno en cuanto entraron en aquel laberinto de avenidas y pasajes húmedos. Ojalá Odiseo no estuviese tan perplejo.

—¿Dónde estamos?

—Debemos de estar más o menos detrás del palacio.

—¿Debemos? ¿Más o menos?

—Dado que tenemos la luna encima y a nuestra derecha, pues...

—¡Chsss! ¡Viene alguien!

Diomedes empujó a Odiseo por una puerta cuando la silueta de una mujer se acercaba. Al aproximarse pasó bajo un rayo de luna por un segundo. Bastó. Odiseo salió de su escondite. La mujer se paró y se lo quedó mirando.

—¿Odiseo? Por todos los dioses, ¿Odiseo?

—Bonita tarde, Helena.

Diomedes emergió y clavó la mirada en Helena, boquiabierto de asombro. Ella lo miró igualmente atónita.

—¿También Diomedes? ¿Ya está? ¿Ha llegado el momento? –Miró a su alrededor–. ¿El ejército aqueo ha entrado en la ciudad? ¿Mi marido está aquí? ¿Está aquí Menelao?

Odiseo le puso un dedo en los labios y la atrajo hacia la oscuridad. Un grupo de soldados borrachos pasó cerca cantando ruidosamente.

–Solo nosotros –le susurró–. Hemos venido a robar el Paladio.

–Pero nos hemos perdido –añadió Diomedes.

–Haznos de Ariadna, que nosotros haremos de Teseo –le dijo Odiseo–; dinos cómo avanzar por el laberinto.

El sentido del humor pudo con Helena y estalló en una carcajada.

–¿El Paladio? ¿A esto ha acabado reduciéndose la guerra del poderoso Agamenón?

–Poca broma –dijo Diomedes–. Héleno nos contó que sin el Paladio Troya estará destinada a caer.

–Bueno, desde luego así lo creen –admitió Helena–. Os ayudaré. Por aquí.

Los condujo doblando esquinas, cruzando patios y puentes destartalados hasta que llegaron a una gran plaza; en uno de los lados había una gran escalinata de mármol que llevaba hasta una fachada colorida de columnas pintadas.

–El templo de Atenea –les susurró Helena–. El Paladio está dentro.

Odiseo y Diomedes entraron en el templo y Helena hizo guardia fuera. Estaba todo silencioso. Ningún transeúnte. El encuentro con aquellos dos amigos íntimos de su vida pasada le había producido un extraordinario pasmo. Tan repentino, tan completamente inesperado. Era como un sueño. Pero un sueño que la había despertado de una realidad que distaba mucho de ser ilusoria. Se disipó todo el poder que siguiese teniendo Afrodita sobre ella. Deífobo le repugnaba y Troya no significaba nada para ella. No tenía nada en contra de Príamo y Hécuba, pero ahora sabía con total certeza que lo único que deseaba era navegar de vuelta a Esparta con Menelao. Si es que este la aceptaba.

Odiseo y Diomedes emergieron del templo. Diomedes se había quitado la túnica y la usaba para envolver el Paladio.

—Es pequeñísimo —comentó colocándose el paquete bajo el brazo—, y el grabado es de lo más tosco.

—Lo sé —respondió Helena—. Como todos los objetos sagrados y auténticamente preciosos, es bastante soso. Solo las cosas profanas son hermosas.

Odiseo miró a Helena. No había pasado por alto la amarga pulla que se dirigía a sí misma con aquel comentario.

—Los atridas estarán tremendamente satisfechos de oír cómo nos has ayudado en esto —dijo.

—¿Menelao está enfadado conmigo?

—Claro que no. Estate tranquila. Pronto terminará todo.

—Contadles lo infeliz que soy. Soy infeliz con Deífobo, que es un cerdo, pero también lo era con Paris. Decídselo.

Odiseo le apretó una mano.

—Lo sabe. Y ahora, por todos los tártaros, ¿cómo volvemos a esa puerta secreta?

—¡Pero si yo voy con vosotros! —dijo Helena—. Esperad mientras voy a buscar a mi hijo Nicóstrato. ¡Volveremos con vosotros al campamento griego y con eso terminará todo!

Odiseo y Diomedes se miraron. ¿Podía ser tan sencillo? Se imaginaron las caras de Agamenón y Menelao cuando llegaran a la fortificación escoltando al mayor trofeo entre los trofeos. Justo entonces retumbó una voz:

—¡Princesa Helena!

Se giraron. Un grupo de guardias de palacio se acercaba. El capitán se adelantó e hizo una reverencia.

—El príncipe Deífobo nos manda a buscarla, señora. ¿Quiénes son estos hombres? ¿Han osado importunarla?

—Atenea mira con buenos ojos a quien cuida a los menesterosos —respondió Helena—. Ahora largo... marchaos por donde habéis venido –les dijo a Odiseo y Diomedes levantando una mano y señalando en la dirección de uno de los cinco caminos que llevaban fuera de la plaza del templo.

Odiseo y Diomedes hicieron una profunda reverencia y se alejaron de ella farfullando agradecimientos.

–Y buscaos un abrevadero de caballos donde lavaros –les gritó–. Apestáis como griegos.

Corrieron y corrieron hasta el final del camino. Odiseo miró arriba y alrededor, se orientó y pronto estaban saliendo por la puerta secreta y escarbando en la hierba y los matojos en busca de sus espadas.

De camino al campamento griego, la magia oscura del Paladio comenzó a apoderarse de ellos, o quizá la magia oscura de la ambición ladina de Odiseo. Unos pasos por detrás de Diomedes, se planteó lo mucho que le favorecería llegar a la tienda de Agamenón solo. Se imaginó dejando caer el Paladio como quien no quiere la cosa sobre la mesa de campaña del rey de los hombres. Perseguí, maté y me llevé esta cosa. No, no, no es nada. Pero ojalá hubiese podido salvar al pobre Diomedes. Era un buen hombre y un buen amigo.

Un plan sin fisuras desde todos los puntos de vista.

Odiseo respiró hondo, tragó saliva y avanzó hacia Diomedes con la espada en alto. Por el rabillo del ojo, Diomedes vio destellar la hoja a la luz de la luna. Se giró a tiempo para evitar el perverso mandoble.

El hechizo se rompió de repente y Odiseo cayó de rodillas.

–Pensaba que eras mi amigo –le dijo Diomedes.

–¡Es esa cosa! –le contestó Odiseo señalando el paquete que el otro llevaba bajo el brazo–. Está maldita.

Diomedes gruñó en señal de asentimiento, pero se preocupó de conducir a Odiseo por delante con la punta de su espada durante el resto del trayecto de vuelta a las filas griegas.[1] Cuando llegaron, Odiseo fue lo suficientemente listo como para hablar primero, cómo no. Desembuchó la historia de su ataque a Diomedes. Contó la cosa en tono de desconcertado asombro y horror como ejemplo del temible poder del Paladio. Se decidió de inmediato que en lugar de conservar aquel objeto funesto, debían llevarlo al santuario de Atenea que se erguía en las faldas del monte Ida, donde se podía montar guardia para evitar que los troyanos fueran a recuperarlo.

—Basta con que ya no tengan el puñetero objeto consigo —dijo Agamenón volviéndose hacia Calcante—. De momento nuestra victoria es segura. ¿No es así, Calcante?

Calcante alzó los hombros con una dulce sonrisa.

—Así está escrito, señor. Así está escrito.

—A veces —dijo Odiseo, que era consciente de que todavía tenía que recuperar la confianza de todos los que lo rodeaban—, a veces lo que escriben los dioses ha de reescribirlo el hombre.

—¿En qué sentido? —preguntó Agamenón.

—En el sentido de que tengo una idea —respondió Odiseo—. Y aunque esté mal que lo diga yo, una idea bastante buena. Tan buena que sospecho que la mismísima Atenea me la debe de haber sembrado en la cabeza.

---

1. Diomedes sabía lo inestimable que era Odiseo para las tropas griegas, pese a sus inclinaciones hipócritas y traicioneras. En la Atenas histórica y en todo el mundo griego, durante siglos, se ha usado la frase «una decisión de Diomedes», o «una necesidad diomédica», para describir una situación donde uno se ve obligado a hacer algo que preferiría no hacer por un bien mayor; como Diomedes en el trance de perdonar la vida a Odiseo con vistas a la causa griega general, sacrificando su deseo natural de vengarse.

272

CUIDADO CON LOS GRIEGOS...

AMANECER

Cada mañana, cuando Eos, hermana de Helios el sol y Selene la luna, abre de par en par las perladas puertas de su palacio de oriente, reza por que esa nueva mañana ilumine un día de victoria para Troya. Su marido Titono, el hermano de Príamo, había sido príncipe de la ciudad. Fue en las mismísimas arenas en las que los barcos negros de la invasión aquea llevan atracados desde hace diez años donde aquella cegadora hermosura mortal y ella pasearon durante los primeros días de su amor. Su hijo Memnón había muerto valientemente en combate luchando por la causa troyana, partido por el cruel Aquiles no muy lejos de aquella misma costa. Eos odia a los griegos y desearía poder hurtarles los matices de coral y melocotón que su destino la obliga a dispensar por igual entre canallas y virtuosos.

Cada mañana, los guardias de ojos soñolientos hacen relevos en las murallas de Troya. Cada mañana, el capitán que llega le pregunta al que se va si durante la noche ha observado alguna novedad que valga la pena informar.

Cada mañana la respuesta ha sido la misma.

Hasta hoy.

273

Hoy, esta mañana precisamente, es distinta.

La obra de Eos aún no está lista y el mundo sigue en la oscuridad cuando los centinelas del relevo llegan a lo alto de las murallas de las ciudades. Se sorprenden de ver el contingente nocturno al completo apiñado al borde de las almenas, mirando fijamente la llanura.

—¿Qué pasa? ¿Qué veis?

—¡Nada! —suele ser la respuesta.

—¿Nada?

—Nada, digo. Nada.

—Sigue oscuro.

—Habíamos visto fuegos antes. Fogatas enormes, pero se han extinguido.

La luz empieza a filtrarse por el cielo y se vuelven visibles unos leves contornos. El mero hecho de observar y tratar de descifrar las formas que van emergiendo poco a poco hace daño a la vista, pero con cada minuto la nitidez es mayor.

—¿Por qué no puedo distinguir las siluetas de los barcos?

—¿Qué es esa forma colosal?

—Antes no estaba ahí.

A lo lejos, por el levante, las puertas de la aurora están abiertas del todo y unas tenues estrías se extienden ahora por el cielo hacia la ciudad. Lentamente, tan lentamente que los sentidos parecen engañarse, se revela una asombrosa verdad.

El capitán de la guardia nocturna se precipita hacia la campana de bronce y hace bambolearse el badajo para activar la alarma.

La ciudadanía troyana está tan bien entrenada como los soldados. Al oír las campanas, la gente empieza a reunirse en los puntos acordados. No hay gritos, no se chocan ni chillan como caballos asustados, no se quedan paralizados. Héctor, que hace mucho estableció los procedimientos y ejercitó al pueblo, habría estado orgulloso al ver lo ordenada y pausadamente que se muestran en este momento en que suena la alarma por primera vez.

Deífobo y Casandra son los primeros de la casa real en llegar a las poternas. El propio Príamo acude después, desarreglado y sin aliento. La guardia sigue observando fijamente y los mariscales y los heraldos que atienden a la comitiva real se ven obligados a llamarle la atención.

−¿Qué pasa? −pregunta Príamo−. ¿Un ataque? ¿Fuego? ¿Escalerillas?

−¡Ven a mirar, padre! −grita Deífobo.

Ayudan a Príamo a llegar hasta arriba.

A sus pies se extiende la llanura de Ilión. Diez años de guerra han hundido, agujereado y removido enormes secciones de esta tierra, fértil en su día. Príamo levanta la vista. Está el río Escamandro centelleando al sol de la mañana, y más allá...

Príamo se queda perplejo e incrédulo y vuelve a mirar.

No hay nada.

La fortificación griega ha sido desmantelada.

Han quemado el campamento entero: tiendas, refugios, empalizadas y demás.

Ve la extraña silueta de algo inmenso, aunque no logra distinguir qué es.

Pero los barcos enemigos han desaparecido, del primero al último.

Príamo está tan acostumbrado a verlos ribeteando la playa que su ausencia se le antoja una herida, una tremenda cicatriz. La costa está vacía y descubierta sin los barcos.

Príamo escruta y escruta, pasmado de asombro y algo más. ¿Es miedo? Cae en la cuenta de que lo que siente es una ínfima pizca de una brizna de esperanza. ¿Osará abrigar esperanzas? La simple idea de la esperanza lo llena de temor. Ha visto y sufrido demasiado como para confiar en la esperanza.

Se gira hacia Deífobo.

—Se han... ¿Dónde están?...

Deífobo sonríe de oreja a oreja y hasta se atreve a dar una palmada al rey en el hombro.

—¡Se han vuelto a casa, padre! ¡Los griegos se han marchado a casa!

Se gira hacia su consejero y amigo Antenor.

—¿Qué es eso... ahí, esa forma que se cierne sobre los escombros en la orilla? Mis viejos ojos no lo distinguen. ¿Qué puede ser?

Casandra se adelanta y tironea de los ropajes de su padre exclamando:

—¡Es la muerte! ¡La muerte!

Antenor llama al capitán de la guardia:

—Manda unos cuantos hombres al campamento aqueo. Diles que lo exploren a conciencia y que nos traigan un informe.

Príamo habla a la multitud que se ha congregado en las almenas para mirar:

—Aquí hace mucho fresco —les dice—. Creo que sería buena idea que nos volviésemos abajo de nuevo y desayunáramos mientras esperamos noticias, ¿os parece?

Durante el desayuno, Príamo se encuentra calmado. Le dice a Hécuba que no se cree que esté despierto.

—¿Es posible, después de tantos años, que se hayan marchado sin más?

—Es aquello por lo que hemos rezado, amor mío —le dice Hécuba—. Tal vez los dioses por fin nos han escuchado.

—¿Por qué ahora?

—¿Por qué no ahora? Los dioses saben lo que esta guerra le ha hecho a Troya. A nosotros. Tú eres un buen hombre, Príamo. Hombres viles han vivido vidas felices y nunca se han visto obligados a enterrar a tantos de sus hijos. Semejante injusticia es una afrenta a todas las cosas. A los dioses les ha llevado mucho tiempo inclinar la balanza a nuestro favor, pero no es menos de lo que merecemos.

Justo entonces un clamor en el corredor de fuera indica que la expedición ha regresado. El capitán irrumpe en la sala.

—¡Majestad, se han ido! Se han ido de verdad. No queda ni un solo griego. Bueno, no, señor, esto no es del todo cierto. Hay... Nos hemos encontrado...

—Recupera el aliento —le dice Príamo— y cuéntanos lo que habéis encontrado en el campamento aqueo.

—El campamento aqueo no es un campamento. Ya no. Está desmantelado, quemado y abandonado. Encontramos a un hombre. Le pusimos un guardia porque, además de a este hombre, encontramos... —El capitán se interrumpe, incapaz de contener una enorme sonrisa—. Señor, ¡jamás adivinaríais lo que hemos encontrado!

—Déjate de jueguecitos con tu rey. ¡Desembucha, hombre! —le espeta Deífobo—. Dinos bien claro lo que habéis encontrado.

—Bien claro, su alteza —dice el capitán, demasiado eufórico como para darse por aludido por el áspero tono de Deífobo—, hemos encontrado... un caballo.

—Bueno, pues tampoco lo veo tan extraño —interviene Hécuba.

—¡Pero no! —dice el capitán, incapaz de dejar de sonreír—. Se trata de un caballo como no habéis visto nunca. Un caballo —señala hacia el techo—, un caballo tan alto como este techo. ¡Un caballo de madera!

EL PLAN...

Cuando Odiseo explicó su idea con detalle, muchos de los integrantes de la cúpula de Agamenón —Neoptólemo y Filoctetes los más prominentes entre ellos— intentaron hacerlo callar.

—No funcionará.

—Lo quemarán enseguida.

277

—Eso no engañaría ni a un niño.

—¿Treinta hombres? Y tú serás uno de ellos, ¿no?

—¡Ni de broma!

—Es, con mucho, de lo más estúpido...

—... de locos... qué descalabro... suicida...

Agamenón levantó su cetro y se hizo el silencio.

—¿Atenea te dictó esta idea?

—Hasta el último detalle —contestó Odiseo—. Yo me quedé tan atónito como todos vosotros. Pero me ha prometido que funcionará. —Se volvió hacia el resto—. Y sí, por supuesto, seré uno de los treinta hombres que vayan dentro. No tengo ninguna intención de contarme entre los cobardes y los descreídos. Uno de los traidores que se pronunció contra el único plan capaz de garantizar nuestra victoria. Seré uno de los treinta hombres cuya fama no se olvidará. Espero que la gente se pelee por participar.

El aplomo y la convicción del discurso surtió su efecto.

—Yo he venido para combatir contra el enemigo, no para apretujarme dentro de la panza de madera de una trampa destinada a las brasas —dijo Neoptólemo.

—Entiendo que Filoctetes y tú, que solo contáis con unas semanas de combate, sigáis creyendo que la fuerza de las armas es la única vía —repuso Odiseo—, pero el resto estamos agotados de combatir y listos para darle prioridad a la astucia por encima de la masacre. Inteligencia antes que guerra, ¿sabes? Arrojo y cerebro antes que carnicería y sangre.

Un lúgubre murmullo de aprobación de los demás silenció a los desconfiados.

—¿Cómo construiremos esa cosa? —preguntó Menelao.

—Propongo a EPEO —dijo Odiseo—. Epeo construyó la fortificación. Como todos sabemos, los refugios y construcciones mejores y más resistentes de este campamento son obra suya. En Focis supervisó la construcción de templos, barcos y pueblos enteros.

Llamaron a Epeo. No era el más popular de los guerreros aqueos. Muchos habían observado que nunca se le veía en primera línea cuando el peligro se recrudecía. No obstante, era capaz de luchar cuerpo a cuerpo como cualquier hombre. Había derrotado a Euríalo, el compañero de Diomedes, en el combate de boxeo que formó parte de los juegos funerarios celebrados por Patroclo. Y en los que poco después se hicieron en honor de Aquiles, ni siquiera ACAMANTE –hijo del gran Teseo, inventor de la lucha libre–[1] había logrado vencerlo. Si le sorprendió que lo convocasen a aquella reunión de todos los grandes líderes de la fuerza expedicionaria aquea, lo disimuló bien.

Odiseo habló durante diez minutos y Epeo asintió mientras escuchaba.

–Ingenioso –murmuró cuando el héroe hubo acabado–. Un caballo de madera, ¿seguro? ¿Y un elefante, qué?

Se oyeron algunas risas a las que Odiseo se sumó presto.

–Es que... treinta hombres... –dijo Epeo–. Tendrán que respirar, a fin de cuentas.

–Treinta es el mínimo necesario para garantizar el éxito. Tú puedes, Epeo.

–Primero necesitaré levantar un muro bien alto para ocultar lo que estamos haciendo a la vista de los troyanos y de sus espías.

–Ya he pensado en eso. Tendría que ser una valla de madera tosca. Que pareciese como la continuación de la empalizada. Lo suficientemente alta como para tapar tu trabajo, claro, pero un muro sólido levantaría sospechas.

Epeo asintió.

–Bueno, mejor que me ponga manos a la obra. Antes que nada, tendremos que ir a las laderas de poniente del Ida a talar

---

1. Véase *Héroes* (p. 363) para más sobre Teseo y su invención del *pankration*.

unos cuantos pinos y transportar los troncos hasta aquí. Voy a necesitar mulas y hombres. ¿Puedo escoger quién trabajará conmigo?

Agamenón hizo un gesto displicente con una mano.

–Llévate a quien quieras y lo que quieras.

Cuando Epeo y Odiseo se hubieron marchado, Agamenón se volvió hacia Calcante.

–¿Estamos haciendo lo que hay que hacer? Lo digo porque es un riesgo de tres mil pares.

–La idea es temeraria, señor –convino Calcante–, pero algo ahí se corresponde con una extraña visión que tuve ayer a última hora de la tarde. Vi un halcón que se lanzaba en picado a por una paloma. Aterrorizada, la paloma se metió en la grieta de una roca. Me pasé un buen rato observando cómo el halcón frustrado volaba en círculos alrededor de la roca, pues era demasiado grande para seguir a su presa. Este movimiento circular me hizo pensar en nuestros ejércitos dando vueltas y vueltas sin parar alrededor de Troya. Pero entonces el halcón se detuvo y se ocultó en un arbusto frente a la grieta. Esperó allí, invisible y en silencio. Entonces vi que la paloma asomaba la cabeza, miraba alrededor y alzaba el vuelo. De inmediato, el halcón salió del arbusto y se abalanzó sobre ella. De golpe capté lo que significaba. Troya caerá no merced a la celeridad o la fuerza, sino merced a la astucia, majestad. Y luego, a la mañana siguiente, Odiseo se presenta a contarnos su estrategia...

Alzó las manos con las palmas hacia arriba como para expresar su asombro ante los caminos imponderablemente misteriosos de los dioses, las moiras y el destino.

–Hum –dijo Agamenón con una mirada de hartazgo cómplice a Menelao.

Epeo borboteaba, giraba y chisporroteaba como Hefesto mientras trabajaba. Circularon rumores por el campamento de que estaba gastando joyas y metales preciosos en los detalles de su inmenso animal de madera.

–¡Del cofre del botín común! –mascullaban algunos con indignación.

Pero, en general, todo era emoción y apoyo por el proyecto. Aunque a todos les habría gustado verlo un poco mejor. El andamiaje que Epeo había levantado para facilitar la construcción del caballo era una pantalla tan efectiva contra la mirada de los griegos como la gran empalizada de madera lo era contra los troyanos. Oían serrar, martillar, pero no veían la obra en marcha.

Odiseo, mientras tanto, aclaraba los puntos esenciales del plan a Agamenón y al resto de comandantes:

–Si nos limitamos a recoger nuestros bártulos y abandonar el campamento dejando solo un caballo a la vista de los troyanos, no se fiarán –dijo.

–Pero yo pensaba que de eso se trataba. De desaparecer por completo –dijo Aias.

–Sí, pero tiene que quedarse alguien para explicar el caballo. Para que los troyanos puedan creer que no pasa nada por meterlo en la ciudad.

Agamenón frunció el ceño.

–No lo pillo.

–Y tengo al tipo indicado –dijo Odiseo echándose a un lado y chasqueando los dedos hacia una cortina a su espalda.

Al oír la señal, salió un hombre bajo y fornido de hombros anchos que ejecutó una breve e irónica reverencia. Al verlo se oyó un rumor de sorpresa y duda.

–¿SINÓN? –dijo Agamenón–. Pensaba que vosotros dos os odiabais.

Odiseo sonrió.

–Muy bien no nos caemos...

–Mi primo Odiseo es un cabrón mentiroso y ladino –dijo Sinón– y me cuesta hasta verle la puñetera cara.

–Eso es *vox populi* –convino Odiseo–. Lo de no soportar verme la cara –se apresuró a añadir–. Lo demás son burdas calumnias fruto de la envidia. No sé de qué os reís. La cosa es que incluso los troyanos saben que Sinón y yo somos enemigos mortales. Así su traición resultará de lo más creíble.

—¿Su qué? Explícate.

Odiseo se explicó.

—Eres astuto de verdad, ¿eh? —comentó Agamenón cuando oyó todo el plan—. A nadie más en el mundo se le habría ocurrido algo ni la mitad de retorcido.

Sonaba más a desaprobación que a elogio.

—No es cosa mía, gran rey —dijo Odiseo alzando las manos en asombrada protesta—. Sino de Atenea. Se me apareció en un sueño y me expuso todo con detalle. Yo no soy más que su marioneta, un mero recipiente.

EL CABALLO

Príamo y su séquito se dirigieron al campamento aqueo desalojado. Cuando cruzaron el Escamandro y a medida que se iban acercando, el caballo parecía crecer y crecer, su forma se alzaba silueteada contra el blancor del cielo.

El capitán de la guardia, que había guiado la comitiva, se apoyaba ahora en la pata delantera izquierda del gigantesco caballo con ese peculiar aire de propietario orgulloso de quien ha sido el primero en hacer un hallazgo extraordinario. Cuando se acercó el rey, se enderezó.

Aquello era lo nunca visto. En tres días de nada, Epeo y su equipo de constructores se habían superado. La atención al detalle era asombrosa. La parte más grande posterior, los flancos y el vientre estaban hechos con duelas de madera superpuestas como en los cascos trincados de un barco, cada madero había sido curvado, torneado y cepillado a conciencia hasta lograr un acabado suave al tacto. Al cuello le habían colocado una crin de lentejuelas con un ribete morado y borlas de oro. Las cuencas de los ojos del caballo tenían incrustaciones de berilo y amatista, y resplandecían con un contraste de colores: unos ojos redondos rojo sangre y bordeados de verde. Una brida tachonada de marfil y bronce plateado relucía y destellaba en la altiva cabeza, ligeramente ladeada, como si un jinete invisible acabase de tirarle de las riendas. Los labios estaban separados y dejaban a la vista una hilera desigual de dientes blancos.

Príamo y los troyanos que contemplaban aquello como pasmarotes no se imaginaban que la enorme boca del caballo no estaba abierta para expresar bravura y potencia (aunque lo expresaba), sino para permitir que el aire fresco y respirable circulase por los conductos disimulados que bajaban por el cuello hasta el vientre.

Los cascos de cada pata estaban enfundados en caparazones de tortuga fijados con anillos de bronce. Desde las orejas enhiestas hasta la larga cola trenzada, el efecto era el de una cosa ligera, regia y viva.

Príamo y sus cortesanos digirieron la visión en medio de un silencioso asombro.

Deífobo acarició las patas, fascinado aunque perplejo.

–¡Tenemos que destruirlo! –gritó Casandra–. Destruirlo, quemarlo, antes de que nos destruya y nos queme a todos.

–Extraordinario –dijo Príamo al rato–. Más que extraordinario. Parece que de un momento a otro Ares vaya a montarse en este tremendo corcel y lanzarse a la batalla al galope.

–Pero ¿qué es? –preguntó Hécuba–. Es decir, ¿para qué es?

–Es para la destrucción de Troya –gimió Casandra.

Polidamante llamó a su rey desde debajo del vientre:

–Haced el favor de acercaros, señor. Aquí hay algo que deberíais ver.

Y allí estaban: unas letras doradas por el flanco derecho.

–LAOCONTE, tú sabes leer estas inscripciones; ven y dinos qué significan –le pidió Príamo gesticulando hacia un sacerdote de Apolo que estaba allí cerca con sus dos hijos ANTIFANTE y TIMBREO.

Laocoonte se adelantó y examinó la inscripción.

–Dice: «Para su regreso a casa, los helenos dedican esta ofrenda a Atenea».

–Ah, así que es para la diosa. ¿Un obsequio?

–Señor, no debe confiar en los griegos, ni siquiera cuando le brindan regalos.

–¿Le tienes miedo a este objeto?

Laocoonte le cogió la espada a uno de los soldados y dio un buen golpe con la hoja plana en el vientre del caballo.

–Yo digo que lo quememos. Digo que lo qu... Dig...

Pero Laocoonte fue incapaz de decir nada más. Su boca de abría y se cerraba. Empezó a echar espuma por la garganta y se retorció entre espasmos. Antifante y Timbreo corrieron a sostenerlo.

–Ven, padre, siéntate aquí –le dijo Antifante.

–No es nada, majestad –lo tranquilizó Timbreo–. Le ha dado un ataque, le pasa a veces.

–Hum. A lo mejor los dioses han querido dejarlo sin habla por atreverse a dudar de esta ofrenda de gratitud –dijo Deífobo.

–Podríamos dejarlo aquí, donde lo han dejado los griegos –propuso Príamo.

–Tampoco podríais llevarlo a Troya ni aunque quisieseis –gruñó una voz.

Príamo se volvió y se topó con un hombre bajito y musculoso, ensangrentado tras haber recibido una paliza, al que sostenían entre dos soldados.

–¡Calla la boca, perro griego! –le dijo uno soltándole un guantazo en todo el hocico–. Estás en presencia de un rey.

–¿Este quién es?

–Se hace llamar Sinón, su majestad. Lo hemos encontrado escondido en ese marjal detrás de aquellas dunas. Ha intentado escaparse cuando nos acercábamos, pero lo hemos atrapado.

–Dejad que se acerque –dijo Príamo–. No tiene nada que temer si nos cuenta la verdad sinceramente ante los dioses. Lo siento, Sinón, mis hombres deberían haberte tratado con más amabilidad.

–Ya estaba medio apaleado y hecho un trapo cuando nos lo hemos encontrado, majestad. Dice que han sido los griegos.

–¿Su propia gente?

Empujaron a Sinón a los pies del rey, donde gimoteó y gañó sus respuestas a las preguntas (y los golpes ocasionales) que le llovían.

Poco a poco pudieron ir recomponiendo la historia entera. Odiseo, el maldito, vil y artero Odiseo –Sinón escupía cada vez que pronunciaba su nombre– le había dicho a Agamenón que construyesen el caballo y lo dejasen en la orilla para honrar a Atenea, que estaba enfadada por culpa del robo blasfemo del Paladio de su templo. Aquel sacrilegio había supuesto la condena de las tropas aqueas. No ganarían la guerra. Se les negaría, incluso, un regreso sin peligro a casa, a no ser que ofrendasen el caballo a la diosa.

–¿Los griegos no iban a poder ganar la guerra? –dijo Príamo–. ¿Eso creían?

–Calcante, su profeta, dijo que así era. Que había llegado la hora de volver a casa. Dijo que los troyanos habían complacido a los dioses con su conducta honorable y piadosa, pero que nosotros los habíamos irritado.

–¡Justo lo que yo decía! –intervino Hécuba–. ¿Qué te decía yo, Príamo? Los dioses entienden que no nos merecemos perder nuestra ciudad. ¡Lo sabía!

Príamo le apretó la mano.

–Entonces, ¿de verdad han abandonado la lucha? –preguntó a Sinón.

—Mirad a vuestro alrededor, rey. Tiendas y postes quemados. Barcos cargados y horas desde que se echaron al mar de vuelta a casa. Salvo el pobre Sinón de marras, cómo no.

Príamo frunció el ceño mirando al griego.

—¿Por qué estás aquí, entonces?

—¿Recordáis a uno de los generales aqueos, primo de nuestro rey Agamenón, llamado Palamedes?

—Por supuesto.

—Bueno, Palamedes fue uno de los que hace años ya caló a Odiseo —¡puaj!, otro violento escupitajo— con su locura fingida en Ítaca. El muy cobarde intentaba escaquearse de cumplir su juramento. Nunca le perdonó a Palamedes que lo dejase en evidencia. Así que un día, hará nueve o diez años... hacia el principio de esta asquerosa guerra... un día encontraron el cadáver de un troyano capturado y asesinado que llevaba un mensaje, en apariencia de su majestad, agradeciendo a Palamedes por ayudar a la causa de Troya.

—Yo nunca le he mandado ningún mensaje —dijo Príamo—. Apenas conocía a ese hombre.

—Por supuesto que no. Vi con mis propios ojos cómo Odiseo —¡puaj!— le metía el documento. Y lo seguí después aquel mismo día y lo vi enterrar el oro troyano cerca de la tienda de Palamedes. Encontraron el oro. Palamedes defendió su inocencia pero nadie le creyó, así que lo lapidaron hasta la muerte como traidor. Debería haber alzado la voz, pero Agamenón y todos sus amigotes... ah, cómo adoran a ese itacense taimado... Y ese cabronazo maligno me lo vio en la mirada. Supo que yo lo sabía; y yo supe que tenía los días contados. Pero transcurrieron los años y no pasaba nada. Pensé que igual me había perdonado. ¡Ah, pero ese sabe tomarse su tiempo! Justo cuando creo que estoy a salvo y me vuelvo a casa con todos los demás, a mi ciudad natal, con mi esposa y mis hijos, descarga el golpe. Odiseo —¡puaj!— persuade a Calcante para que le diga a Agamenón que, para ofrendar el caballo completo a Atenea se necesita un sacrificio. Un sacrificio humano. A Calcante le encanta ser el centro de atención. Le encanta blandir su cuchillo de plata. Cuando estábamos estancados en Áulide convenció a Agamenón de que tenía que sacrificar a su propia hija Ifigenia, así que esto no era nada. Ya imaginaréis lo poco que le costó aceptar. El rey de los hombres se pirraba por ello, cómo no. La víctima sacrificial se escogería por sorteo. Y adivinad quién organizó el sorteo. ¿Quién sino...? ¡Puaj!, ¡puaj!, ¡puaj! Los escupitajos de Sinón le produjeron un ataque de tos.

–¿Saliste escogido?

–Por supuesto. Me dieron una paliza, mirad qué verdugones y qué magulladuras, luego me encerraron en una jaula como si fuese una especie de cabra. Pero los dioses cuidaron de mí anoche. Mientras celebraban su banquete, bailando y cantando sus canciones blasfemas me escapé. Hui y me escondí en las dunas. Los vi cortar los cables y echarse al mar dejándome aquí abandonado a las tiernas caricias de estos encantadores soldados de su majestad.

–Vaya –dijo Príamo–. Menuda historia.

–¡Una «historia», eso es lo que es! –gimió Casandra–. Mentiras. Mentiras astutamente entreveradas de verdades. ¡Matadlo y quemad el caballo!

–Una cosa no se puede negar, padre –dijo Deífobo mirando a Sinón–. La enemistad entre este hombre y su camarada Odiseo es cosa sabida.

–Es cierto, señor –dijo el capitán de la guardia–. Todos hemos oído historias de sus riñas.

–Yo también las he oído –dijo Antenor–. Creo que comparten abuelo, Autólico, hijo del divino Hermes. Pero es *vox populi* que nunca se han soportado el uno al otro. También me llegaron rumores del complot contra Palamedes. Todo cuadra. Yo creo lo que dice este malogrado.

–Yo también –respondió Príamo.

–No me importa si me creéis o no –dijo Sinón–. A mí me da exactamente lo mismo.

–Dirígete a su majestad con respeto –le conminó el capitán de la guardia soltándole un tremendo puñetazo que bastó para que Sinón se doblase de dolor.

–Y este caballo –dijo Deífobo levantando la mirada–. ¿Crees que Atenea lo ha aceptado y ha concedido a los malditos dánaos un regreso a casa seguro?

–Ah, el caballo es una bendición y una garantía de protección, no cabe duda –respingó Sinón agarrándose un costado–. Pero esa alimaña taimada se ha asegurado de que no le saquéis ningún provecho.

–¿Y eso cómo?

–Le dijo al constructor, Epeo el Focio, que se asegurase de que esta cosa fuese más alta que la más alta de las puertas de vuestra ciudad. Troya no caerá jamás si este caballo se encuentra dentro de las murallas, ¡pero nunca podréis meterlo! –Sinón sufrió un ataque de risa jadeante–. ¡Os la ha metido doblada!

–Hum. –Deífobo puso cara de circunstancias–. Bueno, ¿qué nos impide desmontarlo, llevárnoslo y reconstruirlo dentro de la ciudad?

–Eso también lo pensó. ¿Veis cómo se superponen las duelas de madera? Epeo se preocupó de que encajasen unas con otras de tal manera que tengáis que romperlo. Atenea transformaría la bendición en maldición si lo rompéis, ¿no os parece? Odio a Odiseo –¡puaj!– con todo mi corazón y con mis entrañas, pero se ha salido con la suya. A lo mejor Agamenón planea volver dentro de uno o dos años con un ejército aún más grande. No podían arriesgarse a que obtengáis la protección de este precioso caballo para Troya, ¿verdad?

Las risitas desmedidas y entusiasmadas de Sinón obligaron al capitán de la guardia a golpearle con fuerza en la cara. Príamo estaba a punto de reprenderlo cuando se oyó otra voz ahogada y una respiración dificultosa. Laocoonte se estaba recuperando de su ataque. Sostenido por sus hijos, se puso en pie vacilante y habló:

—Os lo suplico, rey todopoderoso. No os dejéis engañar. Todo esto forma parte de una treta de los griegos. Ellos quieren que metamos el caballo dentro de Troya. El señor Apolo me habla, señor, como sabéis. Una cosa os digo... os digo...

Su voz se extinguió, porque Príamo y el resto de la comitiva tenían una mirada de paralizante horror clavada en él. O más bien detrás de él. Laocoonte no lo entendía. A su espalda solo tenía el mar. Se volvió a mirar, pero era demasiado tarde.

Un par de gigantescas serpientes marinas habían emergido de entre las olas. A cada lado de Laocoonte, cuatro tentáculos colosales estrujaban ya a sus hijos Antifante y Timbreo. Salieron otros dos que se le enroscaron por el cuerpo.

Los troyanos contemplaron mudos de horror cómo las serpientes arrastraban al mar a las tres víctimas profiriendo alaridos y revolviéndose. Desaparecieron bajo las olas en medio de un tumulto espumoso de extremidades que se tendían suplicantes. El terrible ataque tan solo duró unos segundos.

—¡Y así es como los dioses hacen callar a los que dudan! —exclamó Deífobo con una risotada salvaje—. Padre, podemos llevarnos este caballo a Troya y proteger nuestra ciudad y a nuestra gente para siempre.

—¿Cómo?

—Es sencillo. ¡Sacamos las puertas de la entrada más ancha, la Escea, luego demolemos el dintel y el muro a lado y lado! Lo suficiente como para que pase el caballo. Acto seguido podemos reconstruirlo todo y devolverles a las puertas su antigua gloria en poco tiempo. Ah, padre, ¿no lo ves? ¡Lo hemos logrado, lo hemos logrado! ¡Hemos vencido!

Deífobo bailoteaba alrededor de su padre como un niño de cinco años. Pronto los demás troyanos lo imitaron. Enseguida se enviaron mensajes del caballo a la ciudad y de la ciudad al caballo y media Troya acudió corriendo a través de la llanura.

Alrededor del cuello del animal pusieron guirnaldas de laurel y flores silvestres. Ataron sogas alrededor de la parte baja de las patas delanteras y de la cabeza. Acompañaron a los troyanos trompetas, silbatos y tambores bailando mientras, llenos de júbilo, arrastraban el caballo desde la playa por la llanura y cruzaban el puente principal del Escamandro hasta llegar a la puerta Escea.

Si alguien vio a Sinón escabullirse de nuevo hacia las dunas, no se molestó en perseguirlo. Ya le habían sacado lo que necesitaban y era inofensivo.

EL VIENTRE DE LA BESTIA

Odiseo había oído algo, aunque no todo, de lo que acababa de suceder. Cuando el ruido del mundo exterior le llegaba, todos los sonidos se fusionaban en un retumbar amortiguado que hacía casi imposible distinguir palabras aisladas.

Hacía calor, estaba oscuro y estaban insoportablemente apretujados dentro del caballo. Eran treinta allí dentro, hacinados como olivas en un tarro. Los conductos y respiraderos de Epeo funcionaban, pero el oxígeno que entraba era rancio y sabía a madera y brea.

El momento inesperado en que Laocoonte había golpeado con la parte plana de la hoja contra la madera junto a su cabeza lo había pillado por sorpresa. Casi se resbala del estrecho banco de madera que compartía con otros nueve. En otros dos bancos se sentaban los otros veinte voluntarios; todos, al igual que él, esforzándose al máximo por no estornudar, toser, peerse o moverse.

Hasta donde Odiseo lograba discernir, Sinón parecía desempeñar su cometido a las mil maravillas. Distinguió fragmentos de la historia de Palamedes tal y como habían ensayado. Oyó el tono quejicoso, el más que convincente tono rencoroso de desprecio y asco de su voz. Convincente porque Sinón detestaba de veras a Odiseo. No le hacía falta interpretar un papel. Llevaba años acumulando insultos y resentimiento. Ahora podía soltar todo aquel veneno a bocajarro.

Entonces tuvo lugar un instante extraño e inexplicable. Un chirrido sobrenatural, como de alguna terrible criatura demoniaca, seguido de unos gritos humanos estrangulados y un silencio tenso. ¿De pronto habrían descubierto a Sinón? ¿Lo estaban torturando?

Pero no, acto seguido se oyeron risas. Risas y música. De pronto toda aquella estructura en la que Odiseo y el resto esperaban suspendidos dio un violento bandazo. Solo el brazo presto del joven ANTÍLOCO junto a él impidió que saliera despedido de su banco. Le susurró un «Gracias» casi inaudible al muchacho. Si se hubiese caído sobre la trampilla secreta del suelo podría haberla atravesado, salir del vientre y aterrizar, con la espalda rota, delante de una multitud de troyanos. Como mínimo, el ruido de la caída habría sido lo suficientemente estrepitoso como para echarlo todo a perder.

El tremendo empellón fue el preludio de más bamboleo y más sacudidas. Se estaban moviendo. Los troyanos cantaban y tocaban címbalos, y arrastraban el caballo por la tierra, no cabía duda.

Epeo había practicado unas diminutas perforaciones del tamaño de los agujeros que abren los gusanos en el costado del caballo a intervalos regulares, lo justo para que penetrasen en el interior a oscuras unas minúsculas agujas de luz blanca. Mientras arrastraban el caballo sobre el terreno irregular, los rayos de luz entraban aquí y allá revelando el blanco de los ojos, dientes y destellos de espadas. Odiseo vio a Neoptólemo en el banco de enfrente, sonriéndole.

291

—¡Lo has logrado!

Odiseo apretó los puños en el aire como para contener la emoción triunfal.

—Ya veremos —silabeó.

Aquel trayecto, todo zarandeos y rascadas, a través de la llanura parecía que no se acababa nunca. En su momento, a todos les había tocado sentarse en los bancos de los pentecónteros, pero esto era peor a su manera. La oscuridad, la confusión, la terrible posibilidad de que los estuviesen llevando no a la victoria sino a una cruel derrota. De un momento a otro podía llegar el crujido de las hachas o el crepitar del fuego.

Hora tras hora. El rozar y el bregar sobre el terreno, tan violentas las vibraciones que Odiseo se descubría rezando a Hefesto por que mantuviese las espigas, las junturas y los tornillos interiores del caballo en su sitio para que no se aflojasen con aquel incesante meneo y zamarreo. Y todo el rato aquella música espantosa: trompas, tambores, flautas y berridos chirriantes y desafinados. Odiseo se dijo que aquel era el sonido de un júbilo victorioso genuino. Si los troyanos sospechasen del caballo y planearan destruirlo los cánticos y los gritos habrían sido de otro tenor, ¿no?

Entonces el bamboleo, el tironeo y aquel chirrido se detuvieron de golpe y se hizo un relativo silencio. Unas voces bramaron órdenes ininteligibles. Luego se oyeron unos golpes estruendosos. Odiseo creyó reconocer el ruido de algo siendo demolido y se atrevió a fantasear que los troyanos se habían puesto a abrir sitio en la muralla para que el caballo cupiese. De la barbilla le caían unos goterones calientes de sudor. El ploc ploc que hacían al caer sobre la piel de sus rodillas al aire era insoportablemente atronador.

Oyó maldiciones siseadas de alivio y triunfo de los hombres que a su alrededor daban gracias a los dioses. Sabían lo que significaban aquellos ruidos. Odiseo estaba convencido de que se trataba de martillazos contra muros y grietas abriéndose seguidos de graves porrazos que solo podían producir bloques de piedra al romperse y estrellarse en el suelo. Y después, tras mucho tiempo más del que Odiseo era capaz de calcular, volvieron a moverse a tirones, esta vez sobre un suelo más liso. Las ruedas de madera en los cascos del caballo rodaron fácilmente sobre losas y adoquines. Los gritos y exhortaciones retumbaban con más claridad que antes. Un grito de alegría sonó tan cerca de su oído que Odiseo casi salta del banco de nuevo. Al principio no lo entendía. Luego se dio cuenta de que debían de estar avanzando por una calle de la ciudad. El vientre del caballo estaría al nivel del primer piso o el balcón de alguna tienda o vivienda. Los ciudadanos estarían apiñados por todas partes para ver pasar un artefacto gigantesco y extraordinario como no habían visto jamás. ¿Adónde lo llevarían? A la plaza del templo de Atenea, supuso, donde Diomedes y él sustrajeron el Paladio.

Odiseo se rió por lo bajo. Aquello era tan rematadamente extraño. A lo mejor sí había sido Atenea quien le metió aquella idea en la cabeza. Se le había revelado de una forma tan clara. Igual que Atenea brotó de la cabeza de su padre con toda su armadura, la idea del caballo había emergido completamente formada hasta el último detalle en su cabeza. Hasta la treta de Sinón y la necesidad de que los troyanos pensasen que lo último que querían los griegos era que metiesen el caballo dentro de Troya. ¿Cómo se le habían ocurrido ideas tan complejas? Odiseo se permitió agachar la cabeza mientras los pensamientos inundaban su mente:

«Sinón y yo somos ambos descendientes del dios embaucador Hermes, así que tal vez fue obra suya más que de la grave Atenea de ojos grises. Tengo que reconocérselo a mi primo: no solo comprendió el plan y accedió a participar, sino que vio la necesidad de que los troyanos lo encontrasen ensangrentado y machacado. "No, tenéis que darme una paliza", había dicho. "Rompedme la nariz. Yo no me habría conformado mansamente con ser sacrificado. Con que me degollasen. Habría luchado como un león. Tiene que parecer real." Eso sí que era sacrificarse por la causa. ¿O tal vez Sinón es uno de esos seres retorcidos que extraen placer del dolor? Agamenón le prometió un tesoro gigantesco, claro. Cuando todo esto termine, Sinón será uno de los hombres más ricos del mundo. De los plebeyos más ricos, por lo menos. Y su nombre se recordará para siempre. Qué raro es nuestro celo mortal por la fama. A lo mejor es la única manera que tenemos los seres humanos de ser dioses. Alcanzamos la inmortalidad no por medio de la ambrosía y el icor, sino por medio de la historia y la reputación. Por medio de estatuas y cantos épicos. Aquiles supo que podía vivir una vida larga y feliz, pero escogió la sangre, el dolor y la gloria en lugar de un sereno anonimato. A mí la fama me importa un comino. Si aquella rata inmunda de Palamedes no me hubiese delatado, ahora mismo estaría en casa con Penélope. Estaría enseñándole a Telémaco a usar el arco y la flecha. Tiene diez años. Diez. ¿Cómo es posible? No sabrá quién soy. ¿Penélope le contará cosas sobre mí?

Odiseo se quedó dormido.

LAS VOCES DE HELENA

También dormía Helena. Estaba perdida en turbios sueños mientras derribaban la puerta Escea. Se despertó con la algarabía de la música y el frenético golpeteo de cazuelas y sartenes por las calles. Las criadas, los pajes y las esclavas se asomaban por las ventanas eufóricos.

Etra se afanaba con una mirada de emoción desmedida.

—¡Ay, mi querida señora, venga a ver, venga a ver!

Helena fue, vio y pensó que debía de seguir soñando.

El resto del día y parte de la tarde también se sucedieron como un sueño. Jamás había presenciado celebraciones y banquetes más desbocados. El vino y los tarros de cereal de todas las despensas se abrieron sin escatimar. El olor a pan recién horneado llenaba el palacio y las calles. Fuera de las murallas de la ciudad, Helena oía una sucesión interminable de chillidos y berridos lejanos a medida que ovejas y bueyes iban siendo sacrificados. La música y los cánticos no cesaban. Troya se había vuelto loca.

De vez en cuando se acercaba a la ventana y miraba el mar. Era verdad. Ni un solo barco griego a la vista. Cuán a menudo había mirado intentando distinguir cuál de ellos llevaría los colores amarillo y negro de Esparta.

Ahora Menelao iba de camino a casa y ella nunca más lo volvería a ver ni a él ni a su hija Hermíone. Lo único que podía esperar ya eran las torpes atenciones de Deífobo y las tristes sonrisas de Príamo, Hécuba y Andrómaca. «No te culpamos, Helena. De verdad que no.» Pero en realidad sí debían culparla. ¿Cómo no iban a culparla?

Se esforzó por parecer contenta como el resto de la familia real aquella noche, pero en cuanto pudo excusarse se escabulló hacia sus aposentos y echó el cerrojo en la puerta para evitar la intrusión beoda de Deífobo. Su marido, así suponía que debía referirse a él. El tercero y el peor. O cuatro, si contamos a Teseo. Eso fue hace media vida. Sus hermanos vivían por entonces y pudieron rescatarla.

Desde su ventana solo alcanzaba a ver la punta de las orejas de aquel extraordinario caballo de madera. Asomaban alzadas por encima del tejado. Una estampa rarísima.

Cuando Helena se quedó dormida por fin, Afrodita fue a verla en un sueño vívido e intenso.

—Diosa, no tengo nada que hablar contigo.

—Niña impúdica. Haz lo que se te pide esta vez y te dejaré en paz con tu amarga castidad de matrona para siempre. Pero por esta noche eres mía. No pienso permitir que Troya se trague un engaño tan mezquino.

–¿Qué tengo que hacer? –gimió Helena revolviendo la cabeza contra la almohada.

Afrodita se lo contó y Helena se levantó. Durante el resto de su vida nunca llegó a estar segura de si había estado dormida cuando caminó y habló aquella noche. Había oído hablar de gente capaz de tejer, ir a coger agua y sostener conversaciones enteras mientras se entregaba a los brazos de Hipnos, así que era bastante posible. Desde luego, prefería pensar que había estado dormida mientras duró aquello.

Se plantó frente a la habitación de Deífobo y lo llamó. Este abrió la puerta y le dirigió una sonrisa de atontado agradecimiento.

–Mi querido esposo, te tengo abandonado. –Deífobo tiró de ella hacia la alcoba, pero Helena retrocedió–. Primero necesito quedarme tranquila. Ese caballo enorme. Me inspira desconfianza. Ven conmigo, amor mío. Vamos a examinarlo más de cerca. ¡Ven, ven!

Se apresuraron fuera del palacio y atravesaron las calles. Algunos celebrantes rezagados volvían a casa. Otros se habían dormido borrachos y roncaban allí donde habían caído.

–Demasiado bueno para ser cierto, ¿no? –comentó Helena–. A mí todo me huele a Odiseo. ¿Será que hay hombres dentro? Yo creo que igual sí.

–Hemos buscado señales de una obertura –dijo Deífobo–. Es todo liso. No hay trampillas.

–No conoces a Odiseo.

–Pues deja que lo quememos.

–Hay una manera mejor. ¿Te acuerdas de lo bien que imito voces?

–Claro.

Todos en Troya se habían maravillado ante el don para la imitación del que Helena hacía gala. Era capaz de reproducir de manera idéntica las voces de Hécuba y Andrómaca o incluso la del niño de Héctor, Astianacte.

—Así es como los haré delatarse. ¡Ah, pero qué enorme es! El caballo se cernía sobre ellos y relucían a la luz de la luna sus borlas de oro, sus ojos destellantes y los accesorios de bronce plateado.

—¡Alto, no te encabrites, preciosidad! —dijo Deífobo con una risotada dando un salto para palmearle el lomo al caballo.

Odiseo se despertó sobresaltado.

Oyó que sus hombres se revolvían. Algo había golpeado en el caballo detrás de su cabeza. Una palmada suave, pero suficiente para ponerlo alerta. Y entonces... ¿se había vuelto loco?

Penélope lo estaba llamando:

—¡Odiseo, cariño mío! Soy yo. Estoy aquí. Sal. Soy yo, Penélope, baja y bésame, amor mío.

Se puso rígido. Aquello era brujería. Penélope le había hablado en sueños, pero ahora estaba bien despierto. Se sacó la daga del cinto y se pegó un pinchazo en el muslo. No estaba soñando. Aquello era real.

Ahí se oía de nuevo:

—Cariño mío...

Igual era un dios. Podían ver a través del caballo y debían saber que estaba allí escondido. ¿Era la voz de Afrodita? O tal vez de Artemisa. Una de las que trataba de salvar la ciudad que amaban.

—Agamenón, esposo mío, ¿estás ahí? Soy yo, tu dulce Clitemnestra...

Odiseo volvió a respirar aliviado. No podían ser los dioses. Ellos, que lo ven todo, sabrían que Agamenón había zarpado la noche anterior a Ténedos con la flota aquea y de ninguna manera podía estar dentro del caballo. En ese preciso momento debía de estar volviendo junto con el resto de los ejércitos griegos y estaría cerca de la orilla troyana, si no ya desembarcando y preparando el ataque.

297

Odiseo se permitió soltar un «¡chsss!» seco de advertencia para que los demás guardasen silencio.

—¿Diomedes? Soy yo, querido, tu Egialea.[1] Baja, no hay peligro.

Odiseo oyó a Diomedes, a dos cuerpos de distancia, maldiciendo entre dientes pero callado, por lo demás. Siguieron llegando otras voces suplicantes, engatusadoras, seductoras. Los hombres se mantuvieron firmes hasta que...

—Anticlo, amor mío, soy tu Laodamía. Baja y dame un beso. Tengo tanto que contarte. Nuestro hijo está hecho un hombrecito; no te vas a imaginar lo que ha hecho...

A Anticlo se le escapó un respingo sorprendido. Odiseo le pellizcó en un brazo y le siseó que se callase. Anticlo era el más joven de los treinta hombres dentro del caballo, valiente como un león pero famoso por su impulsividad.

—¿Anticlo? Sabes que soy yo. ¿Cómo puedes ser tan cruel? ¿Es que ya no me quieres?

Anticlo empezó a llamarla y Odiseo le tapó la boca al instante. Notó el aliento caliente del hombre y los intentos amortiguados por gritar. Apretó y apretó. Anticlo culebreó e intentó zafarse, pero Odiseo lo agarraba con firmeza. Cuando se hubo asegurado de que el hombre ya no se resistía, era demasiado tarde. Anticlo estaba muerto. Odiseo lo había asfixiado.

En el exterior, abajo, Deífobo se empezaba a aburrir. Se moría de ganas de llevarse a Helena a la cama.

—No hay nadie ahí dentro. Vámonos.

La cogió de la mano y tiró de ella.

Al entrar en el palacio la abandonó el sueño, o el trance hipnótico de Afrodita o lo que fuese que la hubiera encerrado

---

1. La segunda esposa de Diomedes. La ciencia empleó el nombre de Egialea, con no poco tacto, para bautizar hasta treinta especies distintas de escarabajos peloteros.

en su trampa y Helena estaba de nuevo muy consciente, muy fría y muy indignada. Deífobo se la llevó a sus aposentos, ella le dio un bofetón con todas sus fuerzas y corrió a sus habitaciones escaleras arriba.

—Casi los traiciono a todos —se dijo desesperada—. ¿Es que no he hecho ya suficiente daño?

Si realmente hubiese hombres dentro del caballo significaría que los barcos griegos estaban en el mar pero cerca, con idea de regresar aquella misma noche. Colocó un farol encendido en su ventana, orientada al mar. Pasó las manos por la llama con la esperanza de que sirviera como una suerte de señal. Menelao podía estar esperando ahí para llevársela a casa.

¡Casa! ¡Se le llenaba la boca con aquella palabra!

Dentro del caballo, Odiseo aguzó el oído. No llegaban ruidos de abajo. Se atrevió a hablar en voz baja, lo justo para que lo oyesen sus compañeros. Se le antojó que su voz retumbaba allí dentro del vientre cavernoso.

—De momento, todo bien. Debe de ser medianoche, ¿no os parece?

—Sí —susurró Diomedes—. Es la hora.

—Epeo, desbloquea la trampilla.

Odiseo oyó cómo Epeo se dejaba caer sin hacer ruido. Se oyó un roce seguido de un chirrido. Una luz oblonga se abrió a sus pies. Odiseo oyó movimiento y actividad y supo que era Epeo sacando la escalerilla.

EQUIÓN, hijo de Porteo, soltó una exclamación triunfal y saltó al vacío.

—¡Espera! —siseó Odiseo.

La escalerilla aún no estaba puesta. Equión cayó a plomo. Oyeron el cuerpo golpear las losas del suelo con un crujido atroz.

«¡Idiota!», pensó Odiseo. Cuando vio que Epeo había bajado la escalerilla correctamente susurró con vehemencia al resto:

—Bajad ordenadamente uno por uno.

Se encontraron a Equión hecho un guiñapo con el cuello roto. Había muerto al instante.

—¿Mal augurio? —comentó Diomedes—. ¿Una señal?

—Una señal de que los tontos pesan —repuso Odiseo—. Vamos a recontarnos.

Formaron mientras los veintiocho supervivientes de treinta estiraban las piernas y espaldas mortificadas y acalambradas.

Menelao, Idomeneo, Diomedes, Neoptólemo y Aias se adelantaron para unirse a Odiseo, separándose así los comandantes principales del resto. Néstor también había pedido acompañarlos en el caballo, pero le dijeron entre risas que su respiración ruidosa y el crujido de sus viejos huesos alertaría a los troyanos desde el primer momento. Habían escogido a los más jóvenes y atléticos para formar el grueso de la tropa de asalto.

—Ya sabéis todos lo que tenéis que hacer —les dijo Odiseo sacando su espada—. Manos a la obra.

EL FINAL

Sinón había estado acechando por las dunas y marjales recogiendo leña, lavándose las heridas con agua de mar y poco más. Observó a Selene conduciendo su carreta lunar por el cielo nocturno, esperó hasta que estuviera exactamente alineada con Orión el Cazador en lo alto y entonces, tal y como habían acordado, se subió a la loma que ahora era la tumba de Aquiles. Allí encendió un faro para la flota aquea, que se aproximaba. El fuego significaba: «El caballo ya está dentro de las murallas. Todo listo». Troya abierta, una colmena con la miel toda ofrecida. Todo gracias a él. Se rió a carcajadas. La historia lo llamaría Sinón el Conquistador.[1]

---

1. La historia no ha sido tan amable, puesto que si en algún momento recuerda a Sinón es como a una rata. Dante lo coloca bien hondo, en el *Malebolge*, el círculo de los fraudulentos, reservado a mentirosos y embaucadores. (Dante no es sentimental ni idólatra. Diomedes y Odiseo también se encuentran en este círculo.) Ahí está Sinón, abrasándose de fiebre para toda la eternidad. Shakespeare lo menciona varias veces con los calificativos de «falso», «perjuro», «taimado» y «engatusador». Ricardo, duque de Gloucester en el famoso discurso de la tercera parte de *Enrique VI* donde revela que piensa ser implacable en su lucha por la corona, dice:

–Más de lo que tú has conseguido, hijo de Peleo –dijo escupiendo dentro de la gran ánfora de piedra que contenía las cenizas de Aquiles–. Serías más rápido y más atractivo que yo, pero tú estás muerto y yo vivo. ¡Ja!

El barco de Agamenón fue el primero en atracar, seguido rápidamente por el resto. Sinón se reunió con los guerreros que iban poblando la llanura. Ya veía las llamas escalando desde una de las ventanas de las torres altas de la ciudad. Esperaba que no hubiesen acabado con todos los troyanos relevantes. Quería una cabeza real. Y una princesa cautiva, a lo mejor. O una dama elegante, por lo menos. Algo mejor que una esclava doméstica. Se merecía todo lo que pudiese pillar, después de llevarse semejante paliza por la causa.

No hay mucho que decir para mitigar el horror de lo que sucedió aquella noche en Troya ni para excusar la brutalidad animalesca con la que los aqueos entraron arrasando, prendiendo fuego a la ciudad y masacrando a sus habitantes.

Odiseo y los hombres del caballo ya habían recorrido sigilosamente las calles degollando en silencio a varios centinelas que estaban despiertos y cumpliendo su deber. Un grupo apartó la barrera de tablones que habían improvisado en la puerta Escea y otro abrió las demás puertas de la ciudad. Entonces, sin esperar al ejército de Agamenón, volvieron dentro y se pusieron manos a la obra.

Pillaron a los troyanos completamente por sorpresa. No mostraron compasión. Estamos acostumbrados a historias de

---

Seré tan buen orador como Néstor,
más astuto en el engaño que Ulises,
y, como Sinón, me haré con otra Troya.

De modo que Ricardo III, por lo menos, reconoce a Sinón su mérito en la caída de Troya...

atrocidades perpetradas por vencedores ebrios de violencia en tiempos de guerra. Por mucho que os inclinéis por el bando de los griegos y que vitoreéis a Odiseo, Menelao y el resto, no podréis sino sentir una profunda pesadumbre por el suplicio de Troya y de sus ciudadanos. Sabemos lo brutales que pueden ser los soldados. Años de nostalgia, adversidades y pérdidas de camaradas, siempre en constante peligro de recibir una herida mortal, endurecen el corazón y embotan la vocecilla de la misericordia. Sabemos cómo violó, saqueó y asesinó a su paso por Berlín en 1945 el Ejército Rojo, por ejemplo. Lo cruelmente que las tropas británicas torturaron y mutilaron a los rebeldes acorralados después de la Rebelión de la India. Lo que hizo el ejército norteamericano en My Lai en Vietnam. Independientemente del país del que seamos, y por más orgullosos que podamos estar de nuestras declaraciones nacionales de tolerancia, honor y decencia, no nos atreveremos a dar por hecho que los ejércitos que luchan bajo nuestra bandera no hayan sido culpables de atrocidades tan obscenas como las perpetradas por los voraces griegos aquella noche.

El destino de la familia real troyana fue deplorable. En cuanto Príamo se despertó con los gritos, chillidos y golpes de las calles supo que Troya caía. Forcejeó para ponerse su vieja armadura, prieta sobre su vientre de anciano pero holgada en los brazos escuchimizados. Salió tambaleándose descontroladamente, espada en ristre, hacia el enorme pasadizo central de su palacio. Hécuba estaba en una de las salas abiertas laterales, agachada junto al altar de Zeus con sus hijas. Llamó a su marido:

—¡Príamo, no! ¿Estás loco? Eres viejo. No puedes luchar. Ven aquí y reza; es lo único que podemos hacer.

Cuando Príamo se giró hacia ella las cinchas de cuero podridas que aguantaban la armadura se rompieron y la coraza cayó al suelo. El rey miró hacia abajo y gruñó ante la lamentable estampa que era consciente de que componía.

Justo en ese instante, irrumpió POLITES gritando aterrorizado. Detrás de él entró a zancadas Neoptólemo con la lanza en la mano, resplandeciente con la armadura de su padre.

–¿Tienes miedo, pequeñín? Esto te calmará.

Lentamente, casi con pereza, Neoptólemo arrojó la lanza. Voló directa al pecho de Polites. El chico agarró el astil y lo miró con sorpresa y desconcierto.

–Creo que me has matado –dijo, y resbaló muerto hasta el suelo.

Príamo se enfrentó a Neoptólemo con un grito feroz:

–¡Animal! Tu padre jamás habría matado a un niño indefenso de esta manera. Acudí a él para recuperar el cadáver de mi hijo Héctor y lloramos juntos. Conocía las formas del honor. ¿Tú no?

–El honor es para los muertos –respondió Neoptólemo.

–Entonces permite que me una a ellos –dijo Príamo levantando su lanza–. No deseo vivir en un mundo gobernado por hombres como tú...

Arrojó la lanza con toda la fuerza que pudo reunir, pero repicó inofensivamente por el suelo a medio camino de su objetivo.

–Corre, anciano –dijo Neoptólemo dando una zancada con la lanza en alto–. Corre a ver a mi padre en el reino de los muertos y cuéntale historias terribles del degenerado de su hijo.

Con la indiferencia hastiada de un pastor preparando a un buey para la matanza, agarró a Príamo por el pelo y lo arrastró por el suelo. Las losas estaban resbaladizas de la sangre de Polites y los talones del padre patinaron en la superficie húmeda. Neoptólemo le clavó rápidamente la espada en un costado y acto seguido le rebanó el cuello. La cabeza del viejo rey cayó al suelo y rodó hasta los pies de Hécuba. Neoptólemo se volvía hacia ella y las jóvenes princesas escondidas tras la madre cuando captó su atención Eneas, que pasaba por el fondo con un viejo a hombros.

–Ah, si no lo veo no lo creo –dijo lanzándose a la persecución con un grito de júbilo.

Eneas llevaba a su familia con él: su padre Anquises, su esposa Creúsa –hija de Príamo–, su hijo Ascanio y su leal compañero Acates. El viejo Anquises ahora era demasiado frágil y renqueaba al andar, así que Eneas lo llevaba cargado a la espalda. Cuando se precipitaban hacia las puertas del palacio oyeron gritar a Calcante a su espalda:

–¡Neoptólemo! Deja a Eneas. Los dioses lo han marcado. No debes tocarlo o quedarás maldito para toda la eternidad.

Eneas miró atrás y vio cómo Neoptólemo se encogía de hombros decepcionado y daba media vuelta. El príncipe troyano y su grupito salieron de la ciudad y se dirigieron al monte Ida, donde encontraron refugio temporal en el pequeño santuario a Atenea que los griegos usaban para albergar el Paladio. Eneas cogió el objeto sagrado del altar y se lo llevó consigo hasta que su periplo terminó muchos años después a orillas del río Tíber en Italia.[1]

Menelao, mientras tanto, también había penetrado en el palacio real rugiendo y matando a su paso. Sacó a rastras a Deífobo de su cama y lo cosió a espadazos maldiciendo y escupiendo su rabia cuando se apartó de su cadáver:

–A ver, ¿dónde está esa furcia? ¿Dónde te escondes, Helena? Voy a por ti...

Echó abajo puertas y apartó esclavas mientras se abría paso hasta la alcoba de Helena. Le escupiría como a una cabra. No se merecía otra cosa. Allí estaba, apretujada en un rincón. No, ni siquiera tenía la decencia de esconderse: estaba sentada serenamente, aguardando su destino como una casta devota de Artemisa. ¿Cómo se atrevía a no arrojarse a sus pies y suplicar perdón?

---

1. Las aventuras posteriores de Eneas, Anquises, Acates, Creúsa y Ascanio forman la base del poema épico de Virgilio, la *Eneida*, donde se cuenta la leyenda de la fundación de Roma.

–Tú... tú... –dijo Menelao ahogándose.

El hijo de ambos, Nicóstrato, se agachaba al lado de Helena. Ella levantó la mirada y la erupción de su belleza hizo que todo afluyese a la superficie. El amor que sentía por ella. El dolor de la separación. Aquel rostro aún conservaba el poder de hacer que su cuerpo temblase. Después de tantos años sin verla, imposible recordarla sino como una tentación y un artefacto de falsedad. Y, de pronto, un segundo en presencia de aquella belleza inconmensurable y estaba perdido. Dejó caer la espada y se hincó de rodillas.

–Amor mío, querida, mi reina, Helena mía.

Casandra había corrido a refugiarse en el templo de Atenea. La mayoría de las casas de madera ya ardían mientras cruzaba las calles, pero el templo era de mármol y piedra. Pasó por delante del caballo de madera. La trampilla abierta, el vientre vacío. El caballo había cumplido su propósito y se erguía pacientemente al pie de las escaleras del templo como una montura olvidada.

Dentro del templo, Casandra se agarró al altar donde una vez había estado el Paladio y rezó a la diosa pidiendo protección.

Aias, Áyax el Menor, la vio subir corriendo los peldaños. La siguió y la violó. Ella gritó, protestó, le advirtió que Atenea lo castigaría, pero él se limitó a reír. Al terminar, Casandra se escapó del templo y bajó a las calles y cayó directamente en brazos de Agamenón. El rey de los hombres no podía estar más satisfecho con aquella cautiva tan hermosa e importante.

–Me encantará tener una princesa troyana por esclava. Y a mi esposa Clitemnestra también.

Temblando, Casandra le vociferó a Agamenón en la cara:

–¿Tu esposa Clitemnestra? ¿Tu esposa Clitemnestra? Te acuchillará. Ella y tu primo, su amante. Te asesinarán. Y luego a mí. Así es como moriré, y así es como morirás, pobre, engañado, traicionado Agamenón... Agamenón, rey de los necios.

—Llevadla a mi barco —dijo Agamenón dándole la espalda.
Los guerreros aqueos irrumpieron en las habitaciones de
Andrómaca en la planta alta de la torre oriental del palacio real.
Uno de ellos vio a Astianacte en sus brazos y gritó triunfal:

—¡Esa es la puta de Héctor y este su bastardo! —El soldado
se adelantó y le arrebató el bebé a Andrómaca—. ¡Héctor mató
a mi hermano!

—¡Devuélveme a mi hijo!

El aqueo, fuera de control, fue hacia la ventana abierta
que daba a las almenas.

—¡Un mocoso troyano de nada a cambio de un noble guerrero griego!

Alzó el bebé entre sus manos y, con una aguda risotada
frenética, lo lanzó sobre la crestería.

Andrómaca chilló y cayó de rodillas.

—Mátame ya —gritó, llorando y llorando—. Tírame con él.
Mátame, mátame ya.

—¿Un trofeo valioso como tú? —respondió el soldado aga-
rrándola por la melena—. No lo creo. Alguien pagará una fortuna por ti. Tal vez el príncipe Neoptólemo. ¿No te gustaría
ser la esclava del hombre que alanceó a tu marido?

Escenas como esta se sucedieron en cada sala en cada casa
de Troya durante el curso de aquella noche funesta. Violación,
asesinato, tortura, saqueo y actos de crueldad brutal que figu-
rarían como máculas eternas en la reputación de los responsables. Los de más alta cuna se quedaron con los mayores
tesoros, cómo no —humanos y materiales—, pero había para
todos, desde el lancero raso, el cocinero del rancho o el paje
hasta el mozo de cuadra. Todas y cada una de las mansiones,
casitas, tiendas y casetas fueron saqueadas y sus habitantes
violados, apaleados, asesinados o hechos prisioneros. Aquellos
a los que se consideró viejos e inservibles fueron lapidados,
acuchillados o reventados a garrotazos, lanzados a las llamas
de los edificios ardiendo o desde las murallas al suelo.

Entre toda esta matanza, vale la pena relatar dos incidentes menos espantosos.

Acamante y DEMOFONTE, hijos de Teseo, se sumaron tarde a la guerra pero habían luchado valerosamente en el bando griego.[1] Cuando Troya cayó, su única preocupación no fue matar o rapiñar, sino encontrar y rescatar a su abuela Etra, la madre de Teseo.[2] Como descendientes del rey fundador de Atenas, el asesino del minotauro en persona, uno de los héroes más venerados y admirados, se les podría haber perdonado algo de orgullo y engreimiento. Pero entre las filas aqueas no se encontraban dos personajes más modestos y desinteresados. No pedían favores especiales, no llamaban la atención y vivieron y lucharon entre sus hombres valerosa y diligentemente.

Mientras otros realizaban sus orgías de sangre y crueldad a su alrededor, ellos lograron dar con su abuela y llevarla a la seguridad de las embarcaciones, sin buscar ni aceptar ningún otro tesoro. Luego solicitarían que Etra quedase liberada de los lazos de la servidumbre, cosa que Helena concedió con alegría.[3]

Agamenón no había olvidado aquella vez, diez años atrás, en que Menelao, Odiseo y Palamedes fueron a Troya como

1. Pese a que Acamante se había casado con la hija de Príamo, Laódice.
2. Solo a modo de recordatorio: muchos años antes, Teseo había secuestrado a la jovencísima Helena con intención de casarse con ella (véase *Héroes* para más detalles). Dejó a Etra a cargo de ella mientras iba a buscar a la esposa de su amigo Pirítoo, una aventura que terminó con los dos prisioneros de Hades en el inframundo. Mientras, los hermanos de Helena, los dioscuros (Cástor y Pólux), la rescataron y –para castigar a Teseo– se llevaron a Etra como esclava. A su lado había estado desde entonces, primero en Esparta y luego en Troya.
3. La larga vida de Etra fue de las más extraordinarias. Abarcó la Época de los Héroes. De joven había estado prometida a Belerofonte de Corinto, el héroe que domó a Pegaso y lo montó para derrotar a la quimera. Luego, en una misma e intensa noche la sedujeron Egeo, rey de Atenas, y Poseidón, dios del mar. Teseo surgió de estas uniones, pero nadie sabe seguro de cuál...

delegación para ver si podía negociarse una paz honorable. Fueron huéspedes en casa de Antenor, que descubrió el plan de Paris para hacer que los asesinasen y los sacó de Troya para salvarlos.

–La casa y las riquezas de Antenor no pueden tocarse –ordenó Agamenón–. Su familia y él saldrán sanos y salvos de Troya igual que lo hizo mi hermano.

Estos dos episodios –el rescate de Etra y el indulto de Antenor– pueden considerarse las únicas luces de clemencia y honor que brillaron durante aquella noche de innombrables atrocidades.

Cuando Eos volvió a abrir las puertas de la amanecida, su corazón estalló de pesadumbre. La luz radiante cayó sobre un mundo nuevo y espantoso. La ciudad que había amado ya no existía. Ya no existía la gente. Casi todos los miembros de la gran casa real de Troya estaban masacrados o encadenados. Ya los buitres, los cuervos y los chacales se paseaban entre los escombros humeantes para darse un banquete con los miles de troyanos muertos. La última de las carretas cargadas de riquezas había cruzado el Escamandro. Los griegos cargaban sus barcos, se peleaban entre ellos tironeándose de las pecheras como perros salvajes, reclamando y contrarreclamando su parte del expolio.

También un malestar, una náusea, imperaba. Ahítos de matanza, lo único que querían era volver a casa. La mayoría le daba la espalda a las ruinas, incapaces de contemplar lo que habían hecho.

Los dioses habían presenciado con espanto impotente el desarrollo de aquellas escenas de violencia y devastación. Zeus había prohibido inmiscuirse, pero temía haberse equivocado.

–¿Qué es lo que vimos anoche? –preguntó–. Eso no era una guerra. Era una locura. Engaño, brutalidad, deshonor y vergüenza. ¿En qué se han convertido los mortales?

–Horrible, ¿verdad? Qué se creen que son... ¿dioses?

–No es momento para chistes, Hermes –dijo Apolo.

–¿Estás satisfecha? –dijo Zeus volviéndose hacia Atenea–. Tus amados griegos han vencido. La victoria absoluta es suya.

–No, padre –respondió Atenea–. No estoy satisfecha. Se ha quebrantado lo sacro. Se han cometido crímenes abominables.

–Estoy de acuerdo –dijo Apolo–. No podemos dejar simplemente que vuelvan como si nada a sus vidas domésticas.

–Tienen que pagar con creces por sus blasfemias –afirmó Artemisa.

Zeus suspiró con pesadez.

–Ojalá hace años Prometeo no me hubiese convencido de crear la humanidad –dijo–. Sabía que era un error.

APÉNDICE

MITO Y REALIDAD 1

Los sucesos aquí narrados tuvieron lugar –si es que tuvieron lugar realmente– en un periodo que historiadores y demás conocen como la Edad de Bronce. La fuente más significativa para nuestro conocimiento de la guerra de Troya es el poeta Homero –si es que existió realmente– en la posterior Edad de Hierro, la mayor parte de los cinco siglos siguientes. Me ocupo de Homero y de su periodo con más detalle en la segunda parte de este Apéndice. Homero escribió sobre una época muy alejada de su presente, cuando los dioses aún se aparecían ante los mortales, contemporizaban con ellos, los perseguían, les tomaban cariño, los maldecían, los bendecían, los hostigaban y a veces incluso se casaban con ellos.

Quienes estén familiarizados con mis dos anteriores libros sobre mitología griega, *Mythos* y *Héroes*, se habrán fijado en discrepancias e incongruencias cronológicas. En *Héroes*, por ejemplo, me inclino por la idea de que los Juegos Olímpicos los estableció Heracles. En *Troya* he seguido otra fuente que identifica a Pélope como su fundador. Estas variaciones son de una relevancia menor y acaban reducidas a una cuestión de elección. Sin embargo, las líneas temporales mayo-

311

res... enderezadlas, estrujadlas y forzadlas como queráis: no se convertirán en claras sendas históricas. Qué edad tenía Aquiles en el último año del sitio de Troya, por ejemplo, o cuánto tiempo transcurrió entre el rapto de Helena y la navegación de las flotas de Agamenón... estas y muchas otras preguntas son imposibles de contestar. De hecho, cuando nos instalamos en una cronología echamos a perder otra irremediablemente. Todo es como una especie de sala de exposiciones pesadillesca de Jacques Tati: enderezad un cuadro en la pared y otro se torcerá de inmediato. Por usar otra metáfora, hay un combate de boxeo en el que cualquier cronista se ve obligado a participar: en el rincón rojo, la necesidad de presentar una cronología dinástica detallada llena de relaciones, trasfondos y genealogías coherentes; y en el rincón azul, la necesidad de presentar los misterios de un mundo poético de mitos y milagros de cuyos personajes e historias no se debería esperar que sigan obedientemente la senda de la causa y el efecto. A lo largo de los años he llegado a la conclusión de que no se trata de una visión, sino más bien de una especie de danza narrativa en la que los profundos pero complementarios placeres de lo real y de lo irreal pueden ir de la mano.

Supongo que el quid de la cuestión es que no se dé demasiada dificultad ni disonancia a la hora de aunar lo histórico y lo imaginativo en nuestras cabezas. El «conocimiento» que tenemos de los dioses y de los héroes es similar al que tenemos de los emperadores romanos, o de las casas reales de Europa, o, ya puestos, de las familias de la mafia del siglo XX norteamericano, pero también es similar al conocimiento que tenemos de personajes ficticios en la obra de Dickens y Shakespeare. Habrá quien señale la correspondencia más obvia con los personajes de fantasía del Universo Cinemático de Marvel, los reinos de *Juego de tronos*, el mundo de magos de Harry Potter o la Tierra Media de Tolkien, pero tal vez no sea este el momento para airear lo que opino sobre la diferencia entre mito y fantasía. La cuestión es, en realidad, que en el mito podemos cribar y escoger detalles de personalidad, arqueología y orígenes como lo haríamos con vidas y con historias auténticas, a la par que aceptamos y asumimos elementos sobrenaturales y simbólicos de ficción y magia. Por citar al periodista del final del western de John Ford *El hombre que mató a Liberty Valance* (1962): «Esto es el Oeste, caballero. Si la leyenda se convierte en un hecho, publique la leyenda».

La participación o no participación de los dioses en la historia de la guerra de Troya es un indicador de hasta qué punto podríamos desear tratar el relato como hecho histórico y cuánto como mito. Es perfectamente posible contarlo sin ninguna presencia de inmortales, como demuestra claramente la película de Wolfgang Petersen *Troya* (2004), con Brad Pitt en el papel de Aquiles y Brian Cox en el de Agamenón. Ni rastro de un solo olímpico. A lo largo de este libro me he detenido ocasionalmente a subrayar que es posible interpretar como una metáfora la descripción homérica de algún dios ayudando a los mortales. Cuando los escritores y artistas de calado más racional y escéptico se encuentran especialmente inspirados o motivados se describen como «visitados por la musa». Los arqueros griegos que efectuaban un disparo certero solían susurrar «Gracias, Apolo». No es muy distinto de los boxeadores persignándose antes de un combate o dando las gracias a Dios al terminar. Cuando Aquiles oye la voz de Atenea diciéndole que se calme durante su enfrentamiento con Agamenón, ¿realmente está oyendo a una diosa o escucha sus propios consejos sensatos, el sentido común de su naturaleza? La belleza de Homero, y del mito, es que siempre podemos quedarnos con ambos sentidos simultáneamente.

Esta «doble determinación» de motivos permite que coexistan lo real y lo simbólico de una manera eminentemente homérica infinitamente gratificante. La humanidad no puede ignorar su parte de culpa, por más caprichosos, estúpidos e injustos que sean los dioses. La primera palabra de la *Ilíada* de Homero es μῆνιν – *mēnin*, es decir: «cólera». Cólera, lujuria, envidia, orgullo, avaricia... los pecados y los defectos de la humanidad motivan todo el drama de Troya, pero quedan equilibrados por el amor, el honor, la sabiduría, la amabilidad, el perdón y el sacrificio. Estos, y puede que sea una obviedad decirlo, son los mismos elementos inestables que constituyen el mundo humano de hoy. Vivimos en el mismo sube y baja. Las pasiones humanas oscuras de egoísmo, miedo y odio contrarrestadas por amabilidad, amistad, amor y sabiduría. El campo sigue abonado para que alguien materialice todo esto mejor que Homero pero, hasta donde yo llevo vivido, está por ver.

MITO Y REALIDAD 2

Sería imposible contar la historia de la guerra de Troya sin referirnos a la *Ilíada* de Homero, considerada en general como la primera gran obra literaria del canon occidental.[1] La *Ilíada* comienza con cólera y termina con tristeza: la cólera de Aquiles por la apropiación de la esclava Briseida por parte de Aquiles y la tristeza del pueblo troyano llorando la muerte de su paladín Héctor. Este fragmento del asedio de diez años ocupa 15.693 versos –cada uno de entre doce y diecisiete sílabas– divididos en veinticuatro cantos. La unidad concentrada de acción, las caracterizaciones complejas y convincentes, las descripciones de semejante multiplicidad de emociones e impulsos humanos, los cambios cinemáticos de perspectiva y punto de vista, la energía y el pulso implacables, la impávida representación de la violencia, los flashbacks y los presagios, la

---

1. Aunque si «literaria» es el término idóneo sigue siendo materia de debate.

314

profundidad, la pericia y el arrojo de la imaginería... estas cualidades y muchas otras han motivado que poetas, artistas, estudiosos y lectores a lo largo de siglos consideren la *Ilíada* junto con su complementaria la *Odisea* las obras de arte narrativas supremas a las que todos aspiran y a partir de las cuales todos son juzgados. Y, no obstante, sigue siendo una cuestión fundamental que cualquiera que se enfrente a dichas obras se ve obligado a preguntar:

Homero y la guerra de Troya... ¿llegaron a existir?

A ver: si sois un poco como yo, un visaje desconcertado de concentración echará a perder la lisa regularidad de vuestras facciones cada vez que encontréis frases del estilo de «mediados del siglo XII a. C.»... casi siempre se requiere una pequeña operación aritmética mental para hacerse una idea de la distancia temporal, sobre todo al saltar la valla del Año Cero que separa a. C. / a. e. c. y nuestro a. D. / e. c. Parece que ni siquiera nos ponemos de acuerdo a la hora de designar estas eras, maldita sea. Espero que la línea cronológica os sirva para solventar unos cuantos párrafos y que arroje algo de luz.

A lo largo de los milenios, y especialmente en los últimos dos siglos, el mundo del estudio homérico se ha visto amenizado e inflamado con tanta disensión, desacuerdo, faccionalismo y discordia que el campo ha adoptado las características de una suerte de guerra religiosa. Hemos visto oponerse entre ellos a separatistas, analistas, unitarios y neoanalistas. Un cisma similar ha prevalecido (hasta el momento en que esto escribo) en el mundo febril de los estudios troyanos. Anticuarios, clasicistas y arqueólogos alemanes han dominado ambos terrenos, seguidos de cerca por eruditos norteamericanos. Como es bien sabido, los académicos son capaces de acalorarse y ser intemperantes a propósito de las cuestiones más esotéricas y oscuras, pero en el caso de Homero siempre ha habido mucho en juego: demostrar o desmentir su existencia describiendo categóricamente sus modos de creación y planteando la cuestión de cuánto de lo que escribió es factual y cuánto fábula... Esto puede considerarse como el equivalente secular al establecimiento de la existencia histórica de Jesucristo y de su crucifixión. Tanto o casi tanto de quiénes y cómo somos deriva de la idea de Homero. Nuestra cultura puede ser judeocristiana en su fundamento religioso y moral, pero es grecorromana en, como mínimo, igual grado en este y otros terrenos. Si griegos y romanos vuelven la mirada hacia Homero como el autor y fundador de gran parte de su identidad —cosa que hacen— no es ninguna sorpresa que el planteamiento de la Cuestión Homérica sea desde hace mucho algo así como un Santo Grial escolástico para nuestra civilización.

Existen la historia y la prehistoria. En pocas palabras: *prehistoria* es lo que sucedió en el mundo humano antes del desarrollo de la escritura. La prehistoria, por lo tanto, se puede estudiar no solo leyendo palabras sino también *objetos*. Este estudio es la *arqueología*: el análisis y la reconstrucción imaginativa de sus antiguos edificios y ruinas, la excavación e interpretación de artefactos, reliquias y restos. La *historia*, en cambio, se analiza mayormente por medio de registros documentales: manuscritos, tablas, inscripciones y libros.

Se considera que la prehistoria humana comenzó hace unos tres millones y medio de años, cuando nuestros ancestros homínidos construyeron las primeras herramientas de piedra cuyos restos podemos desenterrar y examinar. Todo lo que preceda a esa época lo llamamos *paleontología*, donde los únicos indicios que nos quedan son fósiles. La historia, por otro lado, es extraordinariamente reciente. Comenzó no hace mucho más de cinco mil años, con la invención de la caligrafía fonética en la Sumeria babilónica, sistemas de escritura que extendieron los comerciantes fenicios por todo el mundo mediterráneo y que se convirtieron en los alfabetos que aún empleamos en la actualidad (principalmente el griego, el romano y el cirílico). Por su lado, y un poco después, los chinos y otras civilizaciones más al este desarrollaron sus propios sistemas no fonéticos e ideográficos. Es una división muy general: si lo examinamos con mayor detenimiento veremos enmarañamiento entre un lado y otro.

Los periodos de la era prehistórica llevan el nombre de los *materiales* preponderantes en dichas épocas. El primer periodo, y también el más largo (tres millones de años como mínimo) fue la Edad de Piedra. Después, hace como siete mil quinientos años, comenzó la primera edad metálica cuando la humanidad aprendió el truco de fundir cobre. Un par de miles de años después, añadiéndole un poco de estaño (y quizá algo de níquel, zinc o arsénico si había a mano), obtuvieron la aleación *bronce*. El bronce, más duro y resistente que los metales que lo constituyen, podía convertirse en herramientas, armas, armaduras y ornamentos. Otros dos mil años o así después de esto, las técnicas se habían desarrollado lo suficiente como para permitir el minado y fundido de otro metal incluso más versátil: el hierro. Edad de Piedra, Edad de Bronce, Edad de Hierro. Existe el argumento de que llevamos viviendo en la Edad del Petróleo desde la Revolución industrial, y quizá ahora –da cierta angustia– en la Edad del Plástico.

Aquello a lo que denominamos guerra de Troya sucedió hace más de tres mil años, alrededor del 1200 a. C., entre civilizaciones mediterráneas de la Edad de Bronce surgidas en lo que hoy conocemos como Grecia y Turquía hacia el 1550 a. C. (naturalmente, estas fechas no son más que estimaciones). En la Grecia occidental, en la península del Peloponeso, floreció la ciudad estado y el imperio de Micenas.[1] Este es el legendario reino de Agamenón. Al este del Egeo, al noroeste de Asia Menor, se alzaba la ciudad de Troya.

1. Los arqueólogos a veces se refieren a ella como la «civilización de Micenas, Tirinto y Pilos», por ser las tres grandes ciudadelas del imperio.

La era alfabetizada comenzó en los últimos años de la Edad de Bronce. Los eruditos han descifrado algunas de las formas de escritura que existieron durante este tiempo. Las civilizaciones que nos interesan, las de las regiones griegas y troyanas del Mediterráneo, emplearon varias escrituras durante la Edad de Bronce. La escritura minoica (cretense) llamada «lineal A» sigue siendo un misterio para nosotros, pero los micénicos usaban una escritura derivada que llamamos «lineal B», que se acabó descifrando en el siglo XX. Estos sistemas de escritura se desarrollaron cada cual por su lado a partir de la escritura de estilo alfabético sumeria, que aún tenía que llegar al mundo griego, como veremos.[1]

Sin embargo, todo esto debería significar entonces que el relato de la guerra de Troya es *histórico*. La escritura existía en aquel momento, los micénicos la usaban y por lo tanto debería, o podría, existir un rastro documental que conduzca directamente del asedio de Troya a la actualidad. Pues no es el caso. Muy poco después de la época supuesta de la guerra de Troya (hay quien sugiere incluso que como resultado de esta) la civilización micénica se hundió y comenzó lo que conocemos como la Edad Oscura griega. La explicación más habitual para este desmoronamiento es una combinación de jinetes del apocalipsis, es decir: algún tipo de catástrofe geológica o climática, una hambruna, una plaga y la invasión del mundo griego y mediterráneo por parte de los llamados «pueblos del mar».[2] De resultas de estos desastres y del abandono de las

1. El lineal A y el B empleaban signos silábicos e «ideográficos» (como glifos) más que caracteres (letras) fonéticamente representativos, como emplearían los griegos (y nosotros) luego en los alfabetos.

2. Al igual que los vándalos, godos, visigodos y otras tribus germánicas invadieron el Imperio romano y condujeron a los años oscuros de la Europa occidental, los pueblos del mar conquistaron Egipto, el levante y las islas y el interior griegos para conducirlos a un resultado equivalente y anterior. No se sabe con seguridad quiénes eran realmente: el consenso

grandes ciudades estado de la Edad de Bronce micénica, el arte de la lectura y la escritura del lineal B quedó absolutamente olvidado.[1] Durante siglos, hasta que los fenicios difundieron su alfabeto a través del comercio, la región entera siguió siendo analfabeta. Esto supone que durante la Edad Oscura un modo de transmisión funcionalmente *prehistórico* fue la única manera de que cualquier recuerdo de Micenas y de la guerra de Troya pasaran de generación en generación: no mediante la escritura sino mediante el boca a oreja: la «tradición oral». En esta ventana temporal (o lo que pueda ser el equivalente de una ventana si hablamos de oscuridad) las historias sobre la guerra de Troya se transmitieron como las de Zeus, el Olimpo y los dioses, héroes y monstruos de lo que llamamos «mito». Si quienes las transmitían consideraban que unas eran históricas y otras míticas es algo que entra en el terreno de la especulación.

Después de cuatrocientos años de esta oscuridad, las cosas empezaron a cambiar de un modo fundamental y drástico. El alfabeto fenicio evolucionó hasta un alfabeto griego primigenio, del que conservamos registro en las vasijas e inscripciones del periodo. Política y demográficamente, un enorme incremento de la población (tal vez como resultado de un clima y unos niveles del mar más estables) favoreció el desarrollo de la

---

parece indicar que eran una especie de grupo más o menos federado de marineros de las regiones costeras orientales del Mediterráneo. Otro nombre para la Edad Oscura griega es el «periodo geométrico», por el estilo ornamental —en cerámicas y demás— que proviene de aquella época. Curiosamente, si pensamos en la joyería y la metalurgia celta, los últimos años oscuros produjeron también un arte pronunciadamente geométrico... Siempre se ha considerado que el interior y las islas de Grecia fueron conquistados también por el pueblo dorio. Su identidad y su origen auténticos es tan misterioso como el de los pueblos del mar.

1. Hasta que el brillante Michael Ventris (y su colaborador John Chadwick) lo descifraron más de tres mil años después, en 1955.

polis, la ciudad estado griega. Este periodo, conocido como Época Arcaica, fue el precursor de la Antigüedad clásica, totalmente histórica, la época ya en su punto de sofisticación total de Platón, Sócrates, Eurípides, Pericles y Aristóteles. La mayor parte de los griegos de la Antigüedad clásica seguían siendo analfabetos, y las narrativas del pasado se continuaban comunicando mediante declamación oral antes que mediante la escritura. Fue durante esta Antigüedad clásica cuando, en general, se supone que vivió la figura a la que llamamos Homero. En el colegio, un profesor me dijo confidencialmente que Homero había nacido en el 800 a. C. en la isla de Quíos, al norte del Egeo, y que murió en el 701 a. C. con noventa y nueve años y ciego. Otro profesor afirmaba con igual certeza que Homero era originario de Jonia, hoy Anatolia. Los estudiosos modernos consideran estas opiniones simples conjeturas.

Y así estamos. La línea cronológica cuenta la historia mucho mejor que mis confusas explicaciones. La guerra de Troya tuvo lugar en la Edad de Bronce (pongamos 1200 a. C.), las altas culturas de la Edad de Bronce se desmoronaron y a eso le siguió una época oscura e iletrada. Se disipó la oscuridad, se minó y se fundió el hierro, volvió la escritura y la historia de la guerra, tal como la declamaba Homero, se escribió por fin setecientos años después de que tuviera lugar. Y aquí estamos, otros dos mil quinientos años después.

Vale la pena repetir que para cuando la civilización griega prosperó, esa civilización en la que podemos rastrear nuestro origen –esa cultura de ciencia, matemáticas, filosofía, arte, arquitectura, democracia, poder militar y naval; una cultura autoconsciente que escribió narraciones y dramaturgias sobre sus orígenes y su naturaleza–, para entonces, la guerra de Troya llevaba ochocientos años en el pasado y Homero trescientos años muerto.

Desde que los griegos de la Antigüedad clásica fijaron los dos poemas épicos de Homero al escribirlo en las versiones más o menos aceptadas que leemos hoy, los estudiosos y los arqueólogos se han enfrentado a varios misterios. Uno es cómo sabía Homero tanto sobre acontecimientos sucedidos como mínimo cuatrocientos años antes. ¿Cómo fue capaz de contar tantos detalles del asedio, de la ciudad de Troya en sí, de las familias reales, de los guerreros, de los linajes y de los sucesos acaecidos en la guerra? No disponía de escritos, no tenía un archivo al que acudir. Durante 450 años, con otras palabras, otros Homeros «menores» habían transmitido aquellos personajes y episodios hasta que él los sintetizó y los convirtió en la primera gran obra de arte basada en el lenguaje de la que tenemos noticia. Para lograr esto, damos por hecho que tuvo que criarse oyendo relatos orales de lo más variopinto. Homero vivió en la Grecia de la Edad de Hierro o en Turquía, pero sus obras describen con precisión a guerreros de la Edad de Bronce.[1]

Generalmente, en lo que a mitología griega se refiere, se da una coincidencia notable entre las obras de Homero y las de su contemporáneo más próximo, Hesíodo, en quien nos apoyamos para las historias del nacimiento de los titanes y los dioses, la instauración del Olimpo y tantos otros detalles canónicos de la mitología griega.[2] Está bastante claro que en la Antigüedad clásica se produjo una buena cantidad de inge-

1. Incluida la tecnología de la época. Los griegos arcaicos no estaban interesados ni eran conscientes de la noción de arqueología (hasta donde sabemos). Cómo dispuso Homero de una visión tan clara de la creación de herramientas o armaduras de bronce solo puede explicarse por una transmisión oral precisa y bien recordada durante mucho *mucho* tiempo.
2. A diferencia de los dos poemas épicos de Homero, las obras de Hesíodo están escritas con plena autoconsciencia (con «autoría», podría decirse). *Teogonía*, *Los trabajos y los días* y *El escudo de Heracles* incluyen suculentos pedazos de autobiografía, así como reflexiones sobre agronomía, puntualidad o economía. En general, se acepta que, si bien es posible que Hesíodo no escribiese sus obras personalmente, por lo menos sí se las dictó a un escriba.

niería inversa en lo literario, un montón de pulimentado, de refinamiento de anomalías y contradicciones, y de creación de las cronologías y genealogías coherentes que hoy tenemos. Los mitos pasaron de toscos relatos folclóricos a creaciones literarias acabadas, como rocas pulidas hasta obtener gemas. Para seguir con este símil, los griegos alfabetizados de la Antigüedad clásica pueden ser los responsables de colocar sus narraciones en expositores, pero fueron Homero y Hesíodo a quienes hay que atribuir la mayor parte del moldeado, el tallado y el bruñido.

Las vidas de Platón y Aristóteles distan casi tanto de Homero como las nuestras respecto del autor de *Beowulf*, así que no nos sorprende que sus contemporáneos supieran tan poco sobre quién fue Homero, la persona. Por la literatura de la Grecia clásica sabemos que la *Ilíada* y la *Odisea* eran obras admiradas e incluso veneradas cuyos episodios se tomaban para contar una historia auténtica. Alejandro Magno, cuando de joven se preparaba para conquistar el mundo, visitó los lugares de Ilión y se dice que rindió homenaje ante lo que por entonces se consideraba la tumba de Aquiles, el héroe con quien más se identificaba.[1] Presuntamente, Marco Antonio regaló a Cleopatra la estatua funeraria de Áyax el Grande. Viajeros posteriores como Estrabón o Pausanias pasaron mucho por enclaves troyanos y micénicos. Consideraron las historias como crónicas auténticas de acontecimientos históricos.

Durante la Antigüedad clásica, a menudo se interpretaban secciones populares de la *Ilíada* y la *Odisea* en conciertos al aire libre a los que asistían ciudadanos corrientes y entusiastas. Parece que creían que Homero había escrito esas obras de su puño y letra, algo que nos resulta extraño, dado que creci-

---

1. Se dice que Alejandro se llevó un ejemplar de la *Ilíada* a la guerra, con notas y correcciones en los márgenes de puño y letra de su mentor, Aristóteles.

mos con la firme idea de que Homero fue (si es que no era analfabeto) bardo, rapsoda, declamador y tal vez incluso improvisador de verso épico, pero no escritor. No obstante, se trata de una perspectiva reciente.

Después de nuestros propios años oscuros, Europa occidental vivió un redescubrimiento de la civilización griega y romana, su arte y su cultura, un renacer que llamamos el Renacimiento. Alrededor de 1450, Gutenberg inventa la imprenta y eso permite la transmisión global de textos clásicos de una manera que había sido impensable en aquellos siglos anteriores de escribas monacales que producían libros a mano. En 1488 existen ejemplares impresos de la obra de Homero. El impacto fue enorme, una especie de Big Bang cultural. Solo en Gran Bretaña, los poetas desde Dryden, Pope, Keats, Byron y Tennyson hasta la Edad Moderna quedaron transformados por Homero. Pintores, escultores y filósofos se metieron de cabeza en las páginas del original griego y en cada nueva traducción. Pero no le daban mayor carta de naturaleza a la guerra de Troya que a la transformación de Narciso en un narciso o al descenso de Heracles al inframundo y su posterior salida con Cerbero cargado al hombro.

Esta perspectiva cambió radicalmente como consecuencia del audaz empeño y de las resueltas dotes teatrales de un hombre: Heinrich Schliemann. Schliemann, nacido en Alemania en 1822, perdió y ganó fortunas en Rusia y en Estados Unidos. Aumentada su última fortuna con la especulación en los campos de golf californianos, y ya ciudadano norteamericano, pudo permitirse dedicar la segunda parte de su vida a su gran pasión: la arqueología. Junto con el otro gran arqueólogo de la época, el británico Arthur Evans, se dispuso a tratar de encontrar los grandes enclaves de la Edad de Bronce griega. Evans se concentró en Creta, y su descubrimiento de tesoros minoicos causó sensación.

Evans era lo que hoy consideraríamos un auténtico arqueólogo, mientras que Schliemann..., bueno, sus prácticas se consideraban algo drásticas incluso en su momento. Todos estamos familiarizados con ese suave, tortuosamente lento excavar y cepillar delicadamente en el que insisten los arqueólogos. Cada yacimiento meticulosamente delimitado con cuerdas, cada capa preservada y catalogada al detalle. Schliemann no tenía paciencia para esa clase de cosas; él clavaba su pala con un violento placer que rozaba el vandalismo.

La obsesión de Schliemann desde el primer día hasta el último fue encontrar la «ubicación auténtica» de la leyenda homérica. Excavó yacimientos en el Peloponeso, donde lo cierto es que su búsqueda de tesoros micénicos dio como fruto hallazgos espectaculares, desde luego. En 1876 se desenterró una máscara funeraria de oro de una belleza y una calidad artesanal asombrosas que Schliemann designó inmediatamente (sin basarse en ningún fundamento) «la máscara de Agamenón». Ahora sabemos que este artefacto databa de más de cuatrocientos años antes de la guerra de Troya, y por tanto, de Agamenón. Schliemann excavó también en gran parte de la isla natal de Odiseo, Ítaca, pero fue su trabajo en la Tróade el que haría sonar su nombre en todo el mundo. Su búsqueda de Troya lo llevó hasta Turquía a principios de los años setenta del siglo XIX, donde se concentró en la zona que rodea la ciudad de Hisarlik, lugar que le había sugerido el arqueólogo británico Frank Calvert. Allí descubrió pruebas de nueve ciudades sepultadas. Un buen día encontró unas reservas de oro que anunció serían «el tesoro de Príamo», que incluían lo que consideró «las joyas de Helena» (investigaciones posteriores han demostrado que datan de mil años antes).

La aburrida verdad histórica y las pruebas eran más o menos irrelevantes para este estrafalario embaucador, cuentista, falsificador y traficante a secas, pero no se le puede negar el valor de su trabajo, sobre todo el efecto que sus fanfarrias autopublicitarias tuvieron en la academia y en la imaginación popular. Sus métodos (incluido un desenfadado uso de la dinamita) fueron tan dañinos para la crónica arqueológica que sucesivos profesionales le han dado la enhorabuena irónicamente por lograr lo que ni siquiera los ejércitos griegos lograron: el absoluto arrasamiento y destrucción de Troya.

Sin embargo, el descubrimiento de tantos estratos de civilizaciones hititas y troyanas al menos sacó a la luz una civilización floreciente y una gran ciudad, más las pruebas de un incendio y un asedio devastadores, coincidente con el canon homérico. En los últimos tiempos, una exposición alemana vanguardista de 2001, *Troya: sueño y realidad*, se transformó en la tremendamente exitosa *Troya: mito y realidad*, de 2019, que exponía objetos excavados por Schliemann, así como muchos otros descubrimientos posteriores. La experiencia de pasearse por estas exposiciones, por lo menos a mí, me produjo una profunda sensación de gente real con vidas reales. Los artefactos y las reconstrucciones de la vida troyana no pueden demostrar el argumento de que Troya cayó como resultado del rapto de una princesa espartana, pero vale la pena recordar que más de un reino o de un imperio en la historia documentada han caído por culpa de matrimonios y alianzas dinásticas marradas. Otra posibilidad –dada la importancia estratégica y comercial de Troya asomada como estaba la ciudad al estrecho de los Dardanelos, el Helesponto– es que estallase alguna clase de conflicto a propósito de los aranceles y el paso del comercio entre los reinos del Egeo occidental y oriental. Por más que nos cueste creerlo, en nuestra sofisticación y sabiduría actuales, los muy bobos de los primitivos podían verse absorbidos sin quererlo en guerras comerciales... ¡Ja!

Naturalmente, los matices y refinamientos de los estudios auténticos, las ciencias puras y la arqueología formal han mitigado y refutado muchas de las afirmaciones más exageradas y estrambóticas de Schliemann, pero su charlatanería estilo P. T. Barnum y su talento para el espectáculo han garantizado que miremos con buenos ojos el enclave de Hisarlik y que –más o menos, lo mismo da– el mundo convenga en que el asedio y caída de Troya hace 3.200 años podría considerarse como un hecho histórico.

No debería sumergirme demasiado en el asunto de la vida de Homero: los griegos de la Antigüedad creían que existió, y que escribió sus dos grandes poemas épicos; estudiosos posteriores, en los siglos XVIII, XIX y XX acabaron por convencerse (basándose en un análisis textual filológico y lingüístico detenido) primero de que las obras se transmitieron oralmente, y luego, de que su estructura indicaba que en su mayor parte fueron *improvisadas*.[1]

En mi opinión, la línea de transmisión rota que va desde la época de Troya y Micenas hasta la Época Arcaica y la Antigüedad clásica, gracias al desmoronamiento de la Edad de Bronce, con su consecuente pérdida de alfabetización, dista mucho de ser un desastre. Lo que hace de la experiencia homérica algo tan rico y cautivador es la intrigante distancia, la combinación de historia, misterio y mito, el entreverarse de lo particular y lo universal. La acción se desarrolla en el horizonte dorado entre realidad y leyenda, la seductora penumbra donde fábula y hecho coexisten. Esto es lo que dota a la épica homérica del detalle minucioso, realista y vívido que tanto anima y convence a la vez que nos brinda el glorioso simbolismo y la profundidad cuasi onírica que solo en el mito tienen cabida, con sus intervenciones divinas, sus episodios sobrenaturales y sus héroes sobrehumanos.

---

1. El desarrollo de esta línea de pensamiento es una historia larga y fascinante. La naturaleza formulaica de tantos epítetos e imágenes homéricos ha hecho inclinarse a los estudiosos por la idea (inspirada por un estudio sobre formas extintas de poesía oral en los Balcanes) de que los bardos (conocidos como *rapsodas*) empleaban tropos prefabricados con los que podían construir la estructura del poema mientras recitaban. Pensad en el jazz. Los rapsodas conocían la melodía y la clave, y de ahí podían inventar a su aire.

LISTA DE PERSONAJES

DIOSES Y MONSTRUOS

Dioses olímpicos

AFRODITA   Diosa del amor. Fruto de la sangre y la simiente de *Urano*. Tía de *Deméter*, *Hades*, *Hera*, *Hestia*, *Poseidón* y *Zeus*. Esposa de *Hefesto*. Amante de *Ares*. Madre (por *Anquises*) de *Eneas*. Invitada en la boda de *Peleo* y *Tetis*. Obtiene la manzana de la discordia de *Paris* a cambio de *Helena*. Salva a *Paris* de la muerte a manos de *Menelao*; le retira su apoyo tras matar este a *Córito*. Herida por *Diomedes*. Protectora de Troya junto con *Apolo*, *Ares* y *Artemisa*. Hechiza a *Helena* en un intento por delatar el secreto del caballo de madera.

APOLO   Dios arquero y dios de la armonía. Hijo de *Zeus* y de la titana *Leto*. Gemelo de *Artemisa*. Hermanastro de *Ares*, *Atenea*, *Dioniso*, *Hefesto*, *Hermes* y *Perséfone*. Padre de *Asclepio*, *Himeneo*, *Licomedes* y *Tenes*. Ejecutor de Pitón y fundador del oráculo de la Pitia en Delfos. Construye las murallas de Troya con *Poseidón*; luego infecta la ciudad con la peste cuando *Laomedonte* se niega a pagarles. Más tarde, junto con *Afrodita*, *Ares* y *Artemisa*, protector de Troya. Responde a las plegarias de *Crises* y castiga a los griegos con otra plaga. Enemigo de

327

Aquiles por matar a *Tenes* y *Troilo*; ayuda a *Euforbo* y *Héctor* a matar a *Patroclo*, y a *Paris* a la hora de terminar con *Aquiles*. Retira su apoyo a *Paris* tras matar este a *Córito*. Bendice y maldice a *Casandra*. Invitado a las bodas de *Peleo* y *Tetis*.

ARES Dios de la guerra. Hijo de *Zeus* y *Hera*. Hermano de *Hefesto*. Hermanastro de *Apolo, Artemisa, Atenea, Dioniso, Hermes* y *Perséfone*. Padre de las amazonas, siendo las más relevantes *Hipólita* y *Pentesilea*; de *Deimos* (temor) y *Fobos* (miedo y pánico) y de *Enómao*. Amante de *Afrodita*. Invitado a las bodas de *Peleo* y *Tetis*. Junto con *Dioniso*, maldice la casa de *Cadmo*. Junto con *Afrodita, Apolo* y *Artemisa*, protector de Troya. Herido por *Diomedes*.

ARTEMISA Diosa de la castidad y de la caza. Hija de *Zeus* y de la titana *Leto*. Gemela de *Apolo*. Hermanastra de *Ares, Atenea, Dioniso, Hefesto, Hermes* y *Perséfone*. Invitada a las bodas de *Peleo* y *Tetis*. Junto con *Afrodita, Apolo* y *Ares*, protector de Troya. Sensible a los desprecios: manda el jabalí de Calidón; ejecutora de *Orión*; impide que los griegos naveguen a Troya. Pero en apariencia perdona la vida a *Ifigenia*.

ATENEA Diosa de la sabiduría. Hija de *Zeus* y de la oceánide *Metis*. Hermanastra de *Apolo, Ares, Artemisa, Dioniso, Hefesto, Hermes* y *Perséfone*. Portadora de la égida. Otorga a Troya su Paladio protector. Invitada a las bodas de *Peleo* y *Tetis*. No lo suficientemente cautivadora para *Paris* como para obtener la manzana de la discordia. Junto con *Hefesto, Hera* y *Poseidón*, cómplice en la causa de los griegos contra Troya. Mima con creces a *Aquiles, Diomedes* y *Odiseo*. Interfiere en el asesinato de *Héctor* y *Troilo* a manos de *Aquiles* y en el disparo de *Pándaro* a *Menelao*. Inspira a *Odiseo* la idea de construir un caballo de madera.

DEMÉTER Diosa de la fertilidad y la cosecha, del fuego y el hogar. Hija de *Crono* y *Rea*. Hermana de *Hades, Hera,*

Hestia, Poseidón y *Zeus*. Madre (por obra de *Zeus*) de *Perséfone*, cuya ausencia en el inframundo llora durante seis meses cada año. Invitada a las bodas de *Peleo* y *Tetis*.

DIONISO   Dios de la disipación y el desorden. Hijo de *Zeus* y de la mortal *Sémele*. Hermanastro de *Apolo, Ares, Artemisa, Atenea, Hefesto, Hermes* y *Perséfone*. Amamantado de bebé por las *Híades*. Junto con *Ares*, maldice la casa de *Cadmo*. Invitada a las bodas de *Peleo* y *Tetis*.

HADES[1]   Dios del inframundo. Hijo de *Crono* y *Rea*. Hermano de *Deméter, Hera, Hestia, Poseidón* y *Zeus*. Raptor y marido de *Perséfone*. Encierra a *Pirítoo* y *Teseo* por intentar secuestrar a su esposa.

HEFESTO   Dios del fuego y la forja. Hijo de *Zeus* y *Hera*. Hermano de *Ares*. Hermanastro de *Apolo, Artemisa, Atenea, Dioniso, Hermes* y *Perséfone*. Marido de *Afrodita* y Caris. De recién nacido, arrojado Olimpo abajo por *Hera* y cojo; rescatado y curado por *Tetis*. Invitado en las bodas de *Peleo* y *Tetis*. Creador de maravillas, entre las que se cuentan la armadura de *Aquiles* y *Memnón*, el cetro de *Agamenón* y la espada de *Peleo*. Junto con *Atenea, Hera* y *Poseidón*, cómplice en la causa de los griegos contra Troya. Hierve a *Escamandro* para que suelte a *Aquiles*.

HERA   Reina de los cielos y diosa del matrimonio. Hija de *Crono* y Rea. Hermana de *Deméter, Hades, Hestia, Poseidón* y *Zeus*. Esposa de *Zeus* y madre (con él) de *Ares* y *Hefesto*. Castiga a *Éaco* por ser el hijo ilegítimo de *Zeus*. Invitada en las bodas de *Peleo* y *Tetis*. No lo suficientemente cautivadora para *Paris* como para obtener la manzana de la discordia. Junto con *Hefesto, Atenea* y *Poseidón*, cómplice en la causa de los griegos contra Troya.

---

1. Hades se pasa todo el tiempo en el inframundo, de modo que a menudo no se le considera técnicamente uno de los doce olímpicos.

HERMES Mensajero de los dioses y dios del engaño. Hijo de *Zeus* y de la *pléyade* Maya. Hermanastro de *Apolo*, *Ares*, *Artemisa*, *Dioniso*, *Hefesto* y *Perséfone*. Padre de *Autólico*, *Eudoro*, *Mirtilo* y (dicen algunos) de *Pan*. Trastatarabuelo de *Odiseo* y *Sinón*. Inventor de la lira. Invitado en las bodas de *Peleo* y *Tetis*. Encarga a *Paris* que juzgue cuál de las diosas merece la manzana de la discordia. *Zeus* le encarga que le dé una lección a *Afrodita*. Apoya a *Príamo* a la hora de recuperar el cadáver de *Héctor* de manos de *Aquiles*.

HESTIA Diosa del fuego y del hogar. Hija de *Crono* y Rea. Hija de *Deméter*, *Hades*, *Hera*, *Poseidón* y *Zeus*. Ayuda a oficiar la boda de *Peleo* y *Tetis*.

POSEIDÓN Dios del mar. Inventor (y dios) de los caballos. Hijo de *Crono* y Rea. Hermano de *Deméter*, *Hades*, *Hera*, *Hestia* y *Zeus*. Padre de *Belerofonte*, *Cicreo*, *Cicno*, *Orión*, *Pegaso* y (posiblemente) de *Teseo*. Abuelo de *Néstor* y *Palamedes*. Amante de *Pélope*; lo ayuda a vencer a *Hipodamía*. Construye las murallas de troya con *Apolo*; luego manda un monstruo marino para que devore a *Hesíone* cuando *Laomedonte* se niega a pagar. Invitado a las bodas de *Peleo* y *Tetis*, los caballos Balio y Janto son su regalo a la novia. Junto con *Atenea*, *Hefesto* y *Hera*, cómplice de los griegos en su causa contra Troya.

ZEUS Rey de los dioses. Hijo de *Crono*, al que supera, y Rea. Hermano de *Deméter*, *Hades*, *Hera*, *Hestia* y *Poseidón*. Marido de *Hera*. Padre de los dioses *Apolo*, *Ares*, *Artemisa*, *Atenea*, *Dioniso*, *Hefesto*, *Hermes* y *Perséfone*. Padre de los mortales *Éaco*, *Dárdano*, *Helena*, *Heracles*, *Perseo*, *Pirítoo*, *Pólux* y *Sarpedón*. Progenitor de numerosos héroes de la guerra de Troya, entre los que se cuentan *Aquiles*, *Áyax*, *Odiseo* y *Teucro*. El que empuña el rayo. Dueño del oráculo de Dodona. En deuda con *Tetis* por rescatarlo de su familia olímpica insurrecta. Invitado en las bodas de *Peleo* y *Tetis*. Otorga el pueblo mirmidón y la magistratura del inframundo a *Éaco*; le brinda la diosa *Afrodita* a *Anquises*; concede el catasterismo a *Ganimedes* y los *dioscuros*; da caballos divinos a *Tros*; condena al tormento eterno a *Tántalo*; da la inmortalidad (pero no la eterna juventud) a *Titono*; el privilegio de entregar la manzana de la discordia a *Paris*; una espada forjada por *Hefesto* a *Peleo*. No logra del todo impedir que el resto de DIOSES OLÍMPICOS (ni él mismo) se inmiscuyan en la guerra de Troya.

Otros dioses y titanes

ASCLEPIO   Dios de la medicina. Hijo mortal de *Apolo* y *Coronis*. Criado por *Quirón*. Padre de *Macaón* y *Podalirio*. *Zeus* lo mata temporalmente por su *hibris* y lo resucita de entre los muertos; más tarde lo inmortaliza y catasteriza.

CRONO   Antiguo rey de los dioses. Titán hijo de *Gea* y de *Urano*. Hermano de *Océano* y *Tetis*. Padre (con Rea) de *Deméter, Hades, Hera, Hestia, Poseidón* y *Zeus*, y (con Filira) de *Quirón*. Derrocador de *Urano*. Derrocado por *Zeus*.

EOS   Diosa titana del amanecer. Hermana de *Helios* y *Selene*. Progenitora de *Cíniras*. Amante de *Titono*; madre (con este) de *Memnón*. Suplica a *Zeus* la vida eterna para *Titono*, pero no la eterna juventud. Transforma a *Titono* en un saltamontes.

ERIS   Diosa de la discordia y el caos. Hija de Nix (noche) y Érebo (oscuridad). Hermana de una variedad de dioses sombríos e inmortales entre los que se cuentan las *hespérides*, Hipnos (sueño), las *moiras* (repartidoras de fatalidad), *Moros* (destino), *Némesis* (venganza) y Tánatos (muerte). No invitada ni bien recibida a las bodas de *Peleo* y *Tetis*. Provoca el desacuerdo entre los dioses olímpicos que da pie a la guerra de Troya.

EROS   Joven dios del deseo sexual. Hijo de *Ares* y de *Afrodita*. Dueño de un arco y unas flechas devastadores.

331

ESCAMANDRO Dios río de la Tróade. Marido de la ninfa Idea. Padre de Calírroe y *Teucro*. Abuelo de *Ganimedes* e *Ilo*. Otorga gran fertilidad a la llanura de Ilión. Protector de Troya. Casi mata a *Aquiles*. Hervido por *Hefesto*.

GEA La tierra primigenia. Hija de Caos. Madre de *Urano* y de Ponto. Madre (con *Urano*) de la primera generación de titanes (incluidos *Crono*, *Océano* y *Tetis*) y de los gigantes. Madre (con Ponto) de *Nereo*. Madre (con Tártaro) de *Tifón*. Regala las manzanas de la discordia de las hespérides a *Zeus* y *Hera*.

HELIOS Dios titán del sol. Hermano de *Eos* y *Selene*. Abuelo de *Medea*.

HESPÉRIDES Las tres ninfas del atardecer. Hija de Nix (noche) y Érebo (oscuridad). Hermana de una variedad de dioses sombríos e inmortales entre los que se cuentan *Eris* (discordia), Hipnos (sueño), *Moros* (destino), *Némesis* (venganza) y Tánatos (muerte). Jardineras diligentes; propagadoras de las manzanas de oro mágicas (incluida la de la discordia).

HIMENEO También conocido como Himen. Joven dios de las ceremonias nupciales; miembro del séquito de *Eros*. Hijo de *Apolo* y de la musa Urania.

IRIS Diosa del arcoíris y mensajera de los dioses. Hermana de las harpías. Prima de las gorgonas.

MOIRAS Las tres parcas: Cloto, que hila el hilo de la vida; Laquesis, que mide su longitud; y Atropos, que lo corta. Hijas de Nix (noche) y Érebo (oscuridad). Hermanas de una variedad de dioses sombríos e inmortales entre los que se cuentan *Eris* (discordia), las *hespérides*, Hipnos (sueño), *Moros* (destino), *Némesis* (venganza) y Tánatos (muerte).

MOROS Hado o destino. Hijo de Nix (noche) y Érebo (oscuridad). Hermano de una variedad de dioses sombríos e inmortales entre los que se cuentan *Eris* (discordia), las *hespérides*, Hipnos (sueño), las *moiras*, *Némesis* (venganza) y Tánatos (muerte). Controlador todopoderoso y omnisciente del cosmos. Temidísima entidad en la creación, hasta por los mortales.

NÉMESIS   Diosa de la venganza. Hija de Nix (noche) y Érebo (oscuridad). Hermana de una variedad de dioses sombríos e inmortales entre los que se cuentan *Eris* (discordia), las *hespérides*, Hipnos (sueño), las *moiras*, *Moros* (destino) y Tánatos (muerte). Castigadora de la *hibris*. Según algunos, madre (con *Zeus*) de *Helena*.

NEREO   Antiguo dios marino proteico. Hijo de *Gea* y Ponto. Padre (junto con la *oceánide* Doris) de las *nereidas*, *Tetis* incluida. Contrincante en pelea contra *Heracles*. Proveedor de consejos de puericultura a su hija *Tetis*.

OCÉANO   Dios antiguo del mar. Titán, hijo de *Gea* y *Urano*. Hermano de *Crono* y *Tetis*. Padre (con *Tetis*) de las *oceánides*. Abuelo de Atlas, *Prometeo*, *Tetis* y *Zeus*.

PAN   Dios de patas caprinas de la naturaleza y lo silvestre. Hijo (según algunas fuentes) de *Hermes* y de la ninfa Díope. Amante de la flauta.

PARCAS   Véase *moiras*.

PERSÉFONE   Reina del inframundo y diosa de la primavera. Hija de *Zeus* y *Deméter*. Hermanastra de *Apolo*, *Ares*, *Artemisa*, *Atenea*, *Dioniso*, *Hefesto* y *Hermes*. Raptada por *Hades* y casada, pasa con él seis meses al año. Objetivo del frustrado secuestro de *Pirítoo* y *Teseo*.

PROMETEO   Hermano titán de Atlas. Amigo de la humanidad. Profetiza el hijo victorioso de *Tetis*. Invitado a las bodas de *Peleo* y *Tetis*.

SELENE   Dios titana de la luna. Hermana de *Eos* y de *Helios*.

TETIS   Diosa antigua del mar. Hija titana de *Gea* y *Urano*. Hermana de *Crono* y *Océano*. Madre (con *Océano*) de las *oceánides*. Abuela de Atlas, *Quirón*, *Prometeo*, *Tetis* (la nereida) y *Zeus*. Transforma a *Ésaco* en un ave marina.

URANO   El cielo primigenio. Hijo de *Gea*. Padre (con *Gea*) de la primera generación de titanes (*Crono*, *Océano* y *Tetis* incluidos) y de los gigantes. Derrocado y castrado por su hijo *Crono*. Progenitor de *Afrodita* (por su sangre y su simiente).

Otros inmortales

ENDEIDE   Ninfa. Hija de *Quirón* y de la ninfa Cariclo. Esposa de *Éaco*. Madre de *Peleo* y *Telamón*. Implicada en la muerte de su hijastro *Foco*.

ESTIGIA   *Océanide*. Diosa del río del odio que fluye por el inframundo. Sus aguas otorgan invulnerabilidad a los mortales.

HÍADES   Ninfas de África Septentrional que amamantaron al pequeño *Dioniso*. Premiadas por *Zeus* con el catasterismo.

NEREIDAS   Ninfas marinas. Hijas de *Nereo* y de la *oceánide* Doris. Primas de *Poseidón*. Algunas nereidas: Psámate, madre de *Foco*; *Tetis*, madre de *Aquiles*.

OCEÁNIDES   Ninfas marinas. Hijas de *Océano* y *Tetis*. Primas de *Poseidón*. Algunas oceánides: Doris, madre de las *nereidas*; Metis, madre de *Atenea*; Filira, madre de *Quirón*; Pléyone, madre de las *pléyades*; y *Estigia*.

PLÉYADES   Las siete hijas celestiales del titán Atlas y de la *oceánide* Pléyone. Algunas de ellas: Electra, madre de *Dárdano*; Maya, madre de *Hermes*; Mérope, esposa de *Sísifo*;

Estérope, madre de *Hipodamía*; Taygeta, progenitora de *Tindáreo*.

QUIRÓN   El mejor y más sabio de los centauros. Hijo de *Crono* y de la *oceánide* Filira. Padre de *Endeide*. Abuelo de *Peleo* y *Telamón*. Curandero. Mentor de héroes como *Aquiles, Asclepio, Jasón* y *Peleo*. Celebra la boda de *Peleo* y *Tetis*. Otorga a *Peleo* una lanza con poderes milagrosos.

TETIS   *Nereida*. Hija de *Nereo* y Doris. Salvadora de *Zeus* al invocar a los *hecatónquiros* para protegerlo del motín de su familia olímpica. Salvador de *Hefesto* niño cuando *Hera* lo arroja Olimpo abajo. Deseada por todos los dioses hasta que *Prometeo* profetiza que su hijo superará a su padre. *Peleo* la obliga a casarse; su boda supone la última gran reunión de los inmortales. Madre protectora de *Aquiles*: intentos de hacerlo invulnerable sumergiéndolo en el *Estigia* y encargando una armadura a *Hefesto*; de engañar al destino escondiendo a su hijo bajo el cuidado de *Licomedes*; de advertirle de que no se enemiste con *Apolo*; de convencer a *Zeus* para que incline la balanza de la guerra de Troya contra los griegos y darle así a *Agamenón* una lección.

Monstruos y otras criaturas

CARNERO DE ORO   Portador del vellocino de oro rescatado de la Cólquida por *Jasón, Medea* y los argonautas, entre los cuales: los *dioscuros, Euritión, Heracles, Meleagro, Néstor, Peleo, Filoctetes, Pirítoo* y *Telamón*.

HECATÓNQUIROS   Hijos de *Gea* y *Urano*, gigantes de cincuenta cabezas y cien manos. Invocados del inframundo por *Tetis* para proteger a *Zeus* de la rebelión de los olímpicos.

HIDRA   Serpiente policefálica autorregenerativa de sangre venenosa, guardiana de las puertas del infierno. Hija de

Tifón. Hermana de la *quimera* y del *león de Nemea.* Ejecutada por *Heracles.* Su sangre desempeña un papel en las muertes de los gigantes y de *Heracles, Neso* y *Paris.*

JABALÍ DE CALIDÓN   Flagelo gigantesco devorabebés de Etolia enviado como castigo por *Artemisa.* Perseguido por héroes, entre los cuales: *Asclepio,* los *dioscuros, Euritión, Jasón, Néstor, Peleo, Pirítoo, Telamón, Teseo* y (posiblemente) *Tersites.* Ejecutado por *Atalanta* y *Meleagro.*

LEÓN DE NEMEA   Hijo de *Tifón.* Hermano de la *quimera* y de la *hidra.* Ejecutado, despellejado y convertido en pelliza de *Heracles.*

NESO   Centauro. Muerto por las flechas de *Heracles* tras acosar a su esposa. Obtiene venganza cuando *Heracles* se pone su camisa empapada en sangre de *hidra.*

ORIÓN   Gigante cazador beocio. Hijo de *Poseidón.* Muerto a manos de *Artemisa* por celos, que luego lo catasteriza por remordimientos.

PEGASO   Caballo blanco alado. Hijo de *Poseidón* y de la gorgona Medusa. Hermanastro de *Belerofonte,* a quien ayuda a matar a la *quimera.*

QUIMERA   Híbrido entre león y cabra con cola serpentina y el poder de escupir fuego por la boca. Descendiente de *Tifón.* Hermana de la *hidra* y del *león de Nemea.* Ejecutada por *Belerofonte.*

TIFÓN   Primer y más terrible de los monstruos. Serpiente gigante hija de *Gea* y Tártaro. Padre de la *quimera,* la *hidra* y el *león de Nemea.*

TORO DE CRETA   Criatura de *Poseidón.* Padre del minotauro. Domado temporalmente por *Heracles* y luego para siempre por *Teseo.*

Generaciones anteriores a la guerra de Troya

ACASTO   Rey de Yolco. Hijo de Pelias, enemigo y parien-te de *Jasón*. Marido de *Astidamea*. Ofrece expiación a *Peleo* por matar a *Euritión*. Luego lo engaña *Astidamea* para que intente matarlo. Ejecutado por *Peleo* en venganza.

ANTÍCLEA   Reina de Cefalonia. Hija de *Autólico*. Esposa de *Laertes*. Madre (con él) de *Odiseo*.

ANTÍGONA   Princesa de Ftía. Hija de *Euritión*. Esposa de *Peleo*; madre (con él) de Polidora. Se suicida tras ser enga-ñada por *Astidamea*, que le hizo creer que *Peleo* le era infiel. No confundir con *Antígona*, la princesa de Tebas.

ANTÍGONA   Princesa de Tebas. Hija de *Edipo*. Vástago de una casa maldecida hasta la médula. Sentenciada a muerte por intentar enterrar a su hermano Polinices después de morir luchando contra su propio hermano Eteocles. Escapa al casti-go cometiendo suicidio. No confundir con *Antígona*, princesa de Ftía.

ASTIDAMEA   Esposa de *Acasto*. *Peleo* rechaza sus intentos de seducción. En venganza, engaña a *Antígona* para que co-meta suicidio y a *Acasto* para que intente asesinar a *Peleo*, que lo mata a su vez.

ATALANTA   Princesa arcadia. Abandonada de niña. Re-cogida por una osa y criada con cazadores. Tremendamente rápida. Devota (y herramienta devastadora) de *Artemisa*. De-masiado femenina para ser argonauta, en opinión de *Jasón*. Demasiado asombrosa como para no cazar al *jabalí de Cali-dón*, según *Meleagro*. Premiada con el trofeo por matar al ja-balí, con fatales consecuencias. Tentada por las manzanas de oro de las *hespérides* a casarse con Hipómenes. Castigados ambos por *Afrodita* tras su ingratitud y transformada luego en una leona por profanar involuntariamente un templo.

ATREO   Rey de Micenas. Hijo de *Pélope* e *Hipodamía*. Hermano de Piteo y *Tiestes*. Hermanastro de *Crisipo*. Pariente de *Teseo*. Marido de Aérope (hermana de *Catreo*). Padre (con ella) de *Agamenón*, Anaxibia y *Menelao*. Exiliado con *Tiestes* por matar a *Crisipo*. Juntos derrocan a *Euristeo*, luego pelean como bárbaros y aumentan las maldiciones que ya pesaban sobre las casas de *Tántalo* y *Pélope*. Padre adoptivo de *Egisto*, que lo mata e instala a *Tiestes* en el trono de Micenas.

AUTÓLICO   Hijo ladronzuelo de *Hermes*. Marido de Anfitea. Padre (con ella) de *Anticlea*. Abuelo de *Odiseo* y *Sinón*.

BELEROFONTE   Príncipe de Corinto. Hijo de *Poseidón*. Brevemente prometido con *Etra*. Hermanastro de *Pegaso*. Exiliado por confundir fatalmente a otro hermanastro con un jabalí. El rey Proteo de Micenas le ofrece expiación, luego se enemista con su esposa Estenebea. Ejecuta a la *quimera*. Obtiene la mano de la hija del rey de Licia y la sucesión de su reino. *Zeus* lo deja lisiado por pecar de *hibris* cuando intenta entrar en el Olimpo. Abuelo de *Sarpedón* y *Glauco*.

CADMO   Rey fundador de Tebas. Nieto de *Poseidón*. Hermano de *Europa*. Marido de Harmonía. Abuelo de *Dioniso*. Bisabuelo de *Layo*. Portador de una gran maldición familiar.

CATREO   Rey de Creta. Hijo de Minos. Abuelo de *Agamenón* y *Menelao*, y de *Éax* y *Palamedes*. Muerto a manos de su hijo en misteriosas (y muy oportunas para el rapto de *Helena*) circunstancias.

CICREO   Rey de Salamina. Hijo de *Poseidón* y de la ninfa Salamina. Padre de Glauce. Ofrece expiación, entrega a Glauce y, llegado el momento, su reino entero a *Telamón*.

CRISIPO   Hijo de *Pélope* y de la ninfa Axíoque. Hermanastro de *Atreo*, Pitero y *Tiestes*. Seducido y raptado por *Layo*; luego asesinado por *Atreo* y *Tiestes*. *Layo* y su linaje fueron maldecidos por *Pélope* en venganza.

ÉACO   Rey de Egina. Hijo de *Zeus* y de la ninfa Egina. *Zeus* les da los mirmidones para compensar su soledad. Marido de *Endeide*. Padre (con ella) de *Peleo* y *Telamón*, y (con la *nereida* Psámate) de *Foco*. Después de morir, uno de los tres jueces del inframundo.

ENÓMAO   Rey de Pisa. Hijo de *Ares*. Padre de *Hipodamía*. Muerto por culpa de *Mirtilo* y *Pélope* en la carrera de cuadrigas por la mano de *Hipodamía*.

ETRA   Princesa de Trecén. Hija de Piteo Sobrina de *Atreo* y *Tiestes*. Brevemente prometida a *Belerofonte*. Madre de *Teseo* (con Egeo y *Poseidón*). Raptada por los *dioscuros* como venganza por el secuestro de *Helena* a manos de *Teseo*. Liberada, tras un largo servicio a *Helena*, por sus nietos *Acamante* y *Demofonte*.

EURISTEO   Rey de Micenas. Descendiente de *Perseo*. Primo de *Heracles*. Encarga a *Heracles* los trabajos para expiar el asesinato de su primera esposa. Derrocado por *Atreo* y *Tiestes*.

EURITIÓN   Rey de Ftía, padre de *Antígona*. Uno de los argonautas. Brinda expiación, a su hija *Antígona* y todo su reino a *Peleo*. En agradecimiento, *Peleo* le atraviesa el pecho con una lanza durante la caza del *jabalí de Calidón*.

EUROPA   Princesa de Tiro. Nieta de *Poseidón*. Hermana de *Cadmo*. Raptada por *Zeus* con forma de toro. Madre (con este) de Minos y Radamanto, jueces del inframundo.

FOCO   Príncipe de Egina. Hijo de *Éaco* y la *nereida* Psámate. Hermanastro de *Peleo* y *Telamón*, que lo mató.

HERACLES   Hijo de *Zeus* y Alcmene. Gemelastro de Ifícles. Descendiente de *Perseo*. Primo de *Euristeo* y *Teseo*. Hijo humano favorito de *Zeus*. Perseguido por *Hera*; más adelante, yerno suyo. Padre de innumerables heraclidas, de los que *Télefo* solo sería una muestra. Para expiar el asesinato de su primera esposa, realiza los trabajos para *Euristeo*: 1) matar al *león de Nemea*, 2) matar a la *hidra* de Lerna, 3) capturar a la cierva de Cerinea, 4) capturar al jabalí de Erimanto, 5) limpiar los establos del rey Augias, 6) espantar a las aves del Estínfalo, 7) domar al *toro de Creta*, 8) domar a las yeguas del rey Diomedes de Tracia, 9) robar el ceñidor de la reina amazona *Hipólita*, 10) robar el ganado del gigante Gerión, 11) robar las manzanas de oro de las hespérides y 12) traer a Cerbero del inframundo. Flagelo de la prole de *Tifón*. Vencedor del combate con *Nereo*. Uno de los argonautas. Rescatador de *Hesíone* de manos del monstruo de *Poseidón* y de *Teseo* en el inframundo. Saqueador de Troya. Perdona a *Príamo*. Asesina a *Laomedonte* y (quizá) a *Hipólita*. Instala a *Tindáreo* en el trono de Esparta. Salvador de los DIOSES OLÍMPICOS frente a los gigantes. Fatalmente herido por la camisa de *Neso* empapada en sangre de la *hidra*. Inmolado por *Filoctetes*; a cambio, le regala su arco y las flechas envenenadas con sangre de la *hidra*. Inmortalizado y catasterizado por *Zeus*.

HIPODAMÍA   Hija de *Enómao* y de la *pléyade* Estérope. Primer premio obtenido por *Pélope* en la carrera de cuadrigas. Repugnancia ante la idea de pasar una sola noche con *Mirtilo*. Madre de *Atreo*, Pitero y *Tiestes*. Portadora de una gran maldición familiar.

ÍO   Primera mortal amada por *Zeus*. Transformada por este en vaca. Perseguida por el tábano de *Hera*. Da nombre al Bósforo (paso del buey).

JASÓN   Heredero legítimo del trono de Yolco. Hijo de Esón y Alcimede. Pariente de *Atalanta*, *Belerofonte*, Neleo y

Peleo. Padre (con *Medea*) de Tesalio. Criado por *Quirón*. Apoyado por *Atenea* y *Hera*. Con la ayuda de los argonautas y la magia de *Medea*, cumple la tarea que le encargó Pelias: recuperar el vellocino de oro. *Medea* estropea fatalmente sus planes de casarse para entrar en la familia real corintia. Recupera el trono de Yolco derrocando a *Acasto*. Participa en la caza del jabalí de Calidón. Muerto en un accidente náutico donde *Argo* desempeña un papel importante.

LAERTES   Rey de Cefalonia. Hijo de Céfalo. Marido de *Anticlea*. Padre (con ella) de *Odiseo*.

LAYO   Rey de Tebas. Bisnieto de *Cadmo*. Padre de *Edipo*. Criado en el exilio por *Pélope*. Le paga su muestra de confianza seduciendo y raptando a *Crisipo*. La maldición de *Pélope* por su papel en la muerte de *Crisipo* aumenta la fatalidad de la casa de *Cadmo*.

LICOMEDES   Rey de Esciros. Hijo de *Apolo*. Padre de numerosas hijas, *Deidamía* entre ellas. Anfitrión del exiliado *Teseo*, luego asesino suyo durante una pelea en un acantilado. Guardián de *Aquiles* y *Neoptólemo*, pero no logra evitar que vayan a Troya.

MEDEA   Princesa de la Cólquida y hechicera. Nieta de *Helios*. Ayuda a *Jasón* a robar el vellocino de oro y huye con él. Provoca un sangriento cisma entre las familias reales de Grecia. Madrastra de *Teseo*.

MELEAGRO   Príncipe de Calidón. Posible hijo de *Ares*. Primo de *Diomedes* y *Tersites*. Cuñado póstumo de *Heracles*. Uno de los argonautas. Líder en la caza del *jabalí de Calidón*. Presuntamente responsable de la cojera de *Tersites*. Su amor por *Atalanta* lo condena a una muerte prematura.

MIRTILO   Hijo de *Hermes*. Auriga de *Enómao*. Sobornado por *Pélope* para que lo ayude a ganarse a *Hipodamía* y luego asesinado por este. Maldice a *Pélope* y a su casa.

OÍCLES Guerrero argivo. Compañero de *Heracles* en Troya. Muerto a manos de las tropas de *Laomedonte*.

PELEO Rey de Ftía. Hijo de *Éaco* y de la ninfa *Endeide*. Nieto de *Zeus* y de *Quirón*. Hermano de *Telamón*. Hermanastro de *Foco*; exiliado después de matarlo. *Euritión* le concede expiación, esposa y reino en su debido momento; asesina accidentalmente a su suegro durante una caza al confundirlo con el *jabalí de Calidón*. Mata a *Acasto* y *Astidamea* deliberadamente y restaura en el trono de Yolco a *Tesalio*, hijo de *Jasón*. Camarada de *Heracles*. Uno de los argonautas. Marido de *Antígona*; fuerza a *Tetis* a casarse con él. Padre (con *Antígona*) de Polidora y (con *Tetis*) de *Aquiles*. Tío de *Áyax*, *Patroclo* y *Teucro*. Recibe una espada forjada por los dioses de mano de *Zeus*, los caballos divinos Balio y Janto de *Poseidón* y una lanza milagrosa de *Quirón*.

PÉLOPE Hijo de *Tántalo*. Convertido en comida para los dioses por su padre; luego resucitado por *Zeus*. Amado por *Poseidón*. No logra recuperar Lidia, el reino de su padre, de *Ilo*. Ganador de la carrera de cuadrigas que le vale la mano de *Hipodamía* y del reino de Pisa de manos de *Enómao*. Sobornador y asesino de *Mirtilo*. Padre (con *Hipodamía*) de *Atreo*, Piteo y *Tiestes*, y (con la ninfa Axíocque) de *Crisipo*. Acoge a *Layo*; luego lo maldice a él y a su casa por raptar a *Crisipo*. Manda a *Atreo* y *Tiestes* al exilio por matar a *Crisipo*. Se conoce el sur de Grecia como su «isla» (Peloponeso) porque su progenie la gobernaba. Establece los Juegos Olímpicos. Vástago y ascendiente de casas maldecidas hasta la médula.

PERSEO Rey fundador de Micenas. Hijo de *Zeus* y Dánae. Salvador de Andrómeda, atacada por unos de los monstruos marinos de *Poseidón*. Progenitor de *Heracles*. Ejecuta a la gorgona Medusa. Catasterizado.

PIRÍTOO   Rey de los lapitas. Hijo de *Zeus* y *Día*. Primo de los centauros. Argonauta y cazador del *jabalí de Calidón*. Amigo del alma y mala influencia de *Teseo*. Juntos logran raptar a Antíope (o *Hipólita*) y a *Helena*; fracasan a la hora de raptar a *Perséfone*. *Heracles* no consigue sacarlo del inframundo.

SÍSIFO   Rey de Corinto. Famoso por sus farsas. Padre de *Sinón*. Abuelo de *Belerofonte*. Violador de la abuela de *Odiseo*, Anfitea; en consecuencia, considerado por muchos como el padre de *Odiseo*. Condenado a tormento eterno en el inframundo.

TÁNTALO   Rey de Lidia. Hace que los dioses se coman a su hijo *Pélope*. Expulsado de Lidia por *Ilo*. Tantalizado mortificante y eternamente en el inframundo. Ascendiente de una casa maldecida hasta la médula.

TELAMÓN   Rey de Salamina. Hijo de *Éaco* y de la ninfa *Endeide*. Nieto de *Zeus* y *Quirón*. Hermano de *Peleo*. Hermanastro de *Foco* y exiliado después de que lo asesine *Peleo*. *Cicreo* le da expiación, esposa y reino llegado el momento. Camarada de *Heracles*. Argonauta y cazador del *jabalí de Calidón*. Saqueador de Troya. Marido de Glauce y *Hesíone*. Padre de *Áyax* (con Glauce) y *Teucro* (con *Hesíone*). Tío de *Aquiles* y *Patroclo*.

TESEO   Rey de Atenas. Hijo de *Etra*, Egeo y *Poseidón*. Pariente de la casa de *Atreo* y de la de *Heracles*. Marido de la amazona Antíope (o *Hipólita*) y de Fedra (hermana de Ariadna). Padre de Hipólito (con Antíope o *Hipólita*) y de *Acamante* y *Demofonte* (con Fedra). Inventor del *pankration*. Doma (lo sacrifica posteriormente) al *toro de Creta*; flagelo de centauros. Amigo del alma de *Pirítoo*. Juntos logran raptar a Antíope (o *Hipólita*) y a *Helena*; fracasan a la hora de raptar a *Perséfone*. *Heracles* lo rescata del inframundo. Exiliado por su papel fatal en la tragedia del amor no correspondido de Fedra

343

por Hipólito. Asesinado por *Licomedes* en una disputa al borde de un acantilado. Unificador de Ática, establece los cimientos de la grandeza histórica de Atenas.

TIESTES   Rey de Micenas. Hijo de *Pélope* e *Hipodamía*. Hermano de *Atreo* y Piteo. Hermanastro de *Crisipo*. Pariente de *Teseo*. Padre de Pelopia y (con ella) de *Egisto*. Exiliado con *Atreo* por asesinar a *Crisipo*. Juntos derrocan a *Euristeo*, luego pelean como bárbaros y aumentan las maldiciones que ya pesaban sobre las casas de *Tántalo* y *Pélope*. Usa a *Egisto* para matar a *Atreo* e instalarlo en el trono micénico. Derrocado por *Agamenón*, muere en el exilio.

TINDÁREO   Rey de Esparta; instalado en su trono por *Heracles*. Marido de *Leda*. Padre (con ella) de los *dioscuros* Cástor y *Clitemnestra*; cría a los hermanastros Pólux y *Helena* como si fuesen suyos. Tío de *Penélope*. Brinda la mano de *Helena* por sorteo a *Menelao*; y la mano de *Clitemnestra* por medios más convencionales a *Agamenón*. Abdica en favor de *Menelao*.

Generación de la guerra de Troya

ACAMANTE   Príncipe ateniense. Hijo de *Teseo* y Fedra. Hermano de *Demofonte*. Marido de Laódice (hija de *Príamo*). Se une tardía pero valerosamente a las huestes griegas contra Troya. Rescata, junto con *Demofonte*, a su abuela *Etra* durante el saqueo.

AGAMENÓN   Rey de Micenas. Hijo de *Atreo* y Aérope (hermana de *Catreo*). Hermano de Anaxibia y *Menelao*. Vástago de una casa maldecida hasta la médula. Después del exilio a Esparta, recupera el trono de manos de su tío *Tiestes*. Pretendiente de *Helena*. Marido de *Clitemnestra*. Padre (con ella) de Crisotemis, Electra, *Ifigenia* y Orestes. Líder de las huestes griegas en Troya. Tal vez demasiado dependiente de los consejos de *Calcante*. Dispuesto a sacrificar a *Ifigenia* para aplacar a *Artemisa*. Dispuesto a entregar a *Criseida* para aplacar a *Apolo*. Dispuesto a quedarse con *Briseida* a pesar de enfurecer a *Aquiles*: luego se arrepiente tras la muerte de *Patroclo*. Dispuesto a entregar la armadura de *Aquiles* a *Odiseo* a pesar de enfurecer a *Áyax*. Dispuesto a abandonar a *Filoctetes* a pesar de necesitarlo para derrotar a los troyanos. Dispuesto a recurrir a la estratagema estrafalaria del caballo de madera para apoderarse de Troya. Dispuesto a tomar a *Casandra* como trofeo de guerra a pesar de su advertencia de las consecuencias funestas.

AIAS   «Áyax el Menor», «Áyax Locrio». Príncipe de Locris. Hijo de Oileo y Eríope (hermana de *Atalanta*). Pese a su diminuta estatura, uno de los comandantes de las huestes griegas en Troya; sin rival en su destreza con la lanza. Defensor del cadáver de *Patroclo*. Miembro del contingente dentro del caballo de madera. Violador de *Casandra*.

ALCIMO   Guerrero mirmidón. Capitán y asistente de *Aquiles*. Testigo de su reunión con *Príamo* para el rescate del cadáver de *Héctor*.

ANTICLO   Guerrero griego impresionable. Parte del contingente dentro del caballo de madera. Vulnerable a los encantos de *Helena* incluso a través del espesor de la madera. Accidentalmente asfixiado por *Odiseo*.

ANTÍLOCO   Príncipe de Pilos. Hijo de *Néstor*. Hermano de Trasimedes. Amigo de *Aquiles*; le lleva la noticia de la muerte de *Patroclo*, luego trata de consolarlo. Asesinado por *Memnón*. Vengado por *Aquiles*.

AQUILES   Príncipe de Ftía. Llamado *Ligirón* al nacer. Hijo de *Peleo* y *Tetis*. Primo de *Áyax*, *Patroclo* y *Teucro*. Descendiente de *Quirón*, *Nereo* y *Zeus*. Grandeza pronosticada

345

por *Calcante*, *Prometeo* y *Tetis*. Inmerso en el *Estigia* para hacerlo (casi) invulnerable. Criado por *Quirón* cuando las aptitudes de sus padres se revelan irreconciliables con la crianza, y luego por *Fénix*. Amigo de la infancia, posterior amante, de *Patroclo*. Explora brevemente su lado femenino como *Pirra*. Padre (con *Deidamía*) de *Neoptólemo*. El mejor de los guerreros en las huestes de Grecia contra Troya; invencible en velocidad y ferocidad. Tremendamente apoyado por *Atenea*; tremendamente detestado por *Apolo*. Furioso con *Agamenón* por utilizarlo para atraer a *Ifigenia* hasta su condenación, y luego por tener que entregarle a *Briseida*. Se niega a participar en la lucha hasta que muere *Patroclo*. Entra en liza con los caballos divinos de *Peleo*, Balio y Janto. Lleva la espada y la lanza famosas de *Peleo* y una panoplia hecha por *Hefesto*. Mata a incontables enemigos, *Tenes* y *Troilo* incluidos, y a grandes guerreros troyanos: *Héctor*, *Memnón* y *Pentesilea*. Se supera cuando ataca a *Escamandro*. Maltrata el cadáver de *Héctor* antes de apiadarse y devolvérselo a *Príamo*. Muerto finalmente por *Paris* (con la ayuda de *Apolo*).

AUTOMEDONTE Guerrero mirmidón. Capitán y asistente de *Aquiles*. Testigo de su reunión con *Príamo* para el rescate del cadáver de *Héctor*.

ÁYAX «Áyax Telamonio», «Áyax el Grande», «Áyax el Poderoso». Príncipe de Salamina. Hijo de *Telamón* y Glauce. Hermanastro de *Teucro*. Primo de *Aquiles* y *Patroclo*. Pretendiente de *Helena*. Uno de los comandantes de las huestes griegas en Troya; sin rival en tamaño y fuerza. Captura a *Tecmesa*, luego captura su corazón. Padre (con ella) de Eurísaces. Protagoniza un caballeroso duelo con *Héctor*. Miembro de la embajada a *Aquiles*. Defensor de *Teucro*, *Odiseo*, los barcos griegos y los cadáveres de *Patroclo* y *Aquiles*. Asesino de *Glauco*, *Hipótoo* y Forcis. Disputa con *Odiseo* por la armadura de *Aquiles*; se vuelve loco de rabia y se mata con la espada de *Héctor*.

CALCANTE   Sacerdote (y bisnieto) de *Apolo*. Adivino de *Agamenón*. Padre, según fuentes tardías, de *Crésida*. Profetiza la preminencia de *Agamenón*, la duración de la guerra de Troya, la muerte de *Yolao* como primero en pisar tierra troyana y la necesidad de *Aquiles*, de *Neoptólemo* y de las flechas de *Heracles* para la victoria. Aconseja a *Agamenón* que sacrifique a *Ifigenia* para aplacar a *Artemisa* y que ceda a *Criseida* para apaciguar a *Apolo*. Aconseja a *Neoptólemo* que perdone la vida a *Eneas*.

CÁSTOR   Véase *dioscuros*.

CÍNIRAS   Rey de Chipre. Descendiente de *Eos*. Padre (con su propia hija Mirra) de Adonis y de Migdalión. Pionero en el arte de fundir el cobre. Cumple su promesa de proveer con guerreros a las huestes griegas en Troya sobre el papel, pero no en espíritu. Aplaca a *Agamenón* con una magnífica coraza.

CLITEMNESTRA   Reina de Micenas. Hija de *Tindáreo* y de *Leda*. Hermana del *dioscuro* Cástor. Hermanastra del *dioscuro* Pólux y de *Helena*. Prima de *Penélope*. Esposa de *Agamenón*. Madre (con él) de Crisotemis, Electra, *Ifigenia* y Orestes. Improbable perdón a su esposo por planear el sacrificio de *Ifigenia* y traer a *Casandra* a su casa desde Troya.

DEIDAMÍA   Princesa de Esciros. Hija de *Licomedes*. Amante de *Aquiles*. Madre (con él) de *Neoptólemo*.

DEMOFONTE   Príncipe ateniense. Hijo de *Teseo* y Fedra. Hermano de *Acamante*. Se une tardía pero valerosamente a las huestes griegas contra Troya. Rescata, junto con *Acamante*, a su abuela *Etra* durante el saqueo.

DIOMEDES   Rey de Argos. Hijo de Tideo y Deípile. Primo de *Meleagro* y de *Tersites*. Pretendiente de *Helena*. Marido de Egialea. Según algunas fuentes, amante de *Crésida*. Uno de los comandantes de las huestes griegas en Troya. Tremendamente apoyado por *Atenea*. Enviado en misiones con *Odiseo* para sumar a *Aquiles* a la causa; para robar los caballos de *Reso*; para llevar a *Neoptólemo* y a *Filoctetes* a Troya; y para robar el Paladio protector de Troya. Hiere a *Eneas*, a *Afrodita* y a *Ares*. Herido por las flechas de *Pándaro* y *Paris*. Asesina a *Dolón* y a *Pándaro*. Casi muerto a manos de *Odiseo*. Rescata a *Néstor*. Miembro del contingente dentro del caballo de madera.

DIOSCUROS Los «gemelos de Zeus»: Cástor (hijo de *Leda* y de *Tindáreo*) y Pólux (hijo de *Leda* y de *Zeus*). Hermanos de *Clitemnestra* y *Helena*. Primos de *Penélope*. Argonautas y cazadores del *jabalí de Calidón*. Rescatan a *Helena* del rapto de *Pirítoo* y *Teseo*; le dan a *Etra* como sirvienta. Misteriosamente incapaces de impedir el rapto de *Helena* a manos de *Paris*. Después de que Cástor muera en una disputa familiar, los gemelos son catasterizados como Géminis.

EGISTO Hijo y nieto de *Tiestes*; concebido por él para vengarse de *Atreo*. Adoptado por *Atreo*, que luego lo asesina e instala a *Tiestes* en el trono miceno. Llevado al exilio por *Agamenón*. Vástago de una casa maldecida hasta la médula.

EPEO Arquitecto e ingeniero de la Fócida. Hijo de Panopeo. Paladín boxeador. Constructor del caballo de madera; miembro del contingente escondido dentro.

FÉNIX Príncipe de Dolopia. Hijo de Amintor. Amigo de *Peleo* después de que su padre lo mande injustamente al exilio. Mentor bienamado de *Aquiles*. Obedecido por *Aquiles* en su disputa con *Agamenón* sobre *Ifigenia*. No acatado por *Aquiles* en su disputa con *Agamenón* por *Briseida*.

FILOCTETES Príncipe de Melibea. Hijo de Peas. Uno de los argonautas. Camarada de *Heracles*: lo inmola; a cambio, este le lega su arco y sus flechas con veneno de la *hidra*. Pretendiente de *Helena*. Mordido por una víbora y abandonado durante diez años en Lemnos. Rescatado por *Diomedes* y *Odi-*

seo y curado por *Podalirio* para que pueda desempeñar su parte profetizada en la caída de Troya. Ejecutor de *Paris*.

HELENA «Helena de Esparta», «Helena de Troya». Reina de Esparta sin rival entre los mortales en lo que a belleza se refiere. Hija de *Zeus* y *Leda* (o quizá de *Zeus* y *Némesis*); criada por *Tindáreo* como una hija. Hermana del *dioscuro* Pólux. Hermanastra del *dioscuro* Cástor y de *Clitemnestra*. Prima de *Penélope*. Raptada por *Pirítoo* y *Teseo*. Rescatada por los *dioscuros*, que se llevan a *Etra* como esclava. Pretendida como esposa por *Agamenón, Áyax, Diomedes, Idomeneo, Yolao, Menelao, Patroclo, Filoctetes* y *Teucro*. Entregada por sorteo a *Menelao*; luego por *Afrodita* a *Paris*; luego por derecho de antigüedad a *Deífobo*. Madre (por *Menelao*) de *Hermíone* y *Nicóstrato*. Su rapto provoca la guerra de Troya. Ayuda a *Diomedes* y *Odiseo* a robar el Paladio. Ayuda a los troyanos imitando las voces de las esposas de los griegos dentro del caballo de madera. Emplea su vieja magia para recuperar a *Menelao*.

HERMÍONE Princesa espartana. Hija de *Menelao* y *Helena*. Hermana de *Nicóstrato*. Vástago de una casa maldecida hasta la médula. Abandonada en Esparta con su padre tras el rapto a manos de *Paris*.

IDOMENEO Rey de Creta. Nieto de Minos. Sobrino de *Catreo*. Pretendiente de *Helena*. Uno de los comandantes de las huestes griegas en Troya. Defensor del cadáver de *Patroclo*. Miembro del contingente dentro del caballo de madera.

IFIGENIA Princesa de Micenas. Hija mayor de *Agamenón* y *Clitemnestra*. Hemana de Crisotemis, Electra y Orestes. *Calcante* aconseja su sacrificio para aplacar a *Artemisa*. *Odiseo* la atrae con engaños hasta la flota griega con la promesa de casarse con *Aquiles*. Ofrece su vida voluntariamente pero, por lo visto, *Artemisa* le perdona la vida.

LEDA   Princesa etolia; reina de Esparta. Esposa de *Tindáreo*. Madre (con él) del *dioscuro* Cástor y de *Clitemnestra*, y (con *Zeus*) del *dioscuro* Pólux y de *Helena*.

LIGIRÓN   Véase *Aquiles*.

MACAÓN   Hijo de *Asclepio*. Junto con su hermano *Podalirio*, curandero principal de las huestes griegas en Troya y comandante del contigente ecalio. Cura la herida que *Pándaro* le hizo a *Menelao*. Muere a manos de *Eurípilo*.

MENELAO   Rey de Esparta. Hijo de *Atreo* y de Aérope (hermana de *Catreo*). Hermano de *Agamenón* y Anaxibia. Vástago de una casa maldecida hasta la médula. Durante su exilio en Esparta obtiene la mano de *Helena* y luego la sucesión al trono de *Tindáreo*. Padre (con *Helena*) de *Hermíone* y *Nicóstrato*. Uno de los comandantes de las huestes griegas en Troya. Salvado por *Antenor*, *Atenea* y *Teucro* de una muerte segura; salva a *Odiseo*, a su vez. *Afrodita* le impide que mate a *Paris*; nadie le impide que mate a *Deífobo* y *Euforbo*. Miembro del contingente dentro del caballo de madera. Sigue vulnerable a los encantos de *Helena*.

NEOPTÓLEMO   Hijo de *Aquiles* y *Deidamía*. Llamado *Pirro* al nacer. Su presencia en Troya es necesaria para su caída; lo llevan allí *Diomedes* y *Odiseo*. Miembro del contingente dentro del caballo de madera. Su sed de sangre iguala como mínimo a la de su padre. Asesino de *Eurípilo*, *Polites* y *Príamo*. Perdona la vida a *Eneas*. *Andrómaca* está destinada a ser su trofeo de guerra.

NÉSTOR   Rey de Pilos. Hijo de Neleo. Primo de *Jasón*. Padre de *Antíloco* y Trasimedes. Hereda su trono después de que *Heracles* mate a su padre y a sus once hermanos mayores. Argonauta y cazador del *jabalí de Calidón*. El mayor y más sabio de las huestes griegas en Troya; consejero respetado de

Agamenón. Sus intentos por mediar entre griegos y troyanos, entre *Aquiles* y *Agamenón*, y entre *Áyax* y *Odiseo* no salen exactamente como tenía pensado.

NICÓSTRATO   Príncipe espartano. Hijo de *Menelao* y *Helena.* Hermano de *Hermíone.* Vástago de una casa maldecida hasta la médula. Al nacer, su madre se lo lleva durante el rapto por parte de *Paris.* Se reúne con *Menelao* tras el saqueo de Troya.

ODISEO   Rey de Ítaca. Hijo de *Laertes* y *Anticlea.* Marido de *Penélope.* Padre (con ella) de Telémaco. Descendiente de *Hermes, Autólico* y *Sísifo.* Primo de *Sinón.* Tremendamente apoyado por *Atenea.* Uno de los comandantes de las huestes griegas en Troya; dotado de una astucia y un ingenio sin rival. Idea una estratagema para asegurar una boda pacífica y la protección de *Helena.* Su treta para evitar tomar parte en la guerra de Troya fracasa por culpa de *Palamedes.* Más tarde se venga conspirando para hacer que *Palamedes* sea ejecutado por traición. Implicado en los planes para sacrificar a *Ifigenia* y en el abandono de *Filoctetes.* Enviado en misiones con *Diomedes* para sumar a *Aquiles* a la causa; para robar los caballos de *Reso*; para llevar a *Neoptólemo* y a *Filoctetes* a Troya; y para robar el Paladio protector de Troya. Media sin éxito en la disputa entre *Aquiles* y *Agamenón.* Salvado de una muerte segura por *Antenor,* y por *Áyax* y *Menelao.* Recompensado con la armadura de *Aquiles,* con el consiguiente y trastornado ataque de celos de *Áyax.* Casi mata a *Diomedes* en su propio momento de locura (o de celos). La diosa *Atenea* le inspira la idea del caballo de madera. Miembro del contingente dentro del caballo de madera; asfixia accidentalmente a *Anticlo.*

PALAMEDES   Príncipe de Eubea. Hijo de Nauplio y Climene (hija de *Catreo*). Nieto de *Poseidón.* Hermano de Éax. Pariente de *Agamenón* y *Menelao.* Delata la treta de *Odiseo* para evitar tomar parte en la guerra de Troya. Salvado por *An-*

tenor de una muerte segura. Lapidado por traición, acusado falsamente por *Odiseo*. Inventor de juegos de tablero y dados, y de las partes más complicadas del alfabeto griego.

PATROCLO   Príncipe de Opunte. Hijo de Menecio y Polimele. Primo de *Aquiles*, *Áyax* y *Teucro*. Criado por su tío *Peleo* tras matar accidentalmente a otro niño. Amigo de la infancia, luego amante, de *Aquiles*. Pretendiente de *Helena*. Trata con amabilidad a *Briseida*. Conduce a los mirmidones contra los troyanos suplantando a *Aquiles*. Mata a Cebriones, *Sarpedón* y Estenelao. Muerto a manos de *Apolo*, *Euforbo* y *Héctor*. *Aquiles* venga su muerte.

PENÉLOPE   Princesa de Esparta. Hija de Icario, el hermano de *Tindáreo*. Primo de *Clitemnestra*, los *dioscuros* y *Helena*. Esposa sufriente pero devota de *Odiseo*. Madre (con él) de Telémaco.

PIRRO   Véase *Neoptólemo*.

PODALIRIO   Hijo de *Asclepio*. Con su hermano *Macaón*, curandero principal de las huestes griegas en Troya, y líder del contingente ecalio. Cura el pie mordido por la serpiente de *Filoctetes*.

PÓLUX   Véase *dioscuros*.

PROTESILAO   Véase *Yolao*.

SINÓN   Hijo de *Sísifo*. Nieto de *Autólico*. Descendiente de Hermes. Primo y enemigo mortal de *Odiseo*. Convence a los troyanos para que metan el caballo de madera en su ciudad. Su nombre pasa a la posteridad como sinónimo de mentiroso y embaucador.

TENES   Rey de Tenedos. Hijo de *Apolo*. Muere a manos de *Aquiles* de camino a la guerra de Troya; de su muerte es en parte responsable su funesta y letal enemistad con *Apolo*.

TERSITES   Señor etolio. Hijo de Agrios. Primo de *Diomedes* y *Meleagro*. Cazador del *jabalí de Calidón*; su cobardía hace que *Meleagro* lo arroje por un precipicio. El más feo y satírico de las huestes griegas en Troya. Muere a manos de *Aquiles* por burlarse de su pena tras acabar con *Pentesilea*.

TEUCRO   Príncipe de Salamina. Hijo de *Telamón* y *Hesíone*. Hermanastro de *Áyax*. Primo de *Aquiles* y *Patroclo*, y de *Eurípilo*, *Héctor*, *Memnón* y *Paris*. Pretendiente de *Helena*. El mejor arquero de las huestes griegas en Troya. Mata a Arqueptólemo. Salvado por *Áyax* de una muerte segura; salva a *Agamenón* y a *Menelao*.

YOLAO   Rey de Filacea. Hermano de Ificlo y *Podarces*. Pretendiente de *Helena*. Primer griego en morir en la guerra de Troya; muerto a manos de *Héctor*. Conocido para la posteridad como *Protesilao*.

TROYANOS Y PUEBLOS ALIADOS

AGELAO   Pastor troyano. Se le ordena matar al recién nacido *Paris*; en lugar de eso, lo cría como a un hijo en el monte Ida.

ANDRÓMACA   Princesa cilicia. Hija de Etión. Esposa de *Héctor*. Madre (con él) de *Astianacte*. Trofeo de guerra para *Neoptólemo*.

ANQUISES   Pastor y antiguo príncipe de Troya. Nieto de Asáraco, hermano de *Ilo*. Pariente de *Príamo* y de sus numerosos hijos. Amante de *Afrodita*, gracias a *Zeus*. Padre (con ella) de *Eneas*. Salvado del saqueo de Troya por su hijo.

ANTENOR   Señor troyano. Pariente de *Príamo*; su consejero más sabio y respetado. Marido de *Téano*. Padre (con ella) de

353

numerosos hijos de destino funesto, entre los cuales destacan Conas e Ifídamas (ambos asesinados por *Agamenón*), Demoleón (asesinado por *Aquiles*) y Agénor (salvado por *Apolo* de la cólera de *Aquiles*). Delata la trama de *Antímaco* y *Paris* para asesinar a la delegación formada por *Menelao*, *Odiseo* y *Palamedes*. En consecuencia, *Agamenón* le perdona la vida durante el saqueo de Troya.

ANTÍMACO Señor troyano. Sobornado por *Paris* para que asesine a la delegación formada por *Menelao*, *Odiseo* y *Palamedes*. Delatado por *Antenor*.

ASTIANACTE Príncipe de Troya. Llamado *Escamandrio* al nacer. Hijo recién nacido de *Héctor* y *Andrómaca*. Asesinado durante el saqueo de Troya.

BRISEIDA Princesa cilicia. Hija del rey de Lirneso. Capturada por *Aquiles*. Su posesión motiva la gran disputa con *Agamenón*. Llora las muertes de *Patroclo* y de *Aquiles*.

CASANDRA Princesa de Troya y sacerdotisa de *Apolo*. Hija de *Príamo* y *Hécuba*. Hermana de, entre otros muchos, *Deífobo*, *Héctor*, *Héleno*, *Paris*, *Polites*, *Polidoro*, *Políxene* y *Troilo*. Bendecida por *Apolo* con el don de la profecía. Maldecida por *Apolo* para que nadie la crea. Violada por *Aias*. Trofeo de guerra de *Agamenón*.

CICNO Guerrero impenetrable troyano. Hijo de *Poseidón*. Transformado en un cisne por su padre para salvarlo después de que *Aquiles* le retuerza el pescuezo.

CÓRITO Hijo de *Paris* y de la ninfa *Énone*. Abandonado por su padre cuando *Paris* recupera su lugar en la familia real troyana. Asesinado por *Paris* sin reconocerlo cuando intenta reestablecer contacto.

CRÉSIDA Hija de *Calcante*. Amante desafortunada de *Troilo*.

CRISEIDA Hija de *Crises*. Capturada por *Aquiles*. Trofeo de guerra de *Agamenón*. Su negativa a devolverla motiva el castigo de la plaga de *Apolo*. Liberada y escoltada a casa por *Odiseo*.

CRISES Sacerdote de *Apolo* en Crise. Padre de *Criseida*. Ruega sin éxito a *Agamenón* que la libere de su cautiverio. Ruega con éxito a *Apolo* que castigue a los griegos por la falta de clemencia de *Agamenón*.

DÁRDANO Rey fundador de Dardania. Hijo de *Zeus* y de la *pléyade* Electra. Hermano de Harmonía. Padre de *Erictonio*, *Ilo* e Ideo. Progenitor de la línea real troyana. Le presta su nombre a los Dardanelos.

DEÍFOBO Príncipe de Troya. Hijo tosco de *Príamo* y *Hécuba*. Hermano de, entre muchos otros, *Casandra*, *Héctor*, *Héleno*, *Paris*, *Polites*, *Polidoro*, *Políxene* y *Troilo*. Hermanastro de *Ésaco*. Pariente de *Eneas*, *Eurípilo*, *Memnón* y *Teucro*. sucede a *Paris* como marido de *Helena*. Muere a manos de *Menelao*.

DOLÓN Guerrero troyano. Hijo del heraldo Eumedes. Enviado por *Héctor* a espiar a las líneas griegas. Fatalmente interceptado por *Diomedes* y *Odiseo*.

ENEAS Príncipe de Troya. Hijo de *Anquises* y *Afrodita*. Pariente de *Príamo*, y de *Eurípilo*, *Héctor*, *Memnón* y *Paris*. Marido de Creusa (hija de *Príamo*). Padre (con ella) de Ascanio. Tremendamente apoyado por *Afrodita*. Acompaña a *Paris* durante el rapto de *Helena*. Después de que *Aquiles* se apodere de su ganado, se convierte en uno de los comandantes troyanos en el asedio de Troya al frente de los aliados dárdanos. Salvado de una muerte probable a manos de *Aquiles*, *Diomedes* y *Neoptólemo* a fin de cumplir su crucial destino. Rescata a su familia del saqueo de Troya y recupera el Paladio de manos de los griegos.

ÉNONE   Ninfa de las montañas. Hija del dios río Cebrén. Esposa de *Paris*. Madre (con él) de *Córito*. Abandonada por *Paris* cuando este vuelve a Troya. En venganza cuando su marido mata a *Córito*, se niega a curarle su herida fatal; luego se inmola en la pira de *Paris*.

ERICTONIO   Rey de Dardania. Hijo de *Dárdano*. Hermano de *Ilo* e Ideo. Padre de *Tros*. Reputado aficionado a los caballos.

ÉSACO   Vidente troyano. Hijo de *Príamo* y *Arisbe*. Hermanastro de, entre otros muchos, *Casandra*, *Deífobo*, *Héctor*, *Héleno*, *Paris*, *Polites*, *Polidoro*, *Políxene* y *Troilo*. Predice que *Paris* destruirá Troya. Intenta matarse después de la muerte de su amada, la ninfa Hesperia; transformado en un ave marina por *Tetis*.

EUFORBO   Guerrero troyano. Hijo de Pántoo y de Frontis. Hermano de *Polidamante*. Mata a *Patroclo* con *Apolo* y *Héctor*. Muere a manos de *Menelao*. Reencarnado siglos después en Pitágoras.

EURÍPILO   Príncipe de Misia. Hijo de *Télefo* y Astíoque. Sobrino de *Príamo*. Nieto de *Heracles*. Pariente de sus númerosos hijos y de *Eneas*, *Memnón* y *Teucro*. Famoso por su belleza y por su formidable escudo. Uno de los comandantes y aliados en el bando troyano durante el asedio de Troya. Ejecutor de *Macaón*. Asesinado por *Neoptólemo*.

GANIMEDES   Príncipe de Dardania. Escanciador y querido por *Zeus*. Hijo de *Tros* y Calírroe. Nieto de *Escamandro*. Hermano de Asáraco, Cleopatra e *Ilo*. Secuestrado por *Zeus*. Inmortalizado. Catasterizado como Acuario.

GLAUCO   Príncipe licio. Hijo de Hipóloco (hijo de *Belerofonte*). Primo de *Sarpedón*. Asesinado por *Áyax* en la lucha por el cadáver de *Aquiles*. Su cuerpo es rescatado por *Eneas*.

HÉCTOR Príncipe de Troya. Primogénito de *Príamo* y *Hécuba*. Hermano de, entre muchos otros, *Casandra*, *Deífobo*, *Héleno*, *Paris*, *Polites*, *Polidoro*, *Políxene* y *Troilo*. Hermanastro de *Ésaco*. Pariente de *Eneas*, *Eurípilo*, *Memnón* y *Teucro*. Marido de *Andrómaca*. Padre de *Astianacte*. Da la bienvenida a *Paris* y luego a *Helena* en Troya. Encabeza como guerrero la defensa del asedio de Troya. Duelo caballeroso con *Áyax*. Casi logra destruir los barcos griegos. Asesino de Epigeo, *Yolao* y (con *Apolo* y *Euforbo*) de *Patroclo*. Muerto a manos de *Aquiles*, que maltrata su cadáver antes de que *Príamo* pague rescate para enterrarlo.

HÉCUBA Reina de Troya. Esposa de *Príamo*. Madre (con él) de, entre otros muchos, *Casandra*, *Deífobo*, *Héctor*, *Héleno*, *Paris*, *Polites*, *Polidoro*, *Políxene* y *Troilo*. Su sueño profético une los destinos de *Paris* y Troya.

HELENA DE TROYA Véase *Helena de Esparta*.

HÉLENO Príncipe de Troya y adivino. Hijo de *Príamo* y *Hécuba*. Hermano de, entre otros muchos, *Casandra*, *Deífobo*, *Héctor*, *Paris*, *Polites*, *Polidoro*, *Políxene* y *Troilo*. Hermanastro de *Ésaco*. Pariente de *Eneas*, *Eurípilo*, *Memnón* y *Teucro*. Deserta con los griegos cuando se rechaza su petición de la mano de *Helena* en favor de *Deífobo*. Aconseja a *Diomedes* y *Odiseo* cómo robar el Paladio de Troya.

HESÍONE Princesa de Troya. Hija de *Laomedonte*. Hermana de Astíoque, *Príamo* y *Titono*. Ofrecida al monstruo marino de *Poseidón*. Rescatada por *Heracles*, que le perdona la vida durante el saqueo de Troya y se intercambia por *Príamo*. *Telamón* se la lleva y se casa con ella: engendran a *Teucro*.

HIPÓLITA Reina de las amazonas. Hija de *Ares*. Hermana de Antíope y *Pentesilea*. Dueña de un ceñidor de joyas preciosas. O amante o víctima de *Heracles*, o esposa de *Teseo*.

ILO   Rey fundador de Troya. Hijo de *Tros* y Calírroe. Nieto de *Escamandro*. Hermano de Asáraco, Cleopatra y *Ganimedes*. Padre de *Laomedonte*. Recibe el Paladio protector de Troya de manos de *Atenea*. Expulsa de Lidia a *Tántalo* y *Pélope*. Troya lleva el nombre de Ilión a veces en su honor.

LAOCOONTE   Sacerdote troyano de *Apolo*. Padre de Antifante y Timbreo. Sospecha de los griegos cuando dejan regalos. Devorado junto a sus hijos por serpientes marinas enviadas por los dioses para impedir que delate el secreto del caballo de madera.

LAOMEDONTE   Rey de Troya. Hijo de *Ilo*. Padre de Astíoque, *Hesíone, Príamo* y *Titono*. Engaña a *Apolo* y *Poseidón* a la hora de pagar por la construcción de las murallas de Troya; luego a *Heracles* cuando este rescata a *Hesíone* del monstruo marino de *Poseidón*. Más tarde asesinado por *Heracles* en venganza.

MEMNÓN   Rey de los etíopes. Hijo de *Eos* y *Titono*. Sobrino de *Príamo*. Pariente de sus muchos hijos y de *Eneas, Eurípilo* y *Teucro*. Dueño de una panoplia hecha por *Hefesto*. Guerrero y aliado principal en el bando troyano durante la defensa del asedio de Troya. Ejecuta a *Antíloco*. Asesinado por *Aquiles*.

MIDAS   Rey de Frigia. Su contacto (cortesía de *Dioniso*) lo transformaba todo en oro.

PÁNDARO   Señor troyano. Hijo de Licaón. Diestro con el arco: *Diomedes* y *Menelao* heridos por sus flechas. Asesinado por *Diomedes*. En fuentes tardías, mensajero entre los amantes desafortunados *Troilo* y *Crésida*.

PARIS   Príncipe de Troya. Llamado *Alejandro* al nacer. Hijo de *Príamo* y *Hécuba*. Hermano de, entre otros muchos, *Casandra, Deífobo, Héctor, Héleno, Polites, Polidoro, Políxene* y

Troilo. Hermanastro de *Ésaco.* Pariente de *Eneas, Eurípilo, Memnón* y *Teucro.* Destinado a destruir Troya. Abandonado al nacer; criado en secreto por *Agelao.* Marido de *Énone*: padre (con ella) de *Córito.* Entrega a *Afrodita* la manzana de la discordia a cambio de la mano (y el resto) de *Helena.* Rapta a *Helena*, junto con *Etra, Nicóstrato* y el tesoro real de Esparta. Soborna a *Antímaco* para que asesine a la delegación formada por *Menelao, Odiseo* y *Palamedes*; delatado por *Antenor.* Apoyado por *Apolo* y *Afrodita* hasta el asesinato inconsciente de *Córito.* Duelo caballeroso con *Menelao.* Asesino de *Aquiles.* Asesinado por *Filoctetes* con las flechas de *Heracles.*

PENTESILEA   Reina de las amazonas. Hija de *Ares.* Hermana de *Hipólita.* Guerrera y aliada principal en el bando troyano durante la defensa del asedio de Troya. Ejecuta a *Podarces* (hermano de *Yolao*). Asesinada por *Aquiles.* Llorada por griegos y troyanos salvo, fatalmente, por *Tersites.*

PODARCES   Véase *Príamo.*

POLIDAMANTE   Guerrero troyano. Hijo de Pántoo. Hermano de *Euforbo.* Nacido el mismo día que su amigo *Héctor*; incapaz de convencerlo de la necesidad de actuar con prudencia.

POLIDORO   Príncipe de Troya. Hijo de *Príamo* y *Hécuba.* Hermano de, entre muchos otros, *Casandra, Deífobo, Héctor, Héleno, Paris, Polites, Políxene* y *Troilo.* Hermanastro de *Ésaco.* Pariente de *Eneas, Eurípilo, Memnón* y *Teucro.* Desafía la orden de su padre de no luchar. Asesinado cuando huye de *Aquiles.*

POLITES   Príncipe de Troya. Hijo de *Príamo* y *Hécuba.* Hermano de, entre muchos otros, *Casandra, Deífobo, Héctor, Héleno, Paris, Polidoro, Políxene* y *Troilo.* Hermanastro de *Ésaco.* Pariente de *Eneas, Eurípilo, Memnón* y *Teucro.* Siendo aún un muchacho, y desarmado, mata a *Neoptólemo.*

POLÍXENE   Princesa de Troya. Hija de *Príamo* y *Hécuba*. Hermana de, entre muchos otros, *Casandra*, *Deífobo*, *Héctor*, *Héleno*, *Paris*, *Polites*, *Polidamante* y *Troilo*. Hermanastro de *Ésaco*. Pariente de *Eneas*, *Eurípilo*, *Memnón* y *Teucro*. *Aquiles* le perdona la vida cuando mata sacrílegamente a *Troilo*.

PRÍAMO   Rey de Troya. Llamado *Podarces* al nacer. Hijo de *Laomedonte*. Hermano de Astíoque, *Hesíone* y *Titono*. Pariente de *Anquises*. *Hesíone* paga su rescate durante el saqueo de Troya de *Heracles*. Lleva a Troya a una prosperidad sin parangón. Marido de Arisbe y de *Hécuba*. Padre de numerosos hijos, entre los que destacan *Ésaco* (con Arisbe) y (con *Hécuba*) *Casandra*, *Deífobo*, *Héctor*, *Héleno*, *Paris*, *Polites*, *Polidoro*, *Polidamante* y *Troilo*. Tío de *Eurípilo*, *Memnón* y *Teucro*. Suegro de *Acamante* y *Eneas*. Permite la entrada de *Helena* primero y del caballo de madera después. Recupera el cadáver de *Héctor* de manos de *Aquiles*. Asesinado por *Neoptólemo*.

RESO   Rey de Tracia. Hijo del río dios Estrimón y de la musa Euterpe. Dueño de unos caballos vitales para las huestes troyanas. Asesinado por *Diomedes* y *Odiseo*, que capturan sus monturas.

SARPEDÓN   Rey de Licia. Hijo de *Zeus* y Laodamia (hija de *Belerofonte*). Primo de *Glauco*. Guerrero y aliado principal en el bando troyano durante la defensa del asedio de Troya. Asesinado por *Patroclo*.

TÉANO   Sacerdotisa troyana de *Atenea*. Esposa de *Antenor*. Madre (con él) de numerosos hijos de destino funesto, Conas e Ifídamas incluidos (ambos asesinados por *Agamenón*), Demoleón (asesinado por *Aquiles*) y Agénor (salvado por *Apolo* de la cólera de *Aquiles*). Aconseja a las mujeres de Troya que no se conviertan en amazonas.

TECMESA   Princesa frigia. Capturada por *Áyax*, que acaba capturando su corazón. Madre (con él) de Eurísaces.

TÉLEFO   Rey de Misia. Hijo de *Heracles* y Auge. Marido de Astíoque. Padre (con ella) de *Eurípilo*. Herido y curado por *Aquiles* con la lanza de *Peleo*.

TITONO   Príncipe de Troya. Hijo de *Laomedonte*. Hermano de Astíoque, *Hesíone* y *Príamo*. Amado de *Eos*; padre (con él) de *Memnón*. *Zeus* le concede la vida eterna pero no la eterna juventud. *Eos* lo convierte en saltamontes.

TROILO   Príncipe de Troya. Hijo de *Príamo y Hécuba*. Hermano de, entre muchos otros, *Casandra, Deífobo, Héctor, Héleno, Paris, Polites, Polidoro* y *Políxene*. Hermanastro de *Ésaco*. Pariente de *Eneas, Eurípilo, Memnón* y *Teucro*. Se requiere su muerte para cumplir una profecía de la caída de Troya. Sacrílegamente asesinado por *Aquiles*, cosa que le vale (en parte) la funesta y letal enemistad de *Apolo*. En algunas fuentes tardías, es el amante desafortunado de *Crésida*.

TROS   Rey de Dardania. Hijo de *Erictonio*. Marido de Calírroe, hija de *Escamandro*. Padre de Asáraco, Cleopatra, *Ganimedes* e *Ilo*. Recibe caballos mágicos de manos de *Zeus*. Troya lleva su nombre en honor suyo.

CRÉDITOS DE LAS IMÁGENES

1. Reconstrucción de Troya; © Christoph Haußner, Múnich.
2. Copa ática sin tallo con figura roja representando a Diomedes robando el Paladio mágico, una estatua de Palas Atenea; de Apulia, finales del siglo V a. C., cerámica); Bridgeman Images.
3. *Hércules rescatando a Hesíone*, Charles Le Brun; Etching, 1713-1719; Artokoloro / Alamy Stock Photo.
4. «Nos acercábamos a esas bestias, que avanzaban rápidamente, cuando Quirón lanzó una flecha», Gustave Doré, *c.* 1890; The Print Collector / Alamy Stock Photo.
5. *Procesión de Tetis, acompañada por dos Cupidos y precedida por una Fortuna, que hincha las velas con vientos favorables*, Bartolomeo di Giovanni, 1490; Lanmas / Alamy.
6. *Bodas de Tetis y Peleo con Apolo y concierto de las musas, o fiesta de los dioses*, Hendrick van Balen, *c.* 1618; ACTIVE MUSEUM / Alamy.
7. *El juicio de Paris*, Peter Paul Rubens, 1638; Museo del Prado / Alamy.
8. *Helena de Troya*, Antonio Canova; Tades Yee / Alamy Stock Photo.
9. *Busto de Menelao, rey de la antigua Esparta, marido de Helena*; Museo del Vaticano, Alinari / Bridgeman Images.
10. *Leda y cisne*, Cesare Mussini; De Agostini Picture Library / Bridgeman Images.

11. *Tetis sumergiendo a Aquiles en el Estigia*, Antoine Borel Rogat; © A. Dagli Orti / De Agostini Picture Library / Bridgeman Images.

12. *La educación de Aquiles*, James Barry, *c.* 1772; Paul Mellon Fund / Bridgeman Images.

13. *Casandra, hija de Príamo, profeta de la caída de Troya*; Anthony Frederick Augustus Sandys; © The Maas Gallery, Londres / Bridgeman Images.

14. *El rapto de Helena*, Guido Reni, *c.* 1626-31; Louvre / Bridgeman Images.

15. *Ulises* [Odiseo] *fingiendo locura*, *c.* siglo XIX, grabado; © Look and Learn / Bridgeman Images.

16. *El sacrificio de Ifigenia*, François Perrier, 1632-1633; Musée des Beaux-Arts, Dijon, Francia / Alamy.

17. Busto en mármol de Homero, periodo helenístico (330-320 a. C.); Musei Capitolini, Roma / Bridgeman.

18. El ejército griego atracado en la playa de Troya, según la película dirigida por Wolfgang Petersen, Film Company Warner Bros; © Warner Bros / AF archive / Alamy.

19. Ánfora ática con figura negra representando a Aquiles y Áyax jugando a los dados, *c.* 540-530 a. C.; Vaticano / Bridgeman.

20. Troilo y Crésida, de Chaucer, en la edición de William Morris, Kelmscott Press; Lebrecht Authors / Bridgeman Images.

21. Despedida de Aquiles y Briseida, detalle del fresco de la Casa del Poeta Trágico, Pompeya, siglo I d. C.; Museo Archeologico Nazionale, Nápoles / Luisa Ricciarini / Bridgeman.

22. *El combate de Diomedes*, Jacques-Louis David, 1776; Albertina, Viena / Heritage Image Partnership Ltd / Alamy.

23. Áyax ataca a Héctor, detalle exterior de copa ática con figura roja (La copa de Duris), Kalliades, *c.* 490 a. C.; Louvre / Bridgeman.

24. *Menelao sostiene el cadáver de Patroclo*, Loggia dei Lanzi, Florencia; History / David Henley / Bridgeman.

25. *Aquiles arrastra el cadáver de Héctor alrededor de las murallas de Troya*, Donato Creti; Musée Massey, Tarbes, Francia / Bridgeman.

26. Copa bañada en plata representando al rey Príamo de Troya suplicando a Aquiles por la devolución del cadáver de Héctor, encontrada en la tumba de un cacique en Hoby, Dinamarca, siglo I a. C.; Nationalmuseet, Copenhague / Bridgeman.
27. *Aquiles herido*, Filippo Albacini, 1825; © The Devonshire Collections, Chatsworth / Reproducido con permiso de Chatsworth Settlement Trustees / Bridgeman Images.
28. *Escudo de Aquiles*, Philip Rundell, 1821-1822; © The Queen's Gallery, Buckingham Palace.
29. *Laocoonte y sus hijos, atacados por las serpientes*, mármol romano, siglo II a. C.; Museos vaticanos / Agefotostock / Alamy.
30. *El saqueo de Troya*, Jean Maublanc; Besançon, Musée Des Beaux-Art et d'Archéologie / G. Dagli Orti / De Agostini Picture Library / Bridgeman.
31. *El asesinato de Príamo*, Antonio Canova, 1787-1790; Fondazione Cariplo, Milan / © Mauro Ranzani / Bridgeman Images.

AGRADECIMIENTOS

Sin un marido amoroso y paciente, sin una asistente personal (y hermana personal) perfecta como pocas, sin un agente literario maravilloso, sin una editora asombrosamente dotada y apasionada, sin una correctora que jamás pasa nada por alto, sin un productor de audiolibro de primera categoría, sin una editorial que me inflame y me motive, sin todo esto, nunca podría haber escrito este libro.

De modo que gracias a Elliott Spencer, Jo Crocker, Anthony Goff, Jillian Taylor, Kit Shepherd, Roy McMillan y a Louise Moore.

ÍNDICE

Impreso en Talleres Gráficos
LIBERDÚPLEX, S. L. U.,
ctra. BV 2249, km 7,4 - Polígono Torrentfondo
08791 Sant Llorenç d'Hortons